21 世纪经济管理专业应用型本科系列教材

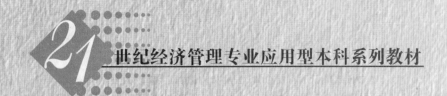

JingJi Fa GaiLun

潘 力 曲丽娟 主 编

王丽萍 宿桂红 潘 钥 副主编

经济法概论

清华大学出版社
北 京

内 容 简 介

本书依据最新颁布的法律、法规和法律制定、修改的最新动态编写,介绍经济管理工作中所涉及的常用经济法律规范。在内容上全书共分 14 章,介绍了经济法基础知识、内资企业法律制度、公司法律制度、外商投资企业法律制度、破产法律制度、合同法律制度、工业产权法律制度、经济竞争法律制度、会计与审计法律制度、劳动法律制度、广告法律制度、代理法律制度、物权法律制度、经济仲裁与经济诉讼法律制度等。

本书主要针对经济管理类专业应用型本科人才培养的需要,坚持以培养应用型人才为目标,以理论"必需、够用、实用"为原则,突出实践教学,着重培养学生分析问题和解决问题的能力。

本书可作为高等院校非法律专业的经济法教材,也可用作自学教材,尤其适合经济管理专业使用。

图书在版编目(CIP)数据

经济法概论 / 潘力,曲丽娟主编 . —北京:清华大学出版社,2011.12
(21 世纪经济管理专业应用型本科系列教材)
ISBN 978-7-302-27329-5

Ⅰ.①经… Ⅱ.①潘… ②曲… Ⅲ.经济法-中国-高等学校-教材 Ⅳ.①D922.29

中国版本图书馆 CIP 数据核字(2011)第 232033 号

责任编辑:徐学军
责任校对:宋玉莲
责任印制:李红英

出版发行:清华大学出版社　　　　　　　　　　地　　址:北京清华大学学研大厦 A 座
　　　　　http://www.tup.com.cn　　　　　　邮　　编:100084
　　　　　社　总　机:010-62770175　　　　　邮　　购:010-62786544
　　　　　投稿与读者服务:010-62776969,c-service@tup.tsinghua.edu.cn
　　　　　质　量　反　馈:010-62772015,zhiliang@tup.tsinghua.edu.cn
印　刷　者:北京密云胶印厂
装　订　者:北京市密云县京文制本装订厂
经　　销:全国新华书店
开　　本:185×230　　印　张:20.25　　字　　数:428 千字
版　　次:2011 年 12 月第 1 版　　　　　印　　次:2011 年 12 月第 1 次印刷
印　　数:1～5000
定　　价:39.00 元

产品编号:044800-01

前　言

随着我国社会主义市场经济的大力发展和经济法律体系的逐步完善，经济法在规范经济行为、打击经济犯罪活动、维护正常经济秩序、保证国民经济的健康发展、促进企业改善经营管理、提高经济效益、促进国际贸易发展、保护投资者和债权人等社会公众的利益方面发挥着越来越重要的作用，并受到了前所未有的重视。经济法已成为经济管理、国际经济贸易、会计、审计和其他经济管理类专业的重要课程。

本书结合经济类专业特点和教学实际，对经济法相关章节进行了整合，以国内经济法律的实际应用为主线，适当兼顾国内经济、商事法律理论展开论述。在编写过程中，我们在尊重学科体系科学性的基础上，根据普通高校培养人才目标的需要，充分考虑以培养应用型人才为主的普通高校的学生特点编写而成，并吸收了经济法理论和实践的新成果。本书具有以下几个方面的特点。

（1）文字精练、通俗易懂、深浅适度，并且每章都有实训题，方便学生学习。

（2）精简理论、突出实务。本教材本着"精简理论、突出实务与案例分析"的原则编写；在教材结构上，基本上是根据经济法的内在逻辑规律和初学者的认识规律来安排的。

（3）丰富的经济法案例。经济法学是一门实践性很强的学科，为了缩小理论与实践的距离，加深对课程内容的理解，我们在实务部分安排了一些典型的案例，进一步丰富了教材的内容。

（4）本书编写以最新颁布或修订的经济法等法律、法规和准则为依据，并吸收了国内外最新法律实践和法学理论的最新成果，内容新颖、规范。

本书由吉林农业科技学院潘力和北华大学曲丽娟担任主编。全书共十四章，具体分工如下：第一章、第四章、第七章、第八章由潘力编写；第九章、第十章、第十一章由曲丽娟编写；第三章、第五章、第六章、第十二章由王丽萍编写；第二章、第十三章由宿桂红编写；第十四章由潘钥编写，全书由潘力负责修改、总纂并定稿。在编写过程中，我们得到了河北北方学院刘进宝教授及吉林农业科技学院和北华大学经济管理学院的大力支持，参考了有关教材、著作，在此一并向作者致谢。

由于编者水平有限，加之编写时间仓促，难免存在错误和不当之处，恳请读者批评指正，以利今后改进和提高。

编　者

2011 年 6 月

I

目　　录

X

第一章　经济法基础知识

引导案例

　　2001年2月20日,金莱克电器有限公司(以下简称金莱克公司)向苏州市工商局投诉称:金莱克公司在1998年开始开发JC302手提吸尘器,从制定开发计划书,到设计电脑彩图稿、总装图、外壳机体图、锁紧块、吸嘴、地刷、软管等图纸,从通过评审、试装报告,到确定零部件价格,认定加工厂,经历了7个月的时间,到1999年5月投产,已获利润800万~900万元。2001年年初,金莱克公司浒关二分厂厂长潘辉跳槽到金育电器有限公司(以下简称金育公司)任总经理。他组织了几个人盗用金莱克公司的技术资料,生产与金莱克公司开发的JC302相似的PRINCESS牌手持吸尘器,金育公司和潘辉的行为侵犯了金莱克公司的商业秘密,损害了其经济利益和竞争优势。

　　思考:

　　(1) 金育公司和潘辉与金莱克公司之间形成了什么法律关系? 是否应当对金莱克公司的损失给予赔偿?

　　(2) 金育公司和潘辉与工商局之间形成了什么法律关系? 工商局是否应该对金育公司和潘辉的行为作出处罚?

　　(3) 以上两种法律关系能合并吗? 二者有什么区别?

第一节　经济法概述

一、经济法的概念

　　经济法是我国社会主义法律体系中的重要组成部分,它是一门独立的部门法。经济法是国家对社会经济活动实行宏观调控与管理的重要工具,是国家机关、企事业单位、各种社会经济组织以及公民个人在社会经济活动中的行为准则。

　　经济法从概念上来说,是指国家制定并用以调整国家经济管理机关、企事业单位、其他社会组织及其内部,还有它们与个体生产经营者或公民个人之间在社会经济调控与管理活动以及在市场经济运行活动过程中所发生的一定范围的经济关系的法律规范的总称。

经济法从理论上概括,具体包括以下三个方面的含义。

(1) 经济法本身是一种法律规范,它是国家对社会经济活动进行调控和管理的法律。因此,它对社会的经济活动和行为人的作为与不作为都具有普遍的法律约束力。

(2) 经济法是用以调整社会经济关系的法律规范。社会经济关系是为实现一定的经济目的而发生的社会关系,主要包含因经济的调控和管理活动而发生的纵向经济关系,经济运行中开展协作活动而发生的横向经济关系和社会经济组织内部在管理和协作过程中所发生的经济关系,还有涉外活动中所发生的各种经济关系。

(3) 经济法是调整社会经济活动中一定范围的经济关系的法律规范。这种一定范围的经济关系主要体现的是上述三个方面的经济关系,这些经济关系共同构成了经济法所调整的社会关系的特殊性要求。

二、经济法的调整对象

经济法的调整对象主要是社会经济活动中的一定范围的经济关系,即在社会经济调控与管理活动以及在市场经济运行活动中所发生的各种经济关系。这些经济关系,主要归纳为 4 个方面的经济关系。

(一)经济法调整国家在进行宏观调控和管理活动中所发生的经济关系

所谓宏观调控与管理活动,是国家或政府有意识、有目标地运用各种手段对社会供给总量和需求总量及其构成等主要经济活动所实施的调节和控制的活动。它包括计划、组织、指挥、调节、监督等项活动,在这些活动中所发生的经济关系体现的是一种纵向的管理关系。作为调整国家宏观调控和管理活动中的经济关系的经济法,一是要规范宏观调控主体,二是要规范和管理宏观调控行为。在市场经济条件下,经济法把调控主体及其行为作为自己的调整对象是完全必要的。这对于各级政府、各种经济管理机关依据法律规定取得主体资格,确立健全强有力的宏观调控体系,以其调控行为(包括对竞争管理行为、计划管理行为、价格管理行为、财政金融管理行为、国有资产投资管理行为等方面的行为)所产生的经济关系作为经济法的调整对象,对市场经济的发展施加一定的影响力,以保证市场经济正常有序地运行。

(二)经济法调整社会经济活动中的各种行为主体在市场经济运行中所发生的经济关系

国家经济管理机关、企事业单位和其他社会组织以及个体生产经营者和公民个人相互之间,在市场经济运行中,必然会发生广泛的、多形态的横向联系和协作经济关系。经济法主要调整各社会组织、团体及个人相互之间彼此以独立主体的身份平等进行交往的经济联系和经济协作关系;调整各企业、社会组织以及个体生产经营者和公民个人在参与市场经济竞争活动中所发生的各种各样的经济关系等。

(三)经济法调整社会经济组织内部在开展经济活动中所发生的经济关系

社会经济组织内部的经济关系是一种特殊的经济关系,这种经济关系既有纵向的管理特点,又有横向联系和协作的要求,同时又是一种纵横交叉、相互结合的经济关系。这种经济关系主要包括:企业或其他经济组织内部围绕着生产、经营、科研等方面的工作所形成的纵向管理和横向协作过程中发生的各种经济关系;在农村的乡、镇、村及其他经济组织,围绕着联产承包责任制以及农村专业承包户相互之间建立起来的各种经济关系,都是经济法调整的对象。

(四)经济法调整涉外经济活动中所发生的经济关系

涉外经济关系是指国家经济管理机关和社会经济组织在对外经济活动中,发生的具有涉外因素的经济关系。具体地说,涉外经济关系包括涉外经济管理机关与企业组织之间的调控与管理关系以及外贸组织、企事业单位与外商之间的市场运行和相互协作的关系,还有在我国的涉外组织内部所发生的各种涉外经济关系等。

3

上述经济管理关系、经济联系和经济协作关系、经济组织内部的经济关系以及涉外关系,既相互联系又有所区别,共同构成了我国经济法的完整、统一的调整对象。

三、经济法的特征

经济法作为法律体系中的一个独立的部门法,从本质上来说,与其他部门法一样,都具有鲜明的阶级性、国家的强制性和具体的规范性等特点。除此之外,经济法又不同于其他部门法,还具备以下几个法律特征。

(一)经济法具有体系结构上的综合性特征

经济法是一个总的名称,它是由计划管理、工业、农业、商业、交通运输、财政金融、自然资源和环境保护、基本建设、经济协作、涉外经济等各方面的一系列单行经济法律、法规所共同组成的综合体系。经济法的这种综合性特点是由它所调整的经济关系所具有的广泛性和统一性所决定的。

(二)经济法具有讲求效益的经济性特征

一切经济主体参加经济活动都是为了实现一定的经济目的。因此,它们在经济活动中必须讲求经济效益、减少浪费、提高效率,力争用最小的劳动消耗取得最大的经济利益。

而经济法的作用就在于,国家通过运用法律的形式,以"国家之手"来干预和调整社会经济活动,保证一切合法经营者的经济目的能够得到实现,它是对有关经济方面的内容所作出的法律规定。

(三)经济法具有奖励与惩罚两种措施同时并用的特征

一般来说,法律只是规定对某些行为的限制与惩罚。但是,作为某些具体的经济法律、法规的相关条款来看,却是采取了奖励与惩罚两种措施同时并用的处理方式。如对那些参与经济法律关系的主体在履行义务并卓有成效时,就会根据有关规定受到不同形式的奖励;违反法律规定时,就要受到不同形式的制裁,这也是经济法不同于其他部门法的一个重要特征。

(四)经济法具有明显的专业技术性特征

社会的经济活动与科学技术的发展是紧密相连的,作为经济法来说,既要反映经济规律的客观要求,同时又要符合科学技术发展的现状。无论立法者在经济法的制定上,还是经济法律关系的主体和执法者在组织实施经济法的过程中,都需要了解和掌握一定的科学技术知识,这样才能适应经济法制建设的需要,保证经济法律、法规的有效实施。

四、经济法的基本原则

(一)经济法基本原则的含义

经济法的基本原则,是指在经济立法、经济执法、经济司法、经济守法中处于指导地位,具有根本性、全局性意义的法律原则。

理解经济法基本原则的含义,应当把握以下两点:首先,立法为经济法所特有。法律原则中宪法原则体现法律的本质属性和根本要求,是国家全部法律都应遵循的基本准则。经济法的原则是宪法原则在经济领域的具体化,但它并不是宪法原则的简单重复。宪法之下,各个法律部门都有自己特有的原则,如运用市场机制与国家宏观调控相结合原则,就是经济法所独有的。其次,它在经济法领域具有指导性和全局性。在经济法领域的诸多法律原则中,只有那些体现国家大政方针,关系国民经济全局性和长远发展问题,并且对于经济法的立法、司法、守法等各个环节具有普遍指导意义的原则,才属于基本原则。经济法基本原则统领其他具体原则,也是经济法体系中各单行法律和各项规范的精神和灵魂。

(二)经济法基本原则的确立依据

尽管我国没有制定经济基本法,并且学者们就经济法基本原则在学理上的概括也不尽一致,但无论从哪个角度概括经济法的基本原则,其基本的依据都是一致的,并且是充分的。

1. 客观经济规律是经济法基本原则的形成基础

经济规律是指经济现象和经济过程中内在的、本质的和必然的联系。经济规律具有客观性,不以人的意志为转移,并以其固有的方式作用于人类社会的经济生活。经济活动符合客观经济规律,则会有效地推动经济发展和社会进步;反之,经济活动违背客观经济规律,不仅不会取得成效,而且要受到它的惩罚。人类长期社会实践的探索,尤其是马克思主义理论体系的建立,为我们认识客观经济规律,并将其运用于经济活动的实践创造了条件。经济法的基本原则必须是客观经济规律的集中运用,如生产关系必须适应生产力发展的性质和状况,上层建筑必须适应经济基础发展的要求,国民经济发展综合平衡及价值规律、按劳分配规律等,都应当是我国经济法律形成的基础。经济规律具有系统性,在任何社会条件下,都存在很多经济规律,它们一方面相互联系,共同作用于社会经济生活;另一方面,其中总是有基本经济规律起着主导作用,基本经济规律体现某一社会形态的经济生活中最本质的特征,也决定经济发展的根本方向。经济法的基本原则能够突出地反映这些基本经济规律的本质要求、综合运用规律;同时,人类社会经济生活并不是被动地在规律驱使下展开的,而是积极地把握规律、运用规律的过程。经济法在运用经济规律时,既要充分发挥其积极的一面,又要能够有效地限制其消极影响。如竞争的基本规律是优胜劣汰,但这同时会损害社会公平,它要求经济法在建立有效竞争机制的同时,通过完善社会保障体系,兼顾公平。

5

2. 宪法是经济法基本原则的根本依据

宪法作为国家的根本大法,是其他一切法律的依据。我国宪法规定了国家的基本经济制度,在经济法的基本原则乃至各项具体规范中必须体现和贯彻。宪法关于国家基本经济制度的规定主要如下。

社会主义制度是中华人民共和国的根本制度;社会主义经济制度的基础是生产资料的社会主义公有制,即全民所有制和劳动群众集体所有制;社会主义公有制消灭人剥削人的制度,实行各尽所能、按劳分配的原则;国家在社会主义初级阶段,坚持公有制为主体、多种所有制经济共同发展的基本经济制度,坚持按劳分配为主体,多种分配方式并存的分配制度;国有经济,即社会主义全民所有制经济,是国民经济中的主导力量,国家保障国有经济的巩固和发展;农村集体经济组织实行家庭承包经营为基础、统分结合的双层经营体制,国家保护城乡集体经济组织的合法权利和利益,鼓励、指导和帮助集体经济的发展;国家保障自然资源的合理利用,禁止任何组织或者个人用任何手段侵占或者破坏自然资源;任何组织或个人不得侵占、买卖或者以其他形式非法转让土地,土地的使用权可以依照法律的规定转让;一切使用土地的组织和个人必须合理地利用土地;在法律规定范围内的个体经济、私营经济等非公有制经济,是社会主义市场经济的重要组成部分,国家保护个体经济、私营经济的合法权利和利益,国家对个体经济、私营经济实行引导、监督和管理;社会主义的公有财产神圣不可侵犯,国家保护社会主义的共同财产,禁止任何组织或者个人用任何手段侵占或者破坏国家和集体的财产;国家保护公民的合法的收入、储蓄、房屋和其他合法财产的所有权;国家通过提高劳动者的积极性和技术水平,推广先进的科学技术,完善经济管理体制和企业经营管理制度,实行各种形式的社会主义责任制,改进劳动组织,以不断提高劳动生产率和经济效益,发展社会生产力;国家合理安排积累和消费,兼顾国家、集体和个人的利益,在发展生产的基础上,逐步改善人民的物质生活和文化生活;国家实行社会主义市场经济体制;国家加强经济立法,完善宏观调控;国家依法禁止任何组织或者个人扰乱社会经济秩序;国有企业在法律规定的范围内有权自主经营;集体经济组织在遵守有关法律的前提下,有独立进行经济活动的自主权;允许外国的企业和其他经济组织或者个人依照中华人民共和国法律的规定在中国投资,同中国的企业或者其他经济组织进行多种形式的经济合作,它们的合法权利和利益受中华人民共和国法律保护;国家保护和改善生活环境和生态环境,防治污染和其他公害;公民有劳动的权利和义务;公民有依照法律纳税的义务。

宪法的上述内容,对我国的基本经济制度、所有制结构、经济体制、宏观管理与调控作了全面的原则性规定,为经济法基本原则的确定提供了基本依据。

3. 法律、行政法规的规定是经济法基本原则的直接依据

这些规定有的在法律、行政法规的立法宗旨、立法任务和立法精神中体现经济法的基本原则,有的则由法律条文直接作出规范。前者如《中华人民共和国反不正当竞争法》(以下简称《反不正当竞争法》),立法宗旨就是维护公平竞争;后者如《中华人民共和国矿产资源法》(以下简称《矿产资源法》)直接规定"矿产资源属于国家所有",体现了坚持社会主义基本经济制度的原则。

五、中国经济法基本原则的内容

依据经济法基本原则的上述内在规律性,经济法基本原则的内容可以概括为以下几个方面。

(一)坚持社会主义基本经济制度原则

社会主义基本经济制度是我国经济立法的基础和前提,经济法必须以各种法律形式和调整手段,保障、贯彻和发展社会主义基本经济制度。社会主义基本经济制度包括生产资料所有制和分配制度,我国正处于社会主义初级阶段,在生产资料所有制上实行社会主义公有制为主体、多种所有制经济共同发展的制度;在分配上实行以按劳分配为主体,多种分配方式并存的制度。其中,公有制为主体、多种所有制共同发展的制度是社会主义经济制度的基础和基本特征,它适应我国经济发展的客观要求,是解放生产力、发展生产力、巩固社会主义生产关系的根本经济制度保证。

坚持公有制为主体、多种所有制经济共同发展制度，一是要坚持、保障公有制经济的主体地位。国有经济控制国民经济命脉，对经济发展起主导作用。这种主导作用主要体现在其控制力上，对关系国民经济命脉的重要行业和关键领域，国有经济必须占支配地位；在其他领域则应通过资产重组等形式提高国有资产的经营效益和整体质量，而不能仅仅着眼于其数量比重的大小。集体经济是公有经济的另一种重要形式，特别是在农村经济发展中居于主体地位，应当通过深化农村经济体制改革、壮大集体经济实力、发展多种形式的合作经济，引导农民走共同富裕的道路。经济法还要为城市集体经济的改革与发展提供制度保证。二是保障社会主义公有财产不受侵犯。其中包括保护国有资产和国有自然资源不受侵犯；保护城乡集体财产不受侵犯；保证国有经营性资产保值增值。三是保护个体经济、私营经济的合法权利和利益，对其实行引导、监督和管理。四是保护公民个人的合法财产不受侵犯。五是保护外国投资者在我国的权利和利益，规范其生产经营行为。

坚持按劳分配为主体，多种分配方式并存的制度，一是要调整分配关系，真正体现多劳多得，少劳少得。二是要把按劳分配和按生产要素分配结合起来，既鼓励一部分人通过诚实劳动和合法经营率先致富，也鼓励和保护资本、技术等生产要素参与收入分配。三是杜绝非法收入，整顿不合理收入，调节过高收入，救济过低收入。

（二）实行市场机制与国家干预相结合的原则

1993 年 3 月 29 日第八届全国人民代表大会第一次会议通过的《中华人民共和国宪法》(以下简称《宪法》)修正案作出了："国家实行社会主义市场经济"的规定，把它确定为一项宪法原则，确立了我国经济体制改革的目标。坚持市场机制与国家干预相结合的经济法原则，是实行社会主义市场经济的基本要求。由计划经济向市场经济转变，集中表现为资源配置方式由计划配置转向以在国家宏观调控下的市场机制为主。市场机制的建立和完善有利于充分优化资源配置，调动市场主体的生产经营积极性，促进科学技术进步和管理水平的提高，是经济体制改革的核心环节。它要求：依法确认市场主体资格，赋予企业和其他经济组织自主经营和独立参与市场竞争的权利；发展包括资本、劳动力、技术等生产要素市场在内的市场体系，完善价格形成机制；健全市场规则，加强市场管理，消除垄断、不正当竞争、地区封锁等市场障碍，建立统一、公平、开放、充分竞争的市场秩序。

市场机制必须与国家干预相结合，原因在于市场机制这只"看不见的手"存在天然的缺陷，诸如不完全竞争的存在、竞争条件的先天不公平、外部经济效果以及竞争引起的收入差距拉大等，需要政府的宏观调控和微观规制去矫正。只有将市场机制与国家干预有机结合起来，才能既激发经济发展的巨大活力，又保证其平衡、稳健、协调、可持续。市场机制下国家干预社会经济活动的要求，一是政府由直接管理经济转向宏观调控。经济法要确认和保障政府宏观调控的权限,保证政府对国民经济发展的方向、进程、结构、质量等的有效控制。二是规范宏观调控的手段,由传统的行政命令、行政指挥手段为主,转向依靠基础建设、计划引导、政策调节、市场服务为主。三是完善微观经济体制,有效管理市场交易行为。

(三)保护社会公平原则

保护社会公平,是法律的根本价值目标之一,经济公平则是社会公平的决定性因素。公平包括形式公平和实质公平两方面,形式公平指的是机会均等和法律地位平等,追求的是公平竞争。实质公平则是指结果公平。由于每个人的社会地位、经济实力、先天禀赋及个人能力存在差异,使得很多情况下仅靠形式公平难以实现实质公平,传统民商法以个人权利为本位,强调形式公平,但其结果在微观领域会因竞争条件的不平等而导致个人之间物质财富、工作条件、生存空间的差距,造成形式与实质的背离;在宏观领域则无法解决垄断、分配不公、宏观经济总量失衡的问题。经济法在维护形式公平的同时,更注重社会实质公平的实现,通过订立一些形式上看似不公平的义务性条款,维护实质的公平,如通过税收调控分配关系,通过社会保障救助社会弱者,通过劳动关系中的强制性规定保护劳动者的合法权益,通过反垄断等保持市场充分竞争等。

(四)实行权利(力)义务与责任相统一的原则

权利(力)义务与责任相统一原则,是指包括国家在内的经济法主体,在经济法律关系中权利(力)、义务、责任集于一身,相互统一的原则。这里的权利(力),是指依法享有的经济权利(国家机关的经济职权);义务,则是与权利(力)相对应的经济义务(职责);责任,是违反经济义务(职责)所应承担的法律后果。权利(力)义务与责任相统一原则是社会公平原则的延伸,是明确经济法主体权利(力)义务和责任的依据。坚持这一原则的要求是:国家机关行使调控和管理权力必须与其担负的经济管理职责相统一,公共经济管理职能决定了其职权范围,任何国家机关及其工作人员都不能超职权牟取私利;国家作为国有财产的代表,与其他任何财产所有者在生产经营领域享有同样的权利,承担同样的义务;任何市场主体在充分享有生产经营权利的同时,都应当履行相应的经济义务;任何违反经济义务的行为,都必须承担相应的消极的法律后果;在企业内部的权利划分上,明晰财产所有权、法人产权和企业经营权;围绕所有者财产权利的实现划分企业职能部门的职责,建立内部的制衡关系;在劳动合同关系中,劳动者的报酬与其工作业绩相统一。

经济法上述4项基本原则是相互密切联系的有机整体;坚持社会主义基本经济制度原则是前提和基础,市场机制和国家干预原则是宏观运行模式,保护社会公平原则是价值目标,权利(力)义务与责任相统一原则是微观活力源泉。

六、经济法的产生与发展

（一）经济法的产生

经济法从产生、开始发展到现在，曾经历过一个漫长的历史发展和演变的过程。

1. 早期奴隶社会的"诸法合一"状态

在公元前 21 世纪的奴隶社会时期，古巴比伦乌尔第三王朝时期所制定的《乌尔纳姆法典》中，就有了奴隶制国家直接组织和管理经济活动的法律条款，并且是以"诸法合一"的形式出现。

公元前 18 世纪的古代巴比伦王国时期，国王汉谟拉比主持制定和颁布的《汉谟拉比法典》，其中对有关经济方面的内容所作出的规定又有了进一步的发展。在整个 282 条的法典中，既有对财产权、契约、债务及侵犯财产行为的处罚所作出的规定，同时也有对土地、房屋所有权的确认，果园的经营，商业的往来和借贷，劳动力的雇用，畜力、船舶、车辆的使用和租赁，以及对手工业工匠的权利和义务等方面所作出的具体规定，《汉谟拉比法典》一直被看做是古代奴隶制社会时期的一部较完备的法典。

2. 中期封建社会的民法状态

在公元 5 至 6 世纪的西欧封建社会，由东罗马帝国的查士丁尼大帝下令整理、编撰的《罗马法大全》（又称《国法大全》或《民法大全》），对当时商品生产和交换活动中的所有权、债权、契约等方面的问题都作出了详细的规定，它被看做是古代封建社会时期用以调整社会经济关系的最完备的法律代表作。

中世纪的封建社会，欧洲各国先后形成了一系列与封建经济关系相联系的法律制度，如《日耳曼法》、《教会法》、《罗马法》等法典中的"庄园制度"、"领地制度"等。

3. 近代资本主义社会时期的经济法的萌芽状态

在 19 世纪末至 20 世纪初，资本主义社会正面临着由自由竞争经济向垄断阶段发展的过程，这个时期的商品生产和货币交换已经逐步成为资本主义社会经济发展的核心内容，社会经济关系更加趋向于复杂化。同时，自由经济和竞争活动的加剧，以及资本的高度集中与垄断组织的相继出现，使资本主义社会的固有矛盾空前激化，许多资本主义国家越来越意识到，社会生产中的无限制的自由竞争、生产与销售活动的无政府状态以及经济社会中的高度垄断的趋势，这些问题的存在直接影响到资本主义经济的发展。从另一方面来看，由于社会生产力的高度发展，经济关系趋向复杂多样，也迫切需要有一种能够与之相适应的法律部门来对社会经济活动进行调整，而已往的综合法典形式已经不能适应社会经济发展的客观需要了。在这种情况下，为了维护资产阶级的利益、巩固其国家政权的统治，各主要资本主义国家相继采取了由国家来直接干预社会经济活动的作法，即开始制定由国家进行干预和管理经济活动的法律。

1890 年,美国率先颁布了世界上第一部被认为是经济法的反垄断法,即《谢尔曼法》,这部法律被看做是资本主义国家直接用法律的形式干预社会经济活动的开始,这也是近现代社会所产生的经济法的早期萌芽形式。

(二)经济法在我国的产生与发展过程

经济法在我国也曾经历了一个漫长和曲折的发展过程。

1. 新中国成立前我国经济法的发展过程

在我国历史上,很早以前就已经出现调整经济关系的法律条款。从夏、商、周时期开始,发展到后来的唐、宋、元、明朝以及清朝的初期,在各个历史时期的法律条款中,都有关于经济方面的法律规定。这些调整经济关系的法律条款大多是以土地制度和赋税徭役制度为中心所作出的规定。同时对农业和手工业的生产、组织和管理,对商业、航运、劳动安排以及用工制度、牲畜和仓库的管理等,都有一些详细的法律规定。

1840 年鸦片战争之后,随着资本主义经济的入侵,中西方商贸活动增加,为了适应商品交换关系的发展需要,清朝政府仿照国外的形式,也曾颁布了《商人通则》、《公司律》、《破产律》、《商标注册暂行办法》等少量的单项经济法规。

国民党统治时期,为了维护封建官僚买办资产阶级的利益,在继承、修改旧法律的基础上,又照搬照抄国外的一些法律,以"中央政府"的名义,先后制定和颁布了诸如《公司法》、《工厂法》、《专利法》、《电业法》、《土地法》等 120 多个有关经济方面的法律、法规,但大多数都没有得到有效的实施。

在民主革命时期,我们的党和人民政府比较重视解放区和革命根据地的经济立法工作,并把这些法律作为管理经济、发展生产、组织商品流通和支援革命战争的重要手段。从 1928 年我党制定的第一部土地法即《井冈山土地法》开始,到 1949 年 4 月 25 日的《中国人民解放军布告》为止,先后制定和颁布了《中华苏维埃共和国土地法》、《工商投资暂行条例》、《矿山开采出租办法》等,共制定和颁布了近 200 件经济法规。

2. 新中国成立后我国经济法制建设发展状况

新中国成立后,为了恢复国民经济,建立和巩固社会主义的所有制,推动社会主义经济建设的发展,国家以及各部委共颁布了近 1 000 件各种法律、法规,而其中直接用来调整经济关系的经济法律、法规就有 8 000 多件,占全部法律总数的 80%。

特别是从 1978 年党的十一届三中全会以来,随着我国经济体制改革的发展和社会主义市场经济体制的确立,经济法作为一种促进社会经济发展、保障改革开放、维护社会经济秩序的重要工具,逐渐受到人们广泛的重视,并且应用范围愈来愈大。为适应我国经济发展的需要,国家先后制定和颁布了各种经济法律、法规。近年来,由全国人民代表大会及其常委会和国务院所制定的经济法律、法规有近 800 件;由各省、自治区、直辖市的人大及其常委会和地方人民政府制定的地方性经济法规、规章有近万件。

第二节　经济法律关系

一、经济法律关系的概念和构成要素

（一）法律关系的概念

法律关系是指社会关系经法律规范调整所形成的当事人之间的权利义务关系。法律关系具有如下特征。

（1）法律反映的是国家意志，法律关系因而属于意志关系，而不属于物质关系。

（2）法律关系是经法律规范调整所形成的关系，它以法律规范的存在为前提。

（3）法律关系以当事人之间的权利义务为内容，明确界定权利义务，是法律调整社会关系的根本目的。

（4）法律关系内容的实施以国家强制力为保证。

不同法律规范调整不同的社会关系，因而形成不同的法律关系。民法调整平等主体间的财产和人身关系，形成民事法律关系；行政法律规范调整行政管理关系，形成行政法律关系；刑法调整犯罪的认定与惩罚关系，形成刑事法律关系。可见，任何法律关系都是由这个法律部门调整相应的社会关系所形成的一种权利义务关系。

（二）经济法律关系的概念和构成要素

经济法律关系是经济法律规范所确认和保护的在国家参与、管理和协调经济运行中形成的权利义务关系。

经济法律关系与其他法律关系的区别主要表现在它所依据的法律规范、该法律规范所调整的对象和所形成的法律关系的内容上。经济法律关系的形成依据是经济法；经济法以国家在参与、管理和协调经济运行中形成的社会关系为调整对象；所形成的法律关系以经济权利和经济义务为内容。

经济法律关系同其他法律关系一样，由主体、内容和客体三个要素构成。

二、经济法律关系的主体

（一）经济法律关系主体的概念

经济法律关系主体又称经济法主体，是指参加经济法律关系，享有一定经济权利和承担一定经济义务的当事人。在经济法律关系中享有权利的一方为权利主体；承担义务的一方为义务主体。通常，双方当事人在经济法律关系中都既享有权利，同时也承担义务。

判断当事人是否构成经济法律关系的主体，应当以下面几点作为主要依据。

（1）作为主体，必须以自己的名义参加经济法律关系。凡是主体的代理人、代表人及组成部门，都不具有主体地位。

（2）作为主体，必须是经济法律关系中权利义务的承担者。

（3）作为主体，必须能够独立或相对独立地承担财产责任。独立承担财产责任是指完全以自己拥有所有权或处分权的财产作为责任财产。相对独立地承担财产责任是指个人独资企业、合伙企业等，尽管可以作为市场主体，但要由其投资人承担无限责任或无限连带责任。不能承担财产责任的组织和个人不能成为经济法律关系的主体。

（二）经济法律关系的主体资格

任何组织和个人参与经济法律关系，必须依法取得主体资格，即具备参与经济法律关系的权利能力和行为能力。经济法律关系主体资格的取得，必须具备法律规定的条件并经过相应的程序。例如，国家行政机关依据宪法和法律经国家权力机关批准成立；企业经工商行政管理部门核准登记成立，部分企业在注册登记之前还要经政府有关部门审批等。经济法律关系主体必须在法律规定或经依法认可的范围内从事经济行为，超出范围则不具有经济法律关系的主体资格。

（三）经济法律关系主体的种类

依据其在经济法律关系中的地位、职能的不同，经济法律关系主体可作如下分类。

1. 经济管理主体

经济管理主体是指依法成立的、承担对国民经济发展实施决策、组织、管理和协调职能的组织或机构，包括国家及其职能机构如国家权力机关、国家行政机关、国家审判机关、国家检察机关等。国家机关在法律规定的范围内，行使各自的经济管理职权，并承担相应的义务。国家机关的职能既是国家职能的组成部分，其结果又由国家承担，由此可见，国家是经济管理的根本性主体。

2. 经济活动主体

经济活动主体是指依法参加商品生产、分配、交换、消费活动的组织和公民个人。这类主体包括以下几种。

（1）企业、事业单位和社会团体。企业是集合劳动力、资本、技术、管理等要素，以营利为目的的自主经营的商品经济组织，包括各类法人企业和非法人企业。事业单位如学校、公益性医院等，社会团体如工会、妇联等，也是经济法律关系的主体。

（2）企业的内部组织和有关人员。在企业内部经济管理关系中，企业的组织机构（如股东大会、董事会）及有关人员（如股东、董事、经理、职工）享有主体资格。

（3）农村承包经营户、个体工商户、公民个人。农村承包经营户是指作为农村集体经济组织成员的农户，依法同集体订立农地等承包经营合同，从事农业生产经营的经济形式;个体工商户是指城乡居民以营利为目的,主要靠自身劳动(包括少量雇工)从事工商业生产经营的个体经济。他们和公民个人除了可以参加民事法律关系外,还在经济管理和经济活动中同国家机关及企业、事业单位和社会团体发生经济关系,成为经济法律关系的主体。

此外,国家在一定条件下也可以作为经济活动的主体。如国家出让国有土地使用权、发行国债等。

三、经济法律关系的内容

经济法律关系的内容,是指经济法主体所享有的经济权利和承担的经济义务。它是形成经济法律关系的核心,没有经济权利和义务,经济法律关系就不可能存在。经济权利和经济义务既相互对立,又相辅相成,一方的权利就是他方的义务,而权利的取得则要以履行相应的义务为前提。

(一)经济权利(力)

经济权利(力),是指经济法主体依法享有的自己为或不为一定行为和要求他人为或不为一定行为的资格。不同的经济法主体享有不同的经济权利。依据经济权利性质的不同,它主要有以下几种。

1. 经济职权

经济职权是指国家机关所享有的管理、协调经济运行的权力。经济职权是国家经济职能在法律上的体现,其产生基于国家授权,为国家机关所专有,并具有命令与服从的隶属性质。正确行使经济职权是市场经济条件下国家干预经济生活的主要形式。因此,对于国家机关而言,它是职权与职责的统一。

经济职权依其行使主体及具体内容的不同,可以分为经济立法权、经济行政权(包括经济决策、经济命令、经济指挥、资源配置、经济调节、经济监督等项权能)和经济司法权等。

2. 经济权利

经济权利是经济法主体自己依法为或不为一定行为以及要求他人为或不为一定行为的资格。随着社会主义市场经济体制的建立,国家管理经济逐步由直接行政干预为主转变为依法间接调控为主,经济法主体的经济权利范围也不断扩大并受到更为有效的保护。主要有以下几种权利。

(1)国有资产管理权。这是指国家授予有关机关对国有资产进行管理的权利。这种权利是国家行使其财产所有权的具体形式,是国家行政权与国家财产所有权分离、国家所有权与企业经营权分离的体现。国有资产管理权的表现形式主要有:资产登记权、投资权、经营方式选择权、收益权、资产稽核权、资产处分权等。

（2）国有企业经营权。它是指国有企业对国家授予其经营管理的财产享有的占有、使用收益和依法处分的权利。该项权利是由国家财产所有权派生的权利，权利范围依据国家授权确定。

（3）企业经营自主权。它是指除国有企业以外的其他各种类型企业对自己的财产所享受的占有、使用、收益和处分的权利以及在核定的范围内从事生产经营活动的权利。与国有企业经营权不同，它是投资人财产所有权和企业生产经营活动权的综合，不同类型的企业在具体内容上有所区别，但其目的都是给予企业独立或相对独立的市场主体资格，这对市场竞争机制的形成具有重要意义。

（4）农业承包经营权。是农村集体经济组织成员享有的通过与集体订立合同、承包集体的土地等生产资料从事农业生产经营的权利。

3. 请求权

请求权是指经济法主体享有的在其合法权益受到侵犯时要求侵权人停止侵权行为或要求有关国家机关保护其合法权益的权利。请求权主要包括要求赔偿权、请求行政复议权、请求仲裁权、经济诉讼权等。

（二）经济义务

1. 经济职责

经济职责是指国家机关行使经济职权时必须为或不为一定行为的法律要求。作为的职责是主动行使经济管理职能、制定和完善经济发展制度和计划、对国民经济运行进行宏观管理和调控、监督市场主体的生产经营行为等；不作为的职责是指以不作为某种行为的方式履行职责，即不滥用国家机关的经济职权。经济职责是国家机关的职务责任，其职责范围与该机关的经济职权相一致。

2. 经济义务

经济义务是除国家机关以外的经济法主体在经济法律关系中必须为或不为一定行为的约束。其中作为的义务主要是：第一，贯彻执行国家的方针、政策、法律和法规。这是所有经济法主体都必须履行的基本义务。第二，服从合法的经济调控。第三，依法缴纳税金和其他费用。第四，全面履行协议和合同。不作为的义务主要是：不侵犯其他经济法主体的合法权益。

经济法主体不履行经济义务，都要承担相应的法律责任。

四、经济法律关系的客体

经济法律关系的客体，是指经济法主体享有的经济权利和承担的经济义务所共同指向的对象。客体是主体权利和义务借以实现的载体，权利和义务的性质、具体内容等通过客体得以表现。因此，客体要素在经济法律关系中必不可少。经济法律关系的客体主要

14

有以下几类。

（一）财物

作为经济法律关系客体的财物，是指可以为经济法主体控制、支配的，有一定经济价值和实物形态的物品，以及充当一般等价物的货币和货币衍生物的有价证券。依据法学和经济学理论，财物类客体可分为生产资料和生活资料，固定资产和流动资金；流通物、限制流通物和禁止流通物；种类物和特定物；有形物和无形物；货币和有价证券等。

（二）经济行为

作为经济法律关系客体的经济行为，是指经济法主体为实现一定经济目的所进行的行为。它包括经济管理行为、完成工作行为、提供劳务行为。

（三）智力成果

智力成果，是经济法主体运用知识和智力所作出的具有经济价值的创造性成果，如专利、专有技术、计算机软件、注册商标、生产经营标记等。

五、经济法律关系的保护

经济法律关系的保护，指对经济法主体的经济职权和经济权利的保护。其目的是运用国家强制力使经济法律关系在受到损害时得以救济，损害行为受到追究。

（一）经济法律关系的保护措施

我国的经济法律关系保护措施主要有以下几种。

1. 行政执法保护

经济法律关系的行政执法保护，是指国家行政机关通过行政执法活动对经济法主体权利的保护。行政执法的措施包括强制履行、行政处罚、行政复议等。

2. 诉讼保护

经济法律关系的诉讼保护，是指在人民法院主持下，通过诉讼活动解决经济纠纷、制裁经济犯罪，从而使经济法主体的权利得以保护，包括民事诉讼、行政诉讼、刑事诉讼三种。民事诉讼是人民法院依据民事诉讼法和经济实体法的规定，对平等主体当事人之间的经济纠纷进行审理裁判的活动；行政诉讼是人民法院依据行政诉讼法和行政法、经济法的规定，对公民、法人及其他组织不服行政经济行为而起诉的案件的审理裁判活动。刑事诉讼是审理刑事犯罪案件、制裁犯罪的诉讼活动。民事诉讼、行政诉讼和刑事诉讼以人民法院的公正审判为手段，并以国家强制力为后盾，是维护经济法主体权益的有效措施。

3. 仲裁保护

仲裁是指依法设立的仲裁机构对当事人通过合意自愿交由其审理的争议,作出对当事人有约束力的裁决的活动。仲裁是保护经济法律关系、解决经济纠纷的重要形式。

4. 检察保护

经济法律关系的检察保护,是国家检察机关通过经济检察和对重大经济纠纷案件、经济行政条件提起抗诉或参与诉讼活动,保护经济法主体合法权益的活动。其中的经济检察是检察机关对涉嫌贪污、贿赂、偷税、抗税等经济犯罪条件直接侦查起诉的活动。

（二）经济法律责任

保护经济法律关系的基本手段,是追究违法行为人的经济法律责任。所谓经济法律责任,是指经济法主体因实施了违反经济法律法规的行为而应承担的消极的法律后果。根据我国法律的规定,违反经济法的法律责任种类有以下几种。

1. 行政责任

行政责任是指国家行政机关依照行政程序对反经济法律法规的社会组织和公民个人所作的处罚。行政处罚的方法包括罚款、责令停业、加收滞纳金、没收非法所得、吊销营业执照等。

2. 民事责任

民事责任是指社会组织和公民个人因侵犯他人民事权利或违约所应承担的法律后果,其基本形式是赔偿损失,责任的性质具有补偿性。

3. 刑事责任

刑事责任是指人民法院依据刑法和经济法的规定,对经济犯罪行为人所给予的制裁。经济犯罪行为严重危害经济法律关系,因而对其行为人的制裁措施也是最为严厉的。

本 章 小 结

经济法是法的重要组成部分,是社会经济集中和垄断的产物,是国家干预社会经济生活的具体表现。有鉴于此,经济法是调整需要国家干预、管理、协调、平衡的,涉及社会公共利益的经济关系的法律规范的总和。

经济法作为调整社会经济关系的重要法律,萌芽于商品经济,兴起和发展于市场经济。其发展过程大致经历了诸法合一、民商法和现代经济立法等阶段。1890 年,美国颁布的《谢尔曼法》被看做近现代社会所产生的经济法的早期萌芽形式。我国在 1978 年后,随着政府工作重心的转移,经济法才开始得到迅速的发展。

经济法是一个重要的独立的法律部门,调整的是经济管理、经济联系、经济协作、经济组织内部以及涉外经济关系等。经济法与其他部门法一样,都具有鲜明的阶级性、国家的强制性和具体的规范性等特点。除此之外,还具有体系结构上的综合性、讲求效益的经济性、奖励与惩罚两种措施同时并用和明显的专业技术性等特征。

我国经济法基本原则的制定以客观经济规律,宪法、法律和行政法规的规定为依据,坚持的是社会主义基本经济制度、市场机制与国家干预相结合、保护社会公平、权利(力)义务与责任相统一的原则。

经济法律关系同其他法律关系一样,由主体、内容和客体三个要素构成。为确保我国的经济法律关系的实施,主要采用行政执法、诉讼、仲裁和检察加以保护。经济法律关系主体一旦违反经济法律规范,都应承担相应的民事责任、行政责任,直至刑事责任。

基 本 概 念

经济法　　法律关系　　经济法律关系　　民事诉讼　　行政诉讼　　刑事诉讼
经济法律责任

思考与训练

1. 经济法的调整对象有哪些?
2. 经济法的特征是什么?
3. 我国经济法的基本原则及其确立的依据是什么?
4. 法律关系的特征有哪些?
5. 经济法律关系的构成要素有哪些?
6. 如何保护经济法律关系?
7. 经济法律的责任有哪些?

第二章　内资企业法律制度

引导案例

2008 年 8 月 6 日,刘某与被告甲、乙在平等自愿的基础上签订了一份合伙协议。协议对各合伙人的出资份额、所占股份、盈亏分担比例、合伙债务的偿还方式及具体事务作了明确约定。之后,刘某按合伙协议投入 3 万元入伙资金。三个合伙人为其经营的企业起了字号,但没有到工商部门为其字号进行注册登记。

2009 年 5 月,因甲、乙在合伙过程中隐瞒经营状况,刘某提出退伙。对此,甲、乙口头同意,并承诺待年底盘存时再将合伙投入及经营利润一起支付给刘某。刘某退伙后,甲、乙拒退刘某合伙投入及应支付给刘某的合伙利润合计 5 万余元。随后,刘某将甲、乙告上法庭,同时要求后加入的丙和丁两位合伙人对上述给付义务承担连带责任。法庭上,甲、乙、丙、丁 4 位被告辩称:第一,本案被告应是合伙时起了字号的合伙企业,而不是 4 位被告;第二,丙和丁是原告退伙后才入伙的,不应承担连带责任。

问题:

(1) 本案中的合伙是否是合伙企业? 为什么?

(2) 在民事诉讼中,合伙是否可以以合伙的名义参加诉讼?

企业是指依法设立的以营利为目的、从事商品生产经营服务活动的、实行独立核算的经济组织。企业是市场经营活动的主要参加者之一,一般具有以下特征。

(1) 组织性:企业是一种社会经济组织,有自己的机构及工作程序要求。企业作为社会经济组织,是一定人员和一定物的结合,必须从事生产经营活动。

(2) 营利性:企业是以营利为目的的社会经济组织。企业作为经济组织,要从事生产、流通、服务等经济活动。除少数公共企业以社会效益为目的外,大多数企业从事生产经营活动的目的是为了赚取利润。

(3) 独立核算性:企业是实现独立核算的社会经济组织。实行独立核算,即要在银行单独开设账户;独立建立账簿,编制财务会计报表;独立计算盈亏。

（4）法律许可性：企业是依法设立的社会经济组织。企业必须依法成立，得到国家法律的认可和保护。未经法律许可的企业，不得从事生产经营活动。

我国现行企业法律制度是指关于企业设立、企业组织、企业运行和对企业实施管理的各种法律规范的总称。本章主要介绍《中华人民共和国全民所有制工业企业法》（以下简称《全民所有制工业企业法》）、《中华人民共和国合伙企业法》（以下简称《合伙企业法》）和《中华人民共和国个人独资企业法》（以下简称《个人独资企业法》）。

第一节　全民所有制工业企业法

一、全民所有制工业企业法概述

全民所有制工业企业即国有工业企业，是指以生产资料全民所有制为基础的、从事工业生产经营活动的企业。

全民所有制工业企业法是调整国家在协调经济运行中发生的关于全民所有制工业企业的经济关系的法律规范的总称。

《全民所有制工业企业法》不仅是全民所有制工业企业的基本法，同时规定适用于全民所有制交通运输、邮电、地质、勘探、建筑安装、商业、外贸、物资、农林、水利事业。这说明该法是一部全民所有制企业都适用的法律。

二、全民所有制工业企业的性质和任务

（一）全民所有制工业企业的性质

全民所有制工业企业法规定：全民所有制工业企业（以下简称企业）是依法自主经营、自负盈亏、独立核算的社会主义商品生产的经营单位。

企业的财产属于全民所有，国家依照所有权和经营权分离的原则授予企业经营管理权。企业对国家授予其经营管理的财产享有占有、使用和依法处分的权利。企业依法取得法人资格，以国家授予其经营管理的财产承担民事责任。企业根据政府主管部门的决定，可以采取承包、租赁等经营责任制形式。

（二）全民所有制工业企业的根本任务

根据国家计划和市场需求，发展商品生产、创造财富、增加积累，满足社会日益增长的物质和文化生活需要。企业必须坚持在建设社会主义物质文明的同时，建设社会主义精神文明，建设有理想、有道德、有文化、有纪律的职工队伍。企业必须遵守法律、法规、坚持社会主义方向。企业必须有效地利用国家授予其经营管理的财产，实现资产增值；依法缴

纳税金、费用、利润。

三、全民所有制工业企业设立、变更、终止

设立企业,必须依照法律和国务院规定,报请政府或者政府主管部门审核批准。经工商行政管理部门核准登记,发给营业执照,取得法人资格。企业应当在核准登记的经营范围内从事生产经营活动。

(一)设立全民所有制工业企业必须具备以下条件

(1)产品为社会所需要。

(2)有能源、原材料、交通运输的必备条件。

(3)有自己的名称和生产经营场所。

(4)有符合国家规定的资金。

(5)有自己的组织机构。

(6)有明确的经营范围。

(7)法律、法规规定的其他条件。

企业的设立除了要具备以上条件外,还必须经过申请、审批和登记三个法定程序,才能取得法人资格。首先,由准备设立者提出申请;然后,依照法律和国务院规定,报请政府或者政府主管部门审核批准;最后,经工商行政管理部门核准登记,发给营业执照,取得法人资格。

(二)全民所有制工业企业变更

1. 企业变更形式

(1)企业的合并。合并是指两个以上的企业依照法律法规的规定程序,变为一个企业的行为。其形式有吸收合并和新设合并两种。吸收合并指接纳一个或一个以上的企业加入本企业,加入方解散并取消原法人资格,接纳方存续。新设合并是指企业与一个或一个以上的企业合并成为一个新企业。原合并各方解散,取消原法人资格。

(2)企业的分立。分立是指一个企业依法分为两个以上的企业。分立也有两种情况:一是企业以一部分财产和业务另设一个新的企业,原企业存续;二是企业全部财产和业务分别归入两个以上的新设企业,原企业解散。企业分立时,企业应由分立各方签订分立协议,明确划分分立各方的财产和债权、债务等。

(3)全民所有制工业企业其他重要事项的变更

根据《中华人民共和国企业法人登记管理条例》(以下简称《企业法人登记管理条例》)第十七条的规定,其他重要事项,是指企业法人改变名称、住所、经营场所、法定代表人、经济性质、经营范围、经营方式、注册资金、经营期限,以及增设或者撤销分支机构。

2.企业变更的程序

（1）报经有关部门批准。企业办理变更登记前须报经政府主管部门或原审批机关批准。其中企业合并或分立的，须就财产、债权债务等事项由合并或分立各方达成协议。

（2）办理变更登记手续。企业要求变更的，应在有关部门批准后 30 日内，向工商行政管理机关申请变更登记。办理变更登记时，应提交由其法定代表人签署的变更登记申请书、批准文件等有关文件、资料。因合并和分立致使原企业终止的，还应申请办理注销登记。

（3）公告。企业办理变更登记事项后，应及时将变更情况予以公告。

（三）全民所有制工业企业的终止

企业的终止是指企业被取消法人资格，不再作为经济实体和法律主体进行经济活动或法律活动。

（1）企业的终止原因。①违反法律、法规被责令撤销。②政府主管部门依照法律、法规的规定决定解散。③依法被宣告破产。④其他原因

（2）企业终止的程序。①作出企业终止的正式决定或裁定。全民所有制工业企业终止时，必须依法作出正式的决定或裁定，这种决定或由企业作出，或由人民政府、企业主管部门、工商行政管理部门作出。企业破产裁定由人民法院作出。②成立清算组，对企业财产进行清算。全民所有制工业企业终止时，必须成立清算组，对企业财产进行清算。区分不同的终止原因，清算组的组成也不同，企业被政府主管部门决定解散的，由政府主管部门指定成立的清算组进行清算。企业被撤销、被宣告破产的，由政府主管部门或人民法院依法组织有关部门和有关人员组成清算组，进行清算。清算的主要内容包括两个方面：一是查清企业的财产，核实债权、债务，并登记造册；二是收回债权，清偿债务，依法处理剩余财产。③办理注销登记。企业终止时，应持法定代表人的有关文件，到工商行政管理部门办理注销登记。经核准后，收缴《企业法人营业执照》及其副本，收缴公章，并将注销登记情况告知其开户银行。同时，企业终止时还应当向国有资产管理部门办理产权注销登记。④公告。企业办理完注销登记及相关事项后，应及时将终止情况予以公告。

四、全民所有制工业企业的权利和义务

企业的权利是指法律赋予企业能够为或不为的一定行为，以及要求他人为或不为一定行为的资格。

（一）全民所有制工业企业权利的主要内容

关于全民所有制工业企业权利的内容，具体体现在《全民所有制工业企业法》和其他系列有关法律、法规的规定中。根据规定，全民所有制工业企业权利包括以下两方面

内容。

1. 产、供、销方面的权利

产、供、销方面的权利主要包括：①生产经营决策权；②物资选购权；③产品销售权；④进出口权；⑤产品、劳务定价权；⑥联营、兼并权。

2. 人、财、物方面的权利

人、财、物方面的权利主要包括：①人事劳动管理权；②投资决策权；③留用资金支配权；④债券发行权；⑤资产处置权；⑥拒绝摊派权。

（二）全民所有制工业企业的义务

1. 全民所有制工业企业对国家的义务

（1）遵守法律、法规，坚持社会主义方向的义务。

（2）承担指令性任务的企业有完成指令性计划的义务。

（3）降低产品成本、提高劳动生产率的义务。

（4）遵守财经法律，依法缴纳税金、费用、利润的义务。

（5）维持生产秩序、保护国家财产的义务。

2. 全民所有制工业企业对社会的义务

（1）保证产品质量和服务质量的义务。

（2）履行依法订立的合同和协议的义务。

（3）防止对环境污染和破坏的义务。

3. 全民所有制工业企业对职工的义务

（1）搞好职工教育、提高职工队伍素质的义务。

（2）支持职工开展科学技术活动和劳动竞赛的义务。

（3）实行安全生产的义务。

五、全民所有制工业企业组织机构

（一）全民所有制工业企业的厂长（经理）负责制

1. 厂长（经理）负责制

厂长（经理）负责制是指全民所有制工业企业的生产经营管理工作由厂长（经理）统一领导和全面负责的一种企业内部领导制度。

厂长的产生，除国务院另有规定外，由政府主管部门根据企业的情况决定采取下列二种方式：①政府主管部门委任或者招聘。②企业职工代表大会选举。政府主管部门委任或者招聘的厂长，由政府主管部门免职或者解聘，并须征求职工代表的意见；企业职工代表大会选举的厂长，由职工代表大会罢免，并须报政府主管部门批准。

厂长是企业的法定代表人。企业建立以厂长为首的生产经营管理系统。厂长在企业中处于中心地位,对企业的物质文明建设和精神文明的建设负有全面责任。

2. 厂长的职权

厂长领导企业的生产经营管理工作,行使下列职权。

(1)依照法律和国务院规定,决定或者报请审查批准企业的各项计划。

(2)决定企业行政机构的设置。

(3)提请政府主管部门任免或者聘任、解聘副厂级行政领导干部。法律和国务院另有规定的除外。

(4)任免或者聘任、解聘企业中层行政领导干部。法律另有规定的除外。

(5)提出工资调整方案、奖金分配方案和重要的规章制度,提请职工代表大会审查同意。提出福利基金使用方案和其他有关职工生活福利的重大事项的建议,提请职工代表大会审议决定。

(6)依法奖惩职工,提请政府主管部门奖惩副厂级行政领导干部。

3. 厂长的职责

(1)厂长应当根据国家宏观计划指导和市场需求,结合任期责任目标,提出企业的年度经营目标和发展方向,经管理委员会或者其他协助厂长决策的机构讨论和职工代表大会审议后组织实施。

(2)厂长应当组织企业各方面的力量,保证完成国家指令性计划,履行依法订立的合同和协议。

(3)厂长应当注重市场信息,不断开发新产品,降低成本和费用,增强企业的应变、竞争能力。

(4)厂长应当通过严格的质量管理,保证产品质量达到国家规定的标准或合同的要求。

(5)厂长应当采取切实措施,推进企业的技术进步和企业的现代化管理,提高经济效益,增强企业自我改造和自我发展能力。

(6)厂长应当不断改善企业的劳动条件,高度重视安全生产,认真搞好环境保护。厂长应当在发展生产、提高经济效益的基础上,逐步改善职工的物质文化生活条件。厂长应当组织职工群众切实做好企业的治安保卫工作。

(7)厂长应当采取切实措施,进行智力投资和人才开发,加强对职工的思想、文化、业务的教育,组织职工进行技术革新,支持合理化建议。

(8)厂长应当支持职工代表大会、工会、共青团和其他群体组织的工作,执行职工代表大会依法作出的决定。

(二)职工和职工代表大会

职工有参加企业民主管理的权利,有对企业的生产和工作提出意见和建议的权利;有依法享受劳动保护、劳动保险、休息、休假的权利;有向国家机关反映真实情况、对企业领导干部提出批评和控告的权利。女职工有依照国家规定享受特殊劳动保护和劳动保险的权利。职工应当以国家主人翁的态度从事劳动,遵守劳动纪律和规章制度,完成生产和工作任务。职工代表大会是企业实行民主管理的基本形式,是职工行使民主管理权利的机构。职工代表大会的工作机构是企业的工会委员会。企业工会委员会负责职工代表大会的日常工作。

1. 职工代表大会的组织制度

职工代表大会至少每半年召开一次,每次会议必须有 2/3 以上的职工代表出席。遇有重大事项,经厂长、工会或 1/3 以上职工代表提议,可以召开临时会议。

职工代表大会进行选举和作出决议,必须经全体职工代表过半数通过,职工代表大会在其职权范围内决定的事项,非经职工代表大会同意不得修改。

2. 职工代表大会行使下列职权

(1)听取和审议厂长关于企业的经营方针、长远规划、年度计划、基本建设方案、重大技术改造方案、职工培训计划、留用资金分配和使用方案、承包和租赁经营责任制方案的报告,提出意见和建议。

(2)审查同意或者否决企业的工资调整方案、奖金分配方案、劳动保护措施、奖惩办法以及其他重要的规章制度。

(3)审议决定职工福利基金使用方案、职工住宅分配方案和其他有关职工生活福利的重大事项。

(4)评议、监督企业各级行政领导干部,提出奖惩和任免的建议。

(5)根据政府主管部门的决定选举厂长,报政府主管部门批准。

根据政府主管部门的决定选举厂长,报政府主管部门批准。车间通过职工大会,职工代表或者其他形式实行民主管理。工人直接参加班组的民主管理。职工代表大会应当支持厂长依法行使职权,教育职工履行本法规定的义务。

(三)企业和政府的关系

政府或者政府主管部门依照国务院规定统一对企业下达指令性计划,保证企业完成指令性计划所需的计划供应物资,审查批准企业提出的基本建设、重大技术改造等计划;任免、奖惩厂长,根据厂长的建议,任免、奖惩副厂级行政领导干部,考核、培训厂级行政领导干部。政府有关部门按照国家调节市场、市场引导企业的目标,为企业提供服务,并根据各自的职责,依照法律、法规的规定,对企业实行管理和监督。政府管理和监督的内容如下。

(1)制定、调整产业政策,指导企业制定发展规划。

(2)为企业的经营决策提供咨询、信息。

（3）协调企业与其他单位之间的关系。

（4）维护企业正常的生产秩序，保护企业经营的国家财产不受侵犯。

（5）逐步完善与企业有关的公共设施。

企业所在地的县级以上地方政府应当提供企业所需的由地方计划管理的物资，协调企业与当地其他单位之间的关系，努力办好与企业有关的公共福利事业。

任何机关和单位不得侵犯企业依法享有的经营自主权；不得向企业摊派人力、物力、财力；不得要求企业设置机构或者规定机构的编制人数。

（四）法律责任

本法适用于全民所有制交通运输、邮电、地质勘探、建筑安装、商业、外贸、物资、农林、水利企业。违反本法规定，依据相关条款依法执行，必要的将追究其刑事责任。

第二节 个人独资企业法

个人独资企业法有广义和狭义之分。广义的个人独资企业法，是指国家关于个人独资企业的各种法律规范的总称；狭义的个人独资企业法是指 1999 年 8 月 30 日第九届全国人大常委会第十一次会议通过的《中华人民共和国个人独资企业法》（以下简称《个人独资企业法》），该法分 6 章，共 48 条，自 2000 年 1 月 1 日起施行。该法主要规范个人独资企业的设立、个人独资企业的投资人及事务管理、个人独资企业的解散和清算、法律责任等。

一、个人独资企业的概念和特征

（一）个人独资企业的概念

个人独资企业，又称个人业主制企业，是指依照《个人独资企业法》在中国境内设立，由一个自然人投资，财产为投资人个人所有，投资人以其个人财产对企业债务承担无限责任的经营实体。这个定义包括以下几个方面的含义：①个人独资企业的设立依据是《个人独资企业法》；②个人独资企业的设立领域是在中国境内；③个人独资企业的设立主体为一个自然人；④个人独资企业的产权关系为投资人个人所有，即个人财产和企业财产合二为一；⑤个人独资企业的责任形式为无限责任；⑥个人独资企业的地位为经营实体，即不具备法人资格但具有组织体的特征。

（二）个人独资企业的特征

（1）个人独资企业是由一个自然人投资的企业。根据《个人独资企业法》的规定，设立个人独资企业只能是一个自然人。但法律、行政法规禁止从事营利性活动的人，不得作为投资人申请设立个人独资企业。根据我国有关法律、行政法规规定,国家公务员、党政机关领导干部、警官、法官、检察官、商业银行工作人员、港澳台同胞和法人等,不得作为投资人申请设立个人独资企业。

（2）个人独资企业的投资人对企业的债务承担无限责任。投资人对企业的债务承担无限责任,即当企业的资产不足以清偿到期债务时,投资人应以自己个人的全部财产用于清偿企业债务。

（3）个人独资企业的内部机构设置简单,经营管理方式灵活。个人独资企业的投资人既是企业的所有者,又是企业的经营管理者,因此,其内部机构的设置较为简单,决策程序也较为灵活。

（4）个人独资企业是非法人企业。个人独资企业由一个自然人出资,投资人对企业的债务承担无限责任,企业的责任即是投资人个人的责任,企业的财产即是投资人的财产。因此,个人独资企业不具有法人资格,也无独立承担民事责任的能力。个人独资企业虽然不具有法人资格,但却是独立的民事主体,可以以自己的名义从事民事活动。

二、个人独资企业的设立

（一）个人独资企业的设立条件

根据我国《个人独资企业法》的规定,设立个人独资企业应当具备下列条件。

1. 主体条件：投资人为一个自然人,且只能是中国公民

个人独资企业的投资人只能是自然人不能是法人,且数量仅限为一个。自然人以外的团体或社会组织虽然也常有单独投资经营的情形,但不能被视为独资企业。投资人是否应同时具备民事权利能力和民事行为能力问题,我国《个人独资企业法》未作明确规定。

2. 名称条件：有合法的企业名称

名称是企业的标志,企业必须有相应的名称,并应符合法律、法规的要求。个人独资企业的名称应当符合国家关于企业名称登记管理的有关规定,企业名称应与其责任形式及从事的营业相符合,个人独资企业的名称中不得使用"有限"、"有限责任"或"公司"字样,个人独资企业的名称可以叫厂、店、部、中心、工作室等。

3. 资本条件：有投资人申报的出资

投资人申报的出资是指在设立个人独资企业时,投资人承诺投入企业资本的总和。《个人独资企业法》对投资人的出资数额未作限制。投资人可以用货币、实物、土地使用权、知识产权或其他财产权利出资。投资人申报的出资额应当与企业的生产经营规模相适应。投资人可以个人财产投资,也可以家庭共有财产作为个人出资。以家庭共有财产作为个人出资的,投资人应当在设立（变更）登记申请书上予以注明。

4. 物质条件：有固定的生产经营场所和必要的生产经营条件

生产经营场所包括企业的住所和与生产经营相适应的处所。它是企业的主要办事机构所在地,是企业的法定地址。

5. 雇员条件:有必要的从业人员

在这里,从业人员包括从事业务活动的投资人和企业依法召用的职工。对个人独资企业从业人员的数量,《个人独资企业法》未作限定。只有投资人一人从事业务活动,也属于符合条件。

(二)个人独资企业的设立程序

1. 提出申请

申请设立个人独资企业,应当由投资人或者其委托的代理人向个人独资企业所在地的登记机关提出设立申请。

2. 工商登记

登记机关应当在收到设立申请文件之日起 15 日内,对符合《个人独资企业法》规定条件的予以登记,发给营业执照;对不符合《个人独资企业法》规定条件的,不予登记,并发给企业登记驳回通知书。个人独资企业的营业执照签发日期为个人独资企业的成立日期,在领取个人独资企业的营业执照前,投资人不得以个人独资企业名义从事经营活动。

3. 分支机构登记

个人独资企业设立分支机构,应当由投资人或者其委托的代理人向分支机构所在地的登记机关申请设立登记。分支机构从事法律、行政法规规定须报经有关部门审批的业务,还应当提交有关部门的批准文件。个人独资企业投资人委派分支机构负责人的,应当提交投资人委派分支机构负责人的委托书及其身份证明。委托代理人申请分支机构设立登记的,应当提交投资人的委托书和代理人的身份证明或者资格证明。

登记机关应当在收到按规定提交的全部文件之日起 15 日内,作出核准登记或者不予登记的决定。核准登记的,发给营业执照;不予登记的,发给登记驳回通知书。个人独资企业分支机构申请变更登记、注销登记,比照有关个人独资企业申请变更登记、注销登记的有关规定办理。个人独资企业应当在其分支机构经核准设立、变更或者注销登记后 15 日内,将登记情况报该分支机构隶属的个人独资企业的登记机关备案。

27

三、个人独资企业的投资人及事务管理

(一)个人独资企业的投资人

个人独资企业的投资人对本企业的财产依法享有所有权,其有关权利可以依法进行转让或继承。企业的财产不论是投资人的原始投入,还是经营所得,均归投资人所有。虽然个人独资企业投资人对企业的债务要承担无限责任,但是,投资人的财产和企业财产仍是有区别的:一是投资人申办个人独资企业,要申报出资,这一出资的财产与投资人的其

他财产不同;二是企业应有一定稳定独立的资金,这是企业生产经营的需要;三是将两财产加以区别,有利于计算企业的生产经营成果。

个人独资企业投资人在申请企业设立登记时,明确以其家庭共有财产作为个人出资的,应当依法以家庭共有财产对企业债务承担责任。由于出资人与其家庭的特殊关系,出资人的财产往往与其家庭财产难以划清。夫妻财产是共有财产,夫妻一方取得的财产为夫妻双方的共同财产,既然财产是共有的,收益也是共同所有,对债务也应以共有财产清偿;从其他家庭成员之间的关系看,家庭成员允许出资人将家庭财产用于投资办企业本身就意味着许诺将这部分财产用于承担风险,而出资人取得的收益也是全家共同享用,这就意味着个人独资企业的收益是家庭共同财产的一部分。

(二)个人独资企业的事务管理

个人独资企业投资人可以自行管理企业事务,也可以委托或者聘用其他具有民事行为能力的人负责企业的事务管理。投资人委托或者聘用他人管理个人独资企业事务,应当与受托人或者被聘用的人签订书面合同。合同应订明委托的具体内容、授予的权利范围、受托人或者被聘用的人应履行的义务、报酬和责任等。受托人或者被聘用的人员应当履行诚信、勤勉义务,以诚实信用的态度对待投资人,对待企业,尽其所能依法保障企业利益,按照与投资人签订的合同负责个人独资企业的事务管理。

投资人对受托人或者被聘用的人员职权的限制,不得对抗善意第三人。所谓第三人,是指除受托人或被聘用的人员以外与企业发生经济业务关系的人。所谓善意第三人,是指在有关经济业务事项的交往中,没有与受托人或者被聘用的人员串通,故意损害投资人利益的第三人。个人独资企业的投资人与受托人或者被聘用的人员之间有关权利义务的限制只对受托人或者被聘用的人员有效,对第三人并无约束力,受托人或者被聘用的人员超出投资人的限制与善意第三人的有关业务交往应当有效。

我国《个人独资企业法》规定,投资人委托或者聘用的管理个人独资企业事务的人员不得从事下列行为:①利用职务上的便利,索取或者收受贿赂;②利用职务或者工作上的便利侵占企业财产;③挪用企业的资金归个人使用或者借贷给他人;④擅自将企业资金以个人名义或者以他人名义开立账户储存;⑤擅自以企业财产提供担保;⑥未经投资人同意,从事与本企业相竞争的业务;⑦未经投资人同意,同本企业订立合同或者进行交易;⑧未经投资人同意,擅自将企业商标或者其他知识产权转让给他人使用;⑨泄露本企业的商业秘密;⑩法律、行政法规禁止的其他行为。

四、个人独资企业的权利

根据《个人独资企业法》的有关规定,个人独资企业享有以下权利。

1. 依法申请贷款

个人独资企业可以根据《中华人民共和国商业银行法》（以下简称《商业银行法》）和《中华人民共和国合同法》（以下简称《合同法》）以及中国人民银行发布的《贷款通则》等一系列法律、法规的规定申请贷款，以供企业生产经营之用。

2. 依法取得土地使用权

个人独资企业可根据《中华人民共和国土地管理法》（以下简称《土地管理法》）、《中华人民共和国土地管理法实施细则》（以下简称《土地管理法实施细则》）和《中华人民共和国城镇国有土地使用权出让和转让暂行条例》（以下简称《城镇国有土地使用权出让和转让暂行条例》）等规定取得土地使用权。

3. 拒绝摊派权

摊派是指在法律、法规的规定之外，以任何方式要求企业提供财力、物力、人力的行为。《个人独资企业法》规定，任何单位和个人不得违反法律、行政法规的规定，以任何方式强制个人独资企业提供财力、物力、人力；对于违法强制要求提供财力、物力、人力的行为，个人独资企业有权拒绝。

4. 法律、行政法规规定的其他权利

个人独资企业除享有上述权利外，还依法享有十分广泛的权利，例如，根据《中华人民共和国专利法》（以下简称《专利法》），企业可以取得专利保护；根据《中华人民共和国中商标法》（以下简称《商标法》），企业可以取得商标保护等。

29

五、个人独资企业的解散和清算

（一）个人独资企业的解散

个人独资企业的解散，是指个人独资企业终止活动使其民事主体资格消灭的行为。根据我国《个人独资企业法》的规定，个人独资企业有下列情形之一时，应当解散：①投资人决定解散；②投资人死亡或者被宣告死亡，无继承人或者继承人决定放弃继承；③被依法吊销营业执照；④法律、行政法规规定的其他情形。

（二）个人独资企业的清算

个人独资企业解散时，应当进行清算。《个人独资企业法》对个人独资企业清算作了如下规定。

1. 通知和公告债权人

个人独资企业解散，由投资人自行清算或者由债权人申请人民法院指定清算人进行清算。投资人自行清算的，应当在清算前 15 日内书面通知债权人，无法通知的，应当予以公告。债权人应当在接到通知之日起 30 日内，未接到通知的应当在公告之日起 60 日内，向投资人申报其债权。

2.财产清偿顺序

个人独资企业解散的,财产在优先拨付清算费用后,剩余部分应当按照下列顺序清偿:①所欠职工工资和社会保险费用;②所欠税款;③其他债务。个人独资企业财产不足以清偿债务的,投资人应当以其个人的其他财产予以清偿。

3.清算期间对投资人的要求

清算期间,个人独资企业不得开展与清算无关的经营活动。在按财产清偿顺序清偿债务前,投资人不得转移、隐藏财产。

4.投资人的持续偿债责任

个人独资企业解散后,原投资人对个人独资企业期间的债务仍应承担偿还责任。但债权人在5年内未向债务人提出偿债请求的,该责任消灭。

5.注销登记

个人独资企业清算结束后,投资人或者人民法院指定的清算人应当编制清算报告,并于清算结束之日起15日内向原登记机关申请注销登记。登记机关应当在收到按规定提交的全部文件之日起15日内,作出核准登记或者不予登记的决定。予以核准的,发给核准通知书;不予核准的,发给企业登记驳回通知书。经登记机关注销登记,个人独资企业终止。个人独资企业办理注销登记时,应当交回营业执照。

30

第三节　合伙企业法

合伙企业法有广义和狭义之分。狭义的合伙企业法是指由国家最高立法机关依法制定的、规范合伙企业合伙关系的专门法律,即《中华人民共和国合伙企业法》(以下简称《合伙企业法》)。该法由第八届全国人民代表大会常务委员会第二十四次会议于1997年2月23日通过,2006年8月27日第十届全国人民代表大会常务委员会第二十三次会议进行修订,自2007年6月1日起施行。广义的合伙企业法是指国家立法机关或者其他有权机关依法制定的、调整合伙关系的各种法律规范的总称。

一、合伙企业法概述

(一)合伙企业的概念

我国《合伙企业法》所指的合伙企业,是指两个或两个以上的人为了共同的目的,相互约定共同出资、共同经营、共享收益、共担风险的自愿联合。合伙是一种以合同关系为基础的企业组织形式。

我国《合伙企业法》规定:"本法所称合伙企业,是指自然人、法人和其他组织依照本法在中国境内设立的普通合伙企业和有限合伙企业。"

（二）合伙企业的特征

1. 合伙企业是一种共同经营体

合伙企业必须由两个以上的人共同投资，合伙企业不是单个人的行为，而是多个人的联合。

2. 合伙企业存在的基础是合伙协议

合伙企业的设立以合伙协议为基础，合伙协议依法由全体合伙人协商一致，采取书面形式订立，合伙人按照合伙协议享有权利，履行义务。

3. 合伙企业的资本由各合伙人共同出资

合伙人可以用货币、实物、知识产权、土地使用权出资，经全体合伙人同意，普通合伙人还可以用劳务出资。另外，法律对合伙企业的出资数额没有限额要求，有别于公司资本。

4. 合伙企业中确立了有区别的责任制度

普通合伙企业中普通合伙人对合伙企业的债务承担无限连带责任；有限合伙企业中普通合伙人对合伙企业债务承担无限连带责任，有限合伙人以其认缴的出资额为限对合伙企业债务承担有限责任。

31

二、普通合伙企业

（一）普通合伙企业的概念和特征

普通合伙企业，是指由普通合伙人组成，合伙人对合伙企业债务依照《合伙企业法》的规定承担无限连带责任的一种合伙企业。普通合伙企业具有以下特征。

（1）由普通合伙人组成。所谓普通合伙人，是指在合伙企业中对合伙企业的债务依法承担无限连带责任的自然人、法人和其他组织。《合伙企业法》规定，国有独资公司、国有企业、上市公司以及公益性的事业单位、社会团体不得成为普通合伙人。

（2）合伙人对合伙企业债务依法承担无限连带责任，法律另有规定的除外。所谓无限连带责任，包括两个方面：一是连带责任。即所有的合伙人对合伙企业的债务都有责任向债权人偿还，不管自己在合伙协议中所承担的比例如何。二是无限责任。即所有的合伙人不仅以自己投入合伙企业的资金和合伙企业的其他资金对债权人承担清偿责任，而且在不够清偿时还要以合伙人自己所有的财产对债权人承担清偿责任。

（二）普通合伙企业的设立

1. 普通合伙企业的设立条件

根据《合伙企业法》的规定，设立普通合伙企业，应当具备下列条件。

（1）有两个以上的合伙人，并且都是承担无限责任者。

（2）有书面合伙协议。合伙协议应当依法由全体合伙人协商一致，以书面形式订立。

（3）合伙人认缴或者实际缴付的出资。合伙协议生效后，合伙人应当按照合伙协议的规定缴纳出资。合伙人可以用货币、实物、知识产权、土地使用权或者其他财产权利出资，也可以用劳务出资。

（4）有合伙企业的名称和生产经营场所。普通合伙企业应当在其名称中标明"普通合伙"字样，其中特殊的普通合伙企业应当在其名称中标明"特殊普通合伙"字样，合伙企业的名称必须和"合伙"联系起来，名称中必须有"合伙"二字。

2. 合伙企业的设立登记

根据《合伙企业法》和国务院发布的《中华人民共和国合伙企业登记管理办法》（以下简称《合伙企业登记管理办法》）的规定，合伙企业的设立登记，应按如下程序进行。

首先，申请人向企业登记机关提交相关文件，主要包括：①全体合伙人签署的合伙申请书；②全体合伙人的身份证明；③全体合伙人指定的代表或者共同委托的代理人的委托书；④合伙协议；⑤全体合伙人对各合伙人认缴或者实际缴付出资的确认书；⑥主要经营场所证明；⑦国务院工商行政管理部门规定的其他文件。

其次，企业登记机关核发营业执照。申请人提交的登记申请材料齐全、符合法定形式，企业登记机关能够当场登记的，应予以当场登记，发给合伙企业营业执照。除此之外，企业登记机关应当自收到申请登记文件之日起 20 日内，作出是否登记的决定。对符合《合伙企业法》规定条件的，予以登记，发给营业执照；对不符合规定条件的，不予登记，并应当给予书面答复，说明理由。

合伙企业的营业执照签发日期为合伙企业的成立日期。合伙企业领取营业执照前，合伙人不得以合伙企业的名义从事经营活动。合伙企业设立分支机构，应当向分支机构所在地的企业登记机关申请登记，领取营业执照。

（三）合伙企业财产

1. 合伙企业财产的构成

根据《合伙企业法》的规定，合伙人的出资、以合伙企业名义取得的收益和依法取得的其他财产，均为合伙企业的财产。从这一规定可以看出，合伙企业财产由以下三部分构成：

（1）合伙人的出资。《合伙企业法》规定，合伙人认缴的财产形成合伙企业的原始财产。

（2）以合伙企业名义取得的收益。主要包括合伙企业的公共积累资金、未分配的盈余、合伙企业债权、合伙企业取得的工业产权和非专利技术等财产权利。

（3）依法取得的其他财产。即根据法律、行政法规的规定合法取得的其他财产，如合法接受赠与的财产等。

2. 合伙企业财产的性质

合伙企业的财产具有独立性和完整性两方面的特征。所谓独立性,是指合伙企业的财产独立于合伙人,一般说来,合伙人出资以后,便丧失了对其作为出资部分的财产的所有权或者持有权、占有权,合伙企业的财产权主体是合伙企业,而不是单独的每一个合伙人。所谓完整性,是指合伙企业的财产作为一个完整的统一体而存在,合伙人对合伙企业财产权益的表现形式,仅是依照合伙协议所确定的财产收益份额或者比例。

3. 合伙企业财产份额的转让

合伙企业财产份额的转让是指合伙企业的合伙人向他人转让其在合伙企业中全部或部分财产份额的行为。由于合伙人财产份额的转让将会影响到合伙企业以及合伙人的切身利益。因此,《合伙企业法》对合伙企业财产份额的转让作了以下限制性规定。

(1)除合伙协议另有约定外,合伙人向合伙人以外的人转让其在合伙企业中的全部或者部分财产份额时,须经其他合伙人一致同意。

(2)合伙人之间转让在合伙企业中的全部或者部分财产份额时,应当通知其他合伙人。

(3)合伙人依法转让其财产份额时,在同等条件下,其他合伙人有优先购买的权利。

另外,合伙人以外的人依法受让合伙企业财产份额时,经修改合伙协议后即成为合伙企业的合伙人,合伙企业的各合伙人依照修改后的合伙协议享有权利和承担责任。

(四)合伙企业的事务执行

1. 合伙事务执行的形式

根据《合伙企业法》的规定,合伙人执行合伙企业事务,可以有两种形式:第一,全体合伙人共同执行合伙企业事务,这是合伙企业事务执行的基本形式。第二,委托一名或数名合伙人执行合伙企业事务。

2. 合伙人在执行合伙事务中的权利和义务

1)合伙人在执行合伙事务中的权利

根据《合伙企业法》的规定,合伙人在执行合伙事务中的权利主要包括以下内容。

(1)合伙人平等享有合伙事务执行权。合伙企业的重要特点之一就是合伙经营,各合伙人无论其出资多少,都有权平等享有执行合伙企业事务的权利。

(2)执行合伙事务的合伙人对外代表合伙企业。合伙人在代表合伙企业执行事务时,不是以个人的名义进行一定的民事行为,而是以企业事务执行人的身份组织实施企业的生产经营活动。

(3)不执行合伙事务的合伙人的监督权。在委托执行合伙事务的情况下,不参加执行事务的合伙人享有对事务执行人的监督权。

（4）合伙人查阅账簿权。无论是全体合伙人共同执行合伙事务，还是委托一名或数名合伙人执行合伙事务，各合伙人均有权随时了解有关合伙事务和合伙财产的一切情况，包括有权查阅合伙企业账簿和其他有关文件。

（5）合伙人提出异议权和撤销委托执行事务权。合伙协议约定或者经全体合伙人决定，合伙人分别执行合伙企业事务时，合伙人可以对其他合伙人执行的事务提出异议。提出异议时，应暂停该项事务的执行。如果发生争议，可由全体合伙人共同决定。被委托执行合伙企业事务的合伙人不按照合伙协议或者全体合伙人的决定执行事务的，其他合伙人可以决定撤销该委托。

2）合伙人在执行合伙事务中的义务

根据《合伙企业法》的规定，合伙人在执行合伙事务中的义务主要包括以下内容。

（1）合伙事务执行人向不参加执行事务的合伙人报告企业经营状况和财务状况。《合伙企业法》特别规定了合伙事务执行人的报告义务，即由一名或者数名合伙人执行合伙企业事务的，应当依照约定向其他不参加执行事务的合伙人报告事务执行情况以及合伙企业的经营状况和财务状况。

（2）合伙人不得自营或者同他人合作经营与本合伙企业相竞争的业务。各合伙人组建合伙企业是为了合伙经营、共享收益，如果某一合伙人自己又从事或者与他人合作从事与合伙企业相竞争的业务，势必影响合伙企业的效益，背离合伙的初衷；同时还可能形成不正当竞争，使合伙企业处于不利地位，损害其他合伙人的利益。所以，《合伙企业法》规定，合伙人不得自营或者同他人合作经营与本合伙企业相竞争的业务。

（3）合伙人不得同本合伙企业进行交易。合伙企业中每一合伙人都是合伙企业的投资者，如果自己与合伙企业交易，就包含了与自己交易，也包含了与别的合伙人交易，而这种交易极易造成损害他人利益。因此，《合伙企业法》规定，除合伙协议另有约定或者经全体合伙人同意外，合伙人不得同本合伙企业进行交易。

（4）合伙人不得从事损害本合伙企业利益的活动。合伙人在执行合伙事务过程中，不得为了自己的私利，损害其他合伙人的利益，也不得与其他人恶意串通，损害合伙企业的利益。

3. 合伙事务执行的决议办法

《合伙企业法》规定，合伙人对合伙企业有关事项作出决议，按照合伙协议约定的表决办法办理。合伙协议未约定或者约定不明确的，实行合伙人一人一票并经全体合伙人过半数通过的表决办法。《合伙企业法》对合伙企业的表决办法另有规定的，从其规定。这一规定确定了合伙事务执行决议的三种法定办法。

（1）由合伙协议对决议办法作出约定。这种约定有两个前提：一是不与法律相抵触，法律未作规定的可在合伙协议中约定。二是已经在合伙协议中作出的约定，应当由全体合伙人协商一致共同作出。

（2）实行合伙人一人一票并经全体合伙人过半数通过的表决办法。这种办法也有一个前提，即合伙协议未约定或者约定不明确。

（3）依照《合伙企业法》的规定作出决议。如《合伙企业法》规定，合伙人按照合伙协议的约定或者经全体合伙人决定，可以增加或者减少对合伙企业的出资；又如《合伙企业法》规定，处分合伙企业的不动产、改变合伙企业的名称等，除合伙协议另有约定外，应当经全体合伙人一致同意等。

4. 合伙企业的损益分配

合伙企业作为经营组织，既会取得利润，又会出现亏损，对其损益如何分配，是合伙企业最为重要的事项。

1）合伙损益

合伙损益包括两方面的内容：一是合伙利润，是指以合伙企业的名义所取得的经济利益。它反映了合伙企业在一定期间的经营成果；二是合伙亏损，是指以合伙企业的名义从事经营活动所形成的亏损。合伙亏损是全体合伙人所共同面临的风险，或者说是共同承担的经济责任。

2）合伙损益分配原则

合伙损益分配包含合伙企业的利润分配与亏损分担两个方面，对合伙损益分配原则，《合伙企业法》作了原则性规定。

（1）合伙企业的利润分配、亏损分担，按照合伙协议的约定办理；合伙协议未约定或者约定不明确的，由合伙人协商决定；协商不成的，由合伙人按照实缴出资比例分配、分担；无法确定出资比例的，由合伙人平均分配、分担。

（2）合伙协议不得约定将全部利润分配给部分合伙人或者由部分合伙人承担全部亏损。

5. 非合伙人参与经营管理

在合伙企业中，往往由于合伙人经营管理能力不足，需要在合伙人之外聘任非合伙人担任合伙企业的经营管理人员，参与合伙企业的经营管理工作。根据《合伙企业法》规定，除合伙协议另有约定外，经全体合伙人一致同意，可以聘任合伙人以外的人担任合伙企业的经营管理人员。

（五）合伙企业与第三人的关系

合伙企业与第三人的关系实际是指有关合伙企业的对外关系，涉及合伙企业对外代表权的效力、合伙企业和合伙人的债务清偿等问题。

1. 合伙企业对外代表权的效力

（1）合伙事务执行中的对外代表权。执行合伙企业事务的合伙人，在取得对外代表权后，即可以合伙企业的名义进行经营活动，在其授权的范围内作出法律行为。合伙人的这种代表行为对全体合伙人发生法律效力,即其执行合伙事务所产生的收益归合伙企业,所产生的费用和亏损由合伙企业承担。

（2）合伙企业对外代表权的限制。合伙人执行合伙事务的权利和对外代表合伙企业的权利都会受到一定的内部限制。如果这种内部限制对第三人发生效力,必须以第三人知道这一情况为条件,否则,该内部限制不对该第三人发生抗辩力。《合伙企业法》规定,合伙企业对合伙人执行合伙事务以及对外代表合伙企业权利的限制,不得对抗善意第三人。

2. 合伙企业和合伙人的债务清偿

1）合伙企业的债务清偿与合伙人的关系

这可以分以下三方面说明。

（1）合伙企业财产优先清偿。《合伙企业法》规定,合伙企业对其债务,应先以其全部财产进行清偿。也就是说,合伙企业的债务,应先由合伙企业的财产来承担,即在合伙企业存在自己的财产时,合伙企业的债权人应首先从合伙企业的全部财产中求偿,而不应当向合伙人个人直接请求债权。

（2）合伙人的无限连带清偿责任。《合伙企业法》规定,合伙企业不能清偿到期债务的,合伙人承担无限连带责任。

（3）合伙人之间的债务分担和追偿。《合伙企业法》规定,合伙人由于承担无限连带责任,清偿数额超过规定的亏损分担比例的,有权向其他合伙人追偿。

2）合伙人的债务清偿与合伙企业的关系

在合伙企业存续期间,可能发生个别合伙人因不能偿还其私人债务而被追索的情况。由于合伙人在合伙企业内拥有财产利益,合伙人的债权人可能向合伙企业提出各种清偿请求。为了保护合伙企业和其他合伙人的合法权益,同时也保护债权人的合法权益,《合伙企业法》作了如下规定。

（1）合伙人发生与合伙企业无关的债务,相关债权人不得以其债权抵消其对合伙企业的债务,也不得代位行使合伙人在合伙企业中的权利。

（2）合伙人的自有财产不足清偿其与合伙企业无关的债务的,该合伙人可以以其从合伙企业中分取的收益用于清偿;债权人也可以依法请求人民法院强制执行该合伙人在合伙企业中的财产份额用于清偿。

（六）入伙与退伙

1. 入伙

入伙,是指在合伙企业存续期间,合伙人以外的第三人加入合伙,从而取得合伙人资格。

（1）入伙的条件和程序。《合伙企业法》规定,新合伙人入伙,除合伙协议另有约定外,应当经全体合伙人一致同意,并依法订立书面入伙协议。订立入伙协议时,原合伙人应当向新合伙人如实告知原合伙企业的经营状况和财务状况。

(2) 新合伙人的权利和责任。一般来讲,入伙的新合伙人与原合伙人享有同等权利,承担同等责任。但是,如果原合伙人愿意以更优越的条件吸引新合伙人入伙,或者新合伙人愿意以较为不利的条件入伙,也可以在入伙协议中另行约定。关于新合伙人对入伙前合伙企业的债务承担问题,《合伙企业法》规定,新合伙人对入伙前合伙企业的债务承担无限连带责任。

2. 退伙

退伙,是指合伙人退出合伙企业,从而丧失合伙人资格。

1) 退伙的原因

合伙人退伙,一般有两种原因:一是自愿退伙;二是法定退伙。

自愿退伙,是指合伙人基于自愿的意思表示而退伙。自愿退伙的表现形式,可以分为协议退伙和通知退伙两种。

关于协议退伙,《合伙企业法》规定,合伙协议约定合伙期限的,在合伙企业存续期间,有下列情形之一的,合伙人可以退伙:①合伙协议约定的退伙事由出现;②经全体合伙人一致同意;③发生合伙人难以继续参加合伙的事由;④其他合伙人严重违反合伙协议约定的义务。合伙人违反上述规定退伙的,应当赔偿由此给合伙企业造成的损失。

关于通知退伙,《合伙企业法》规定,合伙协议未约定合伙期限的,合伙人在不给合伙企业事务执行造成不利影响的情况下,可以退伙,但应当提前 30 日通知其他合伙人。由此可见,法律对通知退伙有一定的限制,即附有以下三项条件:①必须是合伙协议未约定合伙企业的经营期限;②必须是合伙人的退伙不给合伙企业事务执行造成不利影响;③必须提前 30 日通知其他合伙人。这三项条件必须同时具备,缺一不可。合伙人违反上述规定退伙的,应当赔偿由此给合伙企业造成的损失。

法定退伙,是指合伙人因出现法律规定的事由而退伙。法定退伙分为当然退伙和除名两类。

关于当然退伙,《合伙企业法》规定,合伙人有下列情形之一的,当然退伙:①作为合伙人的自然人死亡或者被依法宣告死亡;②个人丧失偿债能力;③作为合伙人的法人或者其他组织依法被吊销营业执照、责令关闭、撤销,或者被宣告破产;④法律规定或者合伙协议约定合伙人必须具有相关资格而丧失该资格;⑤合伙人在合伙企业中的全部财产份额被人民法院强制执行。

关于除名,《合伙企业法》规定,合伙人有下列情形之一的,经其他合伙人一致同意,可以决议将其除名:①未履行出资义务;②因故意或者重大过失给合伙企业造成损失;③执行合伙事务时有不正当行为;④发生合伙协议约定的事由。对合伙人的除名决议应当书面通知被除名人。被除名人接到除名通知之日,除名生效,被除名人退伙。被除名人对除名决议有异议的,可以自接到除名通知之日起 30 日内,向人民法院起诉。

2）退伙的效果

退伙的效果,是指退伙时退伙人在合伙企业中的财产份额和民事责任的归属变动。退伙的效果分为两类情况:一是财产继承,二是退伙结算。

关于财产继承,《合伙企业法》规定,合伙人死亡或者被依法宣告死亡的,对该合伙人在合伙企业中的财产份额享有合法继承权的继承人,依照合伙协议的约定或者经全体合伙人一致同意,从继承开始之日起,即取得该合伙企业的合伙人资格。合法继承人不愿意成为该合伙企业的合伙人的,合伙企业应退还其依法继承的财产份额。合法继承人为未成年人的,经其他合伙人一致同意,可以在其未成年时由监护人代行其权利。

关于退伙结算。除合伙人死亡或者被依法宣告死亡的情形外,合伙企业法对退伙结算作了以下规定:①合伙人退伙的,其他合伙人应当与该退伙人按照退伙时的合伙企业的财产状况进行结算,退还退伙人的财产份额。退伙时有未了结的合伙企业事务的,待了结后进行结算。②退伙人在合伙企业中财产份额的退还办法,由合伙协议约定或者由全体合伙人决定,既可以退还货币,也可以退还实物。③合伙人退伙时,合伙企业财产少于合伙企业债务的,如果合伙协议约定亏损分担比例的,退伙人应当按照约定的比例分担亏损;如果合伙协议未约定或者约定不明确的,由合伙人协商决定;协商不成的,由合伙人按照实缴出资比例分配、分担;无法确定出资比例的,由合伙人平均分配、分担。

合伙人退伙以后,并不能解除对于合伙企业既往债务的连带责任。《合伙企业法》规定,退伙人对其退伙前已发生的合伙企业债务,与其他合伙人承担连带责任。

（七）特殊的普通合伙企业

1. 特殊的普通合伙企业的概念

特殊的普通合伙企业,是指以专业知识和专门技能为客户提供有偿服务的专业机构性质的合伙企业。特殊的普通合伙企业名称中应当标明"特殊普通合伙"字样。

2. 特殊的普通合伙企业的责任形式

特殊的普通合伙企业与普通合伙企业的不同在于承担责任的原则不同。在特殊普通合伙企业中,各合伙人仍对合伙债务承担无限连带责任,但这种责任仅局限于合伙人本人业务范围及过错,即对企业形成的债务属于本人职责范围或过错所导致的方可承担无限责任。这种制度将使有关专业服务机构的合伙人避免承担过度风险,有利于其发展壮大和在异地发展业务。《合伙企业法》规定,特殊的普通合伙企业中,一个合伙人或者数个合伙人在执业活动中因故意或者重大过失造成合伙企业债务的,应当承担无限责任或者无限连带责任,其他合伙人以其在合伙企业中的财产份额为限承担有限责任。合伙人在执业活动中非因故意或者重大过失造成的合伙企业债务以及合伙企业的其他债务,由全体合伙人承担无限连带责任。

合伙人执业活动中因故意或者重大过失造成的合伙企业债务,以合伙企业财产对外承担责任后,该合伙人应当按照合伙协议的约定对合伙企业造成的损失承担赔偿责任。

3. 特殊的普通合伙企业的执业风险防范

特殊的普通合伙企业应当建立执业风险基金,办理职业保险。

执业风险基金,主要是指为了化解经营风险,特殊的普通合伙企业从其经营收益中提取相应比例的资金留存或者根据相关规定上缴到指定机构所形成的资金。执业风险基金用于偿付合伙人执业活动造成的债务。执业风险基金应当单独立户管理。

职业保险,是指承保各种专业技术人员因工作上的过失或疏忽大意所造成的合同一方或他人的人身伤害或财产损失的经济赔偿责任的保险。

三、有限合伙企业

(一)有限合伙企业的概念和特征

有限合伙企业,是指由有限合伙人和普通合伙人共同组成,普通合伙人对合伙企业债务承担无限连带责任,有限合伙人以其认缴的出资额为限对合伙企业债务承担责任的合伙组织。有限合伙企业具有以下特征。

(1)有限合伙人与普通合伙人同在。有限合伙企业中至少有1名普通合伙人和至少有1名有限合伙人,二者缺一不可。根据我国《合伙企业法》的规定,有限合伙企业仅剩有限合伙人的,应当解散;有限合伙企业仅剩普通合伙人的,应转为普通合伙企业。

(2)双重责任形式并存。对有限合伙企业的债务,有限合伙人仅以其出资为限承担责任,普通合伙人则对合伙债务承担无限责任,同时普通合伙人之间承担连带责任。有限合伙企业集有限与无限责任于一身,合伙人之间体现了人合与资合两种合作的优势。

(3)有限合伙人不参与合伙事务的处理。《合伙企业法》规定,有限合伙企业事务的管理权应由普通合伙人行使,有限合伙人只有对合伙事务的检查监督权。当有限合伙人参与合伙事务的经营管理时,就应对合伙债务承担无限责任。

(二)有限合伙企业设立的特殊规定

1. 有限合伙企业人数

《合伙企业法》规定,有限合伙企业由2个以上50个以下合伙人设立,但是法律另有规定的除外。有限合伙企业至少应当有1个普通合伙人。按照规定,自然人、法人和其他组织可以依照法律规定设立有限合伙企业,但国有独资公司、国有企业、上市公司以及公益性的事业单位、社会团体不得成为有限合伙企业的普通合伙人。

2. 有限合伙企业名称

《合伙企业法》规定,有限合伙企业名称中应当标明"有限合伙"字样。按照企业名称登记管理的有关规定,企业名称中应当含有企业的组织形式。为便于社会公众以及交易相对人对有限合伙企业的了解,有限合伙企业名称中应当标明"有限合伙"字样,而不能标明"普通合伙"、"特殊普通合伙"、"有限公司"、"有限责任公司"等字样。

3. 有限合伙企业协议

有限合伙企业协议是有限合伙企业生产经营的重要法律文件。有限合伙企业协议除符合普通合伙企业合伙协议的规定外。还应当载明下列事项:①普通合伙人和有限合伙人的姓名或者名称、住所;②执行事务合伙人应具备的条件和选择程序;③执行事务合伙人的权限与违约处理办法;④执行事务合伙人的除名条件和更换程序;⑤有限合伙人入伙、退伙的条件、程序以及相关责任;⑥有限合伙人和普通合伙人相互转变程序。

4. 有限合伙人出资形式

《合伙企业法》规定,有限合伙人可以用货币、实物、知识产权、土地使用权或者其他财产权利作价出资。有限合伙人不得以劳务出资。劳务出资的实质是用未来劳动创造的收入来投资,其难以通过市场变现,法律上执行困难。如果普通合伙人用劳务出资,有限合伙人也用劳务出资,将来该有限合伙企业将难以承担债务责任,这将不利于保护债权人的利益。

5. 有限合伙人出资义务

《合伙企业法》规定,有限合伙人应当按照合伙协议的约定按期足额缴纳出资;未按期足额缴纳的,应当承担补缴义务,并对其他合伙人承担违约责任。

6. 有限合伙企业登记事项

《合伙企业法》规定,有限合伙企业登记事项中应当载明有限合伙人的姓名或者名称及认缴的出资数额。

(三)有限合伙企业事务执行的特殊规定

1. 有限合伙企业事务执行人

《合伙企业法》规定,有限合伙企业由普通合伙人执行合伙事务。执行事务合伙人可以要求在合伙协议中确定执行事务的报酬及报酬提取方式。如合伙协议约定数个普通合伙人执行合伙事务,这些普通合伙人均为合伙事务执行人。如合伙协议无约定,全体普通合伙人是合伙事务的共同执行人。合伙事务执行人除享有一般合伙人相同的权利外,还有接受其他合伙人的监督和检查、谨慎执行合伙事务的义务,若因自己的过错造成合伙财产损失的。应向合伙企业或其他合伙人负赔偿责任。

2. 禁止有限合伙人执行合伙事务

《合伙企业法》规定,有限合伙人不执行合伙事务,不得对外代表有限合伙企业。有限合伙人的下列行为,不视为执行合伙事务:①参与决定普通合伙人入伙、退伙;②对企业的经营管理提出建议;③参与选择承办有限合伙企业审计业务的会计师事务所;④获取经审计的有限合伙企业财务会计报告；⑤对涉及自身利益的情况，查阅有限合伙企业财务会计账簿等财务资料；⑥在有限合伙企业中的利益受到侵害时，向有责任的合伙人主张权利或者提起诉讼；⑦执行事务合伙人怠于行使权利时，督促其行使权利或者为了本企业的利益以自己的名义提起诉讼；⑧依法为本企业提供担保。

3. 有限合伙企业利润分配

《合伙企业法》规定，有限合伙企业不得将全部利润分配给部分合伙人；但是，合伙协议另有约定的除外。

4. 有限合伙人权利

（1）有限合伙人可以同本企业进行交易。《合伙企业法》规定，有限合伙人可以同本有限合伙企业进行交易；但是，合伙协议另有约定的除外。

（2）有限合伙人可以经营与本企业相竞争的业务。《合伙企业法》规定，有限合伙人可以自营或者同他人合作经营与本有限合伙企业相竞争的业务；但是，合伙协议另有约定的除外。

（四）有限合伙企业财产出质与转让的特殊规定

1. 有限合伙人财产份额出质

《合伙企业法》规定，有限合伙人可以将其在有限合伙企业中的财产份额出质；但是，合伙协议另有约定的除外。所谓有限合伙人将其在有限合伙企业中的财产份额出质，是指有限合伙人以其在合伙企业中的财产份额对外进行权利质押。有限合伙人在有限合伙企业中的财产份额，是有限合伙人的财产权益，在有限合伙企业存续期间，有限合伙人可以对该财产权利进行一定的处分。

2. 有限合伙人财产份额转让

《合伙企业法》规定，有限合伙人可以按照合伙协议的约定向合伙人以外的人转让其在有限合伙企业中的财产份额，但应当提前30日通知其他合伙人。有限合伙人对外转让其在有限合伙企业中的财产份额应当依法进行，一是要按照合伙协议的约定进行转让；二是应当提前30日通知其他合伙人。有限合伙人对外转让其在有限合伙企业的财产份额时，有限合伙企业的其他合伙人有优先购买权。

（五）有限合伙人债务清偿的特殊规定

《合伙企业法》规定，有限合伙人的自有财产不足以清偿其与合伙企业无关的债务的，该合伙人可以以其从有限合伙企业中分得的收益用于清偿；债权人也可以依法请求人民法院强制执行该合伙人在有限合伙企业中的财产份额用于清偿。

人民法院强制执行有限合伙人的财产份额时，应当通知全体合伙人。在同等条件下，其他合伙人有优先购买权。因此，有限合伙人清偿其债务时，首先应当以自有财产进行清偿,只有在自有财产不足以清偿时,有限合伙人才可以使用其在有限合伙企业中分取的收益进行清偿,也只有在有限合伙人自有财产不足以清偿其与合伙企业无关的债务时,人民法院才可以应债权人请求强制执行该合伙人在有限合伙企业中的财产份额用于清偿。

（六）有限合伙企业入伙与退伙的特殊规定

1. 入伙

《合伙企业法》规定,新入伙的有限合伙人对入伙前有限合伙企业的债务,以其认缴的出资额为限承担责任。

2. 退伙

（1）有限合伙人当然退伙。《合伙企业法》规定,有限合伙人出现下列情形时当然退伙：①作为合伙人的自然人死亡或者被依法宣告死亡；②作为合伙人的法人或者其他组织依法被吊销营业执照、责令关闭、撤销,或者被宣告破产；③法律规定或者合伙协议约定合伙人必须具有相关资格而丧失该资格；④合伙人在合伙企业中的全部财产份额被人民法院强制执行。

（2）有限合伙人丧失民事行为能力的处理。《合伙企业法》规定,作为有限合伙人的自然人在有限合伙企业存续期间丧失民事行为能力的,其他合伙人不得因此要求其退伙。

（3）有限合伙人继承人的权利。《合伙企业法》规定,作为有限合伙人的自然人死亡、被依法宣告死亡或者作为有限合伙人的法人及其他组织终止时,其继承人或者权利承受人可以依法取得该有限合伙人在有限合伙企业中的资格。

（4）有限合伙人退伙后责任承担。《合伙企业法》规定,有限合伙人退伙后,对基于其退伙前的原因发生的有限合伙企业债务,以其退伙时从有限合伙企业中取回的财产承担责任。

（七）合伙人性质转变的特殊规定

《合伙企业法》规定,除合伙协议另有约定外,普通合伙人转变为有限合伙人,或者有限合伙人转变为普通合伙人,应当经全体合伙人一致同意。有限合伙人转变为普通合伙人的,对其作为有限合伙人期间有限合伙企业发生的债务承担无限连带责任。普通合伙人转变为有限合伙人的,对其作为普通合伙人期间合伙企业发生的债务承担无限连带责任。

四、合伙企业解散与清算

（一）合伙企业解散

合伙企业解散,是指各合伙人解除合伙协议,合伙企业终止活动。根据《合伙企业法》

规定,合伙企业有下列情形之一的,应当解散:①合伙期限届满,合伙人决定不再经营;②合伙协议约定的解散事由出现;③全体合伙人决定解散;④合伙人已不具备法定人数满 30 天;⑤合伙协议约定的合伙目的已经实现或者无法实现;⑥被依法吊销营业执照、责令关闭或者被撤销;⑦法律、行政法规规定的其他原因。

（二）合伙企业清算

合伙企业解散的,应当进行清算。《合伙企业法》对合伙企业清算作了以下几方面的规定。

1. 确定清算人

合伙企业解散,应当由清算人进行清算。清算人由全体合伙人担任;经全体合伙人过半数同意,可以自合伙企业解散事由出现后 15 日内指定一个或者数个合伙人,或者委托第三人担任清算人。自合伙企业解散事由出现之日起 15 日内未确定清算人的,合伙人或者其他利害关系人可以申请人民法院指定清算人。

2. 清算人职责

清算人在清算期间执行下列事务:①清理合伙企业财产,分别编制资产负债表和财产清单;②处理与清算有关的合伙企业未了结事务;③清缴所欠税款;④清理债权、债务;⑤处理合伙企业清偿债务后的剩余财产;⑥代表合伙企业参加诉讼或者仲裁活动。

3. 通知和公告债权人

清算人自被确定之日起 10 日内将合伙企业解散事项通知债权人,并于 60 日内在报纸上公告。债权人应当自接到通知书之日起 30 日内,未接到通知书的自公告之日起 45 日内,向清算人申报债权。债权人申报债权,应当说明债权的有关事项,并提供证明材料,清算人应当对债权进行登记。清算期间,合伙企业存续,但不得开展与清算无关的经营活动。

4. 财产清偿顺序

合伙企业财产在支付清算费用和职工工资、社会保险费用、法定补偿金以及缴纳所欠税款、清偿债务后的剩余财产,依照《合伙企业法》关于利润分配和亏损分担的规定进行分配。合伙企业财产清偿问题主要包括以下三方面的内容。

（1）合伙企业的财产首先用于支付合伙企业的清算费用。清算费用包括:①管理合伙企业财产的费用,如仓储费、保管费、保险费等;②处分合伙企业财产的费用,如聘任工作人员的费用等;③清算过程中的其他费用,如通告债权人的费用、调查债权的费用、咨询费用、诉讼费用等。

（2）合伙企业的财产支付合伙企业的清算费用后的清偿顺序如下:合伙企业职工工资、社会保险费用和法定补偿金;缴纳所欠税款;清偿债务。其中法定补偿金主要是指法律、行政法规和规章所规定的应当支付给职工的补偿金,如《中华人民共和国劳动法》(以下简称《劳动法》）规定的解除劳动合同的补偿金。

（3）分配财产。合伙企业财产依法清偿后仍有剩余时，对剩余财产依照《合伙企业法》的规定进行分配。

违反《合伙企业法》规定，应当承担民事赔偿责任和缴纳罚款、罚金，其财产不足以同时支付的，先承担民事赔偿责任。

5. 注销登记

清算结束，清算人应当编制清算报告，经全体合伙人签名、盖章后，在15日内向企业登记机关报送清算报告，申请办理合伙企业注销登记。合伙企业注销后，原普通合伙人对合伙企业存续期间的债务仍应承担无限连带责任。

6. 合伙企业不能清偿到期债务的处理

合伙企业不能清偿到期债务的，债权人可以依法向人民法院提出破产清算申请，也可以要求普通合伙人清偿。合伙企业依法被宣告破产的，普通合伙人对合伙企业债务仍应承担无限连带责任。

本 章 小 结

44

企业是指依法设立的以营利为目的、从事商品生产经营服务活动的、实行独立核算的经济组织。一般具有组织性、营利性、独立核算性和法律许可性等特征。我国现行企业法律制度是指关于企业设立、企业组织、企业运行和对企业实施管理的各种法律规范的总称。

全民所有制工业企业是其财产属于全民所有，依法自主经营、自负盈亏、独立核算，在建设社会主义物质文明的同时，也在建设社会主义精神文明的社会主义商品生产的经营单位。

合伙企业是指自然人、法人和其他组织依照《合伙企业法》在中国境内设立的由各合伙人订立合伙协议、共同出资、合伙经营、共享收益、共担风险，并对合伙企业债务承担无限连带责任的营利性组织。设立合伙企业必须符合法定条件，我国《合伙企业法》对合伙企业的设立、合伙事务执行及合伙人的相关权利、财产的构成和转让、合伙中的入伙和退伙、特殊的普通合伙企业和有限合伙企业、合伙企业的解散和清算等都作出了明确的法律规定。

个人独资企业是指依照《个人独资企业法》在中国境内设立的由一个自然人投资，财产为投资人个人所有，投资人以其个人财产对企业债务承担无限责任的经营实体。现行《个人独资企业法》从个人独资企业的设立、变更、权利与义务、企业的解散与清算等方面作了较为详细的规定。

基 本 概 念

企业　　全民所有制工业企业　　合伙企业　　《合伙企业法》　　特殊的普通合伙企业　　有限合伙企业　　个人独资企业

思考与训练

1. 企业的特征是什么？
2. 全民所有制工业企业设立的条件有哪些？
3. 简述全民所有制工业企业的权利和义务。
4. 简述合伙企业是如何设立的。
5. 简述入伙和退伙的法律规定。
6. 设立个人独资企业应具备哪些条件？
7. 简述个人独资企业的财产清偿顺序。
8. 案例分析题

（1）甲是某公司的辞职人员、乙是个体户、丙是某街道派出所的民警。三人拟开办一个软件开发合伙企业，甲以劳务出资，乙以其两间私房作为出资，丙以其存款 5 万元作为出资，三人将该合伙企业命名为"宏达软件有限开发中心"，并依法定要求拟订书面合伙协议，但甲因到外地办事未归而未在协议上签名，筹备工作就绪后，三人向有关主管机关提交申办合伙企业所需的文件。问该案例中有哪些不符合法律规定的事项？

（2）甲、乙、丙三人各出资 3 万元成立一合伙企业，合伙协议规定对利润分配和亏损分担的办法：甲分配或分担 1/2，乙、丙各分配或分担 1/4，争议由合伙人通过协商或调解解决，该企业负责人是甲，对外代表合伙企业，合伙企业经营汽车配件。

问题：

① 甲担任合伙企业负责人期间，可否与别人再建立一个经营汽车配件的门市部，将货卖给该企业？

② 若合伙协议中规定甲不得代表合伙企业签订标的额 20 万元以上的合同，但后来甲与某公司签订了一个 25 万元的合同，该合同是否有效？

第三章 公司法律制度

引导案例

张某、马某、孙某三个自然人投资设立 A 有限责任公司（以下简称 A 公司），该公司以商品批发为主兼营商业零售。经协商，三方拟订了公司的章程，公司章程中有关要点如下。

(1) 公司注册资本为人民币 60 万元，张某以现金 30 万元出资、马某以实物作价出资 16 万元、孙某以商标权作价出资 14 万元。

(2) 因公司股东人数少、经营规模小，公司不设董事会，设一名执行董事，以该执行董事兼任公司总经理，为公司法定代表人。

(3) 三位股东平均分配公司利润、平均承担公司亏损。

A 公司为扩大公司生产经营规模，于 2010 年 2 月 10 日召开的股东会上经全体股东表决权的 70.66% 通过，决定吸收合并 B 有限责任公司。同年 2 月 18 日通知了甲、乙、丙、丁 4 位债权人，并于 2 月 25 日在报纸上进行了公告。3 月 16 日，甲、乙、丙三位债权人均向 A 公司提出清偿债务的要求，A 公司按照规定向甲、乙债权人清偿了债务，向丙债权人提供了相应的担保。4 月 11 日，丁债权人也向 A 公司提出清偿债务的要求，A 公司对丁债权人既未清偿债务，也未提供相应的担保。5 月 8 日，A 公司向公司登记机关办理了有关登记手续。

要求： 根据公司法律规定，分析回答下列问题。

(1) 分析说明 A 公司的注册资本、货币出资金额是否符合法律规定。

(2) 分析说明 A 公司不设立董事会，并以执行董事作为公司法定代表人是否符合法律规定。

(3) 分析说明 A 公司股东之间盈亏分担比例的约定是否符合法律规定。

(4) A 公司股东会决定吸收合并 B 有限责任公司的表决是否符合规定？说明理由。

(5) A 公司在通知债权人、发布公告的时间方面是否符合规定？说明理由。

(6) A 公司对甲、乙、丙、丁 4 位债权人的要求所作的反应是否符合规定？

第一节　公司法概述

公司法的概念有广义与狭义之分。狭义的公司法是特指专门的公司法典,即《中华人民共和国公司法》(以下简称《公司法》),它由第八届全国人大常委会第五次会议于1993年12月29日通过,自1994年7月1日起施行。此后,《公司法》于1999年、2004年进行了两次小规模的修订。2005年10月27日,《公司法》在进行了大规模的修订后,第十届全国人大常委会第十八次会议重新颁布,自2006年1月1日起施行。广义的公司法,除包括专门的公司法典外,还包括其他有关公司的法律、法规、行政规章、司法解释以及其他各法之中调整公司组织关系、规范公司组织行为的法律规范,如《中华人民共和国公司登记管理条例》(以下简称《公司登记管理条例》)、《中华人民共和国民法通则》(以下简称《民法通则》)等法中的相关规定。

一、公司的概念和特征

(一)公司的概念

公司的概念在各国公司法理论上并不相同。例如,在一些英美法系的国家,不同的利益主体为了实现共同目的,从事共同事业就可以采用公司形式。在这些国家,公司分为上市公司和非营利公司。这些公司并不一定都属于企业,这与我国的法定公司性质是不相符的。

根据我国《公司法》规定,公司是指股东依法以投资方式设立,以营利为目的,以其认缴的出资额或认购的股份为限对公司承担责任,公司以其全部独立法人财产对公司债务承担责任的企业法人。公司与企业不能等同,公司是企业的一种具体形式,而企业是指一切从事商品生产、流通或服务活动,在法律上具有一定独立地位的营利性经济组织。

(二)公司的特征

鉴于世界各国对于公司的概念存在差异,公司的基本特征也不尽相同。一般而言,我国公司主要有如下4项特征。

1. 公司是依法定条件和程序设立的企业法人

公司必须依法定条件、法定程序设立。这一方面要求公司的章程、资本、组织机构、活动原则等必须合法;另一方面要求公司设立要经过法定程序进行工商登记。通常,公司依公司法设立,但有时还必须符合其他法律的规定,如商业银行法、保险法、证券法等行业管理法律,有时公司还可能是依据特别法或行政命令设立。

2. 公司是以营利为目的的经济组织

以营利为目的是指股东设立公司的目的是为了营利,即从公司经营中取得利润。因此,营利目的不仅要求公司本身为营利而活动,而且要求公司有盈利时应当分配给股东,某些具有营利活动的组织,如果其利润不分配给股东,而是用于社会公益等其他目的,则不具有营利性。公司的营利活动应是具有连续性的营业,一次性的、间歇性的营利行为不构成经营性的营业活动。

3. 公司是以股东投资行为为基础设立的社会团体法人

公司由股东的投资行为设立。股东投资行为形成的权利是股权。股权是一种独立的特殊权利,不同于所有权,也不同于经营权等其他物权,更不同于债权。依据《公司法》第四条规定。公司股东依法享有资产收益、参与重大决策和选择管理者等权利。我国《公司法》中允许设立一人公司,这在理论上已经突破了公司的社团属性,但是,在实践中,公司大多数是由多数股东组成的社团法人。

4. 公司具有独立的法人资格

公司是企业法人,应当符合《民法通则》规定的法人条件,最主要的是有独立的法人财产和能够独立承担民事责任。我国《公司法》规定的有限责任公司和股份有限公司均具有法人资格,股东以其认缴的出资额或认购的股份为限对公司承担有限责任。公司具有独立法人地位的特征主要表现为三点,即公司具有独立的财产、独立承担民事责任和具有独立的组织机构。

48

二、公司的分类

(一)以公司股东的责任范围为标准,可将公司分为无限公司、有限公司、两合公司、股份有限公司和股份两合公司

无限公司是指股东对公司债务承担无限责任的公司。有限责任公司,又称有限公司,是指由 50 个以下股东共同出资设立,股东以出资额为限对公司承担有限责任,公司以其全部资产对其债务承担责任的公司。两合公司是指由 1 人以上的有限责任股东和 1 人以上的无限责任股东组成的,有限责任股东承担有限责任,无限责任股东承担无限责任的公司。股份有限公司,又称股份公司,是指全部资本分成等额股份,股东以其认购的股份对公司承担有限责任,公司以其全部资产对公司债务承担责任的公司。股份两合公司是指由 1 人以上的有限责任股东和 1 人以上的无限责任股东组成的,有限责任股东以持有的股份额对公司债务承担有限责任,无限责任股东承担无限责任的公司。

我国《公司法》规定的公司为有限公司和股份有限公司。

（二）以公司的控制和依附关系为标准，可将公司分为母公司和子公司

母公司是指拥有其他公司一定数额的股份或者根据协议能够控制、支配其他公司的人事、财务、业务等事项的公司。子公司是指一定数额的股份被另一个公司控制或依照协议被另一个公司实际控制支配的公司。无论母公司与子公司之间的控制依附关系如何，母公司和子公司都具有法人资格，依法独立承担民事责任。当母公司控制的子公司较多时，则可能形成集团公司或企业集团。

（三）以公司内部组织机构的地位为标准，可将公司分为总公司和分公司

总公司又称本公司。是指依法设立并管辖公司全部组织的具有企业法人资格的总机构。分公司是指在业务、资金、人事等方面受本公司管辖而不具有法人资格的分支机构。分公司因不具有法人的资格，其业务活动的结果由总公司承受，其债务也由总公司以自己的全部财产承担责任。

（四）以公司的信用基础为标准，可将公司分为人合公司、资合公司和人合兼资合公司

人合公司是指公司的经营活动以股东的个人信用而非公司资本的多寡为基础的公司。无限责任公司是典型的人合公司。资合公司是指公司的经营活动以公司的资本规模而非股东的个人信用为基础的公司。股份有限公司是典型的资合公司。人合兼资合公司是指公司的设立和经营同时依赖于股东的个人信用和公司的资本规模，兼有上述两类公司的特点。有限责任公司是人合兼资合公司。

（五）以公司的国籍为标准，可将公司分为本国公司、外国公司和跨国公司

本国公司是国籍隶属于本国的公司。根据我国法律，凡是依我国法律、在我国境内登记设立的公司，即为我国的本国公司，即中国公司，而无论其资本构成是否有外资成分。外国公司是国籍隶属于外国的公司。根据我国法律，凡依外国法律在中国境外登记设立的公司，即外国公司。跨国公司是指以本国为基地或中心，在不同国家和地区设立分公司、子公司或投资企业，从事国际生产经营活动的经济组织。

三、公司法人财产权与股东权利

（一）公司法人财产权

公司法人财产是指公司设立时，由股东投资以及公司成立后在经营过程中形成的财产的总和。公司法人财产与公司资本不是同一个概念。公司资本是股东出资构成的财产总额,只是公司法人财产的一部分,公司法人财产还包括公司成立后在经营过程中积累或接受赠与等形成的财产;公司资本是一个确定不变的财产数额,一旦确定,非经法律程序,不能自然或随意改变,而公司法人财产则会随公司经营活动而不断变化;公司盈亏,尽管会导致法人财产的变化,但并不会自然导致资本数额的变化。

公司法人财产权是指公司作为企业法人享有法人财产权。公司的财产虽然源于股东投资。但股东一旦将财产投入公司,便丧失对该财产的直接支配权利,只享有对公司的股权,由公司享有对该财产的支配权利,即法人财产权。一般认为,法人财产权是指公司拥有由股东投资形成的法人财产,并依法对财产行使占有、使用、收益、处分的权利。这种财产权实际具有法律上所有权的任何特征。因此,公司的法人财产权应当受到法律有关所有权制度的一切保护。

同时,我国《公司法》规定,公司向其他企业投资或者为他人提供担保,按照公司章程的规定由董事会或者股东会、股东大会决议;公司章程对投资或者担保的总额及单项投资或者担保的数额有限额规定的,不得超过规定的限额。公司为公司股东或者实际控制人提供担保的,必须经股东会或者股东大会决议。接受担保的股东或者受实际控制人支配的股东不得参加表决。该项表决由出席会议的其他股东所持表决权的过半数通过。一般情况下,除非公司章程有特别规定或经股东会(股东大会)的批准同意,公司董事、经理不得擅自将公司资金借贷给他人。

50

(二)股东权利

1.股东权利的概念

股东权利是指股东向公司出资或认购股份而对公司享有的权利,也称为股东权或股权。股东权与公司法人财产权既有联系,也相区别。二者是公司成立之后分别由股东和公司各自享有的法定权利,各自权利的内容依据法律和公司章程而确定,相互具有排他性。股东可以通过行使股东权对公司管理者进行选择、决定公司重大事项、提出质询等,从而影响公司法人财产权的行使;公司也可以通过法人财产权的行使满足股东的利益要求,拒绝股东对公司经营管理活动的直接干预和不正当行为。公司股东依法享有资产收益、参与重大决策和选择管理者等权利。

2.股东权利的分类

(1)依据股东权行使的目的是为全体股东共同利益还是为股东个人利益,将股东权分为共益权和自益权。共益权是股东依法参加公司事务的决策和经营管理的权利,它是股东基于公司利益同时兼为自己的利益而行使的权利,包括股东大会参加权、提案权、质询权、在股东大会上的表决权、累积投票权,股东大会召集请求权和自行召集权,了解公司事务、查阅公司账簿和其他文件的知情权,提起诉讼权等权利。自益权是股东仅以个人利益为目的而行使的权利,即依法从公司取得利益、财产或处分自己股权的权利,主要为股利分配请求权、剩余财产分配权、新股认购优先权、股份质押权和股份转让权等。

（2）按股权行使的条件,将股东权分为单独股东权和少数股东权。单独股东权是每一单独股份均享有的权利,即只持有一股股份的股东也可以单独行使的权利,如自益权、表决权等;少数股东权是须单独或共同持有占股本总额一定比例以上的股份方可行使的权利,如请求召开临时股东会的权利等。

（3）按照股东权的重要程度、是否可由公司章程或股东大会决议加以限制或剥夺,可以将股东权分为固有权和非固有权。又称法定股东权和非法定股东权。股东依法享有、只能由其自愿放弃、不允许由公司章程或股东大会决议加以限制或剥夺的股东权为固有权,固有权的具体范围依各国公司法的规定。通常共益权和特别股东权均属固有权。法律允许由公司章程股东大会决议加以限制或剥夺的股东权为非固有权,自益权中的一部分便为非固有权。

（4）按照发行股份的不同性质,可以将股东权分为普通股东权和特别股东权。前者是普通股东所享有的权利,后者是特别股股东所享有的特别权利,如优先股股东所享有的各种优先权利。

四、公司的登记管理

51

（一）公司登记的概念

公司登记是指公司在设立、变更、终止时,由申请人依法在公司登记机关提出申请,公司登记机关依法审查,在确认符合条件后予以核准并记载法定登记事项的行为。公司登记实质上是国家赋予公司法人资格与经营资格,并对公司的设立、变更、注销加以规范、公示的行政行为。

（二）公司登记的管辖

有限责任公司和股份有限公司的设立、变更、终止,应当依照《公司法》和《公司登记管理条例》的规定办理登记。我国的公司登记机关是工商行政管理机关。我国公司登记实行国家、省(自治区、直辖市)、市(县)三级管辖制度。

1. 国家工商行政管理总局负责管辖的公司登记

根据《公司登记管理条例》的规定,国家工商行政管理总局负责下列公司的登记。

（1）国务院国有资产监督管理机构履行出资人职责的公司以及该公司投资设立并持有50%以上股份的公司。

（2）外商投资的公司。

（3）依照法律、行政法规或者国务院决定的规定,应当由国家工商行政管理总局登记的公司。

（4）国家工商行政管理总局规定应当由其登记的其他公司。

2. 省、自治区、直辖市工商行政管理局负责管辖的公司登记

根据《公司登记管理条例》的规定，省、自治区、直辖市工商行政管理局负责本辖区内下列公司的登记。

（1）省、自治区、直辖市人民政府国有资产监督管理机构履行出资人职责的公司以及该公司投资设立并持有 50％ 以上股份的公司。

（2）省、自治区、直辖市工商行政管理局规定由其登记的自然人投资设立的公司。

（3）依照法律、行政法规或者国务院决定的规定，应当由省、自治区、直辖市工商行政管理局登记的公司。

（4）国家工商行政管理总局授权登记的其他公司。

3. 省、自治区、直辖市工商行政管理局以下公司登记机关负责管辖的公司登记

根据《公司登记管理条例》的规定，设区的市（地区）工商行政管理局、县工商行政管理局，以及直辖市的工商行政管理分局、设区的市工商行政管理局的区分局，负责本辖区内国家工商行政管理总局及省级工商行政管理局负责登记公司以外的其他公司的登记，但其中的股份有限公司由设区的市（地区）工商行政管理局负责登记。

（三）公司登记的事项

公司登记的事项应当符合法律、行政法规的规定。不符合法律、行政法规规定的，公司登记机关不予登记。《公司登记管理条例》对公司应当登记的事项作有列举性规定，主要包括以下内容。

1. 公司名称

公司名称是公司法律人格的文字符号，是其区别于其他公司、企业的识别标志。公司名称具有标志性、排他性（即公司对其名称有独占、专用的权利）和财产性的特征。公司名称由行政区划、字号、行业、组织形式依次组成，法律、行政法规和行政规章另有规定的除外。公司分支机构名称应当冠以其所从属公司的名称。有限责任公司必须在公司名称中标明"有限责任公司"或者"有限公司"字样。股份有限公司必须在公司名称中标明"股份有限公司"或者"股份公司"字样。公司只能使用一个名称，设立公司应当申请名称预先核准，经公司登记机关核准登记的公司名称受法律保护。

2. 公司住所

住所是公司进行经营活动的中心场所，同时也是发生纠纷时确定诉讼及行政管辖的依据，是向公司送达文件的法定地址。一个公司可以有多个经营场所，但登记的住所只能有一个。公司以其主要办事机构所在地为住所，公司的住所应当在其公司登记机关辖区内。

3.法定代表人姓名

公司的法定代表人可以由董事长、执行董事或者经理担任。

4.注册资本和实收资本

注册资本是指公司成立时注册登记的资本总额。我国《公司法》规定,有限责任公司的注册资本为在公司登记机关依法登记的全体股东认缴的出资额。股份有限公司采取发起设立方式设立的,注册资本为在公司登记机关依法登记的全体发起人认购的股本总额;采取募集设立方式设立的,注册资本为在公司登记机关依法登记的实收股本总额。

公司的实收资本是全体股东或者发起人实际交付并经公司登记机关依法登记的出资额或者股本总额。

5.公司类型

公司登记的类型是指公司的组织形式,包括有限责任公司和股份有限公司。一人有限责任公司应当在公司登记中注明自然人独资或者法人独资,并在公司营业执照中载明。

6.公司的经营范围

经营范围是股东选择的公司生产和经营的商品类别、品种及服务项目。经营范围由公司章程规定,并应依法登记。公司的经营范围中属于法律、行政法规规定须经批准的项目,应当依法经过批准。公司可以修改公司章程,改变经营范围,但是应当办理变更登记。公司超过经营范围订立合同,不一定导致合同无效。

53

7.营业期限

营业期限是指公司开展生产经营活动的期限。

除上述 7 项以外。还包括公司股东或者发起人的姓名或者名称,以及认缴和实缴的出资额、出资时间、出资方式等登记事项。

(四)公司登记的种类

1.设立登记

公司设立登记是公司的设立人依照《公司法》规定的设立条件与程序向公司登记机关提出设立申请,并提交法定登记事项文件,公司登记机关审核后对符合法律规定者准予登记,并发给企业法人营业执照的活动。我国《公司法》第六条规定:"设立公司,应当依法向公司登记机关申请设立登记。符合本法规定的设立条件的,由公司登记机关分别登记为有限责任公司或者股份有限公司;不符合本法规定的设立条件的,不得登记为有限责任公司或者股份有限公司。法律、行政法规规定设立公司必须报经批准的,应当在公司登记前依法办理批准手续。"未经公司登记机关登记的,不得以公司名义从事经营活动。

设立公司应当申请名称预先核准。预先核准的公司名称保留期为 6 个月。在保留期内,先核准的公司名称不得用于从事经营活动,不得转让。

依法设立的公司,由公司登记机关发给《企业法人营业执照》,公司营业执照签发日期为公司成立日期。公司凭公司登记机关核发的《企业法人营业执照》刻制印章，开立银行账户，申请纳税登记。任何单位和个人不得伪造、涂改、出租、出借、转让营业执照。

2. 变更登记

公司变更登记事项，应当向原公司登记机关申请变更登记。未经变更登记，公司不得擅自改变登记事项。

公司变更名称、经营范围或者法定代表人的，应当自变更决议或者决定作出之日起30日内申请变更登记。公司变更住所的，应当在迁入新住所前申请变更登记，并提交新住所使用证明。公司变更注册资本的，应当提交依法设立的验资机构出具的验资证明。公司变更类型的，应当按照拟变更的公司类型的设立条件，在规定的期限内向公司登记机关申请变更登记，并提交有关文件。

3. 注销登记

公司解散，依法应当清算的，清算组应当自成立之日起10日内将清算组成员、清算组负责人名单向公司登记机关备案。公司清算组应当自公司清算结束之日起30日内向原公司登记机关申请注销登记。分公司被公司撤销、依法责令关闭、吊销营业执照的，公司应当自决定作出之日起30日内向该分公司的公司登记机关申请注销登记。申请注销登记应当提交公司法定代表人签署的注销登记申请书和分公司的《营业执照》。公司登记机关准予注销登记后，应当收缴分公司的《营业执照》。经公司登记机关注销登记，公司法人资格终止。

54

第二节　有限责任公司

一、有限责任公司的概念和特征

（一）有限责任公司的概念

有限责任公司又称有限公司，是股东以其认缴的出资额为限对公司承担责任，公司以其全部资产对公司的债务承担责任的企业法人。

（二）有限责任公司的特征

（1）股东以其认缴的出资额为限对公司承担责任，公司以其全部资产对公司的债务承担责任。

（2）公司不能发行股票，只能向股东签发出资证明书作为股东出资的凭证及转让出资时的依据。

（3）公司股份转让有比较严格的限制，股东只能按法定的条件和程序转让其所持有的股份。

（4）股东人数有限制。有限责任公司一般都有最高人数的规定。中国有限责任公司规定以股东人数 50 人为上限。有限责任公司的股东，不限于自然人，法人和政府都可以成为有限责任公司的股东。

（5）公司财务情况不必向外界公开，但要按公司章程的规定将财务会计报告送交公司各个股东。

二、有限责任公司设立的条件

我国《公司法》规定，设立有限责任公司，应当符合下列条件。

（一）股东符合法定人数

股东人数应为 50 人以下（含 50），其中由一名股东设立的有限责任公司为一人有限责任公司，国有资产监督管理机构代表政府出资设立国有独资公司。自然人、企业、部分事业单位或社会团体、工会组织均可以成为有限责任公司的股东，但有关法律法规禁止设立公司的自然人和法人不得成为公司的股东。

（二）股东出资达到法定资本最低限额

有限责任公司注册资本的最低限额为 3 万元；法律、行政法规对有限责任公司注册资本的最低限额有较高规定的，从其规定，如《商业银行法》规定全国性银行的最低注册资本为 10 亿元。但一人有限责任公司的注册资本最低限额为 10 万元，股东应一次性足额缴纳公司章程规定的出资额。

股东可以用货币出资，也可以用实物、知识产权、土地使用权等可以用货币估价并可以依法转让的非货币财产作价出资；但是，法律、行政法规规定不得作为出资的财产除外。全体股东的货币出资金额不得低于注册资本的 30%。全体股东的首次出资额不得低于注册资本的 20%，并不得低于法定的注册资本最低限额，其余部分由股东自公司成立之日起 2 年内缴足；其中，投资公司可以在 5 年内缴足。

股东不得以劳务、信用、自然人姓名、商誉、特许经营权或者设定担保的财产、非专利技术等作价出资。对作为出资的非货币财产应当评估作价，核实财产，不得高估或者低估作价。

有限责任公司成立后，发现作为出资的非货币财产的实际价值显著低于公司章程所定价额的，应当由交付该出资的股东补缴其差额，公司设立时的其他股东对其承担连带责任。

（三）股东共同制定公司章程

公司的章程是记载有关公司组织和行为基本规则的文件，章程应当由公司的全体股东共同制定。股东应当在公司章程上签名、盖章。公司章程应当载明的事项为：①公司名称和住所；②公司经营范围；③公司注册资本；④股东的姓名或者名称；⑤股东的出资方式、出资额和出资时间；⑥公司的机构及其产生办法、职权、议事规则；⑦公司法定代表人；⑧股东会会议认为需要规定的其他事项。其中前7项是公司章程必须记载的事项，不记载或者记载违法者，章程无效。公司章程对公司、股东、董事、监事、高级管理人员具有约束力。

（四）有公司名称，建立符合有限责任公司要求的组织机构

设立有限责任公司必须有公司名称，并应当在其名称中标明有限责任公司或有限公司字样，然后在公司登记机关作相应的登记。有限责任公司是通过公司的组织机构进行运作的，所以设立有限责任公司必须建立相应的符合有限责任公司要求的组织机构。有限责任公司的内部组织机构分为股东会、董事会和监事会等。

（五）有公司住所

设立有限公司，必须有公司住所。公司住所是指公司主要办事机构所在地，经公司登记机关登记的公司的住所只能有一个，公司的住所应当在其公司登记机关辖区内。

56

三、有限责任公司的组织机构

公司组织机构是代表公司活动，行使相应职权的权力机关、决策机关、监督机关和执行机关所组成的公司机构。有限责任公司的组织机构包括股东会、董事会、监事会及高级管理人员。

（一）股东会

1. 股东会的组成及职权

有限责任公司股东会由全体股东组成，是公司的权力机构。

我国《公司法》规定，股东会的职权主要有：①决定公司的经营方针和投资计划；②选举和更换非由职工代表担任的董事、监事，决定有关董事、监事的报酬事项；③审议批准董事会的报告；④审议批准监事会或者监事的报告；⑤审议批准公司的年度财务预算方案、决算方案；⑥审议批准公司的利润分配方案和弥补亏损方案；⑦对公司增加或者减少注册资本作出决议；⑧对发行公司债券作出决议；⑨对公司合并、分立、解散、清算或者变更公司形式作出决议；⑩修改公司章程和公司章程规定的其他职权。

对上述事项，股东以书面形式一致表示同意的，可以不召开股东会会议，直接作出决定，并由全体股东在决定文件上签名、盖章。

2. 股东会会议

（1）召开。股东会会议分为定期会议和临时会议。定期会议应当依照公司章程的规定按时召开。代表十分之一以上表决权的股东、三分之一以上的董事、监事会或者不设监事会的公司的监事提议召开临时会议的,应当召开临时会议。

召开股东会会议,应当于会议召开 15 日前通知全体股东,但是,公司章程另有规定或者全体股东另有约定的除外。股东会应当将所议事项的决定作成会议记录,出席会议的股东应当在会议记录上签名。

（2）召集与主持。首次股东会会议由出资最多的股东召集和主持,依照公司法的规定行使职权。除首次股东会议以外,股东会的召集和主持分三种情况:有限责任公司设立董事会的,股东会会议由董事会召集,董事长主持;董事长不能履行职务或者不履行职务的,由副董事长主持;副董事长不能履行职务或者不履行职务的,由半数以上董事共同推举一名董事主持。有限责任公司不设董事会的,股东会会议由执行董事召集和主持。董事会或者执行董事不能履行或者不履行召集股东会会议职责的,由监事会或者不设监事会的公司的监事召集和主持;监事会或者监事不召集和主持的,代表十分之一以上表决权的股东可以自行召集和主持。

（3）表决。股东会会议由股东按照出资比例行使表决权;但是,公司章程另有规定的除外。股东会的议事方式和表决程序,除公司法有规定的外,由公司章程规定。股东会会议作出修改公司章程、增加或者减少注册资本的决议,以及公司合并、分立、解散或者变更公司形式的决议,必须经代表三分之二以上表决权的股东通过。

（二）董事会

1. 董事会的组成及职权

董事会是有限责任公司的业务执行和经营活动的决策机关,对股东会负责。有限责任公司设董事会,其成员为 3～13 人;两个以上的国有企业或者两个以上的其他国有投资主体投资设立的有限责任公司,其董事会成员中应当有公司职工代表;其他有限责任公司董事会成员中可以有公司职工代表。董事会中的职工代表由公司职工通过职工代表大会、职工大会或者其他形式民主选举产生。董事会设董事长 1 人,可以设副董事长。董事长、副董事长的产生办法由公司章程规定。

董事会主要行使下列职权:①召集股东会会议,并向股东会报告工作;②执行股东会的决议;③决定公司的经营计划和投资方案;④制定公司的年度财务预算方案、决算方案;⑤制定公司的利润分配方案和弥补亏损方案;⑥制定公司增加或者减少注册资本以及发行公司债券的方案;⑦决定公司合并、分立、解散或者变更公司形式;⑧决定公司内部管理机构的设置;⑨决定聘任或者解聘公司经理及其报酬事项,并根据经理的提名决定聘任或者解聘公司副经理、财务负责人及其报酬事项;⑩制定公司的基本管理制度和公司章程规定的其他职权。

股东人数较少或者规模较小的有限责任公司,可以设一名执行董事,执行董事可以兼任公司经理。执行董事的职权由公司章程规定。

2. 董事的任期

董事的任期由公司章程规定,但每届任期不得超过 3 年。董事任期届满,若被连选可以连任。董事任期届满未及时改选,或者董事在任期内辞职导致董事会成员低于法定人数的,在改选出的董事就任前,原董事仍应当依照法律、行政法规和公司章程的规定,履行董事职务。

3. 董事会会议

(1) 召集与主持。董事会会议由董事长召集和主持;董事长不能履行职务或者不履行职务的,由副董事长召集和主持;副董事长不能履行职务或者不履行职务的,由半数以上董事共同推举一名董事召集和主持。

(2) 议事规则。董事会的议事方式和表决程序,除公司法有规定的外,由公司章程规定。董事会应当对所议事项的决定作成会议记录,出席会议的董事应当在会议记录上签名。董事会决议的表决,实行一人一票。

(三) 经理

我国《公司法》规定,有限责任公司可以设经理,由董事会决定聘任或者解聘,对董事会负责,行使下列职权:①主持公司的生产经营管理工作,组织实施董事会决议;②组织实施公司年度经营计划和投资方案;③拟订公司内部管理机构设置方案;④拟订公司的基本管理制度;⑤制定公司的具体规章;⑥提请聘任或者解聘公司副经理、财务负责人;⑦决定聘任或者解聘除应由董事会决定聘任或者解聘以外的负责管理人员;⑧董事会授予的其他职权。公司章程对经理职权另有规定的,从其规定。

经理列席董事会会议。

(四) 监事会

1. 监事会的组成及职权

有限责任公司设监事会,其成员不得少于 3 人。股东人数较少或者规模较小的有限责任公司,可以设 1~2 名监事,不设监事会。监事会应当包括股东代表和适当比例的公司职工代表,其中职工代表的比例不得低于三分之一,具体比例由公司章程规定。监事会中的职工代表由公司职工通过职工代表大会、职工大会或者其他形式民主选举产生。监事会设主席 1 人,由全体监事过半数选举产生。董事、高级管理人员不得兼任监事。

监事会、不设监事会的公司监事可以行使下列职权:①检查公司财务;②对董事、高级管理人员执行公司职务的行为进行监督,对违反法律、行政法规、公司章程或者股东会决议的董事、高级管理人员提出罢免的建议；③当董事、高级管理人员的行为损害公司的利益时，要求董事、高级管理人员予以纠正；④提议召开临时股东会会议，在董事会不履行本法规定的召集和主持股东会会议职责时召集和主持股东会会议；⑤向股东会会议提出提案；⑥依照公司法的规定，对董事、高级管理人员提起诉讼；⑦列席董事会会议，并对董事会决议事项提出质询或者建议；⑧发现公司经营情况异常，可以进行调查；必要时，可以聘请会计师事务所等协助其工作，费用由公司承担；⑨公司章程规定的其他职权。

2. 监事的任期

监事的任期每届为 3 年。监事任期届满，若连选可以连任。监事任期届满未及时改选，或者监事在任期内辞职导致监事会成员低于法定人数的，在改选出的监事就任前，原监事仍应当依照法律、行政法规和公司章程的规定，履行监事职务。

3. 监事会会议

（1）召集和主持。监事会主席召集和主持监事会会议；监事会主席不能履行职务或者不履行职务的，由半数以上监事共同推举一名监事召集和主持监事会会议。

（2）议事规则。监事会每年度至少召开一次会议，监事可以提议召开临时监事会会议。监事会的议事方式和表决程序，除本法有规定的外，由公司章程规定。监事会决议应当经半数以上监事通过。监事会应当对所议事项的决定作成会议记录，出席会议的监事应当在会议记录上签名。

四、公司董事、监事、高级管理人员的资格和义务

（一）公司董事、监事和高级管理人员的资格

高级管理人员是指公司的经理、副经理、财务负责人、上市公司董事会秘书和公司章程规定的其他人员。根据《公司法》的规定，有下列情形之一的，不得担任公司的董事、监事、高级管理人员：①无民事行为能力或者限制民事行为能力；②因贪污、贿赂、侵占财产、挪用财产或者破坏社会主义市场经济秩序，被判处刑罚，执行期满未逾 5 年，或者因犯罪被剥夺政治权利，执行期满未逾 5 年；③担任破产清算的公司、企业的董事或者厂长、经理，对该公司、企业的破产负有个人责任的，自该公司、企业破产清算完结之日起未逾 3 年；④担任因违法被吊销营业执照、责令关闭的公司、企业的法定代表人，并负有个人责任的，自该公司、企业被吊销营业执照之日起未逾 3 年；⑤个人所负数额较大的债务到期未清偿。

公司违反上述规定选举、委派董事、监事或者聘任高级管理人员的，该选举、委派或者聘任无效。董事、监事、高级管理人员在任职期间出现无民事行为能力或者限制民事行为能力的，公司应当解除其职务。

（二）公司董事、监事、高级管理人员的义务

1. 共同义务

共同义务包括：①董事、监事、高级管理人员应当遵守法律、行政法规和公司章程,对公司负有忠实义务和勤勉义务;②董事、监事、高级管理人员不得利用职权收受贿赂或者其他非法收入,不得侵占公司的财产;③股东会或者股东大会要求董事、监事、高级管理人员列席会议的,董事、监事、高级管理人员应当列席并接受股东的质询。

2. 特定义务

董事、高级管理人员不得有下列行为:①挪用公司资金;②将公司资金以其个人名义或者以其他个人名义开立账户存储;③违反公司章程的规定,未经股东会、股东大会或者董事会同意,将公司资金借贷给他人或者以公司财产为他人提供担保;④违反公司章程的规定或者未经股东会、股东大会同意,与本公司订立合同或者进行交易;⑤未经股东会或者股东大会同意,利用职务便利为自己或者他人谋取属于公司的商业机会,自营或者为他人经营与所任职公司同类的业务;⑥接受他人与公司交易的佣金归为己有;⑦擅自披露公司秘密;⑧违反对公司忠实义务的其他行为。董事、高级管理人员违反上述规定所得的收入应当归公司所有。

此外,董事、高级管理人员应当如实向监事会或者不设监事会的有限责任公司的监事提供有关情况和资料,不得妨碍监事会或者监事行使职权。

公司不得直接或者通过子公司向公司董事、监事、高级管理人员提供借款。公司应当定期向股东披露董事、监事、高级管理人员从公司获得报酬的情况。

五、一人有限责任公司的特别规定

一人有限责任公司,是指只有一个自然人股东或者一个法人股东的有限责任公司。

一人有限责任公司章程由股东制定,不设股东会。股东作出本决定时,应当采用书面形式,并由股东签名后置备于公司。

一人有限责任公司的注册资本最低限额为 10 万元,股东应当一次性足额缴纳公司章程规定的出资额。

根据规定,一个自然人只能投资设立一个一人有限责任公司。该一人有限责任公司不能投资设立新的一人有限责任公司。

一人有限责任公司应当在公司登记中注明自然人独资或者法人独资,并在公司营业执照中载明。一人有限责任公司应当在每一会计年度终了时编制财务会计报告,并经会计师事务所审计。一人有限责任公司的股东不能证明公司财产独立于股东自己的财产的,应当对公司债务承担连带责任。

六、国有独资公司的特别规定

国有独资公司,是指国家单独出资、由国务院或者地方人民政府授权本级人民政府国有资产监督管理机构履行出资人职责的有限责任公司。国有独资公司章程由国有资产监督管理机构制定,或者由董事会制定报国有资产监督管理机构批准。

国有独资公司不设股东会,由国有资产监督管理机构行使股东会职权。国有资产监督管理机构可以授权公司董事会行使股东会的部分职权,决定公司的重大事项,但公司的合并、分立、解散、增加或者减少注册资本和发行公司债券,必须由国有资产监督管理机构决定。其中,重要的国有独资公司合并、分立、解散、申请破产的,应当由国有资产监督管理机构审核后,报本级人民政府批准。重要的国有独资公司,按照国务院的规定确定。

国有独资公司设董事会,依照《公司法》的规定行使职权。董事每届任期不得超过3年。董事会成员中应当有公司职工代表,董事会成员由国有资产监督管理机构委派。但是,董事会成员中的职工代表由公司职工代表大会选举产生。董事会设董事长1人,可以设副董事长。董事长、副董事长由国有资产监督管理机构从董事会成员中指定。国有独资公司设经理,由董事会聘任或者解聘,经理依照《公司法》的规定行使职权。经国有资产监督管理机构同意,董事会成员可以兼任经理。国有独资公司的董事长、副董事长、董事、高级管理人员,未经国有资产监督管理机构同意,不得在其他有限责任公司、股份有限公司或者其他经济组织兼职。

国有独资公司监事会成员不得少于5人,其中职工代表的比例不得低于三分之一,具体比例由公司章程规定。监事会成员由国有资产监督管理机构委派。但是,监事会成员中的职工代表由公司职工代表大会选举产生。监事会主席由国有资产监督管理机构从监事会成员中指定。监事会行使的职权有:①检查公司财务;②对董事、高级管理人员执行公司职务的行为进行监督,对违反法律、行政法规、公司章程或者股东会决议的董事、高级管理人员提出罢免的建议;③当董事、高级管理人员的行为损害公司的利益时,要求董事、高级管理人员予以纠正;④国务院规定的其他职权。

七、有限责任公司的股权转让

(一)转让规则

有限责任公司作为资合兼人合的公司,其股东转让股权受到一定法律限制,必须遵从相关的法律规定。

1. 股东之间转让

有限责任公司的股东之间可以相互转让其全部或者部分股权。

2. 向股东以外的人转让

《公司法》第七十二条规定,股东向股东以外的人转让股权,应当经其他股东过半数同意。股东应就其股权转让事项书面通知其他股东征求同意,其他股东自接到书面通知之日起满 30 日未答复的,视为同意转让。其他股东半数以上不同意转让的,不同意的股东应当购买该转让的股权;不购买的,视为同意转让。经股东同意转让的股权,在同等条件下,其他股东有优先购买权。两个以上股东主张行使优先购买权的,协商确定各自的购买比例;协商不成的,按照转让时各自的出资比例行使优先购买权。公司章程对股权转让另有规定的,从其规定。

3. 人民法院依法强制转让

人民法院依照法律规定的强制执行程序转让股东的股权的,应当通知公司及全体股东,其他股东在同等条件下有优先购买权。其他股东自人民法院通知之日起满 20 日不行使优先购买权的,视为放弃优先购买权。

（二）转让股权后应当履行的手续

转让股权后,公司应当注销原股东的出资证明书,向新股东签发出资证明书,并相应修改公司章程和股东名册中有关股东及其出资额的记载。对公司章程的该项修改不需再由股东会表决。

第三节　股份有限公司

一、股份有限公司的概念和特征

（一）股份有限公司的概念

股份有限公司简称股份公司,是将其全部资本分为等额股份,股东以其认购的股份为限对公司债务承担有限责任,公司以其全部财产对公司的债务承担责任的公司。

（二）股份有限公司的特征

1. 股东人数具有广泛性

股份有限公司产生的原因在于适应社会化大生产对巨额资本的需求。股份有限公司通过向社会公众广泛地发行股票来筹集资本,任何投资者只要认购股票和支付股款,都可以成为股份公司的股东。这使得股份有限公司的股东人数具有广泛性的特点。

2. 股东的出资具有股份性

股份有限公司的全部资本划分为金额相等的股份,股份是构成公司资本的最小单位。这种资本股份化的采用,便于股东股权的确定和行使。

3.股东责任具有有限性

股份有限公司的股东对公司债务仅以其认购的股份为限承担责任。

4.股份发行和转让的公开性、自由性

股份有限公司的这一特征是区别于其他各种公司的最主要特征。

5.公司经营状况的公开性

由于公司的股份发行和转让的公开性、自由性，使得股份有限公司的经营状况不仅要向股东公开，还要向社会公开。

6.公司信用基础的资合性

股份有限公司的信用基础在于其公司资本和资产，这与股东的有限责任是联系在一起的。

二、股份有限公司的设立条件

（一）发起人符合法定人数

发起人是指为成立公司而筹划设立事务、从事设立行为，并在公司章程上签名盖章的人。设立股份有限公司，应当有2人以上200人以下的发起人，其中须有半数以上的发起人在中国境内有住所。自然人、法人、非法人组织以及中国人和外国人都可以成为发起人。但是，无民事行为能力人和限制民事行为能力人、国家公职人员、受到竞业禁止的人不宜成为发起人。

以发起方式设立股份有限公司的，注册资本为在公司登记机关登记的全体发起人认购的股本总额，发起人应书面认足公司章程规定其认购的股份。一次性缴纳的，应立即缴纳全部出资；分期缴纳的，应立即缴纳首期出资。公司全体发起人的首次出资额不得低于注册资本的20%。其余部分由发起人自公司成立之日起2年内缴足，其中，投资公司可以在5年内缴足。以非货币财产出资，应当依法办理财产权的转移手续。发起人不按照上述规定缴纳出资的，应当按照发起人协议的约定承担违约责任。

以募集设立的方式设立股份有限公司的，注册资本为在公司登记机关登记的实收股本总额。发起人认购的股份不得少于公司股份总数的35%。但是，法律、行政法规另有规定的，从其规定。

发起人应当按期足额缴纳公司章程中规定的各自所认缴的出资额。以货币出资的，应当将货币出资足额存入公司在银行开设的账户；以非货币财产出资的，应当依法办理其财产权的转移手续。公司设立登记时，发起人的首次出资是非货币财产的，应当提交依法办理财产权转移手续的证明文件。公司成立后，发起人按照公司章程规定的出资时间缴纳出资，属于非货币财产的，应当在依法办理财产权转移手续后，申请办理公司实收资本的变更登记。

股份有限公司成立后,发起人未按照公司章程的规定缴足出资的,应当补缴,其他发起人承担连带责任。股份有限公司成立后,发现作为设立公司出资的非货币财产的实际价额显著低于公司章程所定价额时,应当由交付该出资的发起人补足差额,其他发起人承担连带责任。公司不能设立时,对设立行为所产生的债务和费用负连带责任;对认股人已缴纳的股款,负返还股款并加算银行同期存款利息的连带责任。在公司设立过程中,由于发起人的过失致使公司利益受到损害的,应当对公司承担赔偿责任。

(二)发起人认购和募集的股本达到法定资本最低限额

股份有限公司注册资本的最低限额为 500 万元。法律、行政法规对股份有限公司注册资本的最低限额有较高规定的,从其规定。

(三)股份发行、筹办事项符合法律规定

(四)发起人制定公司章程,采取募集方式设立的经创立大会通过

创立大会是一次特殊的股东大会。发起人应当自股款缴足之日起 30 日内召开。发起人、认股人缴纳股款或交付抵作股款的出资后,除未按期募足股份、发起人未按期召开创立大会或创立大会决议不设立公司的情形外,不能抽回其股份。

(五)有公司名称,建立符合股份有限公司要求的组织机构

(六)有公司住所

三、股份有限公司的组织机构

(一)股东大会

1. 组成及职权

股份有限公司股东大会由全体股东组成。股东大会是公司的权力机构,依法行使职权。《公司法》第三十八条关于有限责任公司股东会职权的规定,适用于股份有限公司股东大会。

2. 召开

股东大会应当每年召开一次。有下列情形之一的,应当在 2 个月内召开临时股东大会:①董事人数不足本法规定人数或者公司章程所定人数的三分之二时;②公司未弥补的亏损达实收股本总额的三分之一时;③单独或合计持有公司百分之十以上股份的股东请求时;④董事会认为必要时;⑤监事会提议召开时;⑥公司章程规定的其他情形。

召开股东大会会议,应当将会议召开的时间、地点和审议事项于会议召开 20 日前通

知各股东;临时股东大会应当于会议召开 15 日前通知各股东;发行无记名股票的,应当于会议召开 30 日前公告会议召开的时间、地点和审议事项。无记名股票持有人出席股东大会会议的,应当于会议召开 5 日前到股东大会闭会时将股票交存于公司。

3. 召集和主持

股东大会会议由董事会召集,董事长主持;董事长不能履行职务或者不履行职务的,由副董事长主持;副董事长不能履行职务或者不履行职务的,由半数以上董事共同推举 1 名董事主持。

董事会不能履行或者不履行召集股东大会会议职责的,监事会应当及时召集和主持;监事会不召集和主持的,连续 90 日以上单独或者合计持有公司百分之十以上股份的股东可以自行召集和主持。

4. 临时提案

单独或合计持有公司百分之三以上股份的股东,可以在股东大会召开 10 日前提出临时提案并书面提交董事会;董事会应当在收到提案后 2 日内通知其他股东,并将该临时提案提交股东大会审议。临时提案的内容应当属于股东大会职权范围,并有明确议题和具体决议事项。

5. 表决

股东大会只能对通知中列明的事项作出决议。股东出席股东大会会议,所持每一股份有一表决权。但是,公司持有的本公司股份没有表决权。股东大会作出决议,必须经出席会议的股东所持表决权过半数通过。但是,股东大会作出修改公司章程、增加或者减少注册资本的决议,以及公司合并、分立、解散或者变更公司形式的决议,必须经出席会议的股东所持表决权的三分之二以上通过。

《公司法》和公司章程规定公司转让、受让重大资产或者对外提供担保等事项必须经股东大会作出决议的,董事会应当及时召集股东大会会议,由股东大会就上述事项进行表决。股东大会选举董事、监事,可以依照公司章程的规定或者股东大会的决议,实行累积投票制。累积投票制,是指股东大会选举董事或者监事时,每一股份拥有与应选董事或者监事人数相同的表决权,股东拥有的表决权可以集中使用。

股东可以委托代理人出席股东大会会议,代理人应当向公司提交股东授权委托书,并在授权范围内行使表决权。

股东大会应当将对所议事项的决定作成会议记录,主持人、出席会议的董事应当在会议记录上签名。会议记录应当与出席股东的签名册及代理出席的委托书一并保存。

(二)董事会

1. 董事会的组成、职权及董事任期

股份有限公司设董事会,其成员为 5～19 人。董事会成员中可以有公司职工代表。

董事会中的职工代表由公司职工通过职工代表大会、职工大会或者其他形式民主选举产生。董事会设董事长1人，可以设副董事长。董事长和副董事长由董事会以全体董事的过半数选举产生。董事长召集和主持董事会会议，检查董事会决议的实施情况。副董事长协助董事长工作，董事长不能履行职务或者不履行职务的，由副董事长履行职务；副董事长不能履行职务或者不履行职务的，由半数以上董事共同推举1名董事履行职务。

《公司法》第四十六条、第四十七条关于有限责任公司董事任期、董事会职权的规定，适用于股份有限公司。

2. 董事会会议

（1）召开。董事会每年度至少召开两次会议，每次会议应当于会议召开10日前通知全体董事和监事。代表十分之一以上表决权的股东、三分之一以上董事或者监事会，可以提议召开董事会临时会议。董事长应当自接到提议后10日内，召集和主持董事会会议。董事会召开临时会议，可以另定召集董事会的通知方式和通知时限。

（2）表决。董事会会议应有过半数的董事出席方可举行。董事会作出决议，必须经全体董事的过半数通过。董事会决议的表决，实行一人一票。董事会会议，应由董事本人出席；董事因故不能出席，可以书面委托其他董事代为出席，委托书中应载明授权范围。董事会应当将对会议所议事项的决定作成会议记录，出席会议的董事应当在会议记录上签名，董事应当对董事会的决议承担责任。董事会的决议违反法律、行政法规或者公司章程、股东大会决议，致使公司遭受严重损失的，参与决议的董事对公司负赔偿责任。但经证明在表决时曾表明异议并记载于会议记录的，该董事可以免除责任。

（三）经理

股份有限公司设经理，由董事会决定聘任或者解聘。《公司法》关于有限责任公司经理职权的规定，适用于股份有限公司经理。公司董事会可以决定由董事会成员兼任经理。

（四）监事会

1. 监事会组成、职权及监事任期

股份有限公司设监事会，其成员不得少于3人。监事会应当包括股东代表和适当比例的公司职工代表，其中职工代表的比例不得低于三分之一，具体比例由公司章程规定。监事会中的职工代表由公司职工通过职工代表大会、职工大会或者其他形式民主选举产生。监事会设主席1人，可以设副主席。监事会主席和副主席由全体监事过半数选举产生。监事会主席召集和主持监事会会议；监事会主席不能履行职务或者不履行职务的，由监事会副主席召集和主持监事会会议；监事会副主席不能履行职务或者不履行职务的，由半数以上监事共同推举1名监事召集和主持监事会会议。董事、高级管理人员不得兼任监事。

《公司法》第五十三条、第五十四条、第五十五条关于有限责任公司监事任期、监事会职权的规定,适用于股份有限公司。监事会行使职权所必需的费用,由公司承担。

2. 监事会会议的召开与表决

监事会每 6 个月至少召开一次会议。监事可以提议召开临时监事会会议。监事会的议事方式和表决程序,除《公司法》有规定的外,由公司章程规定。监事会决议应当经半数以上监事通过。监事会应当将所议事项的决定作成会议记录,出席会议的监事应当在会议记录上签名。

（五）上市公司组织机构的特别规定

上市公司是指其股票在证券交易所上市交易的股份有限公司。为了防范投资风险,保证投资者的利益,公司法对上市公司作出了特别规定。

1. 增加股东大会特别决议事项

上市公司在 1 年内购买、出售重大资产或者担保金额超过公司资产总额 30%的,应当由股东大会作出决议,并经出席会议的股东所持表决权的三分之二以上通过。

2. 上市公司独立董事

上市公司独立董事是指不在公司担任除董事外的其他职务,并与其所受聘的上市公司及其主要股东不存在可能妨碍其进行独立客观判断的关系的董事。独立董事对上市公司及全体股东负有诚信与勤勉义务。独立董事应当按照相关法律法规《关于在上市公司建立独立董事制度的指导意见》和公司章程的要求,认真履行职责,维护公司整体利益,尤其要关注中小股东的合法权益不受损害。独立董事应当独立履行职责,不受上市公司主要股东、实际控制人,或者其他与上市公司存在利害关系的单位或个人的影响。

3. 上市公司设董事会秘书

负责公司股东大会和董事会会议的筹备、文件保管以及公司股东资料的管理,办理信息披露事务等事宜。董事会秘书是上市公司高级管理人员。

4. 增设关联关系董事的表决权排除制度

上市公司董事与董事会会议决议事项所涉及的企业有关联关系的,不得对该项决议行使表决权,也不得代理其他董事行使表决权。董事会会议由过半数的无关联关系董事出席即可举行,所作决议须经无关联关系董事过半数通过。出席董事会的无关联关系董事人数不足 3 人的,应将该事项提交上市公司股东大会审议。

四、公司股票

股票是股份有限公司签发的证明股东所持股份的凭证。股票是有价证券,股票还是一种要式证券,是无偿还期限的证券,是一种高风险的金融工具。

（一）股份发行

股份有限公司的资本划分为股份，每一股的金额相等。股份发行，实行公平、公正的原则。同种类的每一股份应当具有同等权利。

1. 股票形式及发行价格

公司的股份采取股票的形式。同次发行的同种类股票，每股的发行条件和价格应当相同；任何单位或者个人所认购的股份，每股应当支付相同价额。股票发行价格可以按票面金额，也可以超过票面金额，但不得低于票面金额。

股票采用纸面形式或者国务院证券监督管理机构规定的其他形式。股票应当载明下列主要事项：公司名称；公司成立日期；股票种类、票面金额及代表的股份数；股票的编号。股票由法定代表人签名，公司盖章。发起人的股票，应当标明"发起人股票"字样。

2. 股票种类

公司发行的股票，可以为记名股票，也可以为无记名股票。公司向发起人、法人发行的股票，应当为记名股票，并应当记载该发起人、法人的名称或者姓名，不得另立户名或者以代表人姓名记名。公司发行记名股票的，应当置备股东名册，记载下列事项：①股东的姓名或者名称及住所；②各股东所持股份数；③各股东所持股票的编号；④各股东取得股份的日期。发行无记名股票的，公司应当记载其股票数量、编号及发行日期。国务院可以对公司发行本法规定以外的其他种类的股份，另行作出规定。

股份有限公司成立后，即向股东正式交付股票。公司成立前不得向股东交付股票。

3. 发行新股程序

（1）股东大会作出决议。决议的事项包括：新股种类及数额、新股发行价格、新股发行的起止日期；向原有股东发行新股的种类及数额。

（2）公告新股招股说明书和财务会计报告，并制作认股书。国务院证券监督管理机构核准公开发行新股时，必须公告新股招股说明书和财务会计报告，并制作认股书。

（3）确定定价方案。公司发行新股，可以根据公司经营情况和财务状况，确定其作价方案。

（4）办理变更登记。公司发行新股募足股款后，必须向公司登记机关办理变更登记，并公告。

（二）股份转让

根据《公司法》的规定，股份有限公司的股东持有的股份可以依法转让。

1. 转让方式及场所

记名股票，由股东以背书方式或者法律、行政法规规定的其他方式转让；转让后由公司将受让人的姓名或者名称及住所记载于股东名册。股东大会召开前 20 日内或者公司决定分配股利的基准日前 5 日内,不得进行前款规定的股东名册的变更登记。但是,法律对上市公司股东名册变更登记另有规定的,从其规定。无记名股票的转让,由股东将该股票交付受让人后即发生转让的效力。

股东转让其股份,应当在依法设立的证券交易场所进行或者按照国务院规定的其他方式进行。

2. 对特殊主体转让股份的限制

(1) 发起人持有的本公司股份,自公司成立之日起 1 年内不得转让。上市公司的股票,依照有关法律、行政法规及证券交易所交易规则上市交易。

(2) 公司公开发行股份前已发行的股份。自公司股票在证券交易所上市交易之日起 1 年内不得转让。

(3) 公司董事、监事、高级管理人员应当向公司申报所持有的本公司的股份及其变动情况,在任职期间每年转让的股份不得超过其所持有本公司股份总数的 25%;所持本公司股份自公司股票上市交易之日起 1 年内不得转让。上述人员离职后半年内,不得转让其所持有的本公司股份。公司章程可以对公司董事、监事、高级管理人员转让其所持有的本公司股份作出其他限制性规定。

3. 股票的失效、补发和交易

记名股票被盗、遗失或者灭失,股东可以依照《民事诉讼法》规定的公示催告程序,请求人民法院宣告该股票失效。人民法院宣告该股票失效后,股东可以向公司申请补发股票。

第四节 公司债券和财务会计

一、公司债券

(一)公司债券的概念

公司债券就是公司依照法定程序发行的、约定在一定期限还本付息的有价证券。公司债与公司债券之间是内容与形式的关系。

(二)公司债券发行的条件

根据《中华人民共和国证券法》(以下简称《证券法》)、《公司法》和《公司债券发行试点办法》的有关规定,发行公司债券,应当符合下列条件。

(1) 股份有限公司的净资产额不得低于 3 000 万元,有限责任公司的净资产额不得低于 6 000 万元。

(2) 本次发行后累计公司债券余额不得超过最近一期末净资产额的 40%。

(3) 公司的生产经营符合法律、行政法规和公司章程的规定,募集的资金投向符合国家产业政策。

（4）最近 3 个会计年度实现的年均可分配利润不少于公司债券 1 年的利息。

（5）债券的利率不得超过国务院限定的利率水平。

（6）公司内部控制制度健全，内部控制制度的完整性、合理性和有效性不存在重大缺陷。

（7）经资信评级机构评级，债券信用级别良好。

（三）公司股票与公司债券的区别

1. 权利的性质不同

公司债券持有人是公司的债权人，与公司之间是一种债权债务关系，无权参与公司的经营决策。而股票的持有者为公司的股东，依其所持股份享有股东权利，有权参与公司的经营决策及其他重大问题的决策。

2. 权利的内容不同

公司债券的利率一般固定，且不论公司是否盈利。公司均有义务按期支付本息。而公司股东在公司存续期间原则上无权要求公司退回出资，且一般只有在公司利润弥补亏损、提取公积金、公益金之后如有盈余，才可能分得股息，而股息一般也不固定。

3. 风险的负担不同

公司破产或解散时，公司债券的债权人有权优先于股东就公司财产获得清偿；而股东则须在公司债权人获得清偿后，才能对公司的剩余财产进行分配。公司债券必须返还本金；股东不得要求公司返还股金。

二、公司的财务会计

（一）公司的财务会计报告

1. 财会报告的编制与审计

公司应当依照法律、行政法规和国务院财政部门的规定制作财务会计报告。在每一会计年度终了时，公司应当编制财务会计报告，并依法经会计师事务所审计。

2. 财会报告的公示

有限责任公司应当依照公司章程规定的期限将财务会计报告送交各股东。股份有限公司的财务会计报告应当在召开股东大会年会的 20 日前置备于本公司，供股东查阅；公开发行股票的股份有限公司必须公告其财务会计报告。

（二）公司的公积金和利润分配

1. 公积金

公积金是公司在资本之外所保留的资金金额，又称为附加资本或准备金。公司的公积金的用途主要是用于弥补公司的亏损、扩大公司生产经营或者转为增加公司资本。根据《公司法》第一百六十七、第一百六十八条的规定,公司有以下三类公积金:①法定公积金。公司分配当年税后利润时,应当提取利润的 10% 列入公司法定公积金,如法定公积金累计额已达公司注册资本的 50% 以上的,可以不再提取。公司的法定公积金不足以弥补以前年度亏损的,在依法提取法定公积金之前,应当先用当年利润弥补亏损。法定公积金转为资本时,所留存的该项公积金不得少于转增前公司注册资本的 25%。②任意公积金。公司从税后利润中提取法定公积金后,经股东会或者股东大会决议,可以从税后利润中提取任意公积金。③资本公积金。股份有限公司以超过股票票面金额的发行价格发行股份所得的溢价款以及国务院财政部门规定列入资本公积金的其他收入,应当列为公司资本公积金。资本公积金不得用于弥补公司的亏损。

2. 利润分配

公司利润是指公司在一定会计期间的经营成果。公司应当按照下列顺序分配利润:①弥补以前年度的亏损,但不得超过税法规定的弥补期限;②缴纳所得税;③弥补在税前利润弥补亏损之后仍存在的亏损;④提取法定公积金;⑤提取任意公积金(非必需);⑥向股东分配利润。公司弥补亏损和提取公积金后所余税后利润,有限责任公司按照股东实缴的出资比例分配,但全体股东约定不按照出资比例分配的除外;股份有限公司按照股东持有的股份比例分配,但股份有限公司章程规定不按持股比例分配的除外。股东会、股东大会或者董事会违反法律规定,在公司弥补亏损和提取法定公积金之前向股东分配利润的,股东必须将违反规定分配的利润退还公司。需要注意的是,公司持有的本公司的股份不得分配利润。

(三)会计师事务所的聘用和解聘

公司聘用、解聘承办公司审计业务的会计师事务所,依照公司章程的规定,由股东会、股东大会或者董事会决定。公司股东会、股东大会或者董事会就解聘会计师事务所进行表决时,应当允许会计师事务所陈述意见。公司应当向聘用的会计师事务所提供真实、完整的会计凭证、会计账簿、财务会计报告及其他会计资料,不得拒绝、隐藏、谎报。

第五节　公司合并、分立、增资和减资

一、公司合并

公司合并是指两个以上的公司依照法定程序,不需要经过清算程序,直接合并为一个公司的行为。

（一）公司合并的方式

公司合并有吸收合并和新设合并两种方式。吸收合并，即一个公司吸收其他公司，吸收方保留，被吸收方解散。新设合并即两个以上公司合并设立一个新公司，合并各方解散。

（二）公司合并的程序

（1）签订合并协议。公司合并，由合并各方业务执行机关签订合并协议。

（2）编制资产负债表及财产清单。由股东大会（或股东会）作出批准与否的决议。合并各方股东大会批准后，合并协议开始生效。

（3）通知和公告。合并各方应当自作出合并决议之日起10日内通知债权人，并于30日内在报纸上公告。

（4）清偿债务或提供担保。债权人自接到通知书之日起30日内，未接到通知书的自公告之日起45日内，可以要求公司清偿债务或者提供相应的担保。

（5）办理登记。因合并而存续的公司。其登记事项发生变化的，应当申请变更登记；因合并而解散的公司，应当申请注销登记；因合并而新设立的公司，应当申请设立登记。

（三）公司合并的法律后果

公司合并时，合并各方的债权、债务由合并后存续的公司或者新设的公司承继。

二、公司分立

公司分立是指一个公司通过依法签订分立协议，不经过清算程序，分为两个或两个以上的公司。

（一）公司分立的方式

公司分立的方式有新设分立和派生分立两种。新设分立，即原公司解散，原公司分为两个以上新的企业法人。派生分立，即原公司继续存在，由其中分立出来的部分形成新的企业法人。

（二）公司分立的程序

（1）通过分立决议。公司分立，由股东大会（或股东会）作出批准与否的决议，分割财产及编制资产负债表和财产清单。

（2）通知和公告。公司应当自作出分立决议之日起10日内通知债权人，并于30日内在报纸上公告。

(3) 办理登记。因分立而存续的公司，其登记事项发生变化的，应当申请变更登记；因分立而解散的公司，应当申请注销登记；因分立而新设立的公司，应当申请设立登记。

公司分立的，应当自公告之日起 45 日后申请登记，提交分立决议或者决定以及公司在报纸上登载公司分立公告的有关证明和债务清偿或者债务担保情况的说明。法律、行政法规或者国务院决定规定公司分立必须报经批准的，还应当提交有关批准文件。

（三）公司分立的法律后果

公司分立前的债务由分立后的公司承担连带责任。但是，公司在分立前与债权人就债务清偿达成的书面协议另有约定的除外。

三、公司的增资与减资

（一）公司增资

公司增资必须由股东大会（股东会）会议作出决议。

(1) 有限责任公司增加注册资本时，股东认缴新增资本的出资，依照《公司法》设立有限责任公司缴纳出资的有关规定执行。

(2) 股份有限公司为增加注册资本发行新股时，股东认购新股，依照《公司法》设立股份有限公司缴纳股款的有关规定执行。

(3) 办理变更登记。公司增加注册资本，应当依法向公司登记机关办理变更登记。

73

（二）公司减资

公司减资应当由董事会（执行董事）制定减资方案，提交股东大会（或股东会）决议，减资后资本不得低于法定资本最低限额。

公司减资必须履行以下相关程序。

(1) 编制资产负债表及财产清单。

(2) 通知和公告。公司应当自作出减少注册资本决议之日起 10 日内通知债权人，并于 30 日内在报纸上公告。

(3) 清偿债务或者提供担保。债权人自接到通知书之日起 30 日内，未接到通知书的自公告之日起 45 日内，有权要求公司清偿债务或者提供相应的担保。

(4) 办理变更登记。公司减少注册资本的，应当自公告之日起 45 日后申请变更登记，并应当提交公司在报纸上登载公司减少注册资本公告的有关证明和公司债务清偿或者债务担保情况的说明。

第六节　公司解散和清算

一、公司解散

公司解散,是指为消灭公司法律主体资格而终止公司的经营活动并对公司财产进行清算的一系列法律行为。公司解散应当依据法定程序进行,公司解散程序的完成即意味着公司法人实体的终止。

（一）公司解散的原因

根据《公司法》的规定,公司解散的原因主要有 5 种情形。
(1) 公司章程规定的营业期限届满或公司章程规定的其他解散事由出现。
(2) 股东会或者股东大会决议解散。
(3) 因公司合并或者分立需要解散。
(4) 依法被吊销营业执照、责令关闭或者被撤销。
(5) 人民法院依法予以解散。

（二）公司解散的法律后果

(1) 公司解散的直接法律后果就是公司清算。除合并、分立豁免清算外,其他解散的公司应当依照《公司法》的规定进行清算。

(2) 解散的公司,其法人资格仍然存在,但公司的权利能力仅限于清算活动必要的范围内。公司清算完毕,由注册登记机关办理注销登记后,公司法律人格消失。

二、公司清算

公司清算是指公司解散或宣告破产后,依照一定的程序了结公司法律关系、清理债权债务、分配剩余财产,从而使公司归于消灭的程序。公司清算分为破产清算程序和非破产清算程序。破产清算程序适用《中华人民共和国企业破产法》(以下简称《破产法》)的规定;非破产清算程序适用《公司法》的规定。

（一）清算组的组成

公司应当在解散事由出现之日起 15 日内成立清算组,开始清算。有限责任公司的清算组由股东组成,股份有限公司的清算组由董事或者股东大会确定的人员组成。逾期不成立清算组进行清算的,债权人可以申请人民法院指定有关人员组成清算组进行清算。

（二）清算组的职权

清算组在清算期间行使下列职权：①清理公司财产，分别编制资产负债表和财产清单；②通知、公告债权人；③处理与清算有关的公司未了结的业务；④清缴所欠税款以及清算过程中产生的税款；⑤清理债权、债务；⑥处理公司清偿债务后的剩余财产；⑦代表公司参与民事诉讼活动。

（三）清算组成员的义务

清算组成员应当忠于职守，依法履行清算义务。清算组成员不得利用职权收受贿赂或者其他非法收入，不得侵占公司财产。

清算组成员因故意或者重大过失给公司或者债权人造成损失的，应当承担赔偿责任。

（四）清算程序

清算组应当自成立之日起 10 日内通知债权人，并于 60 日内在报纸上公告。债权人应当自接到通知书之日起 30 日内，未接到通知书的自公告之日起 45 日内，向清算组申报其债权。债权人申报债权，应当说明债权的有关事项，并提供证明材料，清算组应当对债权进行登记。在申报债权期间，清算组不得对债权人进行清偿。

公司财产在分别支付清算费用、职工的工资、社会保险费用和法定补偿金，缴纳所欠税款，清偿公司债务后的剩余财产，有限责任公司按照股东的出资比例分配，股份有限公司按照股东持有的股份比例分配。清算期间公司存续，但不得开展与清算无关的经营活动。公司财产在未按上述规定清偿前，不得分配给股东。

清算组在清理公司财产、编制资产负债表和财产清单后，发现公司财产不足以清偿债务的，应当依法向人民法院申请宣告破产。

公司经人民法院裁定宣告破产后，清算组应当将清算事务移交给人民法院，依照有关企业破产的法律实施破产清算。

公司清算结束后，清算组应当制作清算报告，报股东会、股东大会或者人民法院确认，并报送公司登记机关，申请注销公司登记，公告公司终止。

第七节 外国公司的分支机构

一、外国公司分支机构的设立

外国公司是指依照外国法律在中国境外设立的公司。外国公司的分支机构是指外国公司依照我国公司法的规定，在我国境内设立的从事生产经营活动的场所或者办事机构。

依据《公司法》的规定,外国公司在我国境内设立分支机构必须遵守以下规定:外国公司在中国境内设立分支机构,必须向中国主管机关提出申请,并提交其公司章程、所属国的公司登记证书等有关文件,经批准后,向公司登记机关依法办理登记,领取营业执照。外国公司在中国境内设立分支机构,必须在中国境内指定负责该分支机构的代表人或者代理人,并向该分支机构拨付与其所从事的经营活动相适应的资金。外国公司的分支机构应当在其名称中标明该外国公司的国籍及责任形式。外国公司的分支机构应当在本机构中置备该外国公司章程。

二、外国公司分支机构的地位

外国公司在中国境内设立的分支机构不具有中国法人资格。外国公司对其分支机构在中国境内进行经营活动承担民事责任。经批准设立的外国公司分支机构,在中国境内从事业务活动,必须遵守中国的法律,不得损害中国的社会公共利益,其合法权益受中国法律保护。

三、外国公司分支机构的撤销与清算

外国公司分支机构撤销的具体原因,包括其因违法活动或其所属的外国公司因破产等原因终止;被我国主管机关吊销营业执照或责令撤销;也可能是该外国公司自行撤销其设在中国境内的分支机构。

外国公司撤销其在中国境内的分支机构时,必须依法清偿债务,依照公司法有关公司清算程序的规定进行清算。未清偿债务之前,不得将其分支机构的财产移至中国境外。

本 章 小 结

公司是依《公司法》的规定设立的,由两个以上股东共同出资组成的以营利为目的的企业法人。以股东对公司所负责任为标准划分为无限责任公司、有限责任公司、股份有限公司及两合公司;以公司股东的股份构成和转让方式为标准划分为封闭式公司和开放式公司;以公司信誉基础划分为人合公司、资合公司和人合兼资合公司。我国的《公司法》是以有限责任公司和股份有限公司为公司的基本分类。《公司法》是规定公司的设立、组织、活动、终止以及其他对内对外关系的法律规范的总称,是最典型的公法化了的私法。

有限责任公司具有股东人数的限制性、股东责任的有限性、股东出资的非股份性、公司资本的封闭性、公司设立的程序和组织机构简单等法律特征。其设立必须符合法律规定的条件和程序。有限责任公司的组织机构为股东会、董事会或者执行董事、经理、监事会或者监事,并分别行使其法定的职权。

股份有限公司具有股东责任有限性、公司资本的股份性、资本募集的公众性、公司经营的公开性等特征。其设立也必须符合法律规定的条件和程序。股份有限公司的设立可分别采取发起和募集的方式,其公司都必须设立股东大会、董事会、经理和监事会,并分别行使其法定职权。董事和监事的任期和资格与有限责任公司相同,但董事会的人员组成比有限责任公司多一些。无论是有限责任公司还是股份有限公司都必须实行严格的财务会计报告制度,公司的股份发行,股份与股权的转让,公司债券的发行,公司合并、分立、破产、解散与清算等事项都必须遵守法律规定,如果违反《公司法》,相关组织或个人都要承担法律责任。

基 本 概 念

公司　　《公司法》　　有限责任公司　　国有独资企业　　一人有限责任公司
股份有限公司　　公司债券

思考与训练

1. 有限责任公司的设立条件和程序是什么?

2. 公司法对股份有限公司的组织机构是如何规定的? 各自的职责权限是什么?

3. 简述公司董事、经理的职责。

4. 简述股票与债券在法律特征方面的区别。

5. 设立股份有限公司申请公开发行股票应符合哪些条件?

6. 公司债券是如何分类的? 发行条件是如何规定的?

7. 案例分析

(1) 某国有企业 A、集体企业 B、工程师 C 经过协商,决定共同出资设立一有限责任公司,并共同制定了公司章程。该章程规定:①公司的注册资本为 45 万元人民币,其中A 以机器设备出资,价值 15 万元人民币;B 以土地使用权出资,价值 10 万元人民币,另外提供现金 5 万元;C 以自己发明的专利出资,作价也是 15 万元。②公司设立股东会,为最高权力机构;股东会下设董事会,为公司执行机关;设经理,为公司法定代表人。鉴于公司规模较小,不设立监事会,由经理兼任。

公司成立后,A、B、C 承诺的机器设备、土地使用权、专利技术都分别办理了财产所有权转移手续。但 B 承诺的资金却一直没有到位。后来,工商行政管理部门进行验资时,认为注册资本与实际出资不一致。根据以上资料,回答下列问题。

① A、B、C 的出资方式与实际出资是否符合法律规定? 如果违法,应当由谁来承担

法律责任？承担什么法律责任？

　　② 公司章程中关于公司机构设立方面是否符合法律规定？为什么？

　　（2）鹏达科技开发股份有限公司的董事会有 9 名成员。在一次董事长召集的董事会会议上，讨论将公司闲置资金 1 亿元投资于期货的议题，有 6 名董事出席，3 名董事因故未能出席，其中董事张某虽未出席，但书面委托其助理王某（非董事）代理出席并表决。会上董事长介绍了期货投资的巨大盈利性，并表示赞成此项投资。而董事李某对此项投资表示疑虑，认为此项投资不属于本公司章程规定的公司经营范围。董事赵某坚决反对。经记名式书面表决，结果为，4 名董事赞成，2 名董事反对（其中包括未出席会议的张某），董事李某弃权。董事长认为本议案已为多数人同意，决议有效。会后安排执行决议。结果该公司因此项投资导致亏损 1 000 万元。公司股东以公司董事会决议违法并造成损失为由，向人民法院提起诉讼，请求由公司董事承担损害赔偿责任。根据以上资料，回答下列问题。

　　① 本案中的董事会的召开与决议是否符合法律规定？

　　② 本案应如何解决？

第四章　外商投资企业法律制度

引导案例

> 　　我国 A 厂与国外 B 公司协商引进轮胎生产技术,双方合资经营,设立中外合资企业 C 。合同约定:合资企业 C 的总投资额为 2 000 万美元,全部注册资本为 900 万美元,A 厂出资为 680 万美元,B 公司出资为 220 万美元。A 方出资方式为:场地所有权 80 万美元,设备 300 万美元,厂房为 100 万美元,现金为 200 万美元;B 方出资方式:工业产权 50 万美元,现金 170 万美元。合资企业 C 成立 2 年后,双方可抽回出资的 1/3;今后合资企业 C 拟向社会公开发行股票方式筹集扩大生产资金。
>
> 　　根据以上材料回答:该合营企业合同有哪些不妥之处? 为什么?

第一节　外商投资企业法概述

一、外商投资企业的概念和特征

外商投资企业是指依照中国法律,在中国境内由中国投资者和外国投资者共同投资或者仅由外国投资者投资设立的企业。外商投资企业具有如下特征。

(1) 外商投资企业是具有中国国籍的企业。

(2) 外商投资企业有来自中国以外的投资者的投资。

(3) 外商投资企业是以直接投资方式设立的企业。

二、外商投资企业的种类

(一) 中外合资经营企业

特征:股权式合营企业,这种形式按照中外投资者的出资比例来确定投资者的风险、责任和利润分配。

（二）中外合作经营企业

特征：契约式合营企业，由双方通过合作经营企业合同约定各自的权利和义务的企业（注意与出资多少无关）。

（三）外商独资企业

全部资本由外国投资者投资的企业。

（四）中外合资股份有限公司

中外合资股份有限公司，是指外国的公司、企业和其他经济组织或者个人（简称外国股东）同中国的公司、企业或者其他经济组织（简称中国股东），依照中国的法律和行政法规，在中国境内设立的，全部资本由等额股份构成，股东以其所认购的股份对公司承担责任，公司以其全部财产对公司债务承担责任，中外股东共同持有公司股份的企业法人。

三、外商投资企业法

外商投资企业法是指调整外商投资企业在设立、管理、经营和终止等过程中产生的经济关系的法律规范的总称。

目前，我国没有一部统一的外商投资企业法，而是采取分别立法的方式进行立法。

第二节　中外合资经营企业法

一、中外合资经营企业的概念

中外合资经营企业简称合营企业，是指中国合营者和外国合营者依据中国法律，在中国境内共同投资、共同经营，按照投资比例分配利润和分担风险的企业。

中国合营者必须是中国公司、企业和其他经济组织。

外国合营者除了是外国公司、企业或其他经济组织之外，还可以是外国个人，也包括港、澳、台地区的公司、企业或其他经济组织和个人。

二、中外合资经营企业的组织形式和法律地位

（1）组织形式：有限责任公司。

（2）最大特征：股权式企业。所谓"股权式"就是出资者按投入企业的资本额享有其权利。出资者在企业中的权利义务划分均以股权为基准，即按照出资比例分配利润和分

担风险。

（3）法律地位：中国法人资格。

三、中外合资经营企业的设立

设立中外合资经营企业，必须经中国对外贸易经济合作部审查批准。批准后，由对外贸易经济合作部发给批准证书。凡投资总额在国务院规定的投资审批权限以内，中国合营者的资金来源已落实的，且不需要国家增拨原材料，不影响燃料、动力、交通运输、外贸出口配额等的全国平衡的，国务院授权省、自治区、直辖市人民政府或国务院有关部门审批；授权的审批机构批准设立的合营企业，应当报对外贸易经济合作部备案。

（一）设立中外合资经营企业的条件

申请设立的合营企业，必须符合下列一项或数项要求：①采用先进技术设备和科学管理方法，能增加产品品种，提高产品质量和产量，节约能源和材料；②有利于技术改造，能做到投资少、见效快、收益大；③能扩大产品出口，增加外汇收入；④能培训技术人员和经营管理人员。

（二）中外合资经营企业的设立程序

（1）由中外合营者共同向审批机构报送下列文件：①设立合营企业的申请书；②合营各方共同编制的可行性研究报告；③由合营各方授予代表签署的合营企业协议、合同和章程；④由合营各方委派的合营企业董事长、副董事长、董事人选名单；⑤审批机构规定的其他文件。

上述各项文件必须用中文书写，其中②、③、④项文件可同时用合营各方商定的一种外文书写。两种文字书写的文件具有同等效力。

（2）审批机构自接到上述全部文件之日起，3个月内决定批准或不批准。审批机构如发现文件有不当之处，应当要求限期修改，否则不予批准。

（3）申请者应当自收到批准证书之日起1个月内，按照国家有关规定，向工商行政机关（简称登记机构）办理登记手续。合营企业的营业执照签发日期，即为该合营企业的成立日期。

以上须由中外合营者共同向审批机构报送的正式文件，都是为设立中外合资经营企业所必须的，其中，合营企业合同和章程涉及的问题相对较多。

（三）中外合资经营企业的法律文件

（1）合营企业协议是合营各方对设立合营企业的某些要点和原则达成一致意见而订立的文件。

（2）合营企业合同是合营各方为设立合营企业就相互权利、义务关系达成一致意见而订立的文件。合营企业合同的附件，与合营企业合同具有同等效力。

（3）合营企业章程是按照合营企业合同规定的原则，经合营各方一致同意，规定合营企业的宗旨、组织原则和经营管理方法等事项的文件。

注意：①合营企业协议、合同和章程经审批机构批准后生效；②合营合同的法律效力高于合营协议，当协议与合同有抵触时，以合同为准。

四、中外合资经营企业的注册资本和投资总额

中外合资经营企业的注册资本是指为设立合营企业在登记机关登记的资本总额，应为合营各方认缴的出资额之和。认缴的出资额是指合营各方为设立合营企业同意投入的资金数额。

与内资公司注册资本制的区别：一是实行认缴资本制，二是合营企业在合营期内不得减少其注册资本。

根据《中华人民共和国中外合资经营企业法》（以下简称《合营企业法》）的规定，在合营企业的注册资本中，外国合营者的投资比例不能低于25%。

中外合资经营企业的投资总额是指按照合营合同、章程规划的生产规模需要投入的基本建设资金和生产流动资金的总和。

投资总额不限于股东出资，一般包括企业的注册资本和企业借款。

为保证市场交易安全，法律有必要对企业借款的规模加以限制。因为在投资总额一定的情况下，企业借款与注册资本有此消彼长的关系，为限制企业借款的规模，法律规定了注册资本与投资总额的比例，而且注册资本占投资总额的比例随着投资总额的增加而逐渐减小。

（1）合营企业的投资总额在300万美元以下（含300万美元）的，其注册资本至少应占投资总额的7/10。

（2）合营企业的投资总额在300万美元以上至1000万美元（含1000万美元）的，其注册资本至少应占投资总额的1/2，其中投资总额在420万美元以下的，注册资本不得低于210万美元。

（3）合营企业的投资总额在1000万美元以上至3000万美元（含3000万美元）的，其注册资本总额至少应占投资总额的2/5，其中投资总额在1250万美元以下的，注册资本不得低于500万美元。

（4）合营企业的投资总额在3000万美元以上的，其注册资本至少应占投资总额的1/3，其中投资总额在3600万美元以下的，注册资本不得低于1200万美元。

五、中外合资经营企业的出资方式及出资期限

（一）中外合资经营企业的出资方式

合营者可以用货币出资，也可以用建筑物、厂房、机器设备或者其他物料、工业产权、专有技术、场地使用权等作价出资。以建筑物、厂房、机器设备或者其他物料、工业产权、专有技术、场地使用权作为出资的，其作价由合营各方按照公平合理的原则协商确定，或者聘请合营各方同意的第三者评定。外国合营者出资的外币，按缴款当日中国人民银行公布的基准汇率折算成人民币或者套算成约定的外币。中国合营者出资的人民币现金，需要折算成外币的，按缴款当日中国人民银行公布的基准汇率折算。作为外国合营者出资的机器设备或者其他物料，必须符合下列各项条件：①应当是合营企业生产所必不可少的；②中国不能生产，或虽能生产，但价格过高或者技术性能和供应时间上不能保证需要的；③作价不得高于同类机器设备或其他物料当时的国际市场价格。

作为外国合营者出资的工业产权或者专有技术，必须符合下列条件之一：①能生产中国急需的新产品或出口适销产品的；②能显著改进现有产品的性能、质量，提高生产效率的；③能显著节约原材料、燃料、动力的。

外国合营者以工业产权或者专有技术作为出资，应当提交该工业产权或者专有技术的有关资料，包括专利证书或者商标注册证书的复件、有效状况及其技术特性、实用价值、作价的计算根据、与中国合营者签订的作价协议等有关文件，作为合营合同的附件。

作为外国合营者作为出资的机器设备或者其他物料、工业产权或者专有技术，应当报审批机构批准。

合营各方应当按照合同规定的期限缴清各自的出资额。逾期未缴或者未缴清的，应当按合同规定支付迟延利息或者赔偿损失。

合营各方缴付出资额后，应当由中国的注册会计师验资，出具验资报告后，由合营企业据以发给出资证明书。出资证明书载明下列事项：合营企业名称；合营企业成立的年、月、日；合营者名称（或者姓名）及其出资额，出资的年、月、日；发给出资证明书的年、月、日。

（二）中外合资经营企业的出资期限

合营各方应当在合营合同中约定出资期限，合营各方应按合同规定的期限缴清各自的出资。

合营合同可以选择两种出资期限。合营合同中规定一次缴清出资的，合营各方应在营业执照签发之日起 6 个月内缴清；合营合同中规定分期缴付出资的，合营各方第一期出资，不得低于各自认缴出资额的 15％，并且应当在营业执照签发之日起 3 个月内缴清。一方逾期未缴或未缴清的，视同违约方放弃在合营合同中的一切权利，自动退出合营企

业,并应按合同规定支付迟延利息或赔偿损失。

合营各方缴付出资额后,应由在中国注册的会计师验资,出具验资报告后,由合营企业据以发给出资证明书。

六、中外合资经营企业的组织机构

（一）中外合资经营企业的权力机构

合营企业设立董事会,董事会是合营企业的最高权力机构,决定合营企业的一切重大问题。其人数组成由合营各方协商,在合同、章程中确定。董事会董事由合营各方委派,董事长是合营企业的法定代表,由合营各方协商确定或由董事会选举产生,中外合营者的一方担任董事长的,由他方担任副董事长。董事会会议每年至少召开一次,经1/3以上的董事提议,可召开董事会临时会议。董事会会议应有2/3以上董事出席方能举行。举行董事会会议的地点,一般应在合营企业法定地址所在地。

（二）中外合资经营企业的经营管理机构

合营企业设立经营管理机构,负责企业的日常经营管理工作。合营企业经营管理机构设总经理1人,副总经理若干人,其他高级管理人员若干人。总经理、副总经理、总工程师、审计师由合营企业董事会聘请,可以由中国公民担任,也可以由外国公民担任。总会计师由合营企业董事会聘请,通常由中国公民担任。

七、中外合资经营企业的合营期限、解散与清算

（一）合营企业的合营期限

合营期限是指合营各方根据中国的法律、行政法规的规定和合营企业的经营目标的期望,在合营合同中对合营企业存续期间的规定。

《合营企业法》第十二条规定:“合营企业的合营期限,按不同行业、不同情况,作不同的约定。有的行业的合营企业,应当约定合营期限;有的行业的合营企业,可以约定合营期限,也可以不约定合营期限。”有关具体规定如下。

合营企业的合营期限是指合营各方根据中国的法律、行政法规的规定和合营企业的经营目标的期望,在合营合同中对合营企业存续期间的规定。有关合营企业的合营期限的具体规定如下。

（1）举办的合营企业属于下列行业的,合营各方应当依照国家有关法律、行政法规的规定,在合营合同中约定合营企业的合营期限。这些行业包括:①服务性行业,如饭店、公寓、写字楼、娱乐、饮食、出租汽车、彩扩、洗印、维修、咨询等;②从事土地开发及经营房

地产的；③从事资源勘查开发的；④国家规定限制投资项目的；⑤国家其他法律、法规规定需要约定合营期限的。

合营企业的合营期限，一般项目原则上为10～30年。投资大、建设周期长、资金利润率低的项目以及外国合营者提供先进技术或者关键技术生产尖端产品的项目，或者在国际上有竞争能力的产品的项目，其合营期限可以延长到50年。经国务院特别批准的，可以在50年以上。

（2）对于属于国家规定鼓励投资和允许投资项目的合营企业，除上述行业外，合营各方可以在合同中约定合营期限，也可以不约定合营期限。

（3）约定合营期限的合营企业，合营各方同意延长合营期限的，应当在距合营期限届满6个月前向审批机关提出申请。审批机关应当在收到申请之日起1个月内决定批准或者不批准。合营企业合营各方如一致同意将合营合同中约定的合营期限条款修改为不约定合营期限的条款，应提出申请，报原审批机关审查，原审批机关应当自收到上述申请文件之日起90日内决定批准或者不批准。

（二）合营企业的解散

中外合资经营企业遇有下列情况时解散：①合营期限届满，指合营各方在中外合资经营合同中所约定的合营期限届满；②企业发生严重亏损，无力继续经营；③合营一方不履行合营企业协议、合同、章程规定的义务，致使企业无法继续经营；④因自然灾害、战争等不可抗力遭受严重损失无法继续经营；⑤合营企业未达到其经营目的，同时又无发展前途；⑥合营企业合同、章程所规定的其他解散原因已经出现。需要注意的是，合营企业的成立要经过有关机关的批准，合营企业的解散也要经过批准。根据《中华人民共和国中外合资经营企业法实施条例》（以下简称《实施条例》）的规定，当合营企业因上述②、④、⑤、⑥项情况的发生而需要解散时，应由其董事会提出解散申请书，报审批机构批准；而当发生上述③项情况时，由履行合同的一方提出解散申请，报审批机构批准。

中外合资经营企业宣告解散时，应当进行清算。根据《外商投资企业清算办法》的规定，外商投资企业（以下简称企业）（即指中外合资经营企业、中外合作经营企业、外资企业）的清算分为普通清算和特别清算两种。普通清算是指由企业自行组织进行的清算。特别清算是指由企业的审批机关组织进行的清算。企业能够自行组织清算委员会进行清算的，企业应按《外商投资企业清算办法》中关于普通清算的规定办理清算。当企业不能自行组织清算委员会进行清算、或企业被依法责令关闭而解散、或依普通清算的规定进行清算出现严重障碍时，企业董事会或者联合管理委员会等权力机构、投资者或者债权人可以向企业审批机关申请进行特别清算。企业审批机关批准进行特别清算的，企业应依照《外商投资企业清算办法》中关于特别清算的规定办理。

合营企业在清算期间，不得开展新的经营活动。清算过程中发现企业财产不足清偿债务的,清算委员会应当向人民法院申请宣告企业破产;合营企业被依法宣告破产的,依照有关破产清算的法律、行政法规办理。合营企业清算工作结束后,由清算委员会提出清算报告。在普通清算的情况下,该报告应提请董事会会议通过后,报合营企业审批机关备案;在特别清算情况下,该报告须经合营企业审批机关确认。最后,应由清算委员会向登记机关办理注销登记手续,缴销营业执照。

(三)合营企业的清算

合营企业解散时应当进行清算。合营企业的清算由企业董事会提出清算的程序、原则和清算委员会人选,报经合营企业主管部门审查并进行监督。

清算委员会的成员一般应在合营企业的董事中选任。董事不能担任或不适合担任清算委员会成员时,合营企业可聘请在中国注册的会计师、律师担任。审批机关认为必要时,可以派人进行监督。

清算委员会的任务是:对合营企业的财产、债权债务进行全面清查;编制资产负债表和财产目录,提出财产作价和计算依据,制定清算方案;履行企业偿债义务。清算委员会制订的清算方案经董事会通过后,由清算委员会执行。清算期间,清算委员会代表该合营企业起诉和应诉。

合营企业解散时,其资产净额或剩余财产超过注册资本的部分视为利润,应依法缴纳所得税。

合营企业清偿债务后的剩余财产按照合营各方的出资比例进行分配,合营企业协议、合同、章程另有规定的除外。

合营企业清算工作结束后,由清算委员会提出清算结束报告,提请董事会会议通过后,报原审批机关,并向原登记主管机关办理注销登记手续,缴销营业执照。

第三节　中外合作经营企业法

一、中外合作经营企业的概念

中外合作经营企业,是指中国合作者与外国合作者依据中国法律在中国境内设立的,按照合作合同的约定分配收益或产品、分担风险和亏损的企业。

二、中外合作经营企业的组织形式和法律地位

中外合作经营企业的最大特征:契约式企业。所谓"契约式"就是出资者依据合作合同的约定确定其权利。契约式企业建立在合作合同基础上,强调意思自治原则,通过自由协商确定合作各方的权利与义务。因此,契约式企业较之以股权大小决定权益分配的股

权式企业具有相当的灵活性。

法律地位：一是具有法人资格的合作企业，其组织形式为有限责任公司；二是不具有法人资格的合作企业，其组织形式为合伙企业。

三、中外合作经营企业的设立

设立合作企业由对外贸易经济合作部或者国务院设立的部门或地方人民政府审查批准。由国务院授权的部门或地方政府审查批准的情况有：投资总额在国务院规定的投资限额以内的；自筹资金，并且不需要国家平衡建设、生产条件的；产品出口不需要国家有关主管部门发放出口配额、许可证，或者虽需要领取，但在报送项目建议书前已征得国家有关主管部门同意的；有法律、行政法规规定由国务院授权的部门或者地方人民政府审查批准的其他情形的。

依照《中华人民共和国中外合作经营企业法》（以下简称《合作企业法》）及其《实施细则》的规定，设立合作企业，应当由中国合作者向审查批准机关报送下列文件：①设立合作企业的项目建议书，并附送主管部门审查同意的文件；②合作各方共同编制的可行性研究报告，并附送主管部门审查同意的文件；③由合作各方的法定代表人或其授权的代表签署的合作企业协议、合同、章程；④合作各方的营业执照登记证明、资信证明及法定代表人的有效证明文件，外国合作者是自然人的，应当提供其身份、履历和资信情况的有效证明文件；⑤合作各方协商确定的合作企业董事长、副董事长、董事或者联合管理委员会主任、副主任、委员的人选名单；⑥审查批准机关要求报送的其他文件。

上述所列文件，除④项中所列各国合作者提供的文件外，必须报送中文本，②、③、⑤项所列文件可以同时报送合作各方商定的一种外文本。

审查批准机关自收到规定的全部文件之日起45天内决定批准或者不批准；审查批准机关认为报送的文件不全或者有不当之处的，有权要求合作各方在指定期间内补全或者修正。对外贸易经济合作部和国家授权的部门批准设立的合作企业，由对外贸易经济合作部颁发批准证书。国务院授权的地方人民政府批准设立的合作企业，由有关地方人民政府颁发批准证书，并自批准之日起30日内将有关批准文件报送对外贸易经济合作部备案。

设立合作企业的申请经批准后，应当自接到批准证书之日起30天内向工商行政管理机关申请登记，领取营业执照。合作企业的营业执照签发日期，为该企业成立日期。合作企业应当自成立之日起30天内向税务机关办理税务登记。

四、中外合作经营企业的组织形式与注册资本

（一）合作企业的组织形式

合作企业包括依法取得中国法人资格的合作企业和不具有法人资格的合作企业。

87

《合作企业法》第二条第二款规定："合作企业符合中国法律关于法人条件的规定的，依法取得中国法人资格。"合作企业依法取得中国法人资格的，为有限责任公司。除合作企业合同另有约定外，合作各方以其投资或者提供的合作条件为限对合作企业承担责任。合作企业以全部资产对合作企业的债务承担责任。

不具有法人资格的合作企业的合作各方的关系是一种合伙关系。

（二）合作企业的注册资本

合作企业的注册资本，是指为设立合作企业，在工商行政管理机关登记的合作各方认缴的出资额之和。注册资本以人民币表示，也可以用合作各方约定的一种可自由兑换的外币表示。

合作企业注册资本在合作期限内不得减少。但是，因投资总额和生产经营规模等变化，确需减少的，须经审查批准机关批准。

在依法取得中国法人资格的合作企业中，外国合作者的投资一般不低于合作企业注册资本的 25%。

五、中外合作经营企业合作各方的投资或者提供的合作条件

（一）合作各方应当履行投资或者提供合作条件的义务

合作各方应当依照有关法律、行政法规的规定和合作企业合同的约定，向合作企业投资或者提供合作条件。

合作各方应当以其自有的财产或者财产权利作为投资或者合作条件，对该投资或者合作条件不得设置抵押权或者其他形式的担保。

（二）投资或者提供合作条件的方式

合作各方向合作企业的投资或者提供的合作条件可以是货币，也可以是实物或者工业产权、专有技术、土地使用权等财产权利。

中国合作者的投资或者提供的合作条件，属于国有资产的，应当依照有关法律、行政法规的规定进行资产评估。

（三）投资或者提供合作条件的期限

合作各方应当根据合作企业的生产经营需要，依照有关法律、行政法规的规定，在合作企业合同中约定合作各方向合作企业投资或者提供合作条件的期限。

合作各方没有按照合作企业合同约定缴纳投资或者提供合作条件的，工商行政管理机关应当限期履行；限期届满仍未履行的，审查批准机关应当撤销合作企业的批准证书，

工商行政管理机关应当吊销合作企业的营业执照,并予以公告。未按照合作企业合同约定缴纳投资或者提供合作条件的一方,应当向已按照合作企业合同约定缴纳投资或者提供合作条件的他方承担违约责任。

合作各方缴纳投资或者提供合作条件后,应当由中国注册会计师验资并出具验资报告,由合作企业据以发给合作各方出资证明书。出资证明书应当载明下列事项:合作企业名称、合作企业成立日期、合作各方名称或者姓名、合作各方投资或者提供合作条件的内容、合作各方投资或者提供合作条件的日期、出资证明书的编号和核发日期。出资证明书应当抄送审查批准机关及工商行政管理机关。

(四)合作企业合作者权利的转让

合作各方之间相互转让或者合作一方向合作他方以外的他人转让属于其在合作企业合同中全部或者部分权利的,须经合作他方书面同意,并报审查批准机关批准。

审查批准机关应当自收到有关转让文件之日起30天内决定批准或者不批准。

六、中外合作经营企业的组织机构

(一)董事会制

具备法人资格的合作企业,一般实行董事会制,董事会是合作企业的最高权力机构。

(二)联合管理制

不具备法人资格的合作企业,一般实行联合管理制,联合管理委员会由合作各方的代表组成,是合作企业的最高权力机构。

(三)委托管理制

合作企业成立后委托合作各方以外的他人经营管理的,必须经董事会或者联合管理委员会一致同意,并应当与被委托人签订委托经营管理合同。

合作企业应当将董事会或者联合管理委员会的决议、签订的委托经营管理合同,连同被委托的资信证明等文件,一并报送审查批准机关批准。审查批准机关应当自收到有关文件之日起30天内决定批准或者不批准。董事或委员无正当理由不参加会议又不委托他人代表其参加会议的,视为出席董事会会议或联合管理委员会会议并在表决中投了弃权票。

七、中外合作经营企业分配收益与回收投资

(一)中外合作企业的收益或产品的分配

合作各方可以约定分配合作企业的利润也可以约定分配产品,其分配方式、份额或比

例由合作各方通过合作企业合同约定。

（二）中外合作企业外国合作者投资的回收

根据合作企业法的规定,中外合作者在企业合同中约定合作期满时合作企业的全部固定资产归中国合作者所有的,合作企业的外方投资者可以在合作企业经营期限届满前先行收回投资。回收投资的办法有三种:第一,增加外方利润分配的比例,直到其收回全部投资;第二,加速固定资产折旧,用折旧金返还外方的投资;第三,经财政、税务部门和审批机关批准的其他回收投资方式,如外方合作者在合作企业缴纳所得税前回收投资。

八、中外合作经营企业的合作期限、解散与清算

（一）中外合作经营企业的合作期限

合作各方可以在合作合同中约定经营期限,也可以不约定经营期限。约定合作期限的,期限届满,合作各方同意延长经营期限,应当在期限届满 180 天前向审批机关提出延期的申请,审批机关自接到申请之日起 30 日内作出批准或不批准的决定。经批准延长合作期限的,合作企业应当到工商管理部门办理变更登记手续。

合作企业中,外方先行收回投资的,并且已经收回完毕的,不再延长合作期限。但外国合作者增加投资,合作各方协商同意延长的,可向审查批准机关申请延长合作期限。

（二）合作企业的解散

合作企业因下列情形之一出现时解散:①合作期限届满;②合作企业发生严重亏损;或者因不可抗力遭受严重损失,无力继续经营;③中外合作者一方或者数方不履行合作企业合同、章程规定的义务,致使合作企业无法继续经营;④合作企业合同、章程中规定的其他解散原因已经出现;⑤合作企业违反法律、行政法规,被依法责令关闭。

上述②项、④项所列情形发生,应当由合作企业的董事会或者联合管理委员会作出决定,报审查批准机关批准。在上述③项所列情形下,不履行合作企业合同、章程规定的义务的中外合作者一方或者数方,应当对履行合同的他方因此遭受的损失承担赔偿责任;履行合同的一方或者数方有权向审查批准机关提出申请,解散合作企业。

合作企业期满或者提前终止,应当向工商行政管理机关和税务机关办理注销登记手续。

（三）合作企业的清算

《合作企业法》第二十四条规定,合作企业期满或者提前终止时,应当依照法定程序对资产和债权、债务进行清算。中外合作者应当依照合作企业合同的约定确定合作企业财

产的归属。

第四节 外资企业法

一、外资企业的概念

外资企业是指依照中国法律在中国境内设立的全部资本由外国投资者投资的企业。外国投资者包括外国企业、其他经济组织和外国自然人。

应注意：外资企业不同于外国企业分支机构。

我国保护外国投资者的合法利益，国家对外资企业不实行国有化和征收；在特殊情况下，根据社会公共利益的需要，对外资企业可以依法征收，并给予相应的补偿。

二、外资企业的组织形式和法律地位

(1) 具有法人资格的外资企业。其组织形式为有限责任公司。

(2) 不具有法人资格的外资企业。其组织形式为合伙企业或者独资企业。

三、外资企业设立

根据《中华人民共和国外资企业法》(以下简称《外资企业法》)第三条规定，设立外资企业，必须有利于中国国民经济的发展。国家鼓励举办产品出口或者技术先进的外资企业。国家禁止或者限制设立外资企业的行业由国务院规定。申请设立外资企业，有下列情况之一的，不予批准：①有损中国主权或者社会公共利益的；②危及中国国家安全的；③违反中国法律、法规的；④不符合中国国民经济发展要求的；⑤可能造成环境污染的。

外国投资者在提出设立外资企业的申请前，应当就下列事项向拟设立外资企业所在地的县级或者县级以上地方人民政府提交报告。报告内容包括：设立外资企业的宗旨；经营范围、规模、生产产品；使用的技术设备；用地面积及要求；需要用水、电、煤、气或者其他能源的条件及数量；对公共设施的要求等。县级或者县级以上地方人民政府应当在收到外国投资者提交的报告之日起30天内以书面形式答复外国投资者。

外国投资者设立外资企业，应当通过拟设立外资企业所在地的县级或者县级以上人民政府向审批机关提出申请，并报送下列文件：①设立外资企业申请书；②可行性研究报告；③外资企业章程；④外资企业法定代表人(或者董事会人选)名单；⑤外国投资者的法律证明文件和资信证明文件；⑥拟设立外资企业所在地的县级或县级以上人民政府的书面答复；⑦需要进口的物资清单；⑧其他需要报送的文件。

两个或者两个以上外国投资者共同申请设立外资企业，应当将其签订的合同副本报送审批机关备案。

《外资企业法》第六条规定,设立外资企业的申请,由国家对外经济贸易主管部门或者国务院授权的机关审查批准。审查批准机关应当在接到申请之日起90天内决定批准或者不批准。根据上述规定,《中华人民共和国外资企业法实施细则》(以下简称《实施细则》)对设立外资企业的审批作了具体规定。

审批机关应当在收到申请设立外资企业的全部文件之日起90天内决定批准或者不批准。审批机关如果发现上述文件不齐备或者有不正当之处,可以要求限期补报或者修改。

设立外资企业的申请经批准后,外国投资者应当在接到批准证书之日起30天内,向国家工商行政管理部门或者国家工商行政管理局授权的地方工商行政管理局申请设立登记。登记主管机关应当在受理申请后30天内,作出核准登记或者不予核准登记的决定。申请开业登记的外国投资者,经登记主管机关核准登记注册,领取营业执照后,企业即告成立。外资企业的营业执照签发日期为该企业成立日期。外资企业应当在企业成立之日起30天内在税务机关办理税务登记。

外资企业符合中国法律关于法人条件规定的,依法取得中国法人资格。

四、外资企业的组织形式与注册资本

(一)外资企业的组织形式

《实施细则》第十九条规定:"外资企业的组织形式为有限责任公司。经批准也可以为其他责任形式。"

外资企业为有限责任公司的,外国投资者对企业的责任以其认缴的出资额为限,外资企业以其全部资产对其债务承担责任。

外资企业为其他责任形式的,外国投资者对企业的责任适用中国法律、法规的规定。

外资企业的法定代表人是依照其章程规定,代表外资企业行使职权的负责人。法定代表人无法履行其职权时,应当以书面形式委托代理人,代其行使职权。

(二)外资企业的注册资本

外资企业的注册资本,是指为设立外资企业在工商行政管理机关登记的资本总额,即外国投资者认缴的全部出资额。外资企业的注册资本要与其经营规模相适应,注册资本与投资总额的比例应当符合中国的有关规定。

外资企业在经营期内不得减少其注册资本。外资企业注册资本的增加、转让,须经审批机关批准,并向工商行政管理机关办理变更登记手续。

外资企业将其财产或者权益对外抵押、转让,须经审批机关批准,并向工商行政管理机关备案。

五、外国投资者的出资方式与出资期限

（一）外国投资者的出资方式

外国投资者可以用可自由兑换的外币出资，也可以用机器设备、工业产权、专有技术等作价出资。经审批机关批准，外国投资者也可以用其从中国境内举办的其他外商投资企业获得的人民币利润出资。

外国投资者以机器设备作价出资的，该机器设备必须符合下列要求：一是外资企业生产所必需的设备；二是中国不能生产，或者虽能生产，但在技术性能或者供应时间上不能保证需要的。该机器设备的作价不得高于同类机器设备当时的国际市场正常价格。对作价出资的机器设备，应当列出详细的作价出资清单，包括名称、种类、数量、作价等，作为设立外资企业申请书的附件一并报送审批机关。

外国投资者以工业产权、专有技术作价出资的，该工业产权、专有技术必须符合下列要求：一是外国投资者自己所有的，二是能生产中国急需的新产品或者出口适销产品的。该工业产权、专有技术的作价应当与国际上通常的作价原则相一致，其作价金额不得超过外资企业注册资本的20%。对作价出资的工业产权、专有技术，应当备有详细资料，包括所有权证书的复印件，有效状况及其技术性能、实用价值，作价的计算根据和标准等，作为设立外资企业申请书的附件一并报送审批机关。

作价出资的机器设备运抵中国口岸时，外资企业应当报请中国的商检机构进行检验，由该商检机构出具检验报告。作价出资的机器设备的品种、质量和数量与外国投资者报送审批机关的作价出资清单列出的机器设备的品种、质量和数量不符的，审批机关有权要求外国投资者限期改正。作价出资的工业产权、专有技术实施后，审批机关有权进行检查。该工业产权、专有技术与外国投资者原提供的资料不符的，审批机关有权要求外国投资者限期改正。

93

（二）外国投资者的出资期限

外国投资者缴付出资的期限应当在设立外资企业申请书和外资企业章程中载明。外国投资者可以分期缴付出资，但最后一期出资应当在营业执照签发之日起3年内缴清。其中第一期出资不得少于外国投资者认缴出资额的15%，并应当在外资企业营业执照签发之日起90天内缴清。

外国投资者未能在外资企业营业执照签发之日起90天内缴付第一期出资的，或者无正当理由逾期30天不缴付其他各期出资的，外资企业批准证书即自动失效。外资企业应当向工商行政管理机关办理注销登记手续，缴销营业执照；不办理注销登记手续和缴销营业执照的，由工商行政管理机关吊销其营业执照，并予以公告。

外国投资者缴付每期出资后,外资企业应当聘请中国的注册会计师验证,并出具验资报告,报审批机关和工商行政管理机关备案。

六、外资企业的经营期限、终止和清算

(一)外资企业的经营期限

关于外资企业的经营期限问题,在国外有两种规定:一是规定无期限,二是规定有一定期限。《外资企业法》第二十条规定:"外资企业的经营期限由外国投资者申报,由审批机关批准。期满需要延长的,应在期满180天以前向审批机关提出申请。审批机关应在接到申请之日起30天内决定批准或不批准。经批准延长经营期限的,应自收到批准延长期限文件之日起30天内,向工商行政管理机关办理变更登记手续。"

(二)外资企业的终止

外资企业有下列情形之一的应予终止:①经营期限届满;②经营不善,严重亏损,外国投资者决定解散;③因自然灾害、战争等不可抗力而遭受严重损失,无法继续经营;④破产;⑤违反中国法律、法规,危害社会公共利益被依法撤销;⑥外资企业章程规定的其他解散事由已经出现。

外资企业如存在上述②、③、④项所列情形,应自行提交终止申请书,报审批机关批准。审批机关作出核准的日期为企业的终止日期。

(三)外资企业的清算

外资企业如因上述①、②、③、⑥项所列的情形终止的,应在终止之日起15天内对外公告并通知债权人,并在终止公告发出之日起15天内,提出清算程序、原则和清算委员会人选,报审批机关审核后进行清算。外资企业清算结束前,外国投资者不得将该企业的资金汇出或携带出中国境外。外资企业清算处理财产时,在同等条件下,中国的企业或其他经济组织有优先购买权。外资企业清算结束,应办理注销登记并缴销营业执照。

本 章 小 结

外商投资企业是指依照中国法律,在中国境内由中国投资者和外国投资者共同投资或者仅由外国投资者投资设立的企业。外商投资企业的种类有中外合资经营企业、中外合作经营企业、外资企业、中外合资股份有限公司。

中外合资经营企业(合营企业)的组织形式是有限责任公司,是具有中国法人资格的股权式企业。其设立的条件和程序必须符合中外合资经营企业的法律文件。根据《中华

94

人民共和国中外合资经营企业法》的规定,在合营企业的注册资本中,外国合营者的投资比例不能低于 25％。合营企业设立董事会,董事会是合营企业的最高权力机构,决定合营企业的一切重大问题。中外合资经营企业宣告解散时,应当进行清算。企业应按《外商投资企业清算办法》的规定办理清算。

中外合作经营企业是具有法人资格的契约式合作企业。其组织形式为有限责任公司和合伙企业。申请设立中外合作经营企业应当由中国合作者向审查批准机关报送相关的文件。根据合作企业法的规定,合作企业的外方投资者可以在合作企业经营期限届满前先行收回投资。

外资企业的投资者包括外国企业、其他经济组织和外国自然人。设立外资企业,必须有利于中国国民经济的发展。申请设立外资企业,应当将其签订的合同副本报送审批机关备案。外资企业符合中国法律关于法人条件规定的,依法取得中国法人资格。外资企业清算结束前,外国投资者不得将该企业的资金汇出或携带出中国境外。外资企业清算处理财产时,在同等条件下,中国的企业或其他经济组织有优先购买权。外资企业清算结束,应办理注销登记并缴销营业执照。

基 本 概 念

外商投资企业 中外合资经营企业 中外合作经营企业 外资企业

思考与训练

1. 关于中外合资经营企业的注册资本的有关法律是如何规定的?

2. 中外合作经营企业可以按照什么方式分配收益?

3. 试比较中外合资经营企业、中外合作经营企业与外资企业之间的主要区别。

4. 案例分析

(1) 某中外合资经营企业的投资总额为 1 200 万美元,根据中外合资经营企业法律制度的规定,该中外合资经营企业的注册资本不得低于多少美元?

(2) 1994 年 9 月,某市一家用电器厂准备与日本一家公司合资建立一家电子有限公司。签订的意向协议规定:日方以技术入股,作价金额为注册资本总额的 20％,自协议订立之日起 10 日内,外方应提供有关的设备资料和服务,其中包括产品设计以及对合资公司技术人员、工人的培训和技术作价等;中方以货币、合作场地、厂房来出资。随后依据意向协议,双方签订了技术转让合同。合同规定:①除经日方同意外,该合资公司所生产的产品不能销往东亚地区,且利用日方技术每年生产的彩电不能超过 12 万台;②该技术转让合同的期限为 3 年；③技术转让合同期满后,中方无权再继续使用该项技术；④中方如改进该技术,必须无条件告诉日方；⑤合资企业能从日方购买的所需要的机器、设备、零部件、原材料,必须从日本购买。

该技术转让合同未得到审批机构的批准。所以经修改批准后企业才能依法注册登记成立。外方怕承担投资风险,让公司在日本办了财产安全保险。双方协商确定由中方出任董事长,日方出任副董事长、公司成立半年后经济效益良好,日方在未经中方董事同意的情况下,以到会的一半董事通过,决定增加出资,后再次召开董事会合法通过,因增加出资的确是生产经营所需,所以中方认可了所增加的注册资本。

请回答：

① 双方签订的技术转让合同为什么未得到审批机构的批准？

② 本案例中是否还有其他不符合我国法律规定之处？

(3) 某中外合作经营企业合同规定：外方合作者以现金和机器设备出资,占总出资额的 60%,中方合作者以厂房和土地使用权出资,占总出资额的 40%；合作企业在合作期间的所得收益首先全部用于偿付外方出资。之后合作双方各按 50% 比例分享收益；合作期 8 年,期满后,企业全部固定资产无偿归中方合作者所有。根据以上资料,回答下列问题。

96

该合作合同是否有效。为什么？

(4) 一家中国公司与一家美国公司拟在中国设立一合资经营企业,经协商,双方达成以下协议：合营企业的注册资本为 600 万美元,其中中方出资 480 万美元(含场地使用权作价 100 万美元,机器设备作价 100 万美元,现金 280 万美元)；美方投资 120 万美元(含专利权作价 25 万美元,以合营企业名义租赁的机器设备作价 15 万美元,现金 80 万美元)；合营企业为了鼓励外商投资,约定在分配上允许美方投资者先行回收投资,但合营期满后全部固定资产归中方投资者,外方的投资者投资回收后,合营各方按投资比例分享利润、分担风险及亏损；合营企业以股东大会为最高权力机构,以总经理为企业法定代表人；该合同中双方同意适用外国法律。

问：上述中外合资经营企业合同有什么法律问题？说明理由。

第五章 破产法律制度

引导案例

> A 铸材公司是国有企业,该公司成立之初,全部资产为 620 万元。A 铸材公司成立后,在激烈的市场竞争中,经营决策屡屡失误,加之公司内部管理混乱,到 2000 年公司即负债 80 万元,2001 年负债 620 万元,2002 年负债 800 万元,2003 年负债达 1 300 万元,已出现严重的不能清偿到期债务的现象,经 B 市经委同意,A 铸材公司于 2004 年 3 月向某人民法院提出破产申请。
>
> 某人民法院受理本案后对本案如何处理争议较大,主要有两种观点。
>
> 一种观点认为,应宣告破产。理由是,A 铸材公司因经营管理不善,严重亏损,负债累累,而且政府有关部门拒绝资助以帮助清偿债务,该公司已丧失清偿到期债务的能力,故依法宣告破产。
>
> 另一种观点认为,A 铸材公司不能宣告破产,应由 B 市经委承担连带清偿责任。理由是,A 铸材公司从 2002 年起,实际上已处于半停产状态,经营管理较为混乱,人心浮动,资不抵债,不能清偿到期债务,处于负债经营的状态。但该公司隐瞒企业经营状况,在大大超出其履行能力的情况下,继续与他人进行经济行为,其行为有明显的欺诈性,导致其他企事业单位遭受重大损失。作为上级主管部门的 B 市经委对此明知,却放任其行为,听之任之,理应对此承担责任,故不应宣告破产。
>
> 思考:
>
> 根据新《中华人民共和国企业破产法》的规定,人民法院应否受理申请人 A 铸材公司的破产申请?

第一节 破产法概述

一、破产法的概念与特征

破产法是规定在债务人丧失清偿能力时,法院强制对其全部财产进行清算分配,公平清偿给债权人,或通过债务人与债权人会议达成的和解协议清偿债务,或进行企业重整,避免债务人破产的法律规范的总称。现代意义上的破产法均由破产清算制度与挽救债务人的和解、重整制度两方面的法律构成。破产法具有以下特征。

（1）破产法是集实体与程序内容合一的综合性法律。破产法调整范围一般限于债务人丧失清偿能力的特殊情况，解决的主要是如何公平清偿债务，即执行问题。

（2）破产法的基本制度主要源于民事债权和民事执行制度。破产法根据破产程序的原则、特点加以适当变更，对当事人的权利、义务予以必要的扩张或限制，同时兼顾对社会利益的维护。

二、破产法的立法宗旨

2006年8月27日，第十届全国人大常委会第23次会议通过了《中华人民共和国企业破产法》（以下简称《破产法》），自2007年6月1日起施行。《破产法》第一条规定："为规范企业破产程序，公平清理债权债务，保护债权人和债务人的合法权益，维护社会主义市场经济秩序，制定本法。"破产法立法宗旨贯彻市场经济理念，在立法宗旨上进行了革新，主要有三点。

第一，明确破产法的特定社会调整目标，区分其直接社会调整作用与间接社会影响的关系。

第二，区分破产法与劳动法、社会保障法等相关立法之间不同的调整范围。将不属于破产法调整的破产企业职工的救济安置等社会问题交由其他立法调整，从理论和实践上为破产法的实施扫除社会障碍。

第三，排除政府的不当行政干预，避免因行政利益的影响而再度歪曲破产法的实施，同时强调政府必须履行提供社会保障、安置失业职工等职责，保障破产法的顺利实施。

三、破产法的适用范围

（一）破产法的主体适用范围

《破产法》第二条规定，其主体适用范围是所有的企业法人，同时，该法第一百三十五条规定："其他法律规定企业法人以外的组织的清算，属于破产清算的，参照适用本法规定的程序"，适当扩大破产法的适用范围，以适应市场经济的调整需要。目前，根据其他法律规定可以参照适用破产法的主体，主要是合伙企业、农民专业合作社以及民办学校等。

此外，《破产法》还规定有若干主体适用法律的特殊情况。该法第一百三十五条第二款规定："金融机构实施破产的，国务院可以依据本法和其他有关法律的规定制定实施办法。"这是因为金融机构的破产存在一些特殊问题，需要制定具体实施办法解决。该法第一百三十三条规定："在本法施行前国务院规定的期限和范围内的国有企业实施破产的特殊事宜，按照国务院有关规定办理。"这是指国有企业政策性破产的处理。

（二）破产法的地域适用范围

《破产法》的地域适用范围是指破产程序的域外效力问题，即一国的破产程序对位于其他国家的破产人财产是否有效。我国《破产法》采取了有限制的普及主义原则，《破产法》第五条规定："依照本法开始的破产程序，对债务人在中华人民共和国领域外的财产发生效力。对外国法院作出的发生法律效力的破产案件的判决、裁定，涉及债务人在中华人民共和国领域内的财产，申请或者请求人民法院承认和执行的，人民法院依照中华人民共和国缔结或者参加的国际条约，或者按照互惠原则进行审查，认为不违反中华人民共和国法律的基本原则，不损害国家主权、安全和社会公共利益，不损害中华人民共和国领域内债权人的合法权益的，裁定承认和执行。"

第二节　破产的申请和受理

一、破产界限

（一）破产界限的概述

破产界限，也称破产原因，指认定债务人丧失清偿能力，当事人得以提出破产申请，法院据以启动破产程序的法律事实。破产原因也是和解与重整程序开始的原因，但重整程序开始的原因更为宽松，企业法人有明显丧失清偿能力可能的就可以依法申请重整。各国立法对破产原因的规定方式主要有列举主义与概括主义。我国立法采取概括主义。

（二）破产界限的基本规定

根据《破产法》第二条的规定，破产界限是企业法人不能清偿到期债务，并且资产不足以清偿全部债务或者明显缺乏清偿能力。根据《破产法》的规定，破产界限分为两种情况。第一，债务人不能清偿到期债务。并且资产不足以清偿全部债务，主要适用于债务人提出破产申请且其资不抵债易于判断的案件；第二，债务人不能清偿到期债务，并且明显缺乏清偿能力，主要适用于债权人提出破产申请和债务人提出破产申请但其资不抵债不易判断的案件。

二、破产申请和受理

（一）破产申请的提出

《破产法》规定，债务人发生破产原因，债务人可以向人民法院提出重整、和解或者破产清算申请。债务人不能清偿到期债务，债权人可以向人民法院提出对债务人进行重整或者破产清算的申请。企业法人已解散但未清算或者未清算完毕，资产不足以清偿债务的，依法负有清算责任的人应当向人民法院申请破产清算。

当事人的申请应向对破产案件有管辖权的人民法院提出。《破产法》规定，破产案件的地域管辖由债务人住所地人民法院管辖。但对级别管辖，立法未作规定。

当事人向人民法院提出破产申请。应当提交破产申请书和有关证据。破产申请书应当载明下列事项：①申请人、被申请人的基本情况；②申请目的；③申请的事实和理由；④人民法院认为应当载明的其他事项。债务人提出申请的，还应当向人民法院提交财产状况说明、债务清册、债权清册、有关财务会计报告、职工安置预案以及职工工资的支付和社会保险费用的缴纳情况。

（二）破产申请的受理

债权人提出破产申请的，人民法院应当自收到申请之日起 5 日内通知债务人。通知中应告知债务人不得转移资产、逃避债务，不得进行有碍于公平清偿的行为。债务人对申请有异议的，应当自收到人民法院的通知之日起 7 日内向人民法院提出。人民法院应当自异议期满之日起 10 日内裁定是否受理。除上述情形外，人民法院应当自收到破产申请之日起 15 日内裁定是否受理。有特殊情况需要延长受理案件期限的，经上一级人民法院批准，可以延长 15 日。

人民法院裁定受理破产申请的，应当将裁定自作出之日起 5 日内送达申请人。债权人提出申请的，人民法院应当自裁定作出之日起 5 日内送达债务人。债务人应当自裁定送达之日起 15 日内，向人民法院提交财产状况说明、债务清册、债权清册、有关财务会计报告以及职工工资的支付和社会保险费用的缴纳情况。债务人违反法律规定，拒不向人民法院提交或者提交不真实的上述文件与情况说明的，人民法院可以对直接责任人员依法处以罚款。人民法院裁定受理破产申请的，应当同时指定管理人，并在裁定受理破产申请之日起 25 日内通知已知债权人，并予以公告。

人民法院裁定不受理破产申请的，应当将裁定自作出之日起 5 日内送达申请人并说明理由。申请人对裁定不服的，可以自裁定送达之日起 10 日内向上一级人民法院提起上诉。人民法院受理破产申请后至破产宣告前，经审查发现债务人未发生破产原因的，可以裁定驳回申请。申请人对裁定不服的，可以自裁定送达之日起 10 天内向上一级人民法院提起上诉。

根据《破产法》的规定，人民法院受理破产申请后，管理人对破产申请受理前成立而债务人和对方当事人均未履行完毕的合同有权决定解除或继续履行，并通知对方当事人。管理人自破产申请受理之日起 2 个月内未通知对方当事人，或者自收到对方当事人催告之日起 30 日内未答复的，视为解除合同。

根据《破产法》的规定，人民法院受理破产申请后，已经开始而尚未终结的有关债务人的民事诉讼或者仲裁应当终止；在管理人接管债务人的财产后，该诉讼或者仲裁继续进行。破产申请受理后，有关债务人的民事诉讼只能向受理破产申请的人民法院提起。但是其他法律有特殊规定的应当除外，如劳动争议仍应先行进行劳动仲裁。当事人约定仲裁解决纠纷的，也应当以仲裁方式解决。

三、债权申报与确认

（一）债权申报

根据《破产法》的一般规定，破产案件受理后，债权人只有在依法申报债权并得到确认后，才能行使破产参与、受偿等权利。债权人行使各项权利，应依照破产法规定的程序进行。《破产法》规定，人民法院受理破产申请后，应当确定债权人申报债权的期限。债权申报期限自人民法院发布受理破产申请公告之日起计算，最短不得少于 30 日，最长不得超过 3 个月。在法律规定的期间内，人民法院可以根据案件具体情况确定申报债权的期限。

债权人应当在人民法院确定的债权申报期限内向管理人申报债权。但债务人所欠职工的工资和医疗、伤残补助、抚恤费用，所欠的应当划入职工个人账户的基本养老保险、基本医疗保险费用，以及法律、行政法规规定应当支付给职工的补偿金，不必申报，由管理人调查后列出清单并予以公示，所以，职工劳动债权是免申报的债权。

101

债权人申报债权时，应当书面说明债权的数额和有无财产担保，并提交有关证据。申报的债权是连带债权的，应当说明。连带债权人可以由其中一人代表全体连带债权人申报债权，也可以共同申报债权。

债务人的保证人或者其他连带债务人已经代替债务人清偿债务的，以其对债务人的求偿权申报债权；尚未代替债务人清偿债务的，以其对债务人的将来求偿权申报债权。

未到期的债权，在破产申请受理时视为到期。附利息的债权自破产申请受理时起停止计息。附条件、附期限的债权和诉讼，仲裁未决的债权，债权人也可以申报其债权。

管理人或者债务人依照破产法规定解除合同的，对方当事人以因合同解除所产生的损害赔偿请求权申报债权。可申报的债权以实际损失为限，违约金不作为破产债权。

（二）债权确认

债权人申报的债权需经确认后才能在破产程序中行使权利。债权审查的判断原则是，凡法律允许通过一般司法程序提出异议的债权，即未经发生法律效力的裁判所确认的债权，均应在审查确认之列；凡经发生法律效力的裁判所确认的债权，原则上不在审查确认之列，应直接列入债权确认表中。

根据《破产法》的规定，管理人收到债权申报材料后，应当登记造册，对申报的债权进行审查，并编制债权表。管理人必须将申报的债权全部编入债权表，不允许以其认为债权超过诉讼时效或不能成立等为由拒绝编入债权表。管理人进行实质审查后对各项债权的认定结果，如是否真实存在、是否超过诉讼时效等，应附在提交第一次债权人会议的债权表后，供核查使用。债权表和债权申报材料由管理人保存，供利害关系人查阅。管理人依法编制的债权表，应当提交第一次债权人会议核查。经核查后仍存在异议的债权，由人民法院裁定该异议是否成立。

第三节　债务人财产与管理人

一、债务人财产

（一）债务人财产的范围

根据《破产法》第三十条规定，债务人财产包括破产申请受理时属于债务人的全部财产，以及破产申请受理后至破产程序终结前债务人取得的财产。债务人财产在破产宣告后称破产财产。

（二）破产撤销权与无效行为制度

《破产法》规定了破产撤销权与无效行为制度。撤销权是指管理人对债务人在破产案件受理前的法定期间内进行的欺诈逃债或损害公平清偿的行为，申请法院撤销，并追回财产的权利。破产法对撤销权制度予以全面完善，首先区分规定无效行为与可撤销行为。《破产法》第三十一条规定："人民法院受理破产申请前1年内，涉及债务人财产的下列行为，管理人有权请求人民法院予以撤销：①无偿转让财产的；②以明显不合理的价格进行交易的；③对没有财产担保的债务提供财产担保的；④对未到期的债务提前清偿的；⑤放弃债权的。"《破产法》第三十二条规定："人民法院受理破产申请前6个月内，债务人有本法第二条第一款规定的情形，仍对个别债权人进行清偿的，管理人有权请求人民法院予以撤销。但是，个别清偿使债务人财产受益的除外。"这两条是对可撤销行为的规定。《破产法》第三十三条规定："涉及债务人财产的下列行为无效：①为逃避债务而隐匿、转移财产的；②虚构债务或者承认不真实的债务的。"这是对无效行为的规定。

同时，《破产法》第三十四条规定："因本法第三十一条、第三十二条或者第三十三条规定的行为而取得的债务人的财产，管理人有权追回。"《破产法》第一百二十八条规定："债务人有本法第三十一条、第三十二条、第三十三条规定的行为，损害债权人利益的，债务人的法定代表人和其他直接责任人员依法承担赔偿责任。"

（三）债务人财产的收回

《破产法》第三十五条规定："人民法院受理破产申请后，债务人的出资人尚未完全履行出资义务的,管理人应当要求该出资人缴纳所认缴的出资,而不受出资期限的限制。"

为维护债权人及债务人的合法权益,《破产法》第三十六条规定:"债务人的董事、监事和高级管理人员利用职权从企业获取的非正常收入和侵占的企业财产,管理人应当追回。"在人民法院受理破产申请后,管理人可以通过清偿债务或者提供为债权人接受的担保,取回质物、留置物。管理人所作的债务清偿或者替代担保,在质物或者留置物的价值低于被担保的债权额时,以该质物或者留置物当时的市场价值为限。否则,就可能出现不公平清偿的情况。

(四)取回权

破产企业中存在的他人财产,该财产的权利人有权取回原物的权利,但取回权仅限于权利人取回原物,如果原物在破产宣告前已被破产企业非法处置,则有权以物价作为破产债权要求清偿。破产法上的取回权分为一般取回权与特别取回权。《破产法》第三十八条规定:"人民法院受理破产申请后,债务人占有的不属于债务人的财产,该财产的权利人可以通过管理人取回。但是,本法另有规定的除外。"这是对一般取回权的规定。

《破产法》第三十九条规定:"人民法院受理破产申请时,出卖人已将买卖标的物向作为买受人的债务人发运,债务人尚未收到且未付清全部价款的,出卖人可以取回在运途中的标的物。但是,管理人可以支付全部价款,请求出卖人交付标的物。"这是对特别取回权的规定。

(五)抵销权

破产法上的抵销权,是指债权人在破产申请受理前对债务人即破产人负有债务的,无论是否已到清偿期限、标的是否相同,均可在破产财产最终分配确定前向管理人主张相互抵销的权利。《破产法》第四十条规定:"债权人在破产申请受理前对债务人负有债务的,可以向管理人主张抵销。"此即破产抵销权。破产抵销权是破产债权只能依破产程序受偿的例外,抵销权实施的结果使该债权在抵销范围内得以由破产财产中得到全额、优先清偿。

为防止破产抵销权被当事人所滥用,损害他人利益,各国破产法对抵销权的行使均规定有禁止条款。《破产法》第四十条规定:"有下列情形之一的,不得抵销:①债务人的债务在破产申请受理后取得他人对债务人的债权的;②债权人已知债务人有不能清偿到期债务或者破产申请的事实,对债务人负担债务的;但是,债权人因为法律规定或者有破产申请一年前所发生的原因而负担债务的除外;③债务人的债务人已知债务人有不能清偿到期债务或者破产申请的事实,对债务人取得债权的;但是,债务人的债务人因为法律规定或者有破产申请1年前所发生的原因而取得债权的除外。"

二、破产费用与共益债务

（一）破产费用

在破产案件中，为维护全体债权人的共同利益，会产生各种各样的费用支出：为在必要时继续破产企业的营业、继续履行合同、进行破产财产的管理等，也可能会使破产财产负担一定的债务。旧破产法将这些费用与债务统一规定，称为破产费用，从破产财产中优先拨付。破产法则区分其性质，分别规定为破产费用与共益债务，更为科学合理。

破产费用，是在破产程序中为全体债权人共同利益而支付的各项费用的总称。《破产法》第四十一条规定："人民法院受理破产申请后发生的下列费用，为破产费用：①破产案件的诉讼费用；②管理、变价和分配债务人财产的费用；③管理人执行职务的费用、报酬和聘用工作人员的费用。"

（二）共益债务

共益债务，是在破产程序中为全体债权人利益而由债务人财产负担的债务的总称。《破产法》第四十二条规定："人民法院受理破产申请后发生的下列债务，为共益债务：①因管理人或者债务人请求对方当事人履行双方均未履行完毕的合同所产生的债务；②债务人财产受无因管理所产生的债务；③因债务人不当得利所产生的债务；④为债务人继续营业而应支付的劳动报酬和社会保险费用以及由此产生的其他债务；⑤管理人或者相关人员执行职务致人损害所产生的债务；⑥债务人财产致人损害所产生的债务。"

（三）破产费用与共益债务的清偿

破产费用与共益债务均是以债务人财产为清偿对象的，并享有优先于其他债权的受偿权。《破产法》第四十三条规定："破产费用和共益债务由债务人财产随时清偿。债务人财产不足以清偿所有破产费用和共益债务的，先行清偿破产费用。债务人财产不足以清偿所有破产费用或者共益债务的，按照比例清偿。债务人财产不足以清偿破产费用的，管理人应当提请人民法院终结破产程序。人民法院应当自收到请求之日起 15 日内裁定终结破产程序，并予以公告。"

三、管理人制度

（一）管理人的资格与指定

管理人是指破产宣告后成立的，全面接管破产企业并负责破产财产的保管、清理、估价，处理和分配等破产清算事务的专门机构。

《破产法》第二十二条规定："管理人由人民法院指定。债权人会议认为管理人不能依法、公正执行职务或者有其他不能胜任职务情形的,可以申请人民法院予以更换。指定管理人和确定管理人报酬的办法,由最高人民法院规定。"管理人没有正当理由不得辞去职务。管理人辞去职务应当经人民法院许可。管理人经人民法院许可,可以聘用必要的工作人员。

我国《破产法》第二十四条规定："管理人可以由有关部门、机构的人员组成的清算组或者依法设立的律师事务所、会计师事务所、破产清算事务所等社会中介机构担任。人民法院根据债务人的实际情况,可以在征询有关社会中介机构的意见后,指定该机构具备相关专业知识并取得执业资格的人员担任管理人。有下列情形之一的,不得担任管理人:①因故意犯罪受过刑事处罚;②曾被吊销相关专业执业证书;③与本案有利害关系;④人民法院认为不宜担任管理人的其他情形。个人担任管理人的,应当参加执业责任保险。"

（二）管理人的职责与报酬

管理人应当勤勉尽责,忠实执行职务。根据《破产法》的规定,管理人履行下列职责:①接管债务人的财产、印章和账簿、文书等资料;②调查债务人财产状况,制作财产情况报告;③决定债务人的内部管理事务;④决定债务人的日常开支和其他必要开支;⑤在第一次债权人会议召开之前,决定继续或者停止债务人的营业;⑥管理和处分债务人的财产;⑦代表债务人参加诉讼、仲裁或者其他法律程序;⑧提议召开债权人会议;⑨人民法院认为管理人应当履行的其他职责。破产法对管理人的职责另有规定的,适用其规定。

同时《破产法》第二十六条规定："在第一次债权人会议召开之前,管理人决定继续或者停止债务人的营业或者有本法第六十九条规定行为之一的,应当经人民法院许可。"债务人违反法律规定,拒不向管理人移交财产、印章和账簿、文书等资料的,或者伪造、销毁有关财产证据材料而使财产状况不明的,人民法院可以对直接责任人员依法处以罚款。

管理人履行职责,应当获得合理的报酬,管理人的报酬由人民法院确定。债权人会议对管理人的报酬有异议的,有权向人民法院提出。管理人未依照法律规定勤勉尽责,忠实执行职务的,人民法院可以依法处以罚款;给债权人、债务人或者第三人造成损失的,依法承担赔偿责任。

第四节　债权人会议

一、债权人会议的组成

（一）债权人会议的概念

我国破产程序中的债权人会议,是由所有依法申报债权的债权人组成,以保障债权人共同利益为目的,为实现债权人的破产程序参与权,讨论决定有关破产事宜,表达债权人意志,协调债权人行为的破产议事机构。债权人会议仅为决议机关,虽享有法定职权但本身无执行功能,其所作出的相关决议一般由管理人负责执行。

(二)债权人会议的成员与权利

依法申报债权的债权人为债权人会议的成员,有权参加债权人会议,享有表决权。需注意的是,凡是申报债权者均有权参加第一次债权人会议,有权参加对其债权的核查、确认活动,并可依法提出异议。对于第一次会议以后的债权人会议,便只有债权得到确认者才有权参加并行使表决权。债权被否认而又未提起债权确认诉讼者,不得再参加债权人会议。债权尚未确定的债权人,除人民法院能够为其行使表决权而临时确定债权额者外,不得行使表决权。

债权人可以委托代理人出席债权人会议,行使表决权。代理人出席债权人会议应当向人民法院或者债权人会议主席提交债权人的授权委托书。为维护企业职工的权益,立法规定,债权人会议应当有债务人的职工和工会的代表参加,对有关事项发表意见。

为保证债权人会议的顺利进行,我国立法规定,债权人会议设主席一人,由人民法院在有表决权的债权人中指定,通常是在破产程序中无优先权的债权人。债权人会议主席依法行使职权,负责债权人会议的召集、主持等工作。在债权人会议上除有权出席会议的债权人之外,还有其他列席人员。债务人的法定代表人有义务列席债权人会议。经人民法院决定,债务人企业的财务管理人员和其他经营管理人员也有义务列席债权人会议。管理人作为负有财产管理职责的人也应当列席债权人会议。有义务列席债权人会议的债务人的有关人员,经人民法院传唤,无正当理由拒不列席债权人会议的,人民法院可以拘传,并依法处以罚款。债务人的有关人员违反法律规定,拒不陈述、回答,或者作虚假陈述、回答的,人民法院可以依法处以罚款。

二、债权人会议的召集与职权

(一)债权人会议的召集

债权人会议是依召集方式活动的议决机关。第一次债权人会议由人民法院召集,自债权申报期限届满之日起 15 日内召开。以后的债权人会议,在人民法院认为必要时,或者管理人、债权人委员会、占债权总额 1/4 以上的债权人向债权人会议主席提议时召开。召开债权人会议,管理人应当提前 15 日通知已知的债权人。

(二)债权人会议的职权

《破产法》第六十一条规定:"债权人会议行使下列职权:①核查债权;②申请人民法

106

院更换管理人,审查管理人的费用和报酬;③监督管理人;④选任和更换债权人委员会成员;⑤决定继续或者停止债务人的营业;⑥通过重整计划;⑦通过和解协议;⑧通过债务人财产的管理方案;⑨通过破产财产的变价方案;⑩通过破产财产的分配方案;⑪人民法院认为应当由债权人会议行使的其他职权。债权人会议应当对所议事项的决议作成会议记录。"《破产法》第六十四条第一款规定:"债权人会议的决议,由出席会议的有表决权的债权人过半数通过,并且其所代表的债权额占无财产担保债权总额的1/2以上。但是,本法另有规定的除外。"债权人会议的决议,对于全体债权人均有约束力。同时,立法为反对债权人会议决议者提供了救济渠道。债权人认为债权人会议的决议违反法律规定,损害其利益的,可以自债权人会议作出决议之日起15日内,请求人民法院裁定撤销该决议,责令债权人会议依法重新作出决议。

三、债权人委员会

(一)债权人委员会的概念与组成

《破产法》规定,在债权人会议中可以设置债权人委员会,已建立的各国破产法中均存在破产监督人制度。债权人委员会是遵循债权人的共同意志,代表债权人会议监督管理人行为以及破产程序的合法、公正进行,处理破产程序中的有关事项的常设监督机构。

债权人委员会为破产程序中的选任机关,由债权人会议根据案件的具体情况决定是否设置。债权人委员会中的债权人代表由债权人会议选任、罢免。此外,债权人委员会中应当有一名债务人企业的职工代表或者工会代表。为便于决定事项、开展工作,债权人委员会的成员人数原则上应为奇数,最多不得超过9人。债权人委员会成员应当经人民法院书面认可。

(二)债权人委员会的职权

债权人委员会行使下列职权:①监督债务人财产的管理和处分;②监督破产财产分配;③提议召开债权人会议;④债权人会议委托的其他职权。债权人委员会执行职务时,有权要求管理人、债务人的有关人员对其职权范围内的事务作出说明或者提供有关文件。管理人、债务人的有关人员违反法律规定拒绝接受监督的,债权人委员会有权就监督事项请求人民法院作出决定,强制执行。人民法院接到债权人委员会的请求应当在5日内作出决定。债权人委员会的成员应当依法正确履行职责,公平维护债权人的正当权益。如有违法渎职行为,应当承担相应的法律责任。

第五节　重整与和解制度

一、重整制度

（一）重整制度的概念

重整是指对可能或已经发生破产原因但又有挽救希望的法人企业,通过对各方利害关系人的利益协调,借助法律强制进行营业重组与债务清理,以避免破产、获得新生的法律制度。我国重整制度的适用范围为企业法人,由于其程序复杂、费用高昂、耗时很长,故实践中主要适用于大型企业,中小型企业则往往采用更为简化的和解程序。重整制度是破产法价值取向发展中的一次突破,在现代立法由个体本位逐步向社会本位的转变过程中,重整制度体现国家公力透过司法程序对私人经济活动的主动介入,更强调保护社会的整体利益。

（二）重整制度的特征

重整制度具有以下几个特点。

第一,重整申请时间提前、启动主体多元化。提出破产与和解申请,以债务人已发生破产原因为前提,而重整申请则在债务人有发生破产原因的可能时即可提出。不仅债务人、债权人可提出重整申请,债务人的股东也可在一定条件下提出。根据《破产法》第一百三十四条的规定,国务院金融监督管理机构也可以向人民法院提出对金融机构进行重整的申请。

第二,参与重整活动的主体多元化、重整措施多样化。债权人包括有物权担保的债权人、债务人及债务人的股东等各方利害关系人均参与重整程序的进行。重整企业可运用多种重整措施,达到恢复经营能力、清偿债务、避免破产的目的,除延期或减免偿还债务外,还可采取向重组者无偿转让全部或部分股权,核减或增加注册资本,向特定对象定向发行新股或债券,将债权转为股份,转让营业或资产等方法。重整的目的在于维持公司的事业,而不限于公司本身,故必要时还可采取解散原有公司,设立第二公司,或公司分立、与其他公司合并等方法。

第三,担保物权受限。在重整程序中,物权担保债权人的优先受偿权受到限制,这是其与破产法上其他程序的重大不同之处。限制担保物权的目的,是为保证债务人不因担保财产的执行而影响生产经营,无法进行重整。

第四,重整程序具有强制性。只要债权人会议各表决组及股东组以法定多数通过重整计划,经法院批准,对所有当事人均具有法律效力。而且,在未获全部表决组通过的情况下(但至少有一组通过),如重整计划草案符合法定条件,债务人或者管理人可以申请人民法院予以批准。法院可在保证反对者的既得利益不受损害等法定条件下强制批准重整计划，以避免因部分利害关系人的反对而无法进行重整。

第五，债务人可负责制订、执行重整计划。除非债务人存在破产欺诈、无经营能力等情况，根据《破产法》的规定，在重整期间，经债务人申请、法院批准，债务人可以在管理人的监督下制订重整计划草案，在重整计划批准后自行管理财产和营业事务。这可以消除债务人对重整的抵制因素，保障其合理的既得利益，促使其在发生债务危机时尽早申请重整，以减少债权人的损失。而且，相对于由律师、注册会计师等出任管理人，债务人更为熟悉企业的经营与业务，由其负责重整计划的执行，成功的可能性较大。

（三）重整计划

根据《破产法》第八十一条规定："重整计划应当包括下列内容：①债务人的经营方案；②债权分类；③债权调整方案；④债权受偿方案；⑤重整计划的执行期限；⑥重整计划执行的监督期限；⑦有利于债务人重整的其他方案。"经人民法院裁定批准的重整计划，对债务人和全体债权人均有约束力，包括对债务人的特定财产享有的担保权的债权人。债权人对债务人的保证人和其他连带债务人所享有的权利，不受重整计划的影响，可以依据原合同约定行使权利。

（四）重整终止

在重整期间，有下列情形之一的，经管理人或者利害关系人请求，人民法院应当裁定终止重整程序，并宣告债务人破产。

（1）债务人的经营状况和财产状况继续恶化，缺乏挽救的可能性。

（2）债务人有欺诈、恶意减少债务人财产或者其他显著不利于债权人的行为。

（3）由于债务人的行为致使管理人无法执行职务。

债务人不能执行或者不执行重整计划的，人民法院经管理人或者利害关系人请求，应当裁定终止重整计划的执行，并宣告债务人破产。按照重整计划减免的债务，自重整计划执行完毕时起，债务人不再承担清偿责任。

二、和解制度

（一）和解的概念

和解是预防债务人破产的法律制度之一。在发生破产原因时，债务人可以提出和解申请及和解协议草案，由债权人会议表决，如能获得通过，再经法院裁定认可后生效执行，可以避免被宣告破产。

（二）和解程序

和解申请只能由债务人一方提出，这是与破产清算申请和重整申请还可由债权人等提出不同的。在《破产法》下，债务人可以依法直接向人民法院申请和解，也可以在人民法院受理破产申请后、宣告破产前，向人民法院申请和解。申请和解的原因是债务人发生破产原因。债务人申请和解，应当提出和解协议草案。

人民法院经审查认为和解申请符合法律规定的，应当受理其申请，裁定和解，予以公告，并召集债权人会议讨论和解协议草案。和解程序对就债务人特定财产享有担保权的权利人无约束力，该权利人自人民法院裁定和解之日起可以对担保物行使权利。

债权人会议通过和解协议的决议，由出席会议的有表决权的债权人过半数同意，并且其所代表的债权额占无财产担保债权总额的 2/3 以上。对债务人的特定财产享有担保权的债权人，对此事项无表决权。

债权人会议通过和解协议的，由人民法院裁定认可，终止和解程序，并予以公告。管理人应当向债务人移交财产和营业事务，并向人民法院提交执行职务的报告。和解协议草案经债权人会议表决未获得通过，或者已经债权人会议通过的和解协议未获得人民法院认可的，人民法院应当裁定终止和解程序，并宣告债务人破产。

（三）和解协议的终止

债务人不能执行或者不执行和解协议的，人民法院经和解债权人请求，应当裁定终止和解协议的执行，并宣告债务人破产。和解协议只具有程序法上的意义，没有强制执行的效力。债务人不履行和解协议时，债权人只能向法院申请终止和解协议，宣告其破产，而不能提起对和解协议的强制执行程序。人民法院裁定终止和解协议执行的，和解债权人在和解协议中作出的债权调整的承诺失去效力，但债务人方面为和解协议的执行提供的担保继续有效。和解债权人因执行和解协议所受的清偿仍然有效，和解债权未受清偿的部分作为破产债权。上述债权人只有在其他债权人同自己所受的清偿达到同一比例时，才能继续接受破产分配。

为尊重当事人的自主决定权，《破产法》还规定，人民法院受理破产申请后，债务人与全体债权人就债权债务的处理自行达成协议的，可以请求人民法院裁定认可，并终结破产程序。

第六节　破产清算程序

一、破产宣告

破产宣告是指法院依据当事人的申请或法定职权裁定宣布债务人破产以清偿债务的活动。人民法院依法宣告债务人破产，应当自裁定作出之日起 5 日内送达债务人和管理人,自裁定作出之日起 10 日内通知已知债权人,并予以公告。债务人被宣告破产后,在破产程序中的有关称谓也发生相应变化。债务人称为破产人,债务人财产称为破产财产,人民法院受理破产申请时对债务人享有的债权称为破产债权。《破产法》第一百零八条规定:"破产宣告前,有下列情形之一的,人民法院应当裁定终结破产程序,并予以公告:①第三人为债务人提供足额担保或者为债务人清偿全部到期债务的;②债务人已清偿全部到期债务的。"因为在此种情况下,债务人已不存在破产原因,自然应终结破产程序。

二、破产财产的变价

破产财产的分配以货币分配为基本方式,所以,在破产宣告后,管理人应当及时拟订破产财产变价方案,提交债权人会议讨论。管理人应当按照债权人会议通过的或者人民法院依法裁定的破产财产变价方案,适时变价出售破产财产。变价出售破产财产应当通过拍卖方式进行,但债权人会议另有决议的除外。破产企业可以全部或者部分变价出售;企业变价出售时,可以将其中的无形资产和其他财产单独变价出售。按照国家规定不能拍卖或者限制转让的财产,应当按照国家规定的方式处理。

三、别除权

《破产法》第一百零九条规定:"对破产人的特定财产享有担保权的权利人,对该特定财产享有优先受偿的权利。"此项权利即是破产法理论上的别除权。别除权是基于担保物权及特别优先权产生的,其优先受偿权的行使不受破产清算与和解程序的限制,但在重整程序中受到限制。别除权人行使优先受偿权利未能完全受偿的,其未受偿的债权作为普通债权;别除权人放弃优先受偿权利的,其债权作为普通债权。

四、破产财产的分配

破产财产的分配是指将破产财产按照法律规定的债权清偿顺序和案件实际情况决定的受偿比例进行清偿的程序。破产财产的分配应当遵守法定的分配顺序和分配方法。对破产财产可以进行一次性分配,也可以进行多次分配,需视破产财产的多少、变价难易等情况而定。依照破产分配进行的时间不同,可分为中间分配、最后分配和追加分配。

《破产法》第一百一十三条规定:"破产财产在优先清偿破产费用和共益债务后,依照下列顺序清偿:①破产人所欠职工的工资和医疗、伤残补助、抚恤费用,所欠的应当划入职工个人账户的基本养老保险、基本医疗保险费用,以及法律、行政法规规定应当支付给职工的补偿金;②破产人欠缴的除前项规定以外的社会保险费用和破产人所欠税款;③普通破产债权。破产财产不足以清偿同一顺序的清偿要求的,按照比例分配。破产企业的董事、监事和高级管理人员的工资按照该企业职工的平均工资计算。"

此外,其他立法对破产分配顺序有特别规定的,依其规定执行。

《破产法》第一百三十二条对职工债权的清偿问题作有特别规定。根据该条规定:"本法施行后,破产人在本法公布之日前所欠职工的工资和医疗、伤残补助、抚恤费用,所欠的应当划入职工个人账户的基本养老保险、基本医疗保险费用,以及法律、行政法规规定应当支付给职工的补偿金,依照本法第一百一十三条的规定清偿后不足以清偿的部分,以本法第一百零九条规定的特定财产优先于对该特定财产享有担保权的权利人受偿。"

管理人应当及时拟订破产财产分配方案,提交债权人会议讨论。破产财产分配方案应当载明下列事项:①参加破产财产分配的债权人名称或者姓名、住所;②参加破产财产分配的债权额;③可供分配的破产财产数额;④破产财产分配的顺序、比例及数额;⑤实施破产财产分配的方法。

债权人会议表决通过破产财产分配方案后,由管理人将该方案提请人民法院裁定认可,经人民法院裁定认可后,由管理人执行。

五、破产程序的终结

(一)破产终结程序

《破产法》规定的破产程序终结方式有三种。其一,因和解、重整程序顺利完成而终结;其二,因债务人的破产财产不足以支付破产费用而终结;其三,因破产财产分配完毕而终结。在破产清算程序中仅涉及后两种情况。破产人无财产可供分配的,管理人应当请求人民法院裁定终结破产程序。在破产人有财产可供分配的情况下,管理人在最后分配完结后,应当及时向人民法院提交破产财产分配报告,并提请人民法院裁定终结破产程序。人民法院应当自收到管理人终结破产程序的请求之日起 15 日内作出是否终结破产程序的裁定。裁定终结的,应当予以公告。管理人应当自破产程序终结之日起 10 日内,持人民法院终结破产程序的裁定,向破产人的原登记机关办理注销登记。

(二)遗留事务的处理

通常情况下,管理人应于办理破产人注销登记完毕的次日终止执行职务。但是,破产案件存在诉讼或者仲裁未决等情况时,管理人可以在破产程序终结后,继续办理破产案件的遗留事务。

在破产程序因债务人财产不足以支付破产费用而终结,或者因破产人无财产可供分配或破产财产分配完毕而终结时,自终结之日起 2 年内,有下列情形之一的,债权人可以请求人民法院按照破产财产分配方案进行追加分配。

（1）发现在破产案件中有可撤销行为、无效行为或者债务人的董事、监事和高级管理人员利用职权从企业获取非正常收入和侵占企业财产的情况，应当追回财产的。

（2）发现破产人有应当供分配的其他财产的。

有上述情形，但财产数量不足以支付分配费用的，不再进行追加分配，由人民法院将其上交国库。破产人的保证人和其他连带债务人，在破产程序终结后，对债权人依照破产清算程序未受清偿的债权，依法继续承担清偿责任。

本 章 小 结

破产法是规定在债务人丧失清偿能力时，法院强制对其全部财产进行清算分配，公平清偿给债权人，或通过债务人与债权人会议达成的和解协议清偿债务，或进行企业重整，避免债务人破产的法律规范的总称。现代意义上的破产法均由破产清算制度与挽救债务人的和解、重整制度两方面的法律构成。

破产界限，也称破产原因，指认定债务人丧失清偿能力，当事人得以提出破产申请，法院据以启动破产程序的法律事实。破产原因也是和解与重整程序开始的原因，但重整程序开始的原因更为宽松，企业法人有明显丧失清偿能力可能的，就可以依法申请重整。根据《破产法》第二条的规定，破产界限是企业法人不能清偿到期债务，并且资产不足以清偿全部债务或者明显缺乏清偿能力。

重整是指对可能或已经发生破产原因但又有挽救希望的法人企业，通过对各方利害关系人的利益协调，借助法律强制进行营业重组与债务清理，以避免破产、获得新生的法律制度。我国重整制度的适用范围为企业法人，由于其程序复杂、费用高昂、耗时很长，故实践中主要适用于大型企业，中小型企业则往往采用更为简化的和解程序。

和解是预防债务人破产的法律制度之一。在发生破产原因时，债务人可以提出和解申请及和解协议草案，由债权人会议表决，如能获得通过，再经法院裁定认可后生效执行，可以避免被宣告破产。

破产宣告是指法院依据当事人的申请或法定职权裁定宣布债务人破产以清偿债务的活动。

破产程序可因和解、重整程序顺利完成而终结；因债务人的破产财产不足以支付破产费用而终结；因破产财产分配完毕而终结。在破产清算程序中仅涉及后两种情况。破产人无财产可供分配的，管理人应当请求人民法院裁定终结破产程序。在破产人有财产可供分配的情况下，管理人在最后分配完结后，应当及时向人民法院提交破产财产分配报告，并提请人民法院裁定终结破产程序。

基 本 概 念

破产　　破产法　　破产案件受理　　实质审查　　和解　　重整　　破产宣告
破产财产

思考与训练

1. 简述企业破产的原因。

2. 破产案件中公告的事项有哪些？

3. 提出破产申请债权人的请求权须具有哪些条件？

4. 债务人提出破产申请应向法院提供哪些材料？

5. 破产申请法院不予受理的情形有哪些？

6. 简述破产可撤销与无效行为。

7. 简述和解与重整的特征。

8. 案例分析题

(1) 2010 年 5 月，某市宏达贸易公司因不能清偿到期债务，向所在地人民法院提出破产申请。法院受理后经核查，该公司资产情况如下：属于企业包括现金在内的实物价值 100 万元；另有一座办公楼价值 240 万元，已经作为向 A 银行贷款 200 万元的抵押。该公司作为联营企业的一方，曾向其他企业投资 60 万元。本市昌达公司欠该公司借款 80 万元。该公司负债情况如下：向职工借款 40 万元，欠 A 银行贷款 200 万元及其利息 20 万元，欠税款 100 万元，欠曙光公司借款 500 万元，欠职工工资 30 万元。根据以上资料，回答下列问题。

① 宏达贸易公司能否申请破产？

② 宏达贸易公司上述财产中哪些属于破产财产？

③ 如果人民法院受理破产申请，该企业现有财产应当由谁进行管理？

④ 破产债权有哪些？应如何清偿？

(2) 某公司经营不善，导致多年亏损，外债累累，众多债权人的到期债权不能得以实现。该公司拟向人民法院申请破产，并聘请律师代理破产申请中的法律事务。律师经过调查了解到相关情况。

该公司是在市工商行政管理局登记注册的有限责任公司。公司的债权人之一甲公司因追索 150 万元货款已在 1 个月前起诉了该公司，此案正在审理中。该公司欠当地工商银行贷款 1 200 万元，贷款时曾提供该公司的一套进口设备作抵押，该套设备价值 900 万元。该公司曾为乙公司向当地建设银行贷款 300 万元作保证人,乙公司对该到期贷款未予偿还。该公司现有到期债务 4 500 万元。根据以上资料,回答下列问题。

　　① 该公司是否有资格向人民法院提出破产申请?

　　② 向人民法院申请破产时,需提交哪些文件资料?

　　③ 如人民法院裁定受理该公司的破产申请,甲公司与该公司之间尚未审结的追索货款之诉应如何处理?

　　④ 工商银行的 1 200 万元贷款在破产程序中应如何处理?

　　⑤ 建设银行能否参加破产程序、申报债权?

第六章　合同法律制度

引导案例

　　2009年7月1日,甲钢铁公司(以下简称甲公司)向乙建筑公司(以下简称乙公司)发函,其中包括甲公司生产的各种型号钢材的数量、价格表和一份订货单。订货单表明,各型号钢材符合行业质量标准,若乙公司在8月15日前按价格表购货,甲公司将满足供应,并负责运送到乙公司所在地,交货即付款。

　　7月10日,乙公司复函称,如果A型号钢材每吨价格下降200元,乙公司愿购买3 000吨A型号钢材;甲公司如同意,须在7月31日前函告。

　　7月25日,甲公司决定接受乙公司的购买价格。甲公司作出决定后,同日收到乙公司的撤销函件,表示不再需要购买A型号钢材。

　　7月26日,甲公司正式发出确认函告知乙公司,表示接受乙公司就A型号钢材的购买数量及价格,并要求乙公司按约定履行合同;乙公司于当日收到甲公司的确认函。

　　乙公司认为其已给甲公司发出撤销函件,故买卖合同未成立,双方因此发生争议。

　　问题:

　　(1) 2009年7月1日,甲公司向乙公司发出的函件是要约还是要约邀请?简要说明理由。

　　(2) 2009年7月10日,乙公司向甲公司回复的函件是否构成承诺?简要说明理由。

　　(3) 乙公司主张买卖合同未成立的理由是否成立?简要说明理由。

第一节　合同法概述

　　合同法是调整平等主体之间的商品交换关系的法律规范的总称。1999年3月15日,第九届全国人大第二次会议通过了《中华人民共和国合同法》(以下简称《合同法》),

该法于 1999 年 10 月 1 日生效。

一、合同的概念与特征

（一）合同的概念

合同也称契约,是指平等主体的自然人、法人、其他组织之间设立、变更、终止民事权利义务关系的协议。其中法人是指依法成立,能够独立享有民事权利和承担民事义务的组织,包括机关、团体、企业、公司、事业单位等;其他组织是指不具备法人资格的合伙组织以及分支机构等;民事权利义务关系是指财产关系。

（二）合同的特征

合同具有以下法律特征。

（1）合同是两个或两个以上当事人的法律行为。根据合同法的规定,合同一经订立,当事人之间就形成了一种特殊的法律关系。

（2）合同是当事人意思表示一致的结果。也就是说,参加订立合同的当事人一般有两方,每方当事人可以是一个或几个当事人,但无论如何,当事人之间要存在合同法律关系,必须在他们之间就某一特定目的的达成一致意见,享受某种权利,承担某种义务。意思表示一致是合同行为的一个基本特征。当事人意思表示一致,从而达到设立、变更、终止民事权利义务关系的目的。

117

（3）合同当事人的法律地位是平等的。即双方平等地享受相应的权利,同时履行各自相应的义务。双方订立合同,履行合同是在平等、自愿的基础上进行的。

（4）合同是当事人合法的行为。当事人虽然可以平等自愿地订立合同,确立不同的权利义务关系,但必须遵守国家的法律、行政法规,特别是遵守合同法的基本规定。只有这样,通过合同行为确立的法律关系才受国家的保护,当事人的权利和义务才能有法律保障。

二、合同的分类

依据不同的标准,可以对合同作不同的分类。一般来说,合同依照不同的标准,可以作如下分类。

（一）诺成合同与实践合同

根据合同的成立是否需要交付标的物,可将合同分为诺成合同和实践合同。诺成合同是指当事人双方意思表示一致就可以成立的合同。大多数的合同都属于诺成合同,如买卖合同、租赁合同等。实践合同是指除当事人双方意思表示一致以外,必须交付标的物才能成立的合同。例如一般赠与合同，必须由赠与人将赠与物交给受赠人，合同才成立。值得注意的是，根据我国《合同法》的规定，经过公证的赠与合同和具有救灾、扶贫性质的赠与合同，为诺成合同而非实践合同。

（二）要式合同与不要式合同

根据法律对合同的形式是否有特定要求，可将合同分为要式合同与不要式合同。要式合同，是指根据法律规定必须采取特定形式的合同。例如，中外合资经营企业合同必须由审批机关批准，合同方能成立。不要式合同是指当事人订立的合同依法并不需要采取特定的形式，当事人可以采取口头形式，也可以采取书面形式。除法律有特别规定以外，合同均为不要式合同。根据合同自由原则，当事人有权选择合同形式，但对于法律有特别的形式要件规定的，当事人必须遵循法律规定。

（三）双务合同与单务合同

根据合同当事人是否互相负有给付义务，可将合同分为双务合同和单务合同。双务合同是指当事人双方互负给付义务的合同，即双方当事人互享债权，互负债务，一方的权利正好是对方的义务，彼此形成对价关系。例如在买卖合同中，卖方有获得价款的权利，而买方有支付价款的义务；反过来，买方有取得货物的权利，而卖方有交付货物并转移货物所有权的义务。单务合同，是指合同双方当事人中仅有一方负担义务而另一方只享有权利的合同。例如，在一般赠与合同中，赠与人只负担交付赠与物的义务，而受赠人只享有接受赠与物的权利，不负担任何义务。在实践中，大多数合同都是双务合同，单务合同比较少见。

（四）有偿合同与无偿合同

根据合同当事人之间的权利义务是否存在对价关系，可将合同分为有偿合同与无偿合同。有偿合同，是指当事人一方给予对方某种利益，对方要得到该利益就必须为此支付相应代价的合同。实践中，绝大多数反映交易关系的合同都是有偿的，如买卖合同、租赁合同、加工承揽合同、运输合同、仓储合同、技术合同等。无偿合同，是指一方给付对方某种利益，对方取得该利益时并不支付相应代价的合同，如赠与合同、借用合同等。实践中，无偿合同数量比较少。而有的合同既可以是有偿的，也可以是无偿的，如自然人之间的保管合同、委托合同等，双方既可以约定是有报酬的即有偿的保管、委托，也可以约定为没有报酬即无偿的保管、委托。

（五）主合同与从合同

根据合同相互间的主从关系，可将合同分为主合同与从合同。主合同是指不以其他

118

合同的存在为前提而能够独立存在的合同。从合同是指不能独立存在而必须以其他合同的存在为存在前提的合同。例如,甲与乙订立借款合同,丙为担保乙偿还借款而与甲签订保证合同,则甲与乙之间的借款合同为主合同,甲与丙之间的保证合同为从合同。

(六)有名合同与无名合同

根据法律是否明文规定了一定合同的名称,可将合同分为有名合同与无名合同。有名合同,是指由法律赋予其特定名称及具体规则的合同。如我国《合同法》按照合同的业务性质和权利义务内容的不同,规定的有名合同为买卖合同,供用电、水、气、热力合同,赠与合同,借款合同,租赁合同,融资租赁合同,承揽合同,建设工程合同,运输合同,保管合同,技术合同,仓储合同,委托合同,行纪合同,居间合同共 15 类合同。无名合同,是指法律上尚未确定一定的名称与规则的合同。根据合同自由原则,合同当事人可以自由决定合同的内容,因此即使当事人订立的合同不属于有名合同的范围,只要不违背法律的禁止性规定和社会公共利益,也仍然是有效的。

三、合同法的基本原则

合同法的基本原则是合同法的根本准则,也是制定、解释、执行和研究合同法的指导思想。合同法的基本原则的功能在于:在合同约定不明或有漏洞时,可以依据合同法基本原则予以适当纠正,甚至可以以合同法的基本原则作为处理合同纠纷的依据。合同法的基本原则包括平等原则,自愿原则,公平、诚实信用原则,合法原则和合同即法原则。

(一)平等原则

《合同法》第三条规定:"合同当事人的法律地位平等,一方不得将自己的意志强加给另一方。"所谓当事人法律地位平等,是指在合同法律关系中,当事人之间在合同的订立、履行和承担违约责任等方面都处于平等的法律地位,彼此的权利和义务对等。这是市场经济的内在要求,市场经济的存在和发展要求公平、公正的交易,而市场主体地位平等是实现公平、公正交易的法律前提。

(二)自愿原则

《合同法》第四条规定:"当事人依法享有自愿订立合同的权利,任何单位和个人不得非法干预。"自愿原则是指当事人依法享有在缔结合同、选择交易伙伴、决定合同内容以及在变更和解除合同、选择合同补救方式等方面的自由。合同自愿原则是合同法的最基本的原则,是合同法律关系的本质体现。

（三）公平、诚实信用原则

《合同法》第五条规定："当事人应当遵循公平原则确定各方的权利和义务。"《合同法》第六条规定："当事人行使权利、履行义务应当遵循诚实信用原则。"

合同法中确认公平、诚实信用原则,有利于保持和弘扬重合同、守信用的传统商业道德。有利于强化当事人的合同法律意识,维护当事人的合法利益,维护社会交易秩序,并为司法实践中处理合同纠纷提供准绳。如果当事人对合同条款的理解有争议的,应当按照合同所使用的词句、合同的有关条款、合同的目的、交易习惯以及诚实信用原则,确定该条款的真实意思。

（四）合法原则

《合同法》第七条规定："当事人订立、履行合同,应当遵守法律、行政法规,尊重社会公德,不得扰乱社会经济秩序,损害社会公共利益。"合法原则的含义主要是要求当事人在订约和履行中必须遵守全国性的法律和行政法规。在特殊情况下为维护社会公共利益和交易秩序,合同法对合同当事人的自由进行了必要的干预。如对格式合同及免责条款的限制性规定,旨在对格式合同和免责条款的使用作合理限制;对于国家根据需要下达的指令性任务或者国家订货任务,有关法人和其他组织应当依照有关法律、行政法规规定的权利和义务订立合同,而不得拒绝依据指令性计划和订货任务的要求订立合同。另外,合法原则的含义也包括当事人必须遵守社会公德,不得违背社会公共利益,违背公序良俗。

（五）合同即法原则

合同即法原则是指合同的约束力,《合同法》第8条规定,依法成立的合同,对当事人具有法律约束力。当事人应当按照约定履行自己的义务,不得擅自变更或者解除合同。

第二节　合同的订立

一、合同的形式

当事人订立合同,有书面形式、口头形式和其他形式。书面形式是指合同书、信件和数据电文(包括电报、电传、传真、电子数据交换和电子邮件)等可以有形地表现所载内容的形式。口头形式包括当面谈判和通过电话协商两种形式。其他形式主要是行为推定形式,其特点是当事人不是通过语言文字,而是通过积极行动进行意思表示或者不作为而默认对方的意思表示来订立合同。

《合同法》第十条第二款规定："法律、行政法规规定采用书面形式的,应当采用书面

120

形式。当事人约定采用书面形式的,应当采用书面形式。"《合同法》明确规定非自然人之间的借款合同、租赁期限为 6 个月以上的租赁、融资租赁合同、建设工程合同、技术开发合同以及技术转让合同 6 种合同应当采用书面形式。为了贯彻合同自愿原则,《合同法》第三十六条进一步规定:"法律、行政法规规定或者当事人约定采用书面形式订立合同,当事人未采用书面形式但一方已经履行主要义务,对方接受的,该合同成立。"

二、合同的内容与主要条款

合同的内容由当事人约定,一般包括以下条款:①当事人的名称或者姓名和住所;②标的;③数量;④质量;⑤价款或者报酬;⑥履行期限、地点和方式;⑦违约责任;⑧解决争议的方法。当事人对合同条款的理解有争议的,应当按照合同所使用的词句、合同的有关条款、合同的目的、交易习惯,以及诚实信用原则,确定该条款的真实意思。合同文本采用两种以上文字订立并约定具有同等效力的,对各文本使用的词句推定具有相同含义。各文本使用的词句不一致的,应当根据合同的目的予以解释。

当事人可以参照各类合同的示范文本订立合同,也可以采用格式条款订立合同。所谓格式条款,是指当事人为了重复使用而预先拟订,并在订立合同时未与对方协商的条款。采用格式条款订立合同的,提供格式条款的一方应当遵循公平原则确定当事人之间的权利和义务,并采取合理的方式提请对方注意免除或者限制其责任的条款,按照对方的要求,对该条款予以说明。对格式条款的理解发生争议的,应当按照通常理解予以解释。对格式条款有两种以上解释的,应当作出不利于提供格式条款一方的解释。格式条款和非格式条款不一致的,应当采用非格式条款。

121

三、合同订立的方式

(一) 要约

1. 要约与要约邀请的概念

要约,又称为发盘、报价、出价、订约提议,是指希望和他人订立合同的意思表示,并且符合:①内容具体确定;②表明经受要约人承诺,要约人即受该意思表示约束。要约可以向特定人发出,也可以向非特定人发出。要约邀请是希望他人向自己发出要约的意思表示。寄送的价目表、拍卖公告、招标公告、招股说明书、商业广告等为要约邀请。商业广告的内容符合要约规定的,视为要约。

2. 要约的生效

要约到达受要约人时生效。采用数据电文形式订立合同,收件人指定特定系统接收数据电文的,该数据电文进入该特定系统的时间,视为到达时间;未指定特定系统的,该数据电文进入收件人的任何系统的首次时间,视为到达时间。

3. 要约的撤回与撤销

要约可以撤回。撤回要约的通知应当在要约到达受要约人之前或者与要约同时到达受要约人。要约可以撤销,撤销要约的通知应当在受要约人发出承诺通知之前到达受要约人。但有下列情形之一的,要约不得撤销:①要约人确定了承诺期限或者以其他形式明示要约不可撤销;②受要约人有理由认为要约是不可撤销的,并已经为履行合同作了准备工作。

4. 要约的失效

根据《合同法》的规定,有下列情形之一的,要约失效:①拒绝要约的通知到达要约人;②要约人依法撤销要约;③承诺期限届满,受要约人未作出承诺;④受要约人对要约的内容作出实质性变更。

(二)承诺

1. 承诺的概念

承诺,又称为接受提议,是受要约人同意要约的意思表示。承诺应当具备的条件:①承诺应当由受要约人向要约人作出;②承诺的内容应当与要约的内容一致。受要约人对要约的内容作出实质性变更的,为新要约。有关合同标的、数量、质量、价款或者报酬、履行期限、履行地点和方式、违约责任和解决争议方法等的变更,是对要约内容的实质性变更;③承诺应当以通知的方式作出,但根据交易习惯或者要约表明可以通过行为作出承诺的除外;④承诺应当在要约确定的期限内到达要约人。要约没有确定承诺期限的,承诺应当依照下列规定到达:①要约以对话方式作出的,应当即时作出承诺,但当事人另有约定的除外;②要约以非对话方式作出的,承诺应当在合理期限内到达。要约以信件或者电报作出的,承诺期限自信件载明的日期或者电报交发之日开始计算。信件未载明日期的,自投寄该信件的邮戳日期开始计算。要约以电报、传真等快速通信方式作出的,承诺期限自要约到达受要约人时开始计算。

2. 承诺的生效

承诺通知到达要约人时生效。承诺不需要通知的,根据交易习惯或者要约的要求作出承诺的行为时生效。

3. 承诺的撤回

承诺可以撤回,撤回承诺的通知应当在承诺通知到达要约人之前或者与承诺通知同时到达要约人。

4. 迟延承诺

迟延承诺分为一般迟延承诺和意外迟延承诺。一般迟延承诺,又称为逾期承诺,是指受要约人超过承诺期限所作出的承诺。意外迟延承诺,是指受要约人在承诺期限内发出,按照通常情形能够及时到达要约人,但因其他原因承诺到达要约人时超过承诺期限的承诺。根据《合同法》的规定,受要约人超过承诺期限发出承诺的,除要约人及时通知受要约人该承诺有效的以外,为新要约;而对于意外迟延承诺,除要约人及时通知受要约人因承诺超过期限不接受该承诺的以外,该承诺有效。

四、合同的成立

(一)合同成立的时间

一般而言,承诺生效时合同成立。当事人采用合同书形式订立合同的,自双方当事人签字或者盖章时合同成立。当事人采用信件、数据电文等形式订立合同的,可以在合同成立之前要求签订确认书,签订确认书时合同成立。法律、行政法规规定或者当事人约定采用书面形式订立合同,当事人未采用书面形式但一方已经履行主要义务,对方接受的,该合同成立。采用合同书形式订立合同,在签字或者盖章之前,当事人一方已经履行主要义务,对方接受的,该合同成立。

(二)合同成立的地点

承诺生效的地点为合同成立的地点。采用数据电文形式订立合同的,收件人的主营业地为合同成立的地点;没有主营业地的,其经常居住地为合同成立的地点。当事人另有约定的,按照其约定。当事人采用合同书形式订立合同的,双方当事人签字或者盖章的地点为合同成立的地点。

五、缔约过失责任

(一)缔约过失责任的概念

缔约过失责任,是指当事人在订立合同的过程中,因违背诚实信用原则而致对方损失时所应承担的损害赔偿责任。缔约过失责任发生于合同订立阶段,它不同于违约责任,承担违约责任的前提是合同已成立并生效。

(二)缔约过失责任的适用

根据《合同法》的规定,当事人在订立合同过程中有下列情形之一,给对方造成损失的,应当承担损害赔偿责任:①假借订立合同,恶意进行磋商;②故意隐瞒与订立合同有关的重要事实或者提供虚假情况;③有其他违背诚实信用原则的行为。此外,当事人在订立合同过程中知悉的商业秘密,无论合同是否成立,不得泄露或者不正当地使用。泄露或者不正当地使用该商业秘密给对方造成损失的,应当承担损害赔偿责任。

第三节　合同的效力

合同的效力即合同的法律效力,是指已经成立的合同在当事人之间产生的一定的法律约束力。有效合同对当事人具有法律约束力,国家法律予以保护,无效合同不具有法律约束力。《合同法》就合同的效力问题规定了有效合同、无效合同、可撤销合同、效力待定合同4种情况。

一、有效合同

（一）有效合同的条件

一个有效的合同,一般应具备三个条件。

(1) 合同当事人具有相应的民事权利能力和民事行为能力,即主体合法。

(2) 意思表示真实。

(3) 不违反法律或者社会公共利益。

三个条件缺一不可,否则就可能导致合同无效,或可撤销,或属于效力待定合同。

（二）有效合同的效力

依法成立的合同,自成立时生效。法律、行政法规规定应当办理批准、登记等手续生效的,依照其规定。合同生效后,其效力主要体现在以下两个方面。

(1) 在当事人之间产生法律效力。合同一旦生效成立,当事人应当依合同的规定,享受权利、承担义务。

(2) 对当事人以外的第三人产生法律约束力。合同生效成立后,任何单位或个人都不得侵犯当事人的合同权利,不得非法阻挠当事人履行义务。

（三）附条件和附期限的合同

1. 附条件的合同

当事人对合同的效力可以约定附条件。所谓附条件的合同,指合同的双方当事人在合同中约定某种事实状态,并以其将来发生或不发生作为合同生效或不生效的限制条件。附生效条件的合同,自条件成就时生效;附解除条件的合同,自条件成就时失效。当事人为自己的利益不正当地阻止条件成就的,视为条件已成就;不正当地促成条件成就的,视为条件不成就。所附的条件必须是由双方当事人约定的,并且作为合同的一个条款列入合同中。所附条件必须是合法的事实。

2. 附期限的合同

当事人对合同的效力可以约定附期限。附生效期限的合同,自期限届满时生效;附终止期限的合同,自期限届满时失效。

二、无效合同

（一）无效合同的含义

无效合同是不具有法律约束力和不发生履行效力的合同。无效合同自始没有法律约束力,国家不予承认和保护。无效合同分为全部无效合同和部分无效合同两种。

（二）无效合同的认定标准

根据《合同法》的规定,有下列情形之一的合同无效。

（1）一方以欺诈、胁迫的手段订立合同,损害国家利益。所谓欺诈就是故意隐瞒真实情况或故意告知对方虚假的情况,欺骗对方,诱使对方作出错误的意思表示而与之订立合同。胁迫是指行为人以将要发生的损害或者以直接实施损害相威胁,使对方当事人产生恐惧而与之订立合同。

（2）恶意串通,损害国家、集体或者第三人利益。所谓恶意串通的合同,就是合同的双方当事人非法勾结,为牟取私利而共同订立的损害国家、集体或者第三人利益的合同。

（3）以合法形式掩盖非法目的,即行为人为达到非法目的以迂回的方法避开了法律或行政法规的强制性规定,所以又称伪装合同。

（4）损害社会公共利益。

（5）违反法律、行政法规的强制性规定。

（三）无效合同财产后果的处理

合同无效后,因该合同取得的财产,应当予以返还;不能返还或者没有必要返还的,应当折价补偿。有过错的一方应当赔偿对方因此所受到的损失;双方都有过错的,应当各自承担相应的责任。当事人恶意串通,损害国家、集体或者第三人利益的,因此取得的财产收归国家所有或者返还集体、第三人。

（四）无效的合同免责条款

《合同法》就免责条款作了规范。免责条款是指合同中的双方当事人在合同中约定的、为免除或限制一方或双方当事人未来责任的条款。在现代合同发展中,免责条款大量出现,对免责条款的效力,法律视不同情况采取了不同的做法。一般来说,当事人经过充分协商确定的免责条款,只要是完全建立在当事人自愿的基础上,又不违反公共利益,法律对其效力给予承认。但是对严重违反诚实信用原则和社会公共利益的免责条款,法律予以禁止。如我国《合同法》第五十三条规定,合同中约定造成对方人身伤害的免责条款或因故意或者重大过失造成对方财产损失的免责条款无效。

三、可撤销或可变更合同

(一)可撤销合同的概念和特征

可撤销合同是指因合同当事人订立合同时意思表示不真实,经有撤销权的当事人行使撤销权,使已经生效的意思表示归于无效的合同。可撤销合同一般具有如下特征。

(1)可撤销合同在未被撤销前是有效的合同。

(2)可撤销合同一般是意思表示有瑕疵的合同。

(3)可撤销合同的变更或撤销要由有撤销权的当事人通过行使撤销权来实现。

(4)可撤销合同的变更或撤销须由人民法院或仲裁机构作出。

(二)可撤销合同的认定标准

《合同法》规定了三种可撤销的合同。

1. 因重大误解订立的合同

"重大误解"是指误解者作出意思表示时,对涉及合同法律效果的重要事项存在认识上的显著缺陷,其后果是使误解者的利益受到较大损失,或者达不到误解者订立合同的目的。重大误解直接影响到当事人所应享有的权利和承担的义务,所以经一方当事人请求,可以变更或撤销。

2. 显失公平的合同

显失公平的合同,是指一方当事人在紧迫或者缺乏经验的情况下订立的使当事人之间的权利义务严重不对等的合同。这种合同使当事人在经济利益上严重失衡,违反了公平合理的原则。法律规定显失公平的合同应予撤销,不仅是公平原则的体现,而且切实保障了公平原则的实现,对保证交易的公正性和保护消费者的利益,防止一方当事人利用优势或利用对方没有经验而损害对方的利益都有重要的意义。

以上两种合同,当事人任何一方均有权请求变更或者撤销,主要是误解方或受害方行使请求权。

3. 一方以欺诈、胁迫的手段或者乘人之危,使对方在违背真实意思的情况下订立的合同

一方以欺诈、胁迫的手段或者乘人之危,使对方在违背真实意思的情况下订立的合同,受害方有权请求人民法院或者仲裁机构变更或者撤销。当事人请求变更的,人民法院或仲裁机构不得撤销。与前述因欺诈、胁迫订立的无效合同相比较,二者的区别在于是否损害了国家利益。损害国家利益的为无效合同；未损害国家利益的，受欺诈、胁迫的一方可以自主决定该合同有效或依法申请变更或撤销，只有受损害方当事人才可以行使请求权。

（三）被撤销合同的效力和财产后果的处理

被撤销的合同，与无效合同一样，自始没有法律约束力。合同被撤销的，不影响合同中独立存在的有关解决争议方法的条款的效力。对因该合同取得的财产，应当予以返还。有过错的一方应当赔偿对方因此所受到的损失；双方都有过错的，应当各自承担相应的责任。

（四）撤销权行使的时效和限制

有下列情形之一的，撤销权消灭。

（1）有撤销权的当事人自知道或者应当知道撤销事由之日起一年内没有行使撤销权的。

（2）具有撤销权的当事人知道撤销事由后明确表示或者以自己的行为放弃撤销权的。

（五）无效合同与可撤销合同的区别

无效合同与可撤销合同的区别包括以下几点。

（1）可撤销合同与无效合同的认定标准不同。

（2）可撤销合同被撤销以前是有效的，而无效合同则是自始就不具有法律效力。

（3）可撤销合同中的撤销权是有时间限制的，无效合同则没有时间限制。

（4）可撤销合同中撤销权人有选择的权利，撤销权人可以选择申请撤销合同，也可以选择让合同继续有效，对合同进行变更。无效合同自然不发生效力，因而当事人不存在选择的问题。

四、效力待定合同

（一）效力待定合同的概念

对于某些方面不符合合同生效的要件，但并不属于上述无效合同或可撤销合同，法律允许根据情况予以补救的合同，称为效力待定合同。

（二）效力待定合同的认定和处理

（1）限制民事行为能力人订立的合同，经法定代理人追认后，该合同有效。但如果是纯获利益的合同或者是与其年龄、智力、精神健康状况相适应而订立的合同,不必经法定代理人追认,合同当然有效。相对人(即合同另一方当事人)也可以催告法定代理人在一个月内予以追认。法定代理人未作表示的,视为拒绝追认。合同被追认之前,善意相对人有撤销的权利。撤销应当以通知的方式作出。

(2) 行为人无权代理,即行为人没有代理权、超越代理权或者代理权终止后以被代理人名义订立的合同,未经被代理人追认,对被代理人不发生效力,由行为人承担责任。相对人可以催告所谓的被代理人在一个月内予以追认。被代理人未作表示的,视为拒绝追认。合同被追认之前,善意相对人有撤销的权利。撤销应当以通知的方式作出。

实践中应注意表见代理问题。表见代理是指无权代理的代理行为客观上存在使相对人相信其有代理权的情况,相对人主观上善意且无过失,因而可以向被代理人主张代理的效力。表见代理在实质上是无权代理,是无权代理不发生效力的例外情况。法律承认表见代理对被代理人发生效力,是为了保护善意相对人的自由和交易安全。我国《合同法》对此作了规范:行为人没有代理权、超越代理权或者代理权终止后以被代理人名义订立合同,相对人有理由相信行为人有代理权的,该代理行为有效。

(3) 无处分权的人处分他人财产,经权利人追认或者无处分权的人订立合同后取得处分权的,该合同有效。

128

第四节　合同的履行

一、合同履行的原则

（一）全面履行原则

全面履行原则,又称适当履行原则、正确履行原则、严格履行原则,是指合同生效后,当事人各方应按照合同约定全面履行其合同义务。具体而言,这一原则要求合同当事人按照合同规定的标的、数量、质量、履行期限、履行地点以及履行方式,全面完成其合同义务。《合同法》第六十条第一款规定:"当事人应当按照约定全面履行自己的义务。"第七十六条进一步规定:"合同生效后,当事人不得因姓名、名称或者法定代表人、负责人、承办人的变动而不履行合同义务。"

（二）诚实信用原则

诚实信用原则,是指当事人应本着诚实信用精神履行其合同明示义务和合同附随义务。所谓合同附随义务,是指因合同的订立和合同的履行伴随而来的义务,主要包括:通知义务、协助义务、保密义务、注意义务、减损义务。《合同法》第六十条第二款明确规定:"当事人应当遵循诚实信用原则,根据合同的性质、目的和交易习惯履行通知、协助、保密等义务。"

（三）情势变更原则

情势变更原则，又称为情事变更原则，是指在合同成立后非因当事人的原因，客观情况发生了重大变化，致使合同目的无法实现或者继续履行合同显属不公平的，允许当事人提出变更或者解除合同。最高人民法院《关于〈适用中华人民共和国合同法〉若干问题的解释（二）》第二十六条规定："合同成立以后客观情况发生了当事人在订立合同时无法预见的、非不可抗力造成的不属于商业风险的重大变化，继续履行合同对于一方当事人明显不公平或者不能实现合同目的，当事人请求人民法院变更或者解除合同的，人民法院应当根据公平原则，并结合案件的实际情况确定是否变更或者解除。"

二、合同履行中的特殊规则

（一）合同条款不明确时的履行规则

合同生效后，当事人就质量、价款或者报酬、履行地点等内容没有约定或者约定不明确的，可以协议补充；不能补充协议的，按照合同有关条款或者交易习惯确定。按照合同有关条款或者交易习惯仍不能确定的，适用下列规定。

（1）质量要求不明确的，按照国家标准、行业标准履行；没有国家标准、行业标准的，按照通常标准或者符合合同目的的特定标准履行。

（2）价款或者报酬不明确的，按照订立合同时履行地的市场价格履行；依法应当执行政府定价或者政府指导价的，按照规定履行。

（3）履行地点不明确，给付货币的，在接受货币一方所在地履行；交付不动产的，在不动产所在地履行；其他标的，在履行义务一方所在地履行。

（4）履行期限不明确的，债务人可以随时履行，债权人也可以随时要求履行，但应当给对方必要的准备时间。

（5）履行方式不明确的，按照有利于实现合同目的的方式履行。

（6）履行费用的负担不明确的，由履行义务一方负担。

（二）政府价格调整时的履行规则

执行政府定价或者政府指导价的，在合同约定的交付期限内政府价格调整时，按照交付时的价格计价。逾期交付标的物的，遇价格上涨时，按照原价格执行；价格下降时，按照新价格执行。逾期提取标的物或者逾期付款的，遇价格上涨时，按照新价格执行；价格下降时，按照原价格执行。

（三）提前履行或者部分履行债务规则

债权人可以拒绝债务人提前履行债务,但提前履行不损害债权人利益的除外。债务人提前履行债务给债权人增加的费用,由债务人负担。

债权人可以拒绝债务人部分履行债务,但部分履行不损害债权人利益的除外。债务人部分履行债务给债权人增加的费用,由债务人负担。

（四）由第三人或向第三人履行债务的规则

当事人约定由债务人向第三人履行债务的,债务人未向第三人履行债务或者履行债务不符合约定,应当向债权人承担违约责任。

当事人约定由第三人向债权人履行债务的,第三人不履行债务或者履行债务不符合约定,债务人应当向债权人承担违约责任。

三、合同履行中的抗辩权

抗辩是指一方当事人根据法定事由,反驳或者对抗对方当事人的主张和请求。根据《合同法》的规定,当事人在合同履行过程中可主张以下几种抗辩权。

（一）同时履行抗辩权

当事人互负债务,没有先后履行顺序的,应当同时履行。一方在对方履行之前有权拒绝其履行请求。一方在对方履行债务不符合约定时,有权拒绝其相应的履行要求。

（二）先履行抗辩权（不安抗辩权）

先履行抗辩权,又称为不安抗辩权,是指在双务合同中,应先履行债务的一方当事人在有对方当事人(后履行一方)将难以履行合同的确切证据时,可以暂时中止履行合同的权利。根据《合同法》的规定,应当先履行债务的当事人,有确切证据证明对方有下列情形之一的,可以中止履行:①经营状况严重恶化;②转移财产、抽逃资金,以逃避债务;③丧失商业信誉;④有丧失或者可能丧失履行债务能力的其他情形。当事人没有确切证据中止履行的,应当承担违约责任。当事人中止履行的,应当及时通知对方,对方提供适当担保时,应当恢复履行。中止履行后,对方在合理期限内未恢复履行能力并且未提供适当担保的,中止履行的一方可以解除合同。

（三）后履行抗辩权

当事人互负债务,有先后履行顺序,先履行一方未履行的,后履行一方有权拒绝其履行要求。先履行一方履行债务不符合约定的,后履行一方有权拒绝其相应的履行要求。

四、合同履行中的债权保全制度

债权保全,是指为了防止债务人的财产不当减少而允许债权人对债务人的不当行为行使撤销权或者对第三人行使代位权以保障债权得以实现的一种法律制度。

(一)代位权制度

代位权,是指当债务人怠于行使其对第三人享有的到期债权对债权人造成损害时,债权人享有的以自己的名义代位行使债务人对第三人的债权的权利。《合同法》第七十三条规定:"因债务人怠于行使其到期债权,对债权人造成损害的,债权人可以向人民法院请求以自己的名义代位行使债务人的债权,但该债权专属于债务人自身的除外。代位权的行使范围以债权人的债权为限。债权人行使代位权的必要费用,由债务人负担。"根据这一规定以及相关司法解释,债权人提起代位权诉讼,应当符合下列条件:①债权人对债务人的债权合法;②债务人怠于行使其到期债权,对债权人造成损害。也就是指债务人不履行其对债权人的到期债务,又不以诉讼方式或者仲裁方式向其债务人主张其享有的具有金钱给付内容的到期债权,致使债权人的到期债权未能实现;③债务人的债权已到期;④债务人的债权不是专属于债务人自身的债权。专属于债务人自身的债权,是指基于扶养关系、抚养关系、赡养关系、继承关系产生的给付请求权和劳动报酬、退休金、养老金、抚恤金、安置费、人寿保险、人身伤害赔偿请求权等权利。

(二)撤销权制度

撤销权,是指当债务人处分其财产或者权利对债权人造成损害时,债权人享有的请求法院撤销债务人该行为的权利。《合同法》第七十四条规定:"因债务人放弃其到期债权或者无偿转让财产,对债权人造成损害的,债权人可以请求人民法院撤销债务人的行为。债务人以明显不合理的低价转让财产,对债权人造成损害,并且受让人知道该情形的,债权人也可以请求人民法院撤销债务人的行为。撤销权的行使范围以债权人的债权为限。债权人行使撤销权的必要费用,由债务人负担。"根据这一规定,债权人提起撤销权诉讼应当符合下列条件:①债务人实施了一定的处分其财产或者权利的行为;②债务人实施的处分行为须发生于债务成立之时或之后;③债务人的处分行为会对债权人造成损害;④债务人和受让人主观上有恶意或过错,但如果是无偿处分行为,则不以受让人主观上是否有恶意或过错为要件。

撤销权自债权人知道或者应当知道撤销事由之日起 1 年内行使。自债务人的行为发生之日起 5 年内没有行使撤销权的,该撤销权消灭。

第五节　合同的担保

合同的担保,是指根据法律规定或者合同约定,合同双方当事人为保障合同切实履行所采取的具有法律约束力的措施。担保是一种事前措施,能增强当事人履行合同的责任心。担保具有预防性、附属性和保障性。

担保分为保证、抵押、质押、留置、定金。第三人为债务人向债权人提供担保时,可以要求债务人提供反担保。反担保人可以是债务人,也可以是债务人之外的其他人。反担保方式可以是债务人提供的抵押或者质押,也可以是其他人提供的保证、抵押或者质押。

我国有关担保问题的现行立法主要有《中华人民共和国担保法》(以下简称《担保法》)(1995 年 6 月 30 日第八届全国人民代表大会常务委员会第十四次会议通过,自 1995 年 10 月 1 日起施行),最高人民法院《关于适用〈中华人民共和国担保法〉若干问题的解释》(以下简称《担保法解释》)(2000 年 9 月 29 日最高人民法院审判委员会第 1133 次会议通过,自 2000 年 12 月 13 日起施行)以及《中华人民共和国物权法》(以下简称《物权法》)(2007 年 3 月 16 日第十届全国人民代表大会第五次会议通过,自 2007 年 10 月 1 日起施行)中的第四编"担保物权"。

132

一、保证

（一）保证的概念

保证是指保证人和债权人约定,当债务人不履行债务时,保证人按照约定履行债务或者承担责任的行为。从法律关系上看,保证担保合同虽然是债权人与保证人签订的,但它却涉及三方面的当事人,即债权人、债务人和保证人,他们之间有着相互联结的三个法律关系:一是债权人与债务人的关系,这是一种委托关系,这种委托关系决定着保证人与债务人之间的权利义务,与债权人无关,即不影响债权人的权利义务;二是保证人与债权人的关系,这是一种保证关系,是指保证人与债权人保证担保合同关系。保证合同不仅可以保证当前债务,还可保证一定时期内的未来债务。从保证的性质和保证人的保证债务上看,保证具有从属性、补充性、相对独立性、无偿性和诺成性等特征。

（二）保证人

具有代为清偿债务能力的法人、其他组织或者自然人均可以为保证人。保证人也可以为两人以上。但法律对保证人仍有相应的限制,这些限制主要有以下几点。

(1) 主债务人不得同时为保证人。

(2) 国家机关原则上不得为保证人,但经国务院批准为使用外国政府或者国际经济组织贷款进行转贷的除外。

（3）学校、幼儿园、医院等以公益为目的的事业单位、社会团体不得作保证人，但从事经营活动的事业单位、社会团体可以担任保证人。

（4）企业法人的职能部门不得担任保证人。

（5）企业法人的分支机构原则上不得担任保证人，但企业法人的分支机构有法人书面授权的，可以在授权范围内提供保证。

同一债务有两个以上保证人的，保证人应当按照保证合同约定的保证份额，承担保证责任。没有约定保证份额的，保证人承担连带责任，债权人可以要求任何一个保证人承担全部保证责任，保证人都负有担保全部债权实现的义务。已经承担保证责任的保证人，有权向债务人追偿，或者要求承担连带责任的其他保证人清偿其应当承担的份额。

（三）保证合同和保证方式

1. 保证合同

保证合同是指保证人与债权人订立的，在主债务人不履行其债务时，由保证人代为履行或承担赔偿责任的协议。

保证人与债权人应当以书面形式订立保证合同。保证人与债权人可以就单个主合同分别订立保证合同，也可以协议在最高债权额限度内就一定期间连续发生的借款合同或者某项商品交易合同订立一个保证合同。

保证合同应当包括以下内容。

（1）被保证的主债权种类、数额。

（2）债务人履行债务的期限。

（3）保证的方式。

（4）保证担保的范围。

（5）保证的期限。

（6）双方认为需要约定的其他事项。

保证合同不完全具备前款规定内容的，可以补正。

2. 保证的方式

保证的方式有一般保证和连带责任保证两种。

1）一般保证

当事人在保证合同中约定，债务人不能履行债务时，由保证人承担保证责任的，为一般保证。一般保证的保证人在主合同纠纷未经审判或者仲裁，并就债务人财产依法强制执行仍不能履行债务前，对债权人可以拒绝承担保证责任。有下列情形之一的，保证人不得行使前款规定的权利。

（1）债务人住所变更，致使债权人要求其履行债务发生重大困难的。

（2）人民法院受理债务人破产案件，中止执行程序的。

（3）保证人以书面形式放弃前款规定的权利的。

2）连带责任保证

当事人在保证合同中约定保证人与债务人对债务承担连带责任的，为连带责任保证。连带责任保证的债务人在主合同规定的债务履行期届满没有履行债务的，债权人可以要求债务人履行债务，也可以要求保证人在其保证范围内承担保证责任。

当事人对保证方式没有约定或者约定不明确的，按照连带责任保证，承担一般保证和连带责任保证的保证人享有债务人的抗辩权。债务人放弃对债务的抗辩权的，保证人仍有权抗辩。抗辩权是指债权人行使债权时，债务人根据法定事由，对抗债权人行使请求权的权利。

（四）保证责任

1. 保证担保的范围

保证担保的范围包括主债权及利息、违约金、损害赔偿金和实现债权的费用等。保证合同另有约定的，按照约定。当事人对保证担保的范围没有约定或者约定不明确的，保证人应当对全部债务承担责任。

保证期间，债权人依法将主债权转让给第三人的，保证人在原保证担保的范围内继续承担保证责任。保证合同另有约定的，按照约定。保证期间，债权人许可债务人转让债务的，应当取得保证人书面同意，保证人对未经其同意转让的债务，不再承担保证责任。债权人与债务人协议变更主合同的，应当取得保证人书面同意，未经保证人书面同意的，保证人不再承担保证责任。保证合同另有约定的，按照约定。

2. 保证期间

一般保证的保证人与债权人未约定保证期间的，保证期间为主债务履行期届满之日起6个月。在合同约定的保证期间和前款规定的保证期间，债权人未对债务人提起诉讼或者申请仲裁的，保证人免除保证责任；债权人已提起诉讼或者申请仲裁的，保证期间适用诉讼时效中断的规定。

连带责任保证的保证人与债权人未约定保证期间的，债权人有权自主债务履行期届满之日起6个月内要求保证人承担保证责任。在合同约定的保证期间和前款规定的保证期间，债权人未要求保证人承担保证责任的，保证人免除保证责任。同时《担保法解释》规定，保证合同约定保证人承担保证责任直至主债务本息还清时为止等类似内容的，视为约定不明，保证期间为主债务履行期届满之日起2年。

保证人依照《担保法》第十四条规定就连续发生的债权作保证，未约定保证期间的，保证人可以随时书面通知债权人终止保证合同，但保证人对于通知到达债权人前所发生的债权，承担保证责任。

3. 与物的担保的关系

根据我国《物权法》第一百七十六条规定,被担保的债权既有物的担保又有人的担保的,债务人不履行到期债务或者发生当事人约定的实现担保物权的情形,债权人应当按照约定实现债权;没有约定或者约定不明确,债务人自己提供物的担保的,债权人应当先就该物的担保实现债权;第三人提供物的担保的,第三人承担担保责任后,有权向债务人追偿。

4. 企业法人分支机构的无权担保后果

企业法人的分支机构未经法人书面授权或者超出授权范围与债权人订立保证合同的,该合同无效或者超出授权范围的部分无效。债权人和企业法人有过错的,应当根据其过错各自承担相应的民事责任;债权人无过错的,由企业法人承担民事责任。

5. 保证人免责的法定情形

有下列情形之一的,保证人不承担民事责任。

(1)主合同当事人双方串通,骗取保证人提供保证的。

(2)主合同债权人采取欺诈、胁迫等手段,使保证人在违背真实意思的情况下提供保证的。

6. 保证人的追偿权

保证人承担保证责任后,有权向债务人追偿。人民法院受理债务人破产案件后,债权人未申报债权的,保证人可以参加破产财产分配,预先行使追偿权。

二、抵押

(一)抵押的概念

抵押是指债务人或者第三人不转移对法定财产的占有,将该财产作为债权的担保。债务人不履行债务时,债权人有权依法以该财产折价或者以拍卖、变卖该财产的价款优先受偿。提供抵押财产的债务人或者第三人为抵押人,债权人为抵押权人,提供担保的财产为抵押物。

由抵押设定产生的抵押权包括以下几方面的含义:一是抵押权是债务人或者第三人将其一定财产设定的担保物权,因此,抵押属于一种约定担保物权,原则上依照当事人的意思而设定,不是依据法律当然发生的;二是抵押权是不移转标的物占有的担保物权,这就是说,抵押权不以移转标的物的占有为要件,抵押人可以继续使用抵押物以发挥其使用价值;三是抵押权的标的物是特定财产;四是抵押权是就其标的物的变价优先受偿的担保物权。这是因为抵押不是以取得标的物的占有和收益为内容的,而仅是当债务人不履行债务时,抵押权人以担保物的变价来受偿。所以从这个意义上讲,抵押权是一种价值权、换价权及优先受偿权。从抵押权的上述含义可以看出,它同质权的本质区别就在于质权必须以移转担保物占有为要件,抵押则不移转担保物。

(二)抵押物的范围

(1)根据我国《物权法》的规定,债务人或者第三人有权处分的下列财产可以抵押。

① 建筑物和其他土地附着物。

② 建设用地使用权。

③ 以招标、拍卖、公开协商等方式取得的荒地等土地承包经营权。

④ 生产设备、原材料、半成品、产品。

⑤ 正在建造的建筑物、船舶、航空器。

⑥ 交通运输工具。

⑦ 法律、行政法规未禁止抵押的其他财产。

抵押人可以将上述所列财产一并抵押。

《物权法》第一百八十一条规定:"经当事人书面协议,企业、个体工商户、农业生产经营者可以将现有的以及将有的生产设备、原材料、半成品、产品抵押,债务人不履行到期债务或者发生当事人约定的实现抵押权的情形,债权人有权就实现抵押权时的动产优先受偿。"这是《物权法》新规定的一类抵押权,即动产浮动抵押权。

以建筑物抵押的,该建筑物占用范围内的建设用地使用权一并抵押。以建设用地使用权抵押的,该土地上的建筑物一并抵押,抵押人未依照前述规定一并抵押的,未抵押的财产视为一并抵押。乡镇、村企业的建设用地使用权不得单独抵押。以乡镇、村企业的厂房等建筑物抵押的,其占用范围内的建设用地使用权一并抵押。

(2)根据我国《物权法》的规定,下列财产不得抵押。

① 土地所有权。

② 耕地、宅基地、自留地、自留山等集体所有的土地使用权,但法律规定可以抵押的除外。

③ 学校、幼儿园、医院等以公益为目的的事业单位、社会团体的教育设施、医疗卫生设施和其他社会公益设施。

④ 所有权、使用权不明或者有争议的财产。

⑤ 依法被查封、扣押、监管的财产。

⑥ 法律、行政法规规定不得抵押的其他财产。

(三)抵押合同和抵押物登记

1. 抵押合同

抵押人和抵押权人应当以书面形式订立抵押合同。抵押合同应当包括以下内容。

(1)被担保的主债权种类、数额。

（2）债务人履行债务的期限。

（3）抵押物的名称、数量、质量、状况、所在地、所有权权属或者使用权权属。

（4）抵押担保的范围。

（5）当事人认为需要约定的其他事项。

抵押合同不完全具备上述规定内容的，可以补正。

订立抵押合同时，抵押权人和抵押人在合同中不得约定在债务履行期届满抵押权人未受清偿时，抵押物的所有权转移为债权人所有。

2. 抵押物登记

当事人以《担保法》第四十二条规定的财产抵押的，应当办理抵押物登记，抵押合同自登记之日起生效。《担保法》第四十二条规定办理抵押物登记的部门如下。

（1）以无地上定着物的土地使用权抵押的，为核发土地使用权证书的土地管理部门。

（2）以城市房地产或者乡（镇）、村企业的厂房等建筑物抵押的，为县级以上地方人民政府规定的部门。

（3）以林木抵押的，为县级以上林木主管部门。

（4）以航空器、船舶、车辆抵押的，为运输工具的登记部门。

（5）以企业的设备和其他动产抵押的，为财产所在地的工商行政管理部门。

当事人以其他财产抵押的，可以自愿办理抵押物登记。抵押合同自签订之日起生效。当事人未办理抵押物登记的，不得对抗第三人。当事人办理抵押物登记的，登记部门为抵押人所在地的公证部门。

办理抵押物登记，应当向登记部门提供下列文件或者其复印件。

（1）主合同和抵押合同。

（2）抵押物的所有权或者使用权证书。登记部门登记的资料，应当允许查阅、抄录或者复印。

（四）抵押的范围和效力

1. 抵押的范围

抵押担保的范围包括主债权及利息、违约金、损害赔偿金和实现抵押权的费用。抵押合同另有约定的，按照约定。

2. 抵押的效力

（1）债务履行期届满，债务人不履行债务致使抵押物被人民法院依法扣押的，自扣押之日起抵押权人有权收取由抵押物分离的天然孳息以及抵押人就抵押物可以收取的法定孳息。抵押权人未将扣押抵押物的事实通知应当清偿法定孳息的义务人的，抵押权的效力不及于该孳息。前述孳息应当先充抵收取孳息的费用。

（2）抵押人将已出租的财产抵押的，应当书面告知承租人，原租赁合同继续有效。

（3）抵押期间，抵押人转让已办理登记的抵押物的，应当通知抵押权人并告知受让人转让物已经抵押的情况；抵押人未通知抵押权人或者未告知受让人的，转让行为无效。转让抵押物的价款明显低于其价值的，抵押权人可以要求抵押人提供相应的担保；抵押人不提供的，不得转让抵押物。抵押人转让抵押物所得的价款，应当向抵押权人提前清偿所担保的债权或者向与抵押权人约定的第三人提存。超过债权数额的部分，归抵押人所有，不足部分由债务人清偿。

（4）抵押权不得与债权分离而单独转让或者作为其他债权的担保。

（5）抵押人的行为足以使抵押物价值减少的，抵押权人有权要求抵押人停止其行为。抵押物价值减少时，抵押权人有权要求抵押人恢复抵押物的价值，或者提供与减少的价值相当的担保。抵押人对抵押物价值减少无过错的，抵押权人只能在抵押人因损害而得到的赔偿范围内要求提供担保。抵押物价值未减少的部分，仍作为债权的担保。

（6）抵押权与其担保的债权同时存在，债权消灭的，抵押权也消灭。

（五）抵押权的实现

1. 抵押权的实现方式

债务履行期届满抵押权人未受清偿的，可以与抵押人协议以抵押物折价或者以拍卖、变卖该抵押物所得的价款受偿；协议不成的，抵押权人可以向人民法院提起诉讼。抵押物折价或者拍卖、变卖后，其价款超过债权数额的部分归抵押人所有，不足部分由债务人清偿。

2. 同一财产多项抵押的清偿

根据《物权法》第一百九十九条的规定，同一财产向两个以上债权人抵押的，拍卖、变卖抵押财产所得的价款依照下列规定清偿。

（1）抵押权已登记的，按照登记的先后顺序清偿；顺序相同的，按照债权比例清偿。

（2）抵押权已登记的先于未登记的受偿。

（3）抵押权未登记的，按照债权比例清偿。

3. 抵押权与其他物权并存时的清偿顺序

（1）抵押权与质权并存。同一财产法定登记的抵押权与质权并存时，抵押权人优先于质权人受偿。

（2）抵押权与留置权并存。同一财产抵押权与留置权并存时，留置权人优先于抵押权人受偿。

（3）抵押权与其他权利并存。《合同法》第二百八十六条规定的优先受偿权优先于抵押权。

4. 抵押权实现注意的问题

（1）城市房地产抵押合同签订后，土地上新增的房屋不属于抵押物。需要拍卖该抵押的房地产时，可以依法将该土地上新增的房屋与抵押物一同拍卖，但对拍卖新增房屋所得,抵押权人无权优先受偿。依照《担保法》规定以承包的荒地的土地使用权抵押的,或者以乡(镇)、村企业的厂房等建筑物占用范围内的土地使用权抵押的,在实现抵押权后,未经法定程序不得改变土地集体所有和土地用途。

(2)拍卖划拨的国有土地使用权所得的价款,在依法缴纳相当于应缴纳的土地使用权出让金的款额后,抵押权人有优先受偿权。

(3)为债务人抵押担保的第三人,在抵押权人实现抵押权后,有权向债务人追偿。

(4)抵押权因抵押物灭失而消灭。因灭失所得的赔偿金,应当作为抵押财产。

(5)根据《物权法》第二百零二条规定,抵押权人应当在主债权诉讼时效期间行使抵押权;未行使的,人民法院不予保护。

(六)最高额抵押

1. 最高额抵押的概念

为担保债务的履行,债务人或者第三人对一定期间内将要连续发生的债权提供担保财产的,债务人不履行到期债务或者发生当事人约定的实现抵押权的情形,抵押权人有权在最高债权额限度内就该担保财产优先受偿。最高额抵押权设立前已经存在的债权,经当事人同意,可以转入最高额抵押担保的债权范围。

2. 最高额抵押的基本制度

139

(1)借款合同可以附最高额抵押合同;债权人与债务人就某项商品在一定期间内连续发生交易而签订的合同,可以附最高额抵押合同。

(2)最高额抵押担保的债权确定前,部分债权转让的,最高额抵押权不得转让,但当事人另有约定的除外。

(3)最高额抵押担保的债权确定前,抵押权人与抵押人可以通过协议变更债权确定的期间、债权范围以及最高债权额,但变更的内容不得对其他抵押权人产生不利影响。有下列情形之一的,抵押权人的债权确定:①约定的债权确定期间届满;②没有约定债权确定期间或者约定不明确,抵押权人或者抵押人自最高额抵押权设立之日起满2年后请求确定债权;③新的债权不可能发生;④抵押财产被查封、扣押;⑤债务人、抵押人被宣告破产或者被撤销;⑥法律规定债权确定的其他情形。

(4)最高额抵押除适用担保法律制度的特别规定外,还适用担保法律制度的其他相关规定。

三、质押

(一)质押的概念

所谓质押,是指债务人或者第三人将其所有的动产或权利移交债权人占有,并将财产作为债权的担保。在质押法律关系中,享有质权的债权人称为质权人;向债权人提供财产或权利担保并移交该财产或权利于质权人占有者为出质人;出质人提供的财产或权利即为质权的标的,称为质物。质押包括动产质押和权利质押。

(二)动产质押

1. 动产质押的概念

动产质押,是指债务人或者第三人将其动产移交债权人占有,将该动产作为债权的担保。债务人不履行债务时,债权人有权依照《担保法》规定以该动产折价或者以拍卖、变卖该动产的价款优先受偿。提供质押财产的债务人或者第三人为出质人,债权人为质权人,移交的动产为质物。动产是指不动产以外的物,不动产是指土地以及房屋、林木等地上定着物。

2. 质押合同

出质人和质权人应当以书面形式订立质押合同。质押合同自质物移交于质权人占有时生效。质押合同应当包括以下内容。

(1)被担保的主债权种类、数额。

(2)债务人履行债务的期限。

(3)质物的名称、数量、质量、状况。

(4)质押担保的范围。

(5)质物移交的时间。

(6)当事人认为需要约定的其他事项。

质押合同不完全具备前款规定内容的,可以补正。出质人和质权人在合同中不得约定在债务履行期届满质权人未受清偿时,质物的所有权转移为质权人所有。

3. 质押担保的范围

质押担保的范围包括主债权及利息、违约金、损害赔偿金、质物保管费用和实现质权的费用。质押合同另有约定的,按照约定。

4. 质权人的权利义务

(1)质权人有权收取质物所生的孳息。质押合同另有约定的,按照约定。前述孳息应当先充抵收取孳息的费用。

(2)质权人负有妥善保管质物的义务。因保管不善致使质物灭失或者毁损的,质权人应当承担民事责任。质权人不能妥善保管质物可能致使其灭失或者毁损的,出质人可以要求质权人将质物提存,或者要求提前清偿债权而返还质物。

(3)质物有损坏或者价值明显减少的可能,足以危害质权人权利的,质权人可以要求出质人提供相应的担保。出质人不提供的,质权人可以拍卖或者变卖质物,并与出质人协议,拍卖或者变卖所得的价款用于提前清偿所担保的债权或者向与出质人约定的第三人提存。

(4)债务履行期届满债务人履行债务的,或者出质人提前清偿所担保的债权的,质权人应当返还质物。债务履行期届满质权人未受清偿的,可以与出质人协议以质物折价,也可以依法拍卖、变卖质物。质物折价或者拍卖、变卖后,其价款超过债权数额的部分归出质人所有,不足部分由债务人清偿。

5. 注意的问题

(1)为债务人质押担保的第三人,在质权人实现质权后,有权向债务人追偿。

(2)质权因质物灭失而消灭,因灭失所得的赔偿金,应当作为出质财产。

(3)质权与其担保的债权同时存在,债权消灭的,质权也消灭。

（三）权利质押

1. 权利质押的范围

根据《物权法》第二百二十三条规定,债务人或者第三人有权处分的下列权利可以出质。

(1)汇票、支票、本票。

(2)债券、存款单。

(3)仓单、提单。

(4)可以转让的基金份额、股权。

(5)可以转让的注册商标专用权、专利权、著作权等知识产权中的财产权。

(6)应收账款。

(7)法律、行政法规规定可以出质的其他财产权利。

2. 权利质押的特殊规定

(1)以汇票、支票、本票、债券、存款单、仓单、提单出质的,当事人应当订立书面合同。质权自权利凭证交付质权人时设立;没有权利凭证的,质权自有关部门办理出质登记时设立。汇票、支票、本票、债券、存款单、仓单、提单的兑现日期或者提货日期先于主债权到期的,质权人可以兑现或者提货,并与出质人协议将兑现的价款或者提取的货物提前清偿债务或者提存。

(2)以基金份额、股权出质的,当事人应当订立书面合同。以基金份额、证券登记结算机构登记的股权出质的,质权自证券登记结算机构办理出质登记时设立;以其他股权出质的,质权自工商行政管理部门办理出质登记时设立。基金份额、股权出质后,不得转让,但经出质人与质权人协商同意的除外。出质人转让基金份额、股权所得的价款,应当向质权人提前清偿债务或者提存。

(3)以注册商标专用权、专利权、著作权等知识产权中的财产权出质的,当事人应当订立书面合同。质权自有关主管部门办理出质登记时设立。知识产权中的财产权出质后,出质人不得转让或者许可他人使用,但经出质人与质权人协商同意的除外。出质人转让或者许可他人使用出质的知识产权中的财产权所得的价款,应当向质权人提前清偿债务或者提存。

（4）以应收账款出质的,当事人应当订立书面合同。质权自信贷征信机构办理出质登记时设立。应收账款出质后,不得转让,但经出质人与质权人协商同意的除外。出质人转让应收账款所得的价款,应当向质权人提前清偿债务或者提存。

四、留置

（一）留置的概念

留置,是指债权人已经合法占有债务人的动产,当债务人不按照合同约定的期限履行债务时,债权人有权扣留该动产,并有权就该动产优先受偿。在留置关系中,债权人为留置权人,占有的动产为留置财产。留置适用保管合同、运输合同、加工承揽合同以及法律规定可以留置的其他合同。

（二）留置的要件

（1）债权人须已合法地占有债务人的动产。债权人不得通过非法手段占有债务人的动产。债权人合法占有债务人交付的动产时,不知债务人无处分该动产的权利,债权人可以按照《担保法》第八十二条的规定行使留置权。

（2）债权人留置的动产,应当与债权属于同一法律关系,但企业之间留置的除外。

（3）债务已届清偿期。债权人的债权未届清偿期,其交付占有标的物的义务已届履行期的,不能行使留置权。但是,债权人能够证明债务人无支付能力的除外。

（4）不违反法律规定或者当事人的约定。法律规定或者当事人约定不得留置的动产,不得留置。

（三）留置担保的范围

留置担保的范围包括主债权及利息、违约金、损害赔偿金、留置物保管费用和实现留置权的费用。

（四）留置权的行使和消灭

留置财产为可分物的,留置财产的价值应当相当于债务的金额。留置权人负有妥善保管留置财产的义务;因保管不善致使留置财产毁损、灭失的,应当承担赔偿责任。留置权人有权收取留置财产的孳息,孳息应当先充抵收取孳息的费用。留置权人与债务人应当约定留置财产后的债务履行期间;没有约定或者约定不明确的,留置权人应当给债务人

2个月以上履行债务的期间,但鲜活易腐等不易保管的动产除外。债务人逾期未履行的,留置权人可以与债务人协议以留置财产折价,也可以就拍卖、变卖留置财产所得的价款优先受偿。留置财产折价或者变卖的,应当参照市场价格。债务人可以请求留置权人在债务履行期届满后行使留置权;留置权人不行使的,债务人可以请求人民法院拍卖、变卖留置财产。留置财产折价或者拍卖、变卖后,其价款超过债权数额的部分归债务人所有。不足部分由债务人清偿。同一动产上已设立抵押权或者质权,该动产又被留置的,留置权人优先受偿。

留置权人对留置财产丧失占有或者留置权人接受债务人另行提供担保的,留置权消灭。

五、定金

（一）定金的概念

定金,是指根据法律规定或者合同约定,为保障合同履行,一方当事人在合同履行前先行支付给对方一定数额的货币。

（二）定金的种类

1. 立约定金

它是指一方为担保将来与对方订立合同而向对方交付的定金。当事人约定以交付定金作为订立主合同担保的,给付定金的一方拒绝订立主合同的,无权要求返还定金;收受定金的一方拒绝订立合同的,应当双倍返还定金。

2. 成约定金

它是指当事人约定作为主合同成立的要件而交付的定金。当事人约定以交付定金作为主合同成立或者生效要件的,给付定金的一方未支付定金,但主合同已经履行或者已经履行主要部分的,不影响主合同的成立或者生效。

3. 解约定金

它是指为保留主合同解除权而交付的定金。定金交付后,交付定金的一方可以按照合同的约定以丧失定金为代价而解除主合同,收受定金的一方可以双倍返还定金为代价而解除主合同。对解除主合同后责任的处理,适用《合同法》的规定。

（三）定金合同

定金应当以书面形式约定。当事人在定金合同中应当约定交付定金的期限,定金合同从实际交付定金之日起生效。定金的数额由当事人约定,但不得超过主合同标的额的20%。实际交付的定金数额多于或者少于约定数额,视为变更定金合同;收受定金一方提出异议并拒绝接受定金的,定金合同不生效。

(四)定金罚则

给付定金的一方不履行约定的债务的,无权要求返还定金;收受定金的一方不履行约定的债务的,应当双倍返还定金。当事人一方不完全履行合同的,应当按照未履行部分所占合同约定内容的比例,适用定金罚则。因不可抗力、意外事件致使主合同不能履行的,不适用定金罚则。因合同关系以外第三人的过错,致使主合同不能履行的,适用定金罚则。受定金处罚的一方当事人,可以依法向第三人追偿。

第六节　合同的变更、转让和终止

一、合同的变更

依法订立的合同成立后,即具有法律约束力,任何一方都不得擅自变更或者解除合同。但是,在合同的履行过程中,由于主观、客观情况的变化,需要对双方的权利义务关系重新进行调整和规定时,合同当事人可以依法变更合同。

合同的变更是指合同成立后,当事人双方根据客观情况的变化,依照法律规定的条件和程序,对原合同进行修改或者补充。合同的变更是在合同的主体不改变的前提下对合同内容或标的的变更,合同性质和标的性质并不改变。

当事人在变更合同时,也应本着协商的原则进行。当事人可以依据有关法律规定,就变更合同事项达成协议。合同变更后,变更后的内容就取代了原合同的内容,当事人就应当按照变更后的内容履行合同。为了减少在合同变更时可能发生的纠纷,当事人对合同变更的内容约定不明确的,推定为未变更。

二、合同的转让

合同的转让,是指合同当事人一方将其合同的权利和义务全部或部分转让给第三人。合同的转让,一般由当事人自主决定。合同的转让有三种情况:合同权利转让、合同义务转移、合同权利和义务一并转让。

(一)合同权利转让

合同权利转让是指不改变合同权利的内容,由债权人将合同权利的全部或者部分转让给第三人。这里转让权利的人称为让与人,受让权利的人称为受让人。合同权利全部转让的,原合同关系消灭,受让人取代原债权人的地位,成为新的债权人,原债权人脱离合同关系。合同权利部分转让的,受让人作为第三人加入到合同关系中,与原债权人共同享有债权。

债权人转让主权利时,附属于主权利的从权利也一并转让,受让人在取得债权时,也取得与债权有关的从权利,但该从权利专属于债权人自身的除外。

有下列三种情形时,债权人不得转让合同权利。

(1)根据合同性质不得转让。根据合同性质不得转让的权利,主要是指合同是基于特定当事人的身份关系订立的,合同权利转让给第三人,会使合同的内容发生变化,动摇合同订立的基础,违反了当事人订立合同的目的,使当事人的合法利益得不到保护。当事人基于信任关系订立的委托合同、赠与合同都属于合同权利不得转让的合同。

(2)根据当事人约定不得转让。当事人在订立合同时,可以对权利的转让作出特别的约定,禁止债权人将权利转让给第三人。这种约定只要是当事人真实的意思表示,并且不违反法律规定,那么对当事人就有法律约束力。

(3)依照法律规定不得转让。我国一些法律中对某些权利的转让作出了禁止性规定,对于这些规定,当事人应严格遵守,不得违反法律规定,擅自转让法律禁止转让的权利。

债权人转让权利,不需要经债务人同意。但应当通知债务人。未经通知,该转让对债务人不发生效力。债务人接到债权转让通知后,债权让与行为就生效。如果债务人对让与人享有债权,并且债务人的债权先于转让的债权到期或同时到期的,债务人可以向受让人主张抵销。债务人对让与人的抗辩,可以向受让人主张。债权人转让权利的通知不得撤销,但经受让人同意的除外。

145

(二)合同义务转移

合同义务转移,是指经债权人同意,债务人将合同的义务全部或者部分转移给第三人。债务人将合同的义务全部或者部分转移给第三人,应当经债权人同意,否则债务人转移合同义务的行为对债权人不发生效力,债权人有权拒绝第三人向其履行,同时有权要求债务人履行义务并承担不履行或迟延履行合同的法律责任。

债务人全部转移合同义务时,新的债务人完全取代了原债务人的地位,承担全面履行合同义务的责任,享有债务人所应享有的抗辩权,可以主张原债务人对债权人的抗辩。同时,与所转移的主债务有关的从债务,也应当由新债务人承担,但该从债务专属于原债务人自身的除外。债务人部分转移合同义务时,新的债务人加入到原债务中,和原债务人一起向债权人履行义务。

(三)合同权利和义务一并转让

合同权利和义务一并转让是指当事人一方经对方同意,将自己在合同中的权利和义务一并转让给第三人。合同关系的一方当事人将权利和义务一并转让时,除了应当征得另一方当事人的同意外,还应当遵守《合同法》有关转让权利和义务的其他规定:不得转让法律禁止转让的权利;转让合同权利和义务时,从权利和从债务一并转让,受让人取得与债权有关的从权利和从债务,但该从权利和从债务专属于让与人自身的除外;转让合同权利和义务不影响债务人抗辩权的行使;债务人对让与人享有债权的,可以依照有关规定向受让人主张抵销;法律、行政法规规定应当办理批准、登记手续的,应当依照其规定办理。

对于当事人订立合同后发生合并、分立的情况。法律规定,当事人订立合同后合并的,由合并后的法人或者其他组织行使合同权利,履行合同义务。当事人订立合同后分立的,除债权人和债务人另有约定的以外,由分立的法人或者其他组织对合同的权利和义务享有连带债权,承担连带债务。

三、合同的终止

(一)合同终止的概念

合同关系在客观上不复存在,合同权利和义务归于消灭,又简称合同终止、合同消灭。

(二)合同终止的原因

1. 债务已经按照约定履行

2. 合同解除

合同解除指合同成立后,当具备合同解除条件时,因当事人一方或双方的意思表示而使合同的权利义务终止的行为。解除方式有:协商解除、约定解除、法定解除。约定解除是指当事人在合同中为一方或各方约定的解除权产生条件具备,取得解除权的当事人行使解除权解除合同的行为。法定解除是指当法律直接规定的解除权产生条件具备时,解除权人行使解除权解除合同的行为。法定解除权产生的一般法定解除条件包括以下几点。①预期违约:在履行期限届满之前,当事人一方明确表示或者以自己的行为表明不履行主要债务;②现实违约:当事人一方迟延履行主要债务,经催告后在合理期限内仍未履行;③根本违约:因不可抗力致使不能实现合同目的或当事人一方迟延履行债务或者有其他违约行为致使不能实现合同目的。合同解除的效力是尚未履行的,终止履行;已经履行的,根据履行情况和合同性质,当事人可以要求恢复原状、采取其他补救措施,并有权要求赔偿损失。

3. 债务相互抵销

抵销是指当事人互负债务时,各以其债权充当债务的清偿,而使其债务和对方的债务在对等额内相互消灭。意义在于免去相互给付的麻烦,节省履行费用和确保债权的效力,减少先履行方的风险。包括法定抵销和合意抵销:法定抵销是按照法律的规定,在两人互负同种类债务时,且债务均已到清偿期时,依当事人一方的意思表示而成立的抵销;合意抵销即根据当事人之间的合同消灭相互所负债务的法律行为。

4. 债务人依法将标的物提存

提存是指债务人由于债权人的原因而无法向其交付债务的标的物时,可将该标的物提交给提存机关保存,从而消灭债务的制度。提存的原因包括:①债权人无正当理由拒绝受领;②债权人下落不明;③债权人死亡未确定继承人或者丧失民事行为能力未确定监护人;④法律规定的其他情形。

5. 债权人免除债务

免除债务是指债权人抛弃债权并发生债务消灭效力的单方行为。免除的条件:①债权人必须有处分能力;②免除应向债务人或其代理人作出;③免除不违反法律规定。

6. 混同

混同是指债权和债务同归于一人,致使合同关系归于消灭的事实。混同的成立是债权和债务归于一人的事实,可以由于企业合并或债务或债权的转让引起。

7. 法律规定或当事人约定终止的其他情形

（三）合同终止的效力

主权利及其从权利消灭,债权人返还负债字据,后合同义务产生,结算和清理条款的效力不受影响。后合同义务,是指合同关系消灭后,缔约双方当事人依诚实信用原则依法应负有某种作为或不作为义务,以维护给付效果,或协助对方处理合同终了的善后事务的合同附随义务。我国《合同法》第九十二条对后合同义务进行了规定:"合同终止后,当事人应当遵循诚实信用的原则,根据交易习惯履行通知、协助、保密等义务。"

第七节　违约责任

一、违约责任的概念

违约责任是指合同当事人一方不履行合同义务或者履行合同义务不符合约定时,依照法律规定或者合同约定所承担的法律责任。依法订立的有效合同,对当事人双方来说,都具有法律约束力。如果不履行或者履行义务不符合约定,就要承担违约责任。

实践中,违约形式可分实际违约和预期违约。一般来说,在合同履行期限届满时,债务人没有履行合同或履行义务不符合约定就是实际违约。在合同生效后,履行期限届满前,当事人一方明确表示或者以自己的行为表明不履行合同义务的就是预期违约。当事人一方明确表示或者以自己的行为表明不履行合同义务的,对方可以在履行期限届满之前要求其承担违约责任。预期违约责任起源于 18 世纪 50 年代的英国。美国《统一商法典》和《联合国国际货物销售合同公约》也采纳了预期违约的概念,规定在其条文之中。预期违约与实际违约,都要依法承担违约责任。

二、承担违约责任的主要方式

当事人一方不履行合同义务或者履行合同义务不符合约定的,应当承担继续履行、采取补救措施或者赔偿损失等违约责任。违约的当事人承担违约责任的主要形式有继续履行、补救措施、赔偿损失、支付违约金和定金等。具体适用哪种违约责任,由当事人根据自己的要求加以选择。

(一)继续履行

继续履行,又称实际履行,是债权人在债务人不履行合同义务时,可请求人民法院或者仲裁机构强制债务人实际履行合同义务。继续履行既是为了实现合同目的,又是一种违约责任。《合同法》规定,当事人一方未支付价款或者报酬的,对方可以要求其支付价款或者报酬。当事人一方不履行非金钱债务或者履行非金钱债务不符合约定的,对方可以要求履行,但有下列情形之一的除外:①法律上或者事实上不能履行;②债务的标的不适合于强制履行或者履行费用过高;③债权人在合理期限内未要求履行。

(二)补救措施

履行质量不符合约定的,应当按照当事人的约定承担违约责任。受损害方可以根据标的的性质以及损失的大小,合理选择要求对方采取修理、更换、重作、退货、减少价款或者报酬等补救措施。

(三)赔偿损失

当事人一方不履行合同义务或者履行合同义务不符合约定的,在履行义务或者采取补救措施后,对方还有其他损失的,应当赔偿损失。损失赔偿额应当相当于因违约所造成的损失,包括合同履行后可以获得的利益,但不得超过违反合同一方订立合同时可预见到或者应当预见到的因违反合同可能造成的损失。

当事人一方违约后,对方应当采取适当措施防止损失的扩大;没有采取适当措施致使损失扩大的,不得就扩大的损失要求赔偿。当事人因防止损失扩大而支出的合理费用,由违约方承担。

(四)支付违约金

为了保证合同的履行,保护自己的利益不受损失,合同当事人可以约定一方违约时应当根据情况向对方支付一定数额的违约金,也可以约定因违约产生的损失赔偿额的计算方法。

违约金是指合同当事人一方由于不履行合同或者履行合同不符合约定时,按照合同的约定,向对方支付的一定数额的货币。违约金是对不能履行或者不能完全履行合同行为的一种带有惩罚性质的经济补偿手段,不论违约的当事人一方是否已给对方造成损失,都应当支付。

约定的违约金低于造成的损失的,当事人可以请求人民法院或者仲裁机构予以增加;约定的违约金过分高于造成的损失的,当事人可以请求人民法院或者仲裁机构予以适当减少。当事人就迟延履行约定违约金的,违约方支付违约金后,还应当履行债务。

（五）定金

定金是合同当事人一方为了担保合同的履行而预先向对方支付的一定数额的金钱。当事人可以依照《担保法》约定一方向对方给付定金作为债权的担保。债务人履行债务后,定金应当抵作价款或者收回。给付定金的一方不履行约定的债务的,无权要求返还定金;收受定金的一方不履行约定的债务的,应当双倍返还定金。

三、违约责任形式的竞合

在一个具体的合同纠纷中,往往要同时运用几种合同责任形式追究违约方的违约责任,违约责任形式的运用就出现竞合问题。

（一）违约金与定金的竞合

《合同法》第一百一十六条规定:"当事人既约定违约金,又约定定金的,一方违约时,对方可以选择适用违约金或者定金条款。"按照这一规定,同时约定定金和违约金,只能请求违约方承担这两种责任中的一种违约责任,或者是给付违约金,或者是执行定金条款。选择权在未违约的一方,不能合并适用违约金和定金条款。

（二）违约金与损害赔偿的竞合

违约金具有多种性质,但其最主要的性质是违约赔偿金的性质,违约金的主要性质与违约损害赔偿是一致的。适用违约金,在没有造成损害的时候,就是惩罚性违约金,造成损害,就是赔偿性违约金。既然是赔偿性违约金,就应当与违约的损失相结合。《合同法》确定的原则是:第一,约定违约金的,就应当按照违约金的约定执行;第二,约定的违约金低于造成损失的,可以请求增加,就是俗称的"找齐"。这是因为,违约金具有损害赔偿性质,只要是低于实际损失,就应当找齐;第三,约定的违约金过分高于造成的损失的,可以请求适当减少,"过分高于"应当是达到显失公平的程度。

四、违约责任的免责事由

一般来说，在合同订立之后，如果一方当事人没有履行合同或者履行合同不符合约定，不论是自己的原因，还是第三人的原因，均应当向对方承担违约责任。但是，当当事人一方违约是由于不可抗力造成的，则可以根据情况免除违约方的违约责任。不可抗力，是指不能预见、不能避免且不能克服的客观情况。

因不可抗力不能履行合同的，根据不可抗力的影响，部分或者全部免除责任；当事人迟延履行后发生不可抗力的，不能免除责任。不可抗力造成违约的，违约方虽然没有过错，但法律规定因不可抗力造成的违约也要承担违约责任的，违约方也要承担无过错的违约责任。当事人一方因不可抗力不能履行合同的，应当及时通知对方，以减轻可能给对方造成的损失，并应当在合理期限内提供证明。

此外，关于违约责任，实践中应注意下列三个问题：一是双方违约问题。当事人双方都违反合同的，应当各自承担相应的责任。二是第三人造成违约的问题。当事人一方因第三人的原因造成违约的，应当向对方承担违约责任。当事人一方和第三人之间的纠纷，依照法律规定或者按照约定解决。三是违约责任与侵权责任竞合问题。当事人一方的违约行为，侵害对方人身、财产权益的，受损害方有权选择依照合同法要求其承担违约责任或者依照其他法律要求其承担侵权责任。

150

本 章 小 结

合同是市场经济社会联系市场主体之间关系的最重要的方式，它是一种以确立当事人权利义务为内容的协议。订立合同，首先，要严格审查订约人是否具有订约资格。自然人、法人或其他组织，都应具备相应的民事权利能力和民事行为能力，才能成为合格的订约主体。其次，要保证合同的内容和形式的合法。合同在订立过程中，要严格遵循要约、承诺两大步骤，按平等、自愿、公平、诚实信用和合法原则，确定双方当事人的权利义务。双方当事人一旦就合同的主要条款达成合意，合同即告成立。依法成立的合同受法律保护，合同成立之后，进入履行阶段。合同当事人应遵循合同履行的原则，严格按照合同规定或双方约定切实全面地履行合同义务。为确保合同的全面履行，双方当事人还可以为合同设立保证、抵押、质押、留置、定金作为主合同的担保。《合同法》还赋予了债权人在特定情况下可以享有同时履行抗辩权、后履行抗辩权、不安抗辩权、代位权、撤销权等权利。

合同在成立之后，尚未履行完毕之前，可以发生变更或转让。当双方当事人约定全面履行了合同义务或者出现了合同解除、债务抵销、债务人依法将标的物提存、债权人免除债务、债权债务同归一人等情况，合同的权利义务即告终止。

合同当事人在合同履行过程中不履行合同义务或不完全履行合同义务,除当事人具有不可抗力等法定免责条件或双方当事人约定的免责条件外,应承担违约责任,赔偿受损害当事人的损失。合同当事人在合同的内容或履行方面发生了争议,可以通过和解、调解、仲裁、诉讼4种途径进行解决。

思考与训练

1. 简述要约与要约邀请的区别。
2. 简述合同权利的含义与特点。
3. 简述同时履行抗辩权的含义、构成要件与效力。
4. 简述撤销权的概念、特征和要件。
5. 简述合同转让的含义与类型。
6. 简述合同解除的含义、特征与主要类型。
7. 简述我国《合同法》中的违约金制度。
8. 简述合同的担保形式。
9. 案例分析题

(1) 甲公司因转产致使一台价值1 000万元的精密机床处于闲置状态,为此,该公司董事长与乙公司签订了一份机床转让合同。合同规定:精密机床作价950万元,甲公司于本年度10月31日前交货。乙公司于收到货物后10日内付清款项。但在交货前,甲公司发现乙公司经营状况恶化,于是通知乙公司停止交货并要求乙公司提供担保,乙公司予以拒绝。1个月后,乙公司的经营状况进一步恶化,于是甲公司决定解除合同。乙公司遂向法院起诉,要求甲公司赔偿损失并继续履行合同。根据以上资料,回答下列问题。

① 甲公司终止履行合同的理由是否成立?为什么?
② 甲公司能否单方解除合同?为什么?

(2) 2007年1月20日,甲建材公司与乙建筑公司签订了一份钢材买卖合同。合同约定甲建材公司向乙建筑公司销售建筑用钢筋4 000吨。分三批供货,交货时间分别为3月30日、4月30日和5月30日,其中前两批各为1 000吨,最后一批为2 000吨;每吨价格为4 000元。货款总额为1 600万元;交货方式为乙方自提;违约金为违约价款的5%。

合同订立后,前两批双方均按照约定履行了合同,5月30日,当乙方第三批提货时,甲方声称公司已经无货,愿意支付违约金。但乙公司了解到,甲公司并非无货,而是因为社会上传闻钢材价格要大幅度上涨,比较涨价后可获得利润与支付违约金的利益差距,宁愿支付违约金也不愿意履行合同。乙公司也听到了钢材即将涨价的信息,因此坚决要求履行合同,不要违约金。而甲公司认为,只要支付违约金,就可以不履行合同。于是乙公司将双方争执诉至法院。根据以上资料，回答下列问题。

① 甲公司宁愿支付违约金，也不愿意按照合同交货的做法是否符合法律规定？

② 本案应如何处理？

(3) 2009年6月，甲公司将一台价值900万元的机床委托乙公司保管，双方为此签订了一份保管合同。合同约定：保管期限为4个月。从2009年6月21日至10月20日。保管费用为2万元，由甲公司在提取保管物的时候一次付清。

2009年8月，甲公司欲从A公司购买一批原材料。但因资金紧张，暂时无法付款，经A公司同意，甲公司以委托乙公司保管的机床为抵押担保，购入A公司材料。双方约定，如果甲公司不能在本年12月8日前支付全部货款，A公司有权将机床变卖，以变卖所得价款抵偿原材料款。

10月10日，甲公司在提前通知乙公司并告知了B公司该机床已设置抵押的前提下，与B公司签订了机床转让合同。该合同约定，甲公司以860万元的价格将机床卖给B公司，甲公司于10月31日前交货。B公司在收到货物后10日内付清全部货款。

10月下旬，甲公司发现B公司经营状况恶化（已经获得证据），于是通知B公司中止交货并要求B公司提供担保，B公司没有给予任何答复，到11月上旬，甲公司发现B公司经营状况进一步恶化，于是决定解除合同，并通知了B公司。B公司则向人民法院提起诉讼，要求甲公司履行合同并赔偿损失。

根据以上情况以及合同法的相关规定，回答下列问题。

① 如果甲公司不能向乙公司支付仓库保管费，则乙公司可以行使什么权利？

② 甲公司将已经设置抵押担保的合同转让给B公司，双方签订的转让合同是否有效？为什么？

③ 甲公司能否中止履行与B公司签订的机床转让合同？为什么？

④ 甲公司能否解除与B公司签订的机床转让合同？为什么？

第七章　工业产权法律制度

引导案例

　　李某研究开发了一无级变速的设备,并于 2006 年 9 月 5 日向中国专利局提出了发明专利申请。王某也独立开发了与李某大致相同的无级变速的设备,于 2006 年 3 月 6 日在机械工业部举办的技术会议上首次展出了该设备,并于 2006 年 9 月 6 日向中国专利局提出了发明专利的申请。法国人伊万将其在法国研制的与李某、王某相同的设备于 2006 年 9 月 4 日向法国专程管理机关提出发明专利申请,后又于 2007 年 9 月 4 日向中国专利局提出发明专利申请,并提出优先权要求。李某的专利申请于 2008 年 3 月 5 日被专利局公开。

　　问题:

　　你认为李某、王某、伊万三人的专利申请哪个具有新颖性,并说明理由。

第一节　工业产权法律制度概述

一、工业产权的概念与特征

　　工业产权是指人们依法对应用于商品生产和流通中的创造发明和显著标记等智力成果,在一定地区和期限内享有的专有权。依照《保护工业产权巴黎公约》(以下简称《巴黎公约》)的相关规定,工业产权包括发明、实用新型、外观设计、商标、服务标记、厂商名称、货源标记、原产地名称,以及制止不正当竞争的权利。一般来说,工业产权和版权(著作权)统称为知识产权。

　　"工业产权"一词最早在 1791 年由法国专利法起草人德布运捷首先使用。主要包括商标权和专利权,是知识产权的重要组成部分。

　　工业产权作为一项民事权利,具有以下特征。

　　(1) 专有性。工业产权与所有权一样,具有排他性和绝对性的特点。也就是说,这种权利为权利人所专有,权利人垄断这种专有权并受到严格保护;权利人以外的人不得侵犯这种权利,未经权利人的同意,不能享受或使用这种权利,否则,构成侵权行为,要依法受到惩罚和制裁,权利人对这种权利可自己行使,也可转让给他人行使,并从中收取报酬。

（2）地域性。一国保护的工业产权只在本国生效，其他国家对这种权利没有保护的义务。一国主管部门授予、拒绝授予、变更或消灭工业产权的决定，只在本国范围内有效，对其他国家不发生法律效力。但签有国际公约或双边互惠协定的国家，则必须在相互范围内保护工业产权的存在。

（3）时间性。工业产权的保护具有一定的时间性。工业产权在法律规定的时间内受法律保护，一旦超过法律规定的有效期限，这一权利就自行消灭。其产品即成为整个社会的共同财富，为全人类所共同使用。

二、工业产权法的概念

工业产权法是调整在工业产权的申请、确认、保护、使用和管理过程中所发生的各种社会关系的法律规范的总称。工业产权法通常包括商标法和专利法。迄今为止，我国已相继颁布和实施了《中华人民共和国商标法》（以下简称《商标法》）、《中华人民共和国商标法实施细则》（以下简称《商标法实施细则》）、《中华人民共和国专利法》（以下简称《专利法》）、《中华人民共和国专利法实施细则》（以下简称《专利法实施细则》）等法律、法规。

三、工业产权的国际保护

有关工业产权国际保护的世界性或地区性的国际条约很多，最主要的有《巴黎公约》、《专利合作公约》、《商标注册马德里协定》和《商标注册公约》等。此外，国际上还成立了政府间的国际机构——世界知识产权组织。

《巴黎公约》是1883年在巴黎签订的，后经多次修改，它是目前保护工业产权方面影响最大的国际公约。该公约组织有100多个成员国，我国第六届全国人大常委会第八次会议于1984年11月14日决定加入《巴黎公约》，自1985年3月19日起该公约对我国生效。

《巴黎公约》的主要原则和制度介绍如下。

（一）国民待遇原则

在工业产权的国际保护方面，每一缔约国必须把它给予本国国民的待遇同等地给予其他缔约国国民；非缔约国国民如在缔约国国内有住所或营业场所，也应得到同样的保护。

（二）优先权制度

缔约国国民第一次向一个缔约国提出专利或商标注册申请后，又在一定期限内就同一发明创造和商标向另一缔约国申请时，其第二次的申请日应视同第一次申请日。在优先权期限内,即使有任何第三人就相同的发明或商标提出申请或已实施了该发明或使用了该商标,申请人仍因享有优先权而获得专利权或商标专用权。

（三）独立性原则

各缔约国独立地视本国的法律规定是否给予专利权或商标专用权,不受该专利或商标专用权在其他缔约国规定的影响。就是说,同一发明创造或商标在一个成员国取得专利权或商标专用权,并不意味着在其他成员国也一定可以取得专利权或商标专用权;专利权或商标专用权在一个成员国被撤销或终止,也不意味着在其他成员国一定要被撤销或终止。

（四）强制许可原则

对已获得工业产权法律保护的权利人,自申请日起满 4 年,或从专利批准日起满 3 年,无正当理由没有实施或没有充分实施的,各成员国可以在不征得权利人同意的情况下,对该工业产权实行强制许可。

第二节 专 利 法

155

一、专利的含义

"专利"一词,英文为"Patent",除垄断、专有的意思外,还有明显公开的意思,反映了现代专利制度中专利的基本内容。现代"专利"一词,不仅是一种法律用语,在生产、科技开发以及管理方面也常常涉及专利。"专利"从不同的角度论述,通常有三种含义。

第一,专利是专利权的简称。专利权是指专利机关代表国家依法授予发明人、设计人或其所属单位对某项发明创造在法律规定的期限内享有的专有权。它具有独占性、时间性和地域性的特点。所谓独占性是指专利权人对取得专利权的发明创造在法律规定的期限内享有独占实施权,未经许可,他人不得使用其专利技术,否则,就构成侵权;所谓时间性是指在法律规定的有效期限内,专利权人享有该项发明创造的专利权,有效期届满,专利权不再受法律保护,进入公有领域;所谓地域性是指专利人所取得的专利权,只能得到授予该项权利的国家法律保护。

第二,专利是受法律保护的发明创造。我国《专利法》保护的发明创造包括发明、实用新型和外观设计三种。所谓发明专利,是指对产品、方法或其改进提出的新的技术方案所授予的专利;所谓实用新型专利,是指对产品的形状、构造或其结合提出的适于实用的新的技术方案所授予的专利,又称"小发明";所谓外观设计专利,是指对产品的形状、图案、色彩或其结合所作出的富有美感并适合于工业上应用的新设计所授予的专利。

第三,专利是专利文献,指专利申请人向国务院专利行政管理部门提交的有关专利申请的各种申请文件。

二、专利权和专利法

专利权,指专利权人在法律规定的期限内对其发明创造所享有的一种独占权或专有权。专利法是指确认、保护发明创造专有权和调整利用发明创造过程中所发生的各种社会关系的法律规范的总称。

根据我国《专利法》,专利保护的意义在于:保护专利权人合法权益,鼓励发明创造,推动发明创造的应用,提高创新能力,促进科学进步和经济社会发展。几次修改后,我国终于在 2008 年 12 月 27 日,第十一届全国人民代表大会常务委员会第六次会议通过《全国人民代表大会常务委员会关于修改〈中华人民共和国专利法〉的决定》,形成了我国现行专利法的基本制度。我国已加入的《巴黎公约》、《专利合作条约》和 TRIPS 等是我国应遵守的有关专利的国际公约。

三、专利权的主体、客体和内容

(一)专利权的主体

专利权的主体,是指有权提出专利申请并获得专利权的单位和个人。根据《专利法》的规定,发明人或者设计人、职务发明创造的单位、外国人和外国企业或者外国其他组织都可以成为专利权的主体。

1. 非职务发明创造的发明人或设计人

《专利法》所称发明人(设计人),是指真正完成发明创造的人,对发明创造的实质性特点作出创造性贡献的人。我国《专利法》将实用新型和外观设计的完成人称为设计人。所谓非职务发明是指在本职工作之外,用自己的设备、资金作出的发明创造。

2. 职务发明创造的发明人或者设计人所在的单位

职务发明创造分为执行本单位的任务所完成的职务发明创造以及利用本单位的物质技术条件所完成的发明创造。

企业、事业单位、社会团体、国家机关等单位的工作人员执行本单位的任务或者主要利用本单位的物质技术条件完成的发明创造,是职务发明创造。职务发明创造申请专利的权利属于该单位。申请被批准后,该单位为专利权人。除上述两种情况,非职务发明创造,专利申请权利属于发明人或设计人;申请被批准后,该发明人或设计人为专利权人。利用本单位的物质技术条件所完成的发明创造,单位与发明人或设计人如果有合同约定从其约定。

这里执行本单位的任务是指:①从事本职工作中作出的发明创造。这里所称本职工作,是指发明人或者设计人的职务范围,即工作责任的范围,而不是指单位的业务范围,也不是指个人所学专业的业务范围。②履行本单位交付的本职工作之外的任务所作出的发明创造。这里所称本单位交付的任务,是指本职工作之外的任务,主要是工作人员根据单位领导的要求承担的短期或临时的任务。属于领导一般性的同意或赞成不能作为本单位交付的任务。③退职、退休或者调动工作后1年内作出的,与其在原单位承担的本职工作或者原单位分配的任务有关的发明创造。④主要利用本单位的物质技术条件完成的发明创造。这里所称本单位的物质技术条件,是指本单位的资金、设备、原材料或者不对外公开的技术资料等。

3. 共同发明创造的发明人和设计人

两个以上单位或者个人合作完成的发明创造、一个单位或者个人接受其他单位或者个人委托所完成的发明创造,除另有协议外,申请专利的权利属于完成或者共同完成的单位或者个人;申请被批准后,申请单位或者个人为专利权人。

4. 发明创造的合法受让人

我国《专利法》明确规定:专利申请权和专利权可以转让。依法转让后,申请专利的权利属于合法受让人;申请被批准后,合法受让人为专利权人。

5. 外国人

外国人包括具有外国国籍的自然人和法人。主要有两种情况:在我国境内有经常居所或者营业所的外国人、外国企业或者外国其他组织;在我国境内没有经常居所或者营业所的外国人、外国企业或者外国其他组织。前者在我国申请专利享有与我国国民同等待遇;后者在我国申请专利的,如果该外国人、外国企业或者外国其他组织是《巴黎公约》成员国,则都可以来我国申请专利并获得专利权;对于非《巴黎公约》成员国的外国人、外国企业或者外国其他组织,依照其所属国与中国签订的协议或者依照互惠原则,可以依照专利法申请专利并取得专利权。

(二)专利权的客体

专利权的客体,即专利法保护的对象,是指可以获得专利法保护的发明创造,我国《专利法》规定的发明创造是指发明、实用新型和外观设计。

1. 发明

1)发明的概念及特征

发明是指对产品、方法或者其改进所提出的新的技术方案。具有以下三个特征。

(1)发明必须是利用自然规律和自然现象而进行的创造。自然规律是脱离人的思维而独立存在的客观事物,发明则是在利用自然规律的基础上进行的一种创造。发明与发现不同,发现是对自然规律本身的新的认识,并不是利用。

(2)发明指与现有技术相比是前所未有的,并且有一定难度或者进步。

（3）发明是具体的技术方案。发明应能够解决特定的技术难题，必须产生一定的技术效果，具有一定的实用性。

2）发明按其表现形式可分三类：产品发明、方法发明和改进发明

产品发明是指人们通过研究开发出来的关于各种新产品、新材料、新物质等的技术方案。方法发明是指人们为制造产品或者解决某个技术课题而研究开发出来的操作方法、制造方法以及工艺流程等技术方案。改进发明是指对已知的物品或方法提出实质性的新的技术方案。

2. 实用新型

实用新型是指对产品的形状、构造或其结合所提出的适于实用的新的技术方案。实用新型具有以下特征。

（1）实用新型必须是具有一定形状或者构造的产品，它必须是实物，是有形可见的实物，而且它必须经过一定的生产制造过程。

（2）实用新型必须具有实用价值，能够实施，可以用工业方法再现。

（3）实用新型必须具有一定的创新性，与现有的技术方案相比，它必须具有创造性。

3. 外观设计

外观设计是指对产品的形状、图案或者其结合以及色彩与形状、图案的结合所作出的富有美感并适于工业应用的新设计。外观设计具有如下特征。

（1）外观设计必须与产品相结合。外观设计是产品的外观设计，必须以产品的外表为依托，构成产品与设计的组合。

（2）外观设计必须能在产业上应用。外观设计必须能够用于生产经营目的的制造或生产。如果设计不能用工业的方法复制出来，或者达不到批量生产的要求，就不是专利法意义上的外观设计。

（3）外观设计富有美感。外观设计包含的是美术思想，即解决产品的视觉效果问题，而不是技术思想。这一点与实用新型相区别。

（4）外观设计以产品的形状、图案、色彩或者其结合为要素。

（三）专利权的内容

专利权的内容是指专利权人按照专利法规定所享有的权利和应当履行的义务。

1. 专利权人权利

按照《专利法》的规定，专利权人有以下权利。

（1）独占权。发明和实用新型专利权被授予后，除《专利法》另有规定外，任何单位和个人未经专利权人许可，都不得实施其专利，即不得以生产经营为目的制造、使用、许诺销售、销售、进口其专利产品，或者使用其专利方法以及使用、许诺销售、销售、进口依照该专利方法直接获得的产品。

158

（2）转让权。我国《专利法》明确规定,专利权可以转让。因此,一项发明创造的专利权人可以依法转让专利权。但要符合国家法律规定,专利权的转让必须登记才能生效。

（3）实施许可权。一项发明创造被授予专利权以后,任何单位或个人要想实施他人专利,必须经过专利权人的同意。未经专利权人许可,实施其专利,即侵犯其专利权。因此,任何单位和个人实施他人专利的,应当与专利权人订立实施许可合同,向专利权人支付专利使用费。并应当于合同生效之日起 3 个月内向国务院专利行政部门备案。

（4）专利标志权。发明人或者设计人有在专利文件中写明自己是发明人或者设计人的权利。

2. 专利权人的义务

（1）专利权人有缴纳年费的义务。专利权人应从授予专利权的当年开始缴纳专利年费,不按规定缴纳年费的,专利权应予终止。

（2）职务发明创造取得专利后,作为专利权人的单位有向发明人或设计人给予报酬奖励的义务。发明创造专利实施后,根据其推广应用的范围和取得的经济效益,对发明人或者设计人给予合理的报酬。

四、专利权的申请原则和取得条件

（一）专利权申请的原则

1. 一发明一专利的原则

属于一个总的发明构思的两项以上的发明或者实用新型,用于某一类别并且成套出售或者使用的产品的两项以上的外观设计,可以作为一个申请提出。

2. 申请在先原则

如果发生两个以上的申请人在同一日分别就同样的发明创造申请专利的,应当在收到国务院专利行政部门的通知后自行协商确定申请人。国务院专利行政部门只对协商确定的人授予专利权。如果协商意见不一致,或者一方拒绝协商,则对任何一方都不授予专利权。

3. 优先权原则

该原则是工业产品国际保护的《巴黎公约》在专利领域的运用。我国专利申请的优先权可以分为外国优先权和本国优先权。

外国优先权,是指申请人自发明或者实用新型在外国第一次提出专利申请之日起12 个月内,或者自外观设计在外国第一次提出申请之日起 6 个月内,又在中国就相同主题提出专利申请的,依照该外国与中国签订的协议或者共同参加的国际条约,或者依照相互承认优先权的原则,可以享有优先权。即把该申请人第一次提出专利申请的申请日,作为我国的申请日。

本国优先权,是指申请人自发明或者实用新型在中国第一次提出专利申请之日起12个月内,又向国务院专利行政部门就相同主题提出专利申请的,可以享有优先权。

(二)专利权取得的条件

《专利法》规定,授予专利权的发明和实用新型,应当具备新颖性、创造性和实用性。

1. 新颖性

新颖性是指在申请日以前没有同样的发明或者实用新型在国内外出版物上公开发表过、在国内公开使用过或者以其他方式为公众所知,也没有同样的发明或者实用新型由他人向国务院专利行政部门提出过申请并且记载在申请日以后公布的专利申请文件中。新颖性的判断标准如下。

(1)已有技术的范围。已有技术是指申请日(有优先权的,指优先权日)前在国内外出版物上公开发表、在国内公开使用或者以其他方式为公众所知的技术。

(2)公开。技术公开的方式有三种:一是出版物公开或书面公开。即把发明创造的内容在出版物上予以描述。这里的出版物是指以书面形式描述并公开出版和发行的有形物,它可以是印刷品、胶片、磁带、电子出版物等。二是使用公开。使用公开是指由于使用将发明或实用新型的技术内容公开,公众可以从技术的应用中得知其技术内容。使用公开包括产品的制造、使用、销售、公开演示、展览等。三是其他方式的公开。包括口头公开、广播公开等。但如果是以其他方式公开,要求公开的内容完整、清楚,公众能够根据其公开的内容实现发明或实用新型。

公开的地域标准。目前有三种标准:一是世界性标准,即凡是在世界任何一个地方公开过的技术,都不具备新颖性。二是本国标准,即凡是在本国公开过的技术,都不具备新颖性。三是混合标准,即关于出版物的公开采用世界性的标准,而其他方式的公开,采用本国标准。从《专利法》的规定看,我国采用的是混合标准。

公开的时间标准。目前有两种:一是以发明日为标准,即只要在发明创造完成时该发明创造是新的,就具有新颖性。二是以申请日为标准,即发明创造在申请日时是新的便具有新颖性。从《专利法》的规定看,我国采取的是申请日的时间标准,即以国务院专利行政部门收到专利申请文件之日为申请日。

(3)抵触申请。所谓抵触申请是指由于在先申请的存在,使得在后申请的同一发明创造不具备新颖性。如果出现抵触申请,必须把后申请的发明创造的技术内容与先申请的发明创造的技术内容进行比较。只要后申请的内容在先申请的内容中已经有所披露,则后申请不能获得专利权。需要指出的是,如果先申请在被公布以前撤回、放弃或者被视为撤回或者被驳回,则不能构成抵触申请。

对于不符合上述标准的发明或实用新型则丧失新颖性,但是也有例外。丧失新颖性的例外是指在某些特殊情况下,尽管申请专利的发明或者实用新型在申请日或者优先权日前公开,但在一定期限内提出专利申请的,则不丧失新颖性。

我国《专利法》规定,申请专利的发明创造在申请日以前6个月内,有下列情形之一的,不丧失新颖性:①在中国政府主办或者承认的国际展览会上首次展出的;②在规定的学术会议或者技术会议上首次发表的;③他人未经申请人同意泄露其内容的。

2. 创造性

创造性是指同申请日以前已有的技术相比,该发明有突出的实质特点和显著的进步,该实用新型有实质性特点和进步。创造性的衡量标准可以从该发明或者实用新型是否存在"实质性特点"和"进步"而得到判断。

所谓实质性特点是指发明创造具有一个或几个技术特征,与现有技术相比有本质的区别。因此,凡是发明创造所属技术领域的普通技术人员都不能直接从现有的技术中得出构成的全部必要技术特征,都应认为具有实质性特点。在评定一项发明创造是否具有实质性特点时,不仅要考虑技术方案本身的内容,还要考虑它的目的和效果,并把它们作为一个整体来理解。

所谓进步是指与现有技术相比有所发展和进步。克服了现有技术存在的缺点和不足,或者具有新的优点或效果,或者代表了某种新的技术趋势。

3. 实用性

实用性是指该发明或实用新型能够制造或者使用,并且能够产生积极的效果。实用性体现在下列三个方面。

(1) 具有可实施性。即发明创造必须能够解决技术问题,并且能够在产业中应用,能够制造或者使用。

(2) 具有再现性。即所属技术领域的技术人员根据公开的技术内容,能够重复实施专利申请中为解决技术问题所采用的技术方案。

(3) 具有有益性。即发明创造能够在经济、技术和社会等领域产生积极和有益的效果。

(三)授予外观设计专利的实质条件

《专利法》规定,授予专利权的外观设计,应当同申请日以前在国内外出版物上公开发表过或者国内公开使用过的外观设计不相同和不相近似,并不得与他人在先取得的合法权利相冲突。

由于外观设计是产品的一种新设计,是产品外在的东西,其本身并不涉及技术上的创造,因此,对于外观设计授予专利权的条件更多地体现在与同类产品的比较上是否具有新颖性。根据我国法律规定,外观设计的新颖性在判断标准上与发明、实用新型的新颖性基本相同。

（四）不授予专利权的发明创造

1. 科学发现

科学发现是指人们通过自己的智力活动对客观世界已经存在的但未被揭示出来的规律、性质和现象等的认识。与发明创造相比，两者存在本质区别，科学发现指对前所未知的自然规律的认识，而发明创造则是前所未有的东西。

2. 智力活动的规则和方法

智力活动的规则和方法是指人们进行推理、分析、判断、记忆等思维活动的规则和方法。如体育竞赛规则、游戏规则、计算方法、生产管理方法等。虽然智力活动的规则和方法本身不能被授予专利权，但进行智力活动的设备、装置或者根据智力活动的规则和方法而设计制造的仪器、用具等，如果具备专利条件，可以被授予专利权。

3. 疾病的诊断和治疗方法

由于疾病的诊断和治疗方法不能用工业的方法制造和使用，因此不适用于专利法保护。但是对于血液、毛发、尿样等脱离了人体的物质的化验方法则不属于疾病的诊断和治疗方法，因此如果具备专利条件，可以被授予专利权。另外，对于用于诊断或者治疗疾病方法的仪器、设备或者器械等，如果具备专利条件，可以被授予专利权。

4. 动物和植物品种

动物和植物品种（不包括动物和植物品种的生产方法）分为天然生长和人工培养两种。天然生长的动植物品种不是人类智力活动的发明创造，因此不能被授予专利权。人类培养动植物品种，虽然是人类智力活动的成果，但其不是用工业的方法进行制造、生产出来的，而是通过动植物母体培养出来的，有其自身的发生和成长规律，套用产品发明的模式保护不太合适，因此，我国专利法明确对动植物品种不授予专利权。但对动植物品种的生产方法，可以依照专利法的规定授予专利权。

5. 用原子核变换方法获得的物质

这种方法获得的物质，关系国防和国家重大利益，涉及科研和公共生活的各个方面，不宜为人垄断，因此不授予专利权。

此外，我国《专利法》规定，对违反国家法律，社会公德或者妨害公共利益的发明创造，不授予专利权。如专用于伪造货币的方法或者工具等。若发明创造的本身的目的并不违法，但其实施可能破坏社会公德或者妨害公共利益，如万能钥匙等，这样的发明创造也不能授予专利权。

五、专利权取得的程序

（一）专利的申请

专利权并不是自动生成的，需要经过法定程序才能取得。一般情况下，在国内申请专利,需要履行以下手续。

首先,确定申请日。由于我国申请专利实行申请在先原则,申请专利时,首先要确定申请日。我国专利法规定,国务院专利行政部门收到专利申请文件之日为申请日(有优先权的,指优先权日)。如果申请文件是邮寄的,以寄出的邮戳日为申请日。

其次,提交申请专利文件。申请发明或者实用新型专利的,应当提交请求书、说明书以及其摘要和权利要求书等文件。

申请外观设计专利的,应当提交请求书以及该外观设计的图片或者照片等文件,并且应当写明使用该外观设计的产品及其所属的类别。

专利申请可以修改,并在被授予专利权之前可随时撤回其专利申请。

(二)专利的审查、批准

国务院专利行政部门受理专利申请后,还要根据我国《专利法》的规定,在授予专利权之前,对专利申请进行一定的审核。但在审核的内容和程序上,发明专利申请和实用新型、外观设计专利申请不同。

1. 发明专利申请

(1)初步审查(形式审查)。所谓初步审查,是指对专利申请是否符合法律规定的形式要求所进行的审查。主要包括保密审查、形式审查、合法性审查和明显的实质性缺陷审查。

(2)早期公开。国务院专利行政部门收到发明专利申请后,经初步审查(包括经过补正或者陈述意见),认为符合专利法要求的,自申请日(有优先权的,指优先权日)起满18个月,即行公布。国务院专利行政部门可以根据申请人的请求早日公布其申请。

(3)实质审查。所谓实质审查,是国务院专利行政部门对申请专利的发明是否符合新颖性、创造性、实用性等授予专利权的实质条件进行的审查。

发明专利申请自申请日起3年内,国务院专利行政部门可以根据申请人随时提出的请求,对其申请进行实质审查;申请人无正当理由逾期不请求实质审查的,该申请即视为被撤回。另外,国务院专利行政部门认为必要时,可以自行对发明专利申请进行实质审查。

(4)通知申请人陈述或者修改申请书。国务院专利行政部门对发明专利申请进行实质审查后,认为不符合专利法规定的,应当通知申请人,要求其在指定的期限内陈述意见,或者对其申请进行修改;无正当理由逾期不答复的,该申请即被视为驳回。

(5)驳回申请或授予专利权。发明专利经申请人陈述意见或者进行修改后,国务院专利行政部门仍然认为不符合专利法规定的,应当予以驳回。

发明专利申请经实质审查没有发现驳回理由的,由国务院专利行政部门作出授予发明专利专利权的决定,在国务院专利行政部门作出授予发明专利权的决定后,应当通知专利申请人在收到通知之日起 2 个月内办理登记手续。申请人按期办理登记手续的,国务院专利行政部门应当授予专利权,颁发专利证书,并予以公告。期满未办理登记手续的视为放弃专利权的权利。

2. 实用新型和外观设计专利申请

对实用新型和外观设计专利申请经初步审查没有发现驳回理由的,由国务院专利行政部门作出授予实用新型专利权或者外观设计专利权的决定,发给相应的专利证书,同时予以登记和公告。实用新型专利权和外观设计专利权自公告之日起生效。

（三）对驳回专利申请决定不服的复审

国务院专利行政部门设立专利复审委员会。专利申请人对国务院专利行政部门驳回申请的决定(包括对发明、实用新型和外观设计专利申请在初步审查中被驳回的决定和对发明专利申请在实质审查中最后被驳回的决定)不服的,可以自收到通知之日起 3 个月内向人民法院起诉。

六、专利权的期限、终止和无效

（一）专利权的期限

这是指专利权具有法律效力的时间。专利权都是有一定期限的,只有在有效期限内,才受到法律保护,超过了这段时间,便失去了法律效力。发明专利权的期限为 20 年,实用新型专利权和外观设计专利权的期限为 10 年,均自申请日起计算。

（二）专利权的终止

这是指专利权在有效期限届满或在届满前失去法律效力,不再受法律保护。专利权在以下情况下终止:①期限届满;②没有按照规定缴纳年费的;③专利权人以书面声明放弃其专利权的;④专利权人死亡,无继承人或受遗赠人的。专利权的终止,由专利局登记和公告。

（三）专利权的无效

1. 专利权无效的情形

专利权无效是指已经取得的专利权,因不符合专利法的规定,根据有关单位或个人的请求,经专利复审委员会审核后被宣告无效。专利权无效的情形有以下几种。

(1) 授予专利权的发明创造不符合专利法规定的授予专利权的实质性条件。

(2) 授予专利权的发明创造不符合专利法规定的关于专利申请文件的撰写要求或专利申请文件修改范围的规定。

（3）授予专利权的发明创造不属于专利法规定的发明、实用新型和外观设计。

（4）授予专利权的发明创造不符合先申请原则和单一性原则。

（5）授予专利权的发明创造属于专利法规定的不授予专利权的项目，或者属于依照专利法关于申请在先取得专利权的规定而不能取得专利权的项目。

2. 专利权宣告无效的程序

请求宣告专利权无效的单位或个人，应当向专利复审委员会提出请求书，并说明理由。专利复审委员会收到请求宣告专利权无效的请求书后，应当及时审查和作出决定，并通知请求人和专利权人。宣告专利权无效的决定，由国务院专利机关登记和公告。对专利复审委员会宣告专利权无效或者维持专利权的决定不服的，可以自收到通知之日起3个月内向人民法院起诉。人民法院应当通知无效宣告请求程序的对方当事人作为第三人参加诉讼。

3. 专利权宣告无效的法律效力

（1）宣告无效的专利权视为自始即不存在。

（2）宣告专利权无效的决定，对在宣告专利权无效前人民法院作出并已执行的专利侵权的判决、裁定，已经履行或者强制执行的专利侵权纠纷处理决定，以及已经履行的专利实施许可合同和专利权转让合同，不具有追溯力。但是因专利权人的恶意给他人造成的损失，应当给予赔偿。

165

（3）如果依照上述规定，专利权人或者专利权转让人不向被许可实施专利人或者专利权受让人返还专利使用费或者专利权转让费明显违反公平原则，专利权人或者专利权转让人应当向被许可实施专利人或者专利权受让人返还全部或者部分专利使用费或者专利权转让费。

七、专利的实施

专利实施，是指专利权人许可他人为了生产经营的目的，制造、使用和销售专利产品或使用专利的方法。专利的实施，既是专利权人的权利，又是专利权人的义务。专利的实施有以下几种情况。

（一）专利权人实施

专利权人取得权利后，可以自己单独实施，也可以将专利作为投资与他人合资经营或合作经营进行实施。

（二）许可他人实施

专利权人可以通过订立许可合同的方式，许可他人实施其权利，获得使用费。

（三）指定实施

国务院有关主管部门和省、自治区、直辖市人民政府根据国家计划,有权决定本系统内或者所管辖的全民所有制单位持有的重要发明创造专利,允许指定的单位实施,由实施单位按照国家规定向持有专利权的单位支付使用费。

我国集体所有制单位和个人的专利,对国家利益或者公共利益具有重大意义,需要推广应用的,由国务院有关主管部门报国务院批准后,可参照上述规定实施。

（四）强制许可实施

所谓强制许可实施,是指国家专利机关依法颁发的强制专利权人允许请求人利用其专利的许可。它是为了防止专利权人滥用其权利而规定的一种制度。我国《专利法》规定,在下列情况下,专利局可以实施强制许可：①自专利授权之日起满 3 年后,专利权人不实施其专利的,任何单位均可依法请求专利局予以强制许可；②在国家出现紧急状态或者非常情况时,或者为了公共利益的目的,专利局可以给予实施发明专利或者实用新型专利的强制许可；③一项取得专利权的发明或者实用新型比以前已经取得专利权的发明或者实用新型在技术上先进,其实施又有赖于前一发明或者实用新型的实施的,专利局根据后一专利权人的申请,可以给予实施前一发明或者实用新型的强制许可,申请实施强制许可的单位和个人应当提出未能以合理条件与专利权人签订实施许可合同的证明。专利局作出的给予实施强制许可的决定,应当予以登记和公告。取得实施强制许可的单位或者个人不享有独占的实施权,并且无权允许他人实施。取得实施强制许可的单位或者个人应当付给专利权人合理的使用费,其数额由双方商定；双方不能达成协议的,由专利局裁决。

专利权人对专利局关于实施强制许可的决定或者关于实施强制许可的使用费的裁决不服的,可以在收到通知之日起 3 个月内向人民法院起诉。

八、专利权的保护

（一）侵权行为

专利侵权行为,是指未经专利权人的许可为生产经营的目的实施其专利的行为。所谓实施专利的行为是指：当专利权的对象是产品时,实施专利的行为指任何未经专利权人许可的制造、使用、销售或者进口该产品的行为；当专利权的对象是方法时,实施专利的行为指任何未经专利权人许可使用该方法的行为；当专利权的对象是制造产品的方法,并且当专利权的效力延及由该方法直接制造出的产品时,实施专利的行为还包括任何未经许可使用、销售或者进口由该方法所直接制造出的产品的行为。此外,假冒他人专利,即违背专利权人的意愿,以欺骗他人获得高额利润为目的而冒充获得专利权的发明创造的行为,也属侵权行为。

(二)法律责任

1. 民事责任

民事责任主要包括:停止侵害、赔偿损失、消除影响、恢复名誉等。其中,侵犯专利权的赔偿数额,按照权利人因被侵权所受到的损失或者侵权人因侵权所获得的利益确定;被侵权人的损失或者侵权人获得的利益难以确定的,参照该专利许可使用费的倍数合理确定。

2. 行政责任

(1) 对未经专利权人许可实施其专利的行为,管理专利工作的部门认定侵权行为成立的,可以责令侵权人立即停止侵权行为。

(2) 对假冒他人专利的行为,除依法承担民事责任外,由管理专利工作的部门责令改正并予以公告,没收违法所得,可以并处违法所得3倍以下的罚款,没有违法所得的,可以处5万元以下的罚款。

(3) 对以非专利产品冒充专利产品、以非专利方法冒充专利方法的行为,由管理专利工作的部门责令改正并予以公告,可以处5万元以下的罚款。

(4) 对侵夺发明人或者设计人的非职务发明创造专利申请权以及其他权益的行为,由所在单位或者上级主管机关给予行政处分等。

3. 刑事责任

《刑法》第二百一十六条规定,假冒他人专利,情节严重的,处3年以下有期徒刑或者拘役,并处或者单处罚金。

最高人民检察院、公安部2001年4月在《关于经济犯罪案件追诉标准的规定》里将假冒专利罪的追诉标准确定为以下几点。

(1) 违法所得数额在10万元以上的。

(2) 给专利权人造成直接经济损失数额在50万元以上的。

(3) 虽未达到上述数额标准,但因假冒他人专利,受到行政处罚两次以上,又假冒他人专利的。

(4) 造成恶劣影响的。

(三)专利侵权诉讼时效

根据《专利法》的规定,侵犯专利权的诉讼时效为2年,自专利权人或者利害关系人得知或者应当得知侵权行为之日起计算。

发明专利申请公布后至专利权授予前使用该发明未支付适当使用费的,专利权人要求支付使用费的诉讼时效为 2 年,自专利权人得知或者应当得知他人使用其发明之日起计算,但是,专利权人于专利权授予之日前即已得知或者应当得知的,自专利权授予之日起计算。

第三节   商   标   法

一、商标的概念、特征及其分类、功能

(一)商标的概念及特征

商标是生产经营者在其商品或者服务项目上使用的特定标志,由文字、图形、字母、数字、三维标志和颜色组合,以及上述要素的组合,使用于一定的商品或者服务项目上,用以区别商标使用者与同类商品的生产经营者或者同类服务业经营者的显著标记。

(二)商标的分类

根据不同的角度划分,可以将商标分成以下的种类。

(1)根据商标的构成分类,可以分为平面商标和立体商标。平面商标是指使用文字、图形、字母、数字、色彩的组合,或者上述要素的相互组合构成的商标。立体商标是指由产品的容器、包装、外形以及其他具有立体外观的三维标志构成的商标。

(2)按照商标的适用对象分类,可以分为商品商标和服务商标。商品商标是指用于各种商品上,用来区别不同生产者和经营者的商标,如“海信”、“SONY”等。服务商标,指使用于服务项目、用来区别服务提供者的商标。

(3)根据商标的作用,可以分为集体商标和证明商标。集体商标是指以团体、协会或者其他组织名义注册,供该组织成员在商事活动中使用,以表明使用者在该组织中的成员资格的标志。证明商标是指由对某种商品或者服务具有监督能力的组织所控制,而由该组织以外的单位或者个人使用于其商品或者服务,用以证明该商品或者服务的原产地、原料、制造方法、质量或者其他特定品质的标志。

(4)按照是否注册分类,可以分为注册商标和未注册商标。注册商标是指由当事人申请,经国家主管机关审查核准,予以注册的商标。没有经过注册的商标不受到商标法的保护。

(三)商标的功能

一般认为,现代的商标具有如下的功能。

(1)识别功能。是商标的标识功能,可以使自己区别于他人,是商品的生产者、经营者或服务的提供者为了使自己区别于他人在自己商品或者服务上使用的标志。

（2）品质保证功能。也是质量保证或担保功能。指同一商标所标识的商品或者服务具有同样的品质，即具有品质的同一性。

（3）广告及竞争功能。商标是经营者与消费者联系的纽带和桥梁。每个生产者或服务者自己的商标也是在市场中生存竞争的关键，主导着自己在市场中的生死存亡。

二、商标法的概念

商标法是调整因商标的注册、使用、转让、保护和管理所发生的各种社会关系的法律规范的总称。现行的《中华人民共和国商标法》于1983年3月1日开始施行。在2001年10月27日第九届全国人民代表大会常务委员会第24次会议第二次修正，同时国务院也及时修订了《中华人民共和国商标法实施细则》，使商标法律制度更加完善。

三、商标注册

（一）商标注册的概念

商标注册是商标使用人依照法律规定的程序，将自己使用的商标向国家商标局申请注册，经审查核准注册，并取得商标专用权的活动。

商标注册是《商标法》的核心，只有经过注册的商标才享有商标专用权，受法律保护；没有经过注册的商标可以依法使用，但不得侵犯已经注册的商标的专用权。

（二）商标注册的原则

1. 自愿注册为主与强制注册相结合的原则

所谓自愿原则，又称自愿注册原则，主要指商标所有人对其所有的商标是否申请注册，可根据情况自行决定。商标注册实行自愿原则，表明商标所有人也可以不申请商标注册。但由于只有经过注册的商标才能取得商标专用权，才能受到法律的保护，所以商标所有人在不申请商标注册的情况下，不受法律保护，也就不能禁止他人使用自己未经注册的商标。

实行商标自愿注册原则，也有一定的例外，即某些特定的商品必须申请商标注册，否则不能在市场上销售。按照目前的规定，人用药品和烟草制品必须申请商标注册。人用药品包括中成药（含药酒）、化学原料及其制剂、抗生素、生化药品、放射性药品、血清疫苗、血液制品和诊断药品；烟草制品包括卷烟、雪茄烟和有包装的烟丝。上述商品必须使用注册商标，这实际上是一种商标强制注册制度，是商标自愿注册原则的一个例外。

2. 申请在先和使用在先的原则

申请在先原则，是指两个或两个以上相同或者相近似的商标都提出了注册的申请，只给申请在先的商标予以注册。同一天申请的，按照使用在先的原则，初步审定并公告使用在先的商标,驳回其他人的申请。同日使用或均未使用的,申请人应当进行协商解决,超过 30 天达不成协议的,由商标局裁定,或者抽签裁定。

我国《商标法》在坚持申请在先原则的同时,还强调申请在先的正当性,防止不正当的抢注。

3. 一类商品,一个商标,一份申请的原则

申请人应当根据国家工商局公布的《商标注册商品和服务国际分类表》规定的类别,按照"一类商品,一个商标,一份申请"的原则提出申请。申请人如果在不同类别的商品上使用同一商标,必须分别提出注册申请,并分别提交有关文件。

(三)注册商标的条件

1. 申请人的条件

申请人必须拥有与商标相适应的商品或者服务,应对其使用商标的商品或者服务负责。

(1)自然人、法人或者其他组织。自然人、法人或者其他组织对其生产制造、加工、拣选或者经销的商品或提供的服务项目,需要取得商标专用权的,应当向商标局申请商品商标注册。

(2)共同申请人。两个以上的自然人、法人或者其他组织可以共同向商标局申请注册同一商标,共同享有和行使该商标专用权。

(3)外国人或外国企业。外国人或外国企业在中国申请注册的,应按其所属国和我国签订的协议或共同参加的国际条约办理,或按照对等的原则办理。

2. 商标的构成条件

(1)商标的必备条件。商标的必备条件包括:①商标应具有可识别性,包括文字、图形、字母、数字、三维标志和颜色组合,以及上述要素的组合,均可作为商标申请注册,视觉不能感知的音响、气味等商标不能在我国注册;②商标应具有显著性,商标是区别商品的标志,无论是以什么样的形式出现的,都要有自己的个性和创新,能够充分地代表自己的标志;③商标不得与他人的商标相同或者近似。

(2)商标的禁止条件。《商标法》第十条规定,下列标志不得作为商标使用。①同中华人民共和国的国家名称、国旗、国徽、军旗、勋章相同或者近似的,以及同中央国家机关所在地特定地点的名称或者标志性建筑物的名称、图形相同的;②同外国的国家名称、国旗、国徽、军旗相同或者近似的,但该国政府同意的除外;③同政府间国际组织的名称、旗帜、徽记相同或者近似的,但经该组织同意或者不易误导公众的除外;④与表明实施控制、予以保证的官方标志、检验印记相同或者近似的,但经授权的除外;⑤同"红十字"、"红新月"的名称、标志相同或者近似的;⑥仅有本商品的通用名称、图形、型号的;⑦直接表示商品的质量、主要原料、功能、用途、重量、数量及其他特点的;⑧带有民族歧视性的；⑨夸大宣传并带有欺骗性的；⑩有害于社会主义道德风尚或者有其他不良影响的。

县级以上行政区划的地名或者公众知晓的外国地名，不得作为商标。但是，地名具有其他含义或者作为集体商标、证明商标组成部分的除外；已经注册的使用地名的商标继续有效。

（四）商标注册的程序

1. 注册申请

申请人向所在地的市、县工商行政管理局提出商标注册申请，经其初步审核认可后，由其向国家商标局转递申请人的申请。每一个商标注册申请提交商标申请书 1 份，商标图样 10 份，商标黑白墨稿 1 份及有关证明文件。申请人提出商标注册申请时，应当按规定要求进行。

2. 审查

国家商标局接到地方工商行政管理局核转的商标注册申请后，依照《商标法》的规定，对申请注册的商标进行审查。审定符合法律规定可以授予的商标，自公告之日起 3 个月内无人提出异议，或虽有异议，但经商标局裁定异议不能成立的，商标局予以核准登记注册，向申请人颁发《商标注册证》，并进行第二次公告。

171

四、商标权及对商标权的保护

商标权是指商标注册人在法定的期限内对其注册商标所享有的受国家保护的各种权利，商标权是商标法的核心。商标权的主体是注册商标所有人，客体是注册商标。

（一）商标权人的权利

（1）商标专用权，是注册商标的所有人对注册商标享有的独占使用权。一是商标使用权，商标权人有权在其注册核准范围内使用注册商标并获得合法的经济利益，以及利用注册商标进行广告宣传；二是禁止权，商标权人有权排除其他任何人在相同或者类似的商品或服务上，使用与其注册商标相同或者相近似商标。

（2）商标许可权，是商标权人可以通过签订商标使用许可合同，许可他人使用其注册商标的权利。

（3）商标转让权，是商标权人依法将其注册商标转让给他人的权利。

（4）请求保护权，商标权人有权在自己的商标权受到侵害时请求国家机关予以保护。

（二）商标权人的义务

（1）依法使用注册商标。连续 3 年不使用或停止使用的，商标局有权撤销其注册商标。使用注册商标时应在商标上注明注册标记，即"注册商标"字样或者简化的注册标记。

在商品上不便标记的,应当在商品包装或者说明书及其附着物上标明。

（2）保证商品和服务的质量。

（3）按时缴纳各项费用。

（三）商标权的保护范围

《商标法》规定,注册商标的专用权,以核准注册的商标和核定使用的商品为限。

（四）商标的保护期限

注册商标只有在有效的期限内才受到法律保护。根据我国《商标法》的规定,注册商标的有效期为10年,自核准注册之日起开始计算。注册商标有效期满,需要继续使用的,应当在期满前6个月内申请续展注册。在此期间未能提出申请的,可以给予6个月的宽展期。宽展期满仍未提出申请的,注销其注册商标。续展注册的次数不限,但每次续展注册的有效期仍为10年。

（五）注册商标的变更

注册商标需要改变文字、图形的以及需要变更注册人的名称、地址或者其他注册事项的,应提出变更申请。

（六）商标侵权行为及处理

我国《商标法》将商标侵权归为以下几种。

（1）未经商标注册人的许可,在同一种商品或类似商品上使用与其注册商标相同或近似的商标的。

（2）销售侵犯商标专用权的商品的。

（3）擅自制造他人注册商标标识或销售伪造、擅自制造的注册商标标识的。

（4）未经商标注册人同意、更换其注册商标并将该更换商标的商品又投入市场的。

（5）给他人的注册商标专用权造成损害的其他的侵权行为。

根据《商标法》规定,对商标侵权行为,国家机关应视情节轻重追究责任人的民事责任、行政责任直至刑事责任。其中,承当民事责任的方式主要有停止侵害、消除影响、赔偿损失;承担行政责任方式主要是罚款、收缴或销毁物品、责令停止侵权;承担刑事责任的方式主要有有期徒刑、拘役、管制、罚金。

（七）驰名商标的保护

驰名商标是在市场上具有一定知名度和美誉度并为相关公众知晓的商标。

1. 对驰名商标的认定

（1）认定机关。国家工商行政管理局负责驰名商标的认定和管理工作。

（2）认定原则。认定驰名商标应遵循公开、公平的原则。认定时应当询问有关部门和专家的意见。

（3）认定驰名商标应当考虑的因素：①相关公众对该商品的知晓程度；②该商标使用的持续时间；③该商标的任何宣传工作的持续时间、程度和地理范围；④该商标作为驰名商标受保护的记录；⑤该商标驰名的其他因素。

2. 特殊保护

（1）禁止他人在相同或类似商品及其他类别商品上使用与该驰名商标相同或近似的商标。

（2）对恶意注册的驰名商标，驰名商标所有人可以请求商标评审委员会裁定撤销该注册商标，并且不受 5 年的时间限制。

五、商标管理

商标管理是国家商标主管机关依法对注册商标和未注册商标的使用所进行的管理活动。在我国，商标主管机关是国家和地方各级工商行政管理局商标局。

173

（一）注册商标的使用管理

1. 注册商标争议

对已经注册商标产生争议的，可以在该商标注册之日起 5 年内，向商标评审委员会申请裁定，由商标评审委员会依法作出裁定，撤销或维持被争议的注册商标。当事人对裁定不服的，可以自收到通知之日起 30 日内向人民法院起诉。人民法院应当通知商标裁定的对方当事人作为第三人参加诉讼。

2. 注册商标的撤销

凡使用注册商标的，有下列行为之一的，由商标局责令限期改正或撤销其注册商标：①自行改变注册商标的；②自行改变注册商标的注册人名称、地址和其他注册事项的；③自行转让注册商标的；④连续三年停止使用注册商标的。

3. 注册商标的注销

注销商标是因商标权主体消灭或者商标权人自愿放弃商标权等原因，而由商标局采取的终止其商标权的一种形式。经商标局注销的注册商标，其专用权随之消失。为了保护消费者的权利，在注销 1 年内，他人不得以相同或近似商标再进行注册。

（二）未注册商标的使用管理

未注册商标如果不是法律规定必须注册的，可以使用，但使用人不具有商标专用权，因而也不受到法律保护。使用未注册商标,有下列行为之一的,由地方工商行政管理部门予以制止,限期改正,并可予以通报并处以罚款:①冒充注册商标的;②商标的文字、图形及组合违反商标标志禁用规定的;③粗制滥造,以次充好,欺骗消费者的。

此外,凡使用未注册商标不标明企业名称和地址的商品,不得在商场上销售。

本 章 小 结

工业产权是指人们依法对应用于商品生产和流通中的创造发明和显著标记等智力成果,在一定地区和期限内享有的专有权,包括商标权和专利权,是知识产权的重要组成部分。

它是一种无形资产,具有专有性、地域性、时间性等特征。工业产权法是调整在工业产权的申请、确认、保护、使用和管理过程中所发生的各种社会关系的法律规范的总称。

专利是指专利机关代表国家依法授予发明人、设计人或其所属单位对某项发明创造在法律规定的期限内享有的专有权。专利法是调整因专利权的申请、取得、管理、使用和保护而产生的各种社会关系的法律规范的总称。对于职务发明创造,申请专利的权利属于该单位,申请被批准后,该单位为专利权人。对于非职务发明创造,申请专利的权利属于发明人或者设计人。专利权的客体包括发明、实用新型和外观设计。要取得发明和实用新型专利必须同时具备新颖性、创造性和实用性,要取得外观设计专利只要具备新颖性即可。在申请专利的时候要遵循先申请原则和单一性原则,并提交规定的申请文件,专利主管机关经过初步审查、早期公开、实质审查、撤回与驳回等程序,对符合条件的作出授予专利权的决定,发给专利证书,登记和公告。发明专利的保护年限是 20 年,实用新型和外观设计专利的保护年限是 10 年,在此期间专利权受法律保护。

商标是指由文字、图形、字母、数字、三维标志和颜色组合,以及上述要素的组合,使用于一定的商品或者服务项目上,用以区别商标使用者与同类商品的生产经营者或者同类服务业经营者的显著标记。申请商标注册时应该遵循自愿注册为主、强制注册例外原则,申请在先原则,防止误导公众原则和禁止恶意注册原则。商标注册后取得商标权,包括商标专用权、许可权、转让权和请求保护权等。同时,商标权人也应该履行法定义务。商标权的保护期限为 10 年,期满可以申请续展。对于侵犯商标的行为法律给予制裁。

基 本 概 念

工业产权　　专利法　　发明　　实用新型　　外观设计　　商标　　商标法

思考与训练

1. 工业产权有哪些法律特征？

2. 专利权取得的条件有哪些？

3. 简述发明、实用新型和外观设计的特征。

4. 专利申请的原则有哪些？

5. 申请注册商标应当具备什么条件？

6. 商标注册应遵循哪些原则？

7. 案例分析题

（1）张某在甲研究所任工程师期间，研究所安排其开发一种高压阀门产品，2006年10月5日张某退休时尚未完成此项产品的开发。退休后张某与乙工厂签订协议：乙工厂协助张某继续完成此项产品的开发，产品开发成功后，乙工厂有制造该产品的权利，专利申请权归张某。该产品开发成功后，张某于2006年10月5日申请实用新型专利并获得授权。甲研究所得知此情况后，以该产品系职务发明为由，要求张某与之签订专利权转让合同，张某怕影响与甲研究所的关系，遂签订了专利权转让合同，经过登记、公告，甲研究所成为该发明创造的专利权人。当乙工厂按张某开发的成果制造高压阀门产品，并进行广告宣传时，甲研究所遂向有关单位发送材料，声明该产品是其专利产品，阻止他人与乙工厂签订产品订货合同，乙工厂的生产受到严重的阻碍。在此情况下，乙工厂遂向法院起诉，以与张某签订的协议为依据，认为其享有该产品的生产权，甲研究所的诋毁宣传给其造成损失，要求停止侵害并赔偿损失。甲研究所提起反诉，主张该产品是其专利产品，乙工厂应当停止侵权并赔偿损失。

请问：

① 该高压阀门产品的发明属于职务发明还是非职务发明创造？

② 张某就该高压阀门产品与乙工厂签订的合同是否有效力？

③ 张某与甲研究所签订的专利权转让合同是否有效力？

④ 乙工厂以甲研究所对其实施不正当竞争起诉能否成立？

⑤ 甲研究所的反诉能否成立？

（2）某纺织品公司在其经销的丝绸衬衣上镶上一朵荷花，并用"荷花"作为其商标，2010年4月28日向商标局提出注册申请，商标局经审核后于5月15日予以公告。2010年8月14日某丝绸公司向商标局提出异议，认为公告的某纺织品公司的"荷花"商标与其在丝绸内衣上使用的"莲花牌"注册商标极为相似，图形都是一朵花，看上去一模一样。商标局经过审查后，裁定异议成立，驳回了某纺织品公司的申请。该公司对裁定不服，准备以某丝绸公司提出异议时已超过规定的时间为由向商标评审委员会提出复议的请求。根据以上资料,回答下列问题。

① 假设某纺织品公司与某丝绸公司是在同一天提出了商标注册申请,请问商标局该如何处理?

② 某丝绸公司提出异议的时间是否超过了规定的时间?

③ 某纺织品公司请求复审的申请应该在什么时候提出?

第八章 经济竞争法律制度

引导案例

　　A 厂生产的饮料打入市场,使生产同种饮料的老牌厂 B 厂经济效益大幅度下降。B 厂为在竞争中取胜,在该市电视台发布广告称:目前本市唯有我厂生产的"CD"牌饮料不含化学激素,特提请广大消费者注意,购买饮料时请认准"CD"牌商标,谨防受骗上当。广告播出后,A 厂遭受严重损失,不久破产。后经调查,A 厂、B 厂生产的饮料均不含化学激素,而且 A 厂生产的饮料质量好于B 厂。

　　问题:
　　B 厂的行为是否违反《中华人民共和国反不正当竞争法》? 为什么?

第一节　反不正当竞争法

一、反不正当竞争法概述

(一)反不正当竞争法的概念和调整对象

　　反不正当竞争法,是由国家制定的,为保护国家和人民的利益、保护社会主义竞争秩序,制裁生产经营活动中不正当竞争行为的法律规范的总称。我国于 1993 年 9 月 2 日通过了《中华人民共和国反不正当竞争法》(以下简称《反不正当竞争法》),自 1993 年 12 月1 日起施行。我国反不正当竞争法的立法目的就是为了保证社会主义市场经济健康发展,鼓励和保护正当竞争,制止不正当竞争,保护经营者和消费者的合法权益。

(二)反不正当竞争法的基本原则和作用

1. 反不正当竞争法的基本原则

　　市场经济条件下的竞争,体现了市场经济规律的内在要求,而这一要求决定了竞争的准则。同时,我国的市场竞争是社会主义条件下的竞争,因此,我国的《反不正当竞争法》遵循了以下几项基本原则。

1）自愿、平等、公平竞争的原则

参与社会主义市场经济的一切经营者,不论其所有制形式如何、营销方式如何,都应当遵循自愿、平等、公平的原则,合法地进行竞争。竞争主体,不论是法人、其他经济组织或个人,都应完全依据自己的意愿设立、变更或终止民事法律关系,都有表达自己真实意志的权利,也有尊重他人表达自己真实意志的义务。

2）诚实信用的原则

经营者在市场交易中应当严格依据法律的规定和合同的约定行事,尊重实际情况,讲求商业信誉,应以善意的方式进行交易,不得采取虚假欺诈手段。竞争必须遵守公认的商业道德,不正当竞争行为的本质特征就是违背了诚实信用的商业竞争规则。

3）参照国际惯例、国际条约的原则

随着我国对外开放的扩大,不正当竞争也愈来愈多地涉及国际经济贸易关系。《反不正当竞争法》体现了国际惯例、国际条约的有关规定,特别是我国已参加的国际条约,如《保护工业产权巴黎公约》等,以适应处理不正当竞争案件的实际需要。

2. 反不正当竞争法的作用

（1）建立统一的社会主义市场经济秩序,保障社会主义市场经济健康发展。

（2）规范经营者的竞争行为,提高经济效益。

（3）保护经营者的合法权益。

（4）保护消费者的合法权益,体现社会主义制度的优越性。

二、不正当竞争行为

（一）不正当竞争的概念

《反不正当竞争法》第二条第二款规定:"本法所称的不正当竞争,是指经营者违反本法规定,损害其他经营者的合法权益,扰乱社会经济秩序。"经营者是指从事商品经营或营利性服务的法人、其他经济组织和个人。经营者的特征是具有营利性,即只有向社会、向他人提供商品或服务并取得利润的才是经营者,没有从事商品经营或营利性服务的,就不能构成不正当竞争的主体。不正当竞争主体的范围是很广的,既可以是法人,也可以是其他经济组织,还可以是个人(不但包括中国公民,而且包括在中国境内从事商品经营或营利性服务的外国人)。

（二）不正当竞争行为

《反不正当竞争法》第二章专章规定了不正当竞争行为,具体表现为 11 种,其中 4 种属于限制竞争行为,另外 7 种属于不正当竞争行为。

1. 限制竞争行为

限制竞争行为是指妨碍甚至完全阻止、排除市场主体进行竞争的协议和行为。在我国限制竞争行为的实施者通常有两类主体：一是公用企业和其他依法具有独占地位的经营者；二是政府及其所属部门。限制竞争行为有以下 4 种形式。

1）公用企业或其他依法具有独占地位的经营者的限制竞争行为

"公用企业"是指城镇中为适应公众的生活需要而经营的具有公共利益性质的企业组织，如提供自来水、电力、煤气或天然气的供应，电话、电报等通信服务，城市公共交通以及公共道路、住宅等的企业。这些公用企业通常具有垄断的性质。"其他依法具有独占地位的经营者"是指除上述公用企业外，因法律、行政法规规定而具有独占地位的企业。以上两类经营者凭借其特殊地位，限定他人购买自己指定的经营者的商品，利用独占地位安排他人之间进行交易。

2）政府及其所属部门限制竞争行为

《反不正当竞争法》第七条规定，政府及其所属部门不得滥用行政权力，限定他人购买其指定的经营者的商品，限制其他经营者正当的经营活动。政府及其所属部门不得滥用行政权力，限制外地商品流入本地市场，或者本地商品流向外地市场。

3）搭售或附加其他不合理条件的行为

该行为是指经营者销售商品时，违背购买者的意愿，强行搭售商品或者附加其他不合理条件。搭售行为是经营者用具有市场优势的商品搭售市场地位较低、销路较差、不受消费者欢迎的商品，通过这种手段扩大销售量。

179

4）招标投标中的串通行为

该行为是指投标者和招标者为排挤对手，相互勾结，串通投标，故意抬高或压低标价的不正当竞争行为。所谓招标，就是买方通过公告或寄招标单的形式，说明交易条件，邀请供货人或承包人前来承卖或承包工程的行为。投标是指卖方（供货人或承包人）按招标人的要求，报出竞争条件，争取达成交易的行为。

2. 不正当竞争行为

不正当竞争行为是指经营者在市场竞争中，采取非法的或者有悖于公认的商业道德的方式，与其他经营者竞争的行为。

1）混淆行为

混淆行为是指经营者在市场经营活动中，以种种不法手段排挤他人商品，而以不实手法对自己的商品或服务作虚假表示、说明或者承诺，或不当利用他人的智力劳动成果推销自己的商品或者服务，使用户或者消费者产生误解，扰乱社会市场秩序，损害同业或者消费者利益的行为。体现为：①假冒他人的注册商标；②擅自使用知名商品特有的名称、包装、装潢，造成和他人的知名商品相混淆，使购买者误认为是该知名商品；③擅自使用他人的企业名称或者姓名，使人误认为是他人的商品；④在商品上伪造或者冒用认证标志、名优标志等质量标志，伪造产地，对商品质量作引人误解的虚假表示。

2) 商业贿赂行为

该行为是指经营者采用财物或其他手段进行贿赂以销售或购买商品。经营者采用贿赂手段推销商品违背了诚实信用的商业道德,对正派、老实的经营者来说是一种打击,是不公正的。经营者在销售或者购买商品时,可以以明示的方式给对方折扣,给中间人佣金,但买卖双方包括中间人必须将其如实入账。国家鼓励经营者采取多种形式促销和购买,同时要求这些方式必须要在法律、法规规定以及政策许可的范围内进行。否则,如果在账外暗中给对方单位或者个人回扣的,以行贿论处;对方单位或个人在账外暗中收受回扣的,以受贿论处。

3) 虚假的广告宣传行为

该行为是指经营者利用广告或其他方法,对商品的质量、制作成分、性能、用途、生产者、有效期限、产地等作引人误解的虚假宣传,以及广告的经营者在明知或应知的情况下,代理、设计、制作、发布虚假广告。

4) 侵犯商业秘密的不正当竞争行为

商业秘密,是指不为公众所知悉、能为权利人带来经济效益、具有实用性并经权利人采取保密措施的技术信息和经营信息。商业秘密是一种与知识产权最相邻的财产权,它可以给商业秘密所有人或使用权人带来经济利益,造成经济优势。用不正当的手段侵犯他人的商业秘密也是一种法律所禁止的不正当竞争行为。这种行为主要表现为:①以盗窃、利诱、胁迫或者其他不正当竞争手段获取权利人的商业秘密;②披露、使用或者允许他人使用上述手段获取的权利人的商业秘密;③违反约定或者违反权利人有关保守商业秘密的要求,披露、使用或者允许他人使用其所掌握的商业秘密;④第三人明知或应知前面所列违法行为,获取、使用或者披露他人的商业秘密。

5) 以排挤竞争对手为目的的低价销售的行为

本来,价格高低应当由市场决定,法律不宜干预企业的定价权。但是,以低于成本的价格销售商品对于经营者来说,实际上实行的是一种亏损性经营,这种异常的价格选择以排挤竞争对手为目的,以牺牲自身的暂时经济利益为代价,最终损害竞争对手的经济利益,因此,同样是一种不正当竞争行为。但有下列行为之一的,不属于不正当竞争行为:①销售鲜活商品;②处理有效期限即将到期的商品或者其他积压的商品;③季节性降价;④因清偿债务、转产、歇业降价销售商品。

6) 违反规定的有奖销售行为

有奖销售是指经营者为扩大商品销路、吸引顾客,通过把售出的商品所得全部利润的一部分拿出来设立资金或奖品进行推销的行为。属于不正当竞争的有奖销售行为表现形式有三种:一是经营者采用谎称有奖或者故意让内定人员中奖的欺骗方式进行有奖销售;二是利用有奖销售的手段推销质次价高的商品;三是抽奖式的有奖销售,最高奖的金额超过5 000元。对于消费者来说,这种方法具有一定的吸引力,使他们在正常的消费过程中可能意外地得到获奖机会。但某些经营者却利用消费者的盲目性和投机心理促销，利用有奖销售来坑害消费者和其他经营者的合法权益，制造不公平竞争，对我国社会主义市场经济的健康发展造成了极大的破坏。

7）损害竞争对手的商业信誉、商品声誉的行为

商业信誉，是指经营者以公平、公正、公开的方法，遵守法律、法规和商业道德，通过诚实劳动所取得的"精神成果"。商品声誉，是指经营者通过诚实劳动，走提高质量、降低成本、增加效益的道路，从而使生产出的商品质量高、价格合理、性能齐全、用户信得过。一种商品的声誉如何，直接影响到这个企业的商业信誉。商业信誉是企业的生命，需经过长时间的艰苦努力才能得以建立，它可以使企业拥有广大的市场和顾客，并具有强大的市场竞争优势。如果某个经营者为了竞争的目的，不是通过诚实劳动提高自己的商业信誉和竞争能力，而通过制造谣言的方式损害竞争对手长期建立起来的商业信誉，在广大购买者不知情的情况下，就有可能使竞争对手遭受难以挽回的巨大损失，广大消费者同时也将会受到购物选择的损失。这种不惜要手段败坏他人信誉、声誉的严重破坏公平竞争的违法行为，是极为恶劣的。只有坚决打击这种不正当竞争行为，经营者的商业信誉和商品声誉才能在市场竞争中得到法律保护，经营者才能有从事正常经营活动的安全感。

三、不正当竞争行为的监督检查

（一）不正当竞争行为的监督检查部门

所谓监督检查，是指法定机关依照法定程序对涉嫌违法行为的经营者采用的了解、取证、督促措施以及必要的行政强制措施。

《反不正当竞争法》第三条第二款规定："县级以上人民政府工商行政管理部门对不正当竞争行为进行监督检查；法律、行政法规规定由其他部门监督检查的，依照其规定。""县级以上"包括县级在内，但不包括乡、民族乡、镇一级。即国家工商行政管理局，省、市、区、县的工商行政管理局都可以对不正当竞争行为进行监督检查。如果是受县工商行政管理局委托，由乡、镇工商局所实施的监督检查，则应视为县工商行政管理局的具体行政行为。

监督检查部门受理案件应当按照管辖分工，既不能互相争抢，也不能互相推诿。

（二）监督检查部门在监督检查不正当竞争行为中的职权

监督检查部门在监督检查不正当竞争行为时有权行使下列职权：①按照规定程序询问被检查的经营者、利害关系人、证明人，并要求提供证明材料或者与不正当竞争行为有关的其他资料；②查询、复制与不正当竞争行为有关的协议、账册、单据、文件、记录、业务函电和其他资料；③检查与《反不正当竞争法》第五条规定的不正当竞争行为有关的财

物,必要时可以责令被检查的经营者说明该商品的来源和数量,暂停销售,听候检查,不得转移、隐匿、销毁该财物;④对有不正当竞争行为的经营者依法给予处罚。

(三)被监督检查的当事人的义务和权利

监督检查部门在监督检查不正当竞争行为时,被检查的经营者、利害关系人和证明人应当如实提供有关资料或者情况。

当事人对监督检查部门作出的处罚决定不服的,可以自收到处罚决定之日起15日内向上一级主管机关申请复议;对复议决定不服的,可以自收到复议决定之日起15日内向人民法院提起诉讼;也可以直接向人民法院提起诉讼。

(四)对不正当竞争行为的社会监督

《反不正当竞争法》第四条第一款规定:"国家鼓励、支持和保护一切组织和个人对不正当竞争行为进行社会监督。"由于不正当竞争行为可能涉及社会经济生活的各个方面,专靠政府机构的监督检查是不够的,这就需要社会各界、一切组织和个人对不正当竞争行为进行广泛的社会监督。所谓社会监督,包括批评、建议、申诉、控告或者检举以及各种形式的舆论督促。国家对上述社会监督予以鼓励、支持和保护。

四、不正当竞争行为的法律责任

不正当竞争行为的法律责任是指经营者违反《反不正当竞争法》,实施不正当竞争行为,在法律上应当承担的责任。其责任形式有三种:行政责任、民事责任和刑事责任。

(一)行政责任

承担行政责任的方式主要有以下几种。

1.宣布行为无效

经营者所采取的不正当竞争行为在法律上被宣布为无效,该行为所产生的法律后果无效。例如,串通投标的不正当竞争行为,其法律责任首先是该行为被宣布为无效,投标招标的结果相应也是无效的。

2.责令停止违法行为

监督检查部门对不正当竞争行为宣布为违法后,首先责令停止违法行为。例如,经营者违法进行有奖销售的,监督检查部门应当责令停止违法行为,即责令进行违法有奖销售的经营者立即停止该项有奖销售,并处理好善后事宜。

3.责令改正

经营者违反法律规定,实施不正当竞争行为,有关部门责令其改正违法行为。例如,政府及其所属部门违反《反不正当竞争法》第七条规定,限定他人购买其指定的经营者的商品,限制其他经营者的正当的经营活动,或者限制商品在地区之间正常流通的,应当由其上级机关责令其改正。

4. 没收违法所得

经营者违法实施不正当竞争行为,监督检查部门可以对其作出没收违法所得的处罚。例如,构成商标侵权的不正当竞争行为、贿赂销售的不正当竞争行为、限定专购的不正当竞争行为、虚假广告宣传的不正当竞争行为,均应负没收违法所得的法律责任。

5. 罚款

经营者违法实施不正当竞争行为,监督检查部门可以对其作出罚款的处罚。如商标侵权、贿赂销售、限定专购、虚假广告宣传、侵犯商业秘密、违法进行的有奖销售、串通投标等不正当竞争行为以及经营者违反行政强制措施的行为,都可由监督检查部门对其作出罚款的处罚。罚款的数额,有违法所得的 1~3 倍的规定,也有 1 万~20 万元的数额规定。例如,对商标侵权的不正当竞争行为,可处违法所得的 1 倍以上 3 倍以下的罚款,贿赂销售的不正当竞争行为可罚款 1 万元以上 20 万元以下。

6. 行政处分

经营者违法实施不正当竞争行为,可由同级或上级机关对直接责任人员给予行政处分的处罚。例如,政府及其所属部门限定专购的行为,情节严重的,由同级或者上级机关对直接责任人员给予行政处分。

183

7. 吊销营业执照

经营者违法擅自使用知名商品特有的名称、包装、装潢或者与知名商品近似的名称、包装、装潢,造成和他人的知名商品相混淆,使购买者误认为是该知名商品的不正当竞争行为,情节严重的,有关部门可对其作出吊销营业执照的处罚。

（二）民事责任

1. 停止侵害

经营者正在实施不法侵害的不正当竞争行为,一经查出,首先责令停止侵害。例如,假冒他人注册商标的不正当竞争行为,一经查出,侵权者应当立即停止侵权行为,停止侵害。

2. 消除影响

经营者利用广告或其他办法,对商品作引人误解的虚假宣传,或是实施假冒商标的不正当竞争行为,损害了他人信誉、商业信誉,应承担消除影响的法律责任。

3. 赔偿损失

经营者违法实施不正当竞争行为,给被侵害的经营者造成损害的,应当承担损害赔偿责任,被侵害的经营者的损失难以计算的,赔偿额为侵权人在侵权期间因侵权所获得的利润;并应当承担被侵害的经营者因调查该经营者侵害其合法权益的不正当竞争行为所支付的合理费用。

（三）刑事责任

经营者违法实施商标侵权的不正当竞争行为、贿赂销售的不正当竞争行为，以及监督检查不正当竞争行为的国家机关工作人员滥用职权、玩忽职守，构成犯罪的，依法追究刑事责任。监督检查不正当竞争行为的国家机关工作人员徇私舞弊，对明知有违法构成犯罪行为的经营者故意包庇不使其受追诉的，依法追究刑事责任。

五、违反《反不正当竞争法》的具体法律责任

（1）给被侵害的经营者造成损害的，应当承担损害赔偿责任，被侵害的经营者的损失难以计算的，赔偿额为侵权人在侵权期间侵权所获得的利润；并应当承担被侵害的经营者因调查该经营者侵害其合法权益的不正当竞争行为所支付的合理费用，被侵害的经营者的合法权益受到不正当竞争行为损害的，可以向人民法院提起诉讼。

（2）经营者假冒他人的注册商标，擅自使用他人的企业名称或者姓名，伪造或者冒用认证标志、名优标志等质量标志，伪造产地，对商品质量作引人误解的虚假表示的，依照《中华人民共和国商标法》、《中华人民共和国产品质量法》（以下简称《产品质量法》）的规定处罚。

经营者擅自使用知名商品特有的名称、包装、装潢，或者使用与知名商品近似的名称、包装、装潢，造成和他人的知名商品相混淆，使购买者误认为是该知名商品的，监督检查部门应当责令停止违法行为，没收违法所得，可以根据情节处以违法所得 1 倍以上 3 倍以下的罚款；情节严重的可以吊销营业执照；销售伪劣商品，构成犯罪的，依法追究刑事责任。

（3）经营者采用财物或者其他手段进行贿赂以销售或者购买商品，构成犯罪的，依法追究刑事责任；不构成犯罪的，监督检查部门可以根据情节处以 1 万元以上 20 万元以下的罚款，有违法所得的，予以没收。

（4）公用企业或者其他依法具有独占地位的经营者，限定他人购买其指定的经营者的商品，以排挤其他经营者的公平竞争的，省级或者设区的市监督检查部门应当责令停止违法行为，可以根据情节处以 5 万元以上 20 万元以下的罚款。被指定的经营者借此销售质次价高商品或者滥收费用的，监督检查部门应当没收违法所得，可以根据情节处以违法所得 1 倍以上 3 倍以下的罚款。

（5）经营者利用广告或者其他方法，对商品作引人误解的虚假宣传的，监督检查部门应当责令停止违法行为，消除影响，可以根据情节处以 1 万元以上 20 万元以下的罚款。

广告的经营者，在明知或者应知的情况下，代理、设计、制作、发布虚假广告的，监督检查部门应当责令停止违法行为，没收违法所得，并依法处以罚款。

（6）侵犯商业秘密的，监督检查部门应当责令停止违法行为，可以根据情节处以 1 万

元以上 20 万元以下的罚款。

（7）经营者违法进行有奖销售的，监督检查部门应当责令停止违法行为，可以根据情节处以 1 万元以上 10 万元以下的罚款。

（8）投标者串通投标，抬高标价或者压低标价；投标者和招标者相互勾结，以排挤竞争对手的公平竞争的，其中标无效。监督检查部门可以根据情节处以 1 万元以上 20 万元以下的罚款。

（9）经营者有违反被责令暂停销售，不得转移、隐匿、销毁与不正当竞争行为有关的财物的行为的，监督检查部门可以根据情节处以被销售、转移、隐匿、销毁财物的价款的 1 倍以上 3 倍以下的罚款。

当事人对监督检查部门作出的处罚决定不服的，可以自收到处罚决定之日起 15 日内向上一级主管机关申请复议；对复议决定不服的，可以自收到复议决定书之日起 15 日内向人民法院提起诉讼；也可以直接向人民法院提起诉讼。

政府及其所属部门违反本法第七条规定，限定他人购买其指定的经营者的商品、限制其他经营者正当的经营活动，或者限制商品在地区之间正常流通的，由上级机关责令其改正；情节严重的，由同级或者上级机关对直接责任人员给予行政处分。被指定的经营者借此销售质次价高商品或者滥收费用的，监督检查部门应当没收违法所得，可以根据情节处以违法所得 1 倍以上 3 倍以下的罚款。

监督检查不正当竞争行为的国家机关工作人员滥用职权、玩忽职守，构成犯罪的，依法追究刑事责任；不构成犯罪的，给予行政处分。监督检查不正当竞争行为的国家机关工作人员徇私舞弊，对明知有违反本法规定构成犯罪的经营者故意包庇，致使不受追诉的，依法追究刑事责任。

第二节 产品质量法

一、产品质量法概述

（一）产品质量法的概念

产品质量法是调整因产品质量所发生的经济关系的法律规范的总称。

产品质量包括两方面的内容，即产品问题和质量问题。广义的产品，指凡与自然物相对的一切劳动生产物。法律上所讲的产品，其范围则给以具体的规定。我国《产品质量法》所讲的产品，是指"经过加工、制作，用于销售的产品"。建设工程不适用本法规定；但是，建设工程使用的建筑材料、建筑构配件和设备，属于前款规定的产品范围的，适用本法规定。这一规定，指明了《产品质量法》的调整范围不包括初级农产品和不动产。

产品质量是指国家有关法规、质量标准，以及合同规定的对产品适用性、安全性和其他特征的要求。

产品质量由下列要素构成：①产品外观，包括产品的包装；②产品的原材料品质；③产品的适用性能、适用范围；④产品的安全性能；⑤产品的经济性能，即不会给使用者造成不应有的浪费。

近几年来，我国大力加强质量法制建设。1993年2月22日第七届全国人大常委会第三十次会议通过了我国第一部全面、系统地规定产品质量的《中华人民共和国产品质量法》。2000年7月8日第九届全国人民代表大会第十六次会议通过了《关于修改〈中华人民共和国产品质量法〉的决定》，自2000年9月1日起实施。

《产品质量法》的立法目的是为了加强对产品质量的监督管理，提高产品质量水平，明确产品质量责任，保护消费者合法权益，维护社会主义经济秩序。

（二）产品质量法的原则

1."质量第一"的原则

严格保证产品质量，保证产品的安全性、可靠性和适用性。国家采取各种措施贯彻这一原则：其一，加强对产品质量的行政监督管理；其二，推行先进的企业质量体系认证制度和产品质量认证制度；其三，全面具体地规定生产者、销售者在保证产品质量方面所承担的义务；其四，对不履行产品质量义务的责任人员予以法律制裁。

2. 保护消费者合法权益的原则

在我国，生产的目的是最大限度地满足人们日益增长的物质和文化生活的需要，即要不断满足广大消费者的要求。要实现这一目的，首先必须使消费者的合法权益得以保障。对此，我国《产品质量法》也有明确的规定。

3. 过错责任与严格责任并行原则

过错责任与严格责任是指法律的归责原则，即依据什么要求主体来承担法律责任。我国《产品质量法》对生产者采用严格责任原则，即缺陷产品如果造成了他人人身、财产损害，生产者即使没有过错，也要承担民事侵权赔偿责任。而对销售者，则采用过错责任原则。

4. 全额赔偿原则

因产品缺陷造成消费者损失，损失多少就应赔偿多少。

二、产品质量的监督管理

（一）产品质量管理体制

国务院产品质量监督管理部门（国家质量检验和检疫局），主管全国的产品质量监督工作。县级以上地方人民政府管理产品质量监督工作的部门，主管本行政区域内的产品质量监督管理工作。国务院和县级以上地方人民政府设置的有关行业主管部门,其主要职责是按照同级人民政府赋予的职权,负责本行政区、本行业关于产品质量的行政监督工作。如:卫生部门对仪器质量进行监督管理,工商部门对产品商标进行管理,标准化部门对质量标准进行管理等。

法律对产品质量的监督部门另有规定的依照有关法律的规定执行。

县级以上产品质量监督部门根据已经取得的违法嫌疑证据或者举报,对涉嫌违反本法规定的行为进行查处时,可以行使下列职权。

(1)对当事人涉嫌从事违反本法的生产、销售活动的场所实施现场检查。

(2)向当事人的法定代表人、主要负责人和其他有关人员调查、了解与涉嫌从事违反本法的生产、销售活动有关的情况。

(3)查阅、复制当事人有关的合同、发票、账簿以及其他有关资料。

(4)对有根据认为不符合保障人体健康和人身、财产安全的国家标准、行业标准的产品或者有其他严重质量问题的产品,以及直接用于生产、销售该项产品的原辅材料、包装物、生产工具,予以查封或者扣押。

县级以上工商行政管理部门按照国务院规定的职责范围,对涉嫌违反《产品质量法》规定的行为进行查处时,可以行使上述规定的职权。

产品质量检验机构必须具备相应的检测条件和能力,经省级以上人民政府产品质量监督部门或者其授权的部门考核合格后,方可承担产品质量检验工作。法律、行政法规对产品质量检验机构另有规定的,依照有关法律、行政法规的规定执行。从事产品质量检验、认证的社会中介机构必须依法设立,不得与行政机关和其他国家机关存在隶属关系或者其他利益关系。

(二)产品质量的宏观管理

1. 企业质量体系认证制度

企业质量体系认证制度是指国务院产品质量监督管理部门或者由它授权的部门认可的认证机构,依据国际通用的"质量管理和质量保证"系列标准,以企业的质量体系和质量保证能力进行审核,颁发给合格企业质量体系认证证书,以兹证明的制度。开展企业质量体系认证的目的是,在有合同的条件下,提高供方的质量信誉,向需方提供质量担保,以增强企业在市场的竞争能力,在没有合同的条件下,加强企业内部的质量管理,实现质量方针和质量目标。目前,企业质量体系认证采取自愿原则。

2. 产品质量认证制度

产品质量认证制度是指依据具有国际水平的产品标准和技术要求,经过认证机构确认,并通过颁发认证证书和产品质量认证标志的形式,证明产品符合相应标准和技术要求的制度。产品质量认证标准的种类按照层级不同可以分为:国际标准、区域性或国家集团标准、国家标准、行业标准、地方标准、企业标准。按照实施强制的程度不同可以分为：强制性标准和推荐性标准。产品质量认证种类有：安全认证和合格认证。根据我国《产品质量法》规定,产品质量认证标志为：①方圆标志分为合格认证标志和安全认证标志；②长城标志为电工产品专用认证标志；③PRC标志为电子元器件专用认证标志。产品质量认证制度采取强制和自愿相结合的原则。对于涉及人体健康和人身、财产安全的工业产品,以及重要的工业产品实行强制认证,未经认证的产品不能销售。

3. 工业产品许可证制度

国家对于具备生产条件并且产品检验合格的工业企业,发给其许可生产该项产品的凭证。其适用范围是重要的工业产品,特别是可能危及人体健康,人身、财产安全和公共利益的工业产品。

4. 产品质量抽查制度

国家对于产品质量实行以抽查为主要方式的监督检查制度,对可能危及人体健康和人身、财产安全的产品,影响国计民生的重要工业产品,以及用户、消费者和有关组织反映有质量问题的产品进行抽查。监督抽查工作由产品质量监督管理部门规划和组织,抽查的结果应当公布,接受社会监督。国家监督抽查的产品,地方不得另行重复抽查；上级监督抽查的产品,下级不得另行重复抽查。

根据监督抽查的需要,可以对产品进行检验。检验抽取样品的数量不得超过检验的合理需要,并不得向被检查人收取检验费用。监督抽查所需检验费用按照国务院规定列支。

生产者、销售者对抽查检验的结果有异议的,可以自收到检验结果之日起15日内向实施监督抽查的产品质量监督部门或者其上级产品质量监督部门申请复检,由受理复检的产品质量监督部门作出复检结论。

对依法进行的产品质量监督检查,生产者、销售者不得拒绝。

依照本法规定进行监督抽查的产品质量不合格的,由实施监督抽查的产品质量监督部门责令其生产者、销售者限期改正。逾期不改正的,由省级以上人民政府产品质量监督部门予以公告；公告后经复查仍不合格的,责令停业,限期整顿；整顿期满后经复查产品质量仍不合格的,吊销营业执照。

三、生产者、销售者的产品质量责任和义务

（一）生产者的产品质量责任和义务

生产者必须建立严格、全面的质量管理制度,从产品的设计、试制、生产到售后服务都要实行质量管理,明确规定各个环节的质量责任。

（1）生产者生产的产品应当符合法定质量标准。

① 不存在危及人身、财产安全的不合理的危险,有保障人体健康和人身、财产安全的

国家标准、行业标准的,应当符合该标准。

②具备产品应当具备的使用性能,但是,对产品存在使用性能的瑕疵作出说明的除外。

③符合在产品或者其包装上注明采用的产品标准,符合以产品说明、实物样品等方式表明的质量状况。

(2)产品或者其包装上的标识必须符合法定要求。

①有产品质量检验合格证明。

②有中文标明的产品名称、生产厂的厂名和厂址。

③根据产品的特点和使用要求,需要标明产品规格、等级、所含主要成分的名称和含量的,用中文相应予以标明;需要事先让消费者知晓的,应当在外包装上标明,或者预先向消费者提供有关资料。

④限期使用的产品,应当在显著位置清晰地标明生产日期和安全使用期或者失效日期。

⑤使用不当,容易造成产品本身损坏或者可能危及人身、财产安全的产品,应当有警示标志或者中文警示说明。裸装的食品和其他根据产品的特点难以附加标识的裸装产品,可以不附加产品标识。易碎、易燃、易爆、有毒、有腐蚀性、有放射性等危险物品以及储运中不能倒置和其他有特殊要求的产品,其包装质量必须符合相应要求,依照国家有关规定作出警示标志或者中文警示说明,标明储运注意事项。

189

(3)生产者不得生产国家明令淘汰的产品。

(4)生产者不得伪造产地,不得伪造或者冒用他人的厂名、厂址。

(5)生产者不得伪造或者冒用认证标志等质量标志。

(6)生产者生产产品,不得掺杂、掺假,不得以假充真、以次充好,不得以不合格产品冒充合格产品。

(二)销售者的产品质量责任和义务

销售者对其销售的产品应当采取措施,保证质量,并承担下列责任和义务。

(1)销售者应当建立并执行进货检查验收制度,验明产品合格证明和其他标识。

(2)销售者应当采取措施,保持销售产品的质量。

(3)销售者不得销售国家明令淘汰并停止销售的产品和失效、变质的产品。

(4)销售者销售的产品的标识应当符合本法第二十七条的规定。

(5)销售者不得伪造产地,不得伪造或者冒用他人的厂名、厂址。

(6)销售者不得伪造或者冒用认证标志等质量标志。

(7)销售者销售产品,不得掺杂、掺假,不得以假充真、以次充好,不得以不合格产品冒充合格产品。

四、损害赔偿

（一）销售者应当承担的损害赔偿责任

（1）售出的产品有下列情形之一的，销售者应当负责修理、更换、退货；给购买产品的消费者造成损失的，销售者应当赔偿损失。

① 不具备产品应当具备的使用性能而事先未作说明的。

② 不符合在产品或者其包装上注明采用的产品标准的。

③ 不符合以产品说明、实物样品等方式表明的质量状况的。

销售者依照前款规定负责修理、更换、退货、赔偿损失后，属于生产者的责任或者属于向销售者提供产品的其他销售者（以下简称供货者）的责任的，销售者有权向生产者、供货者追偿。

销售者未按照第一款规定给予修理、更换、退货或者赔偿损失的，由产品质量监督部门或者工商行政管理部门责令改正。生产者之间、销售者之间、生产者与销售者之间订立的买卖合同、承揽合同有不同约定的，合同当事人按照合同约定执行。

（2）由于销售者的过错使产品存在缺陷，造成人身、他人财产损害的，销售者应当承担赔偿责任。销售者不能指明缺陷产品的生产者也不能指明缺陷产品的供货者的，销售者应当承担赔偿责任。

（二）生产者应当承担的损害赔偿责任

因产品存在缺陷造成人身、缺陷产品以外的其他财产（以下简称他人财产）损害的，生产者应当承担赔偿责任。如果生产者能够证明有下列情形之一的，不承担赔偿责任。

（1）未将产品投入流通的。

（2）产品投入流通时，引起损害的缺陷尚不存在的。

（3）将产品投入流通时的科学技术水平尚不能发现缺陷的存在的。

（三）受害人要求赔偿的对象、范围、程序和时效

1. 受害人要求赔偿的对象

因产品存在缺陷造成人身、他人财产损害的，受害人可以向产品的生产者要求赔偿，也可以向产品的销售者要求赔偿。属于产品的生产者的责任，产品的销售者赔偿的，产品的销售者有权向产品的生产者追偿。属于产品的销售者的责任，产品的生产者赔偿的，产品的生产者有权向产品的销售者追偿。

2. 受害人要求赔偿的范围

因产品存在缺陷造成受害人人身伤害的，侵害人应当赔偿医疗费、治疗期间的护理

费、因误工减少的收入等费用；造成残疾的，还应当支付残疾者生活自助用具费、生活补助费、残疾赔偿金以及由其扶养的人所必需的生活费等费用；造成受害人死亡的，并应当支付丧葬费、死亡赔偿金以及由死者生前抚养的人所必需的生活费等费用。

因产品存在缺陷造成受害人财产损失的，侵害人应当恢复原状或者折价赔偿。受害人因此遭受其他重大损失的，侵害人应当赔偿损失。

3. 受害人要求赔偿的程序

因产品质量发生民事纠纷时，当事人可以通过协商或者调解解决。当事人不愿通过协商、调解解决或者协商、调解不成的，可以根据当事人各方的协议向仲裁机构申请仲裁；当事人各方没有达成仲裁协议或者仲裁协议无效的，可以直接向人民法院起诉。

4. 受害人要求赔偿的时效

我国《产品质量法》规定如下。

（1）因产品存在缺陷造成损害要求赔偿的诉讼时效期间为 2 年，自当事人知道或者应当知道其权益受到损害时起计算。

（2）因产品存在缺陷造成损害要求赔偿的请求权，在造成损害的缺陷产品交付最初消费者满 10 年丧失；但是，尚未超过明示的安全使用期的除外。

本法所称缺陷，是指产品存在危及人身、他人财产安全的不合理的危险；产品有保障人体健康和人身、财产安全的国家标准、行业标准的，是指不符合该标准。

五、对违反产品质量行为的处罚

（一）对生产者、销售者违反产品质量行为的处罚

（1）生产、销售不符合保障人体健康和人身、财产安全的国家标准、行业标准的产品的，责令停止生产、销售，没收违法生产、销售的产品，并处违法生产、销售产品（包括已售出和未售出的产品，下同）货值金额等值以上三倍以下的罚款；有违法所得的，并处没收违法所得；情节严重的，吊销营业执照；构成犯罪的，依法追究刑事责任。

（2）生产者、销售者在产品中掺杂、掺假，以假充真，以次充好，或者以不合格产品冒充合格产品的，责令停止生产、销售，没收违法生产、销售的产品，并处违法生产、销售产品货值金额百分之五十以上三倍以下的罚款；有违法所得的，并处没收违法所得；情节严重的，吊销营业执照；构成犯罪的，依法追究刑事责任。

（3）生产国家明令淘汰的产品的，销售国家明令淘汰并停止销售的产品的，责令停止生产、销售，没收违法生产、销售的产品，并处违法生产、销售产品货值金额等值以下的罚款；有违法所得的，并处没收违法所得；情节严重的，吊销营业执照。

（4）销售失效、变质的产品的，责令停止销售，没收违法销售的产品，并处违法销售产品货值金额二倍以下的罚款；有违法所得的，并处没收违法所得；情节严重的，吊销营业执

照;构成犯罪的,依法追究刑事责任。

(5)伪造产品产地的,伪造或者冒用他人厂名、厂址的,伪造或者冒用认证标志等质量标志的,责令改正,没收违法生产、销售的产品,并处违法生产、销售产品货值金额等值以下的罚款;有违法所得的,并处没收违法所得;情节严重的,吊销营业执照。

(6)产品标识不符合本法第二十七条规定的,责令改正;有包装的产品标识不符合本法第二十七条第(四)项、第(五)项规定,情节严重的,责令停止生产、销售,并处违法生产、销售产品货值金额百分之三十以下的罚款;有违法所得的,并处没收违法所得。

(7)销售者销售《产品质量法》规定禁止销售的产品,有充分证据证明其不知道该产品为禁止销售的产品并如实说明其进货来源的,可以从轻或者减轻处罚。

(8)拒绝接受依法进行的产品质量监督检查的,给予警告,责令改正;拒不改正的,责令停业整顿;情节特别严重的,吊销营业执照。

(9)隐匿、转移、变卖、损毁被产品质量监督部门或者工商行政管理部门查封、扣押的物品的,处被隐匿、转移、变卖、损毁物品货值金额等值以上三倍以下的罚款;有违法所得的,并处没收违法所得。

(10)社会团体、社会中介机构对产品质量作出承诺、保证,而该产品又不符合其承诺、保证的质量要求,给消费者造成损失的,与产品的生产者、销售者承担连带责任。

192

在广告中对产品质量作虚假宣传,欺骗和误导消费者的,依照《中华人民共和国广告法》(以下简称《广告法》)的规定追究法律责任。

(11)对生产者专门用于生产不符合《产品质量法》所列的产品或者以假充真的产品的原辅材料、包装物、生产工具,应当予以没收。

(12)知道或者应当知道属于《产品质量法》规定禁止生产、销售的产品而为其提供运输、保管、仓储等便利条件的,或者为以假充真的产品提供制假生产技术的,没收全部运输、保管、仓储或者提供制假生产技术的收入,并处违法收入百分之五十以上三倍以下的罚款;构成犯罪的,依法追究刑事责任。

(13)服务业的经营者将《产品质量法》规定禁止销售的产品用于经营性服务的,责令停止使用;对知道或者应当知道所使用的产品属于本法规定禁止销售的产品的,按照违法使用的产品(包括已使用和尚未使用的产品)的货值金额,依照本法对销售者的处罚规定处罚。

违反《产品质量法》规定,应当承担民事赔偿责任和缴纳罚款、罚金,其财产不足以同时支付时,先承担民事赔偿责任。

（二）对产品质量监督部门或者其他国家机关以及国家工作人员违法行为的处罚

(1)产品质量检验机构、认证机构伪造检验结果或者出具虚假证明的,责令改正,对单位处 5 万元以上 10 万元以下的罚款,对直接负责的主管人员和其他直接责任人员处

1万元以上5万元以下的罚款；有违法所得的，并处没收违法所得；情节严重的，取消其检验资格、认证资格；构成犯罪的，依法追究刑事责任。

（2）产品质量检验机构、认证机构出具的检验结果或者证明不实，造成损失的，应当承担相应的赔偿责任；造成重大损失的，撤销其检验资格、认证资格。

（3）产品质量认证机构违反《产品质量法》的规定，对不符合认证标准而使用认证标志的产品，未依法要求其改正或者取消其使用认证标志资格的，对因产品不符合认证标准给消费者造成的损失，与产品的生产者、销售者承担连带责任；情节严重的，撤销其认证资格。

（4）各级人民政府工作人员和其他国家机关工作人员有下列情形之一的，依法给予行政处分；构成犯罪的，依法追究刑事责任。

① 包庇、放纵产品生产、销售中违反本法规定行为的。

② 向从事违反《产品质量法》规定的生产、销售活动的当事人通风报信，帮助其逃避查处的。

③ 阻挠、干预产品质量监督部门或者工商行政管理部门依法对产品生产、销售中违反《产品质量法》规定的行为进行查处，造成严重后果的。

（5）产品质量监督部门在产品质量监督抽查中超过规定的数量索取样品或者向被检查人收取检验费用的，由上级产品质量监督部门或者监察机关责令退还；情节严重的，对直接负责的主管人员和其他直接责任人员依法给予行政处分。

（6）产品质量监督部门或者其他国家机关违反《产品质量法》的规定，向社会推荐生产者的产品或者以监制、监销等方式参与产品经营活动的，由其上级机关或者监察机关责令改正，消除影响，有违法收入的予以没收；情节严重的，对直接负责的主管人员和其他直接责任人员依法给予行政处分。

（三）处罚的决定

（1）产品质量检验机构有前款所列违法行为的，由产品质量监督部门责令改正，消除影响，有违法收入的予以没收，可以并处违法收入一倍以下的罚款；情节严重的，撤销其质量检验资格。产品质量监督部门或者工商行政管理部门的工作人员滥用职权、玩忽职守、徇私舞弊，构成犯罪的，依法追究刑事责任；尚不构成犯罪的，依法给予行政处分。以暴力、威胁方法阻碍产品质量监督部门或者工商行政管理部门的工作人员依法执行职务的，依法追究刑事责任；拒绝、阻碍但未使用暴力、威胁方法的，由公安机关依照《中华人民共和国治安管理处罚条例》的规定处罚。

（2）《产品质量法》规定的吊销营业执照的行政处罚由工商行政管理部门决定，其他行政处罚由产品质量监督部门或者工商行政管理部门按照国务院规定的职权范围决定。法律、行政法规对行使行政处罚权的机关另有规定的，依照有关法律、行政法规的规定执行。

第三节　消费者权益保护法

一、消费者权益保护法概述

（一）消费者的概念及消费的特征

消费者是指为生活消费需要购买、使用商品或者接受服务的个人和单位。国际标准化组织把消费者定义为以个人消费为目的而购买或使用商品和服务的个体社会成员。

消费有以下特征：消费的性质专指生活消费，不包括生产消费。消费的方式包括购买、使用商品和接受服务，消费者对商品和服务的消费既包括自己出钱获得的消费，也包括他人出钱获得的消费。消费的主体包括公民个人和单位。消费的客体是商品和服务。这里的商品指经营有偿提供的与生活消费有关的商品，包括经过加工、制作的商品和未经过加工、制作的商品；这里的服务指经营者有偿提供的各种服务，包括金融、保险、交通运输、加工、食、宿、娱乐、提供信息等。应当强调的是，这里的商品和服务不包括法律、行政法规禁止消费的商品和服务，如毒品、枪支弹药、色情服务等。

（二）消费者权益保护法的概念

消费者权益保护法是调整在保护消费者权益过程中发生的经济关系的法律规范的总称。该法适用于生活消费，农民购买农用生产资料时参照适用本法。

（三）消费者权益保护法的原则

（1）经营者应依法提供商品或者提供服务。
（2）经营者与消费者进行交易，应当遵循自愿、平等、公平、诚实信用的原则。
（3）国家保护消费者的合法权益不受侵害。
（4）一切组织和个人对损害消费者合法权益的行为进行社会监督。

二、消费者的权利和经营者的义务

（一）消费者的权利

在消费者权益保护制度中，消费者的权利作为消费者权益在法律上的体现，是各国消费者权益保护法的核心。我国《中华人民共和国消费者权益保护法》（以下简称《消费者权益保护法》）第二章专门规定了消费者的权利。

1. 安全保障权

安全保障权是消费者最基本的权利，指消费者在购买、使用商品和接受服务时享有人身、财产安全不受损害的权利。消费者有权要求经营者提供的商品和服务符合保障人身、财产安全的要求。

2. 知悉真情权

知悉真情权是指消费者享有知悉其购买、使用的商品或者接受的服务的真实情况的权利。具体地说,消费者有权根据商品或者服务的不同情况,要求经营者提供商品的价格、产地、生产者、用途、性能、规格、等级、主要成分、生产日期、有效期限、检验合格证明、使用方法说明书、售后服务,或者服务的内容、规格、费用等有关情况。

3. 自主选择权

自主选择权是指消费者享有自主选择商品或者服务的权利。该权利包括以下几个方面:自主选择提供商品或者服务的经营者,自主选择商品品种或者服务方式,自主决定购买或者不购买任何一种商品、接受或者不接受任何一项服务,在自主选择商品或者服务时,有权进行比较、鉴别和挑选。

4. 公平交易权

公平交易权指消费者在购买商品或者接受服务时,有权获得质量保障、价格合理、计量正确等公平交易条件,有权拒绝经营者的强制交易行为。

5. 求偿权

求偿权指消费者因购买、使用商品或者接受服务受到人身、财产损害的,享有依法获得赔偿的权利。求偿权是弥补消费者所受损害的必不可少的救济性权利。

6. 结社权

结社权指消费者享有依法成立维护自身合法权益的社会团体的权利。政府及其职能部门对合法的消费者团体应给予支持,接受消费者团体的合理化建议,在制定有关消费者方面的法律、法规时,要考虑消费者团体的意见和要求,以便更好地保护消费者的权益。

7. 求教获知权

求教获知权指消费者享有获得有关消费和消费者权益保护方面的知识的权利。消费者应当努力掌握所需商品或者服务的知识和使用技能,正确使用商品,提高自我保护意识。

8. 受尊重权

受尊重权指消费者在购买、使用商品和接受服务时,享有其人格尊严、民族风俗习惯得到尊重的权利。内容如下。

(1) 人格尊严,指人的自尊、自重和自爱不允许别人侮辱、诽谤。名誉权是消费者重要的人格权,名誉和尊严是名誉权的客体。名誉是社会对公民的思想品德、信誉、才干等方面的评价。尊严指个人根据社会所给予的评价对自己在社会中的地位和个人品质等方面的自我评价。侮辱指用暴力或其他公然方式欺负他人,贬损他人人格的行为。比如经营者强迫消费者当众脱光衣服以查其被盗商品等。诽谤指捏造事实、造谣污蔑、恶意中伤他人。

（2）民族风俗习惯。各民族在饮食、服饰、居住、婚葬、娱乐、礼节等方面都有不同的风俗习惯，比如回族人不食猪肉，忌讳猪，印度教人不食牛肉等，这就要求经营者在销售商品、提供服务时要充分考虑这些风俗习惯。

9. 监督权

监督权指消费者享有对商品和服务以及保护消费者权益工作进行监督的权利。消费者有权检举、控告侵害消费者权益的行为和国家机关及其工作人员在保护消费者权益工作中的违法失职行为，有权对保护消费者权益的工作提出批评、建议。

（二）经营者的义务

1. 履行法定或约定的义务

经营者向消费者提供商品或者服务，应当依照《中华人民共和国产品质量法》和其他有关法律、法规的规定履行义务。经营者和消费者有约定的，应当按照约定履行义务，但双方的约定不得违背法律、法规的规定。

2. 听取意见和接受监督

经营者应当听取消费者对其提供的商品或者服务的意见，接受消费者的监督。经营者生产经营的目的就是要满足用户、消费者的需要，创造经济效益和社会效益。消费者至上应成为经营者的经营方针。对于经营者的商品和服务提出意见，不管是正面的，还是负面的，经营者都应认真对待。消费者有权对经营者的商品或服务问题进行监督，不管是向经营者直接提出，还是向有关组织、机关提出，经营者都应积极处理。事实上，经营者的经营过程是一个不断听取消费者意见、改进经营质量的过程。目前，一些精明的企业家设立了消费赔偿基金，公布了投诉电话，甚至花钱买意见，这一切都方便了消费者行使监督权，也为经营者树立了良好的企业形象。

3. 保障安全

经营者应当保证其提供的商品或者服务符合保障人身、财产安全的要求。对可能危及人身、财产安全的商品和服务，应当向消费者作出真实的说明和明确的警示，并说明和标明正确使用商品或者接受服务的方法以及防止危害发生的方法。经营者发现其提供的商品或者服务存在严重缺陷，即使正确使用商品或者接受服务仍然可能对人身、财产安全造成危害的，应当立即向有关行政部门报告和告知消费者，并采取防止危害发生的措施。

4. 提供真实信息

经营者应当向消费者提供有关商品或者服务的真实信息，不得作引人误解的虚假宣传。经营者对消费者就其提供的商品或者服务的质量和使用方法等问题提出的询问，应当作出真实、明确的答复。商店提供商品应当明码标价。

5. 标明真实名称和标记

经营者应当标明其真实名称和标记。租赁他人柜台或者场地的经营者，应当标明其真实名称和标记。这一方面有利于消费者了解经营的真实情况,从而作出合乎真实意愿的消费决定;另一方面有利于国家对经营者的监督管理,便于消费者在其权益受到侵害时,实现求偿权。

6. 出具购货凭证或服务单据

经营者提供商品或者服务,应当按照国家有关规定或者商业惯例向消费者出具购货凭证或者服务单据;消费者索要购货凭证或者服务单据的,经营者必须出具。

7. 提供符合要求的商品或服务

经营者应当保证在正常使用商品或者接受服务的情况下其提供的商品或者服务应当具有的质量、性能、用途和有效期限;但消费者在购买该商品或者接受该服务前已经知道其存在瑕疵的除外。经营者以广告、产品说明、实物样品或者其他方式表明商品或者服务的质量状况的,应当保证其提供的商品或者服务的实际质量与表明的质量状况相符。经营者提供商品或者服务,按照国家规定或者与消费者的约定,承担包修、包换、包退或者其他责任的,应当按照国家规定或者约定履行,不得故意拖延或者无理拒绝。

我国于 1995 年 8 月 25 日颁布实施《部分商品修理更换退货责任规定》,根据该规定,在以下两种情况下,消费者可以断然提出退货的要求,商品的提供者不得拒绝。

(1) 产品自售出之日起 7 日内,发生性能故障。

(2) 在三包有效期(整机 1 年,主要部件 3 年)内,符合换货条件,但销售者提供不了同型号、同规格的产品。

上述"符合换货条件"是指产品自售出之日起 15 日内发生性能故障;在三包有效期内,修理 2 次,仍不能正常使用;在三包有效期内,因生产者未供应零配件,自送修之日起超过 90 日仍未修好。

8. 保证交易的公平性

经营者不得以格式合同、通知、声明、店堂告示等方式作出对消费者不公平、不合理的规定,或者减轻、免除其损害消费者合法权益应当承担的民事责任。格式合同、通知、声明、店堂告示等含有前款所列内容的,其内容无效。

9. 尊重消费者的人格权和自由权

经营者不得对消费者进行侮辱、诽谤,不得搜查消费者的身体及其携带的物品,不得侵犯消费者的人身自由。

三、消费者合法权益的保护

对消费者的合法权益进行保护不仅是维护社会正常经济秩序、促进生产发展的需要,而且是提高人民生活质量、满足人民日益增长的物质文化生活的需要,而这一目标的实现是一个系统工程,需要通过国家、社会团体和消费者个人的共同努力。

（一）消费者权益的国家保护

消费者权益的国家保护是消费者权益保护最重要的形式，它主要表现为国家综合运用立法、行政、司法等手段实现对消费者权益的保护。

1. 国家通过立法手段保护消费者的合法权益

通过立法手段实现对消费者权益的保护是当今世界各国使用的方法，也是最重要的方法。目前，国外消费者权益保护立法大致分为两类：一类是以美国为代表，这些国家未制定消费者权益保护的基本法，而是通过众多的单行法规，共同构筑起消费者权益保护的法律体系；另一类是以日本、韩国、英国为代表，这些国家不仅制定了消费者权益保护的基本法，还颁布了许多相关的单行法规。我国消费者权益保护立法采用了后一种模式。在现行法律中，《消费者权益保护法》属于这方面的基本法，而其他法律，如《中华人民共和国食品卫生法》（以下简称《食品卫生法》）、《产品质量法》、《中华人民共和国标准化法》、《中华人民共和国药品管理法》（以下简称《药品管理法》）等法规，同样发挥着规范生产经营、打击违法犯罪、保护消费者权益的作用。另外，国务院还颁布了一系列相关的行政法规。应该说，我国已经建立了一个比较完善的保护消费者权益的法律、法规体系。

2. 国家通过行政手段保护消费者的合法权益

目前，世界各国一般都设有消费者权益保护机构。这些机构是政府为管理国民经济而设立的，它们在各自的管辖范围内承担着保护消费者权益的工作。我国《消费者权益保护法》规定，各级人民政府应当加强领导，组织、协调、督促有关行政部门做好保护消费者合法权益的工作。各级人民政府应当加强监督，预防危害消费者人身、财产安全行为的发生，及时制止危害消费者人身、财产安全的行为。各级人民政府工商行政管理部门和其他有关行政部门应当依照法律、法规的规定，在各自的职责范围内，采取措施，保护消费者的合法权益。有关行政部门应当听取消费者及其社会团体对经营者交易行为、商品和服务质量问题的意见，及时调查处理。有关国家机关应当依照法律、法规的规定，惩处经营者在提供商品和服务中侵害消费者合法权益的违法犯罪行为。

3. 国家通过司法手段保护消费者的合法权益

我国《消费者权益保护法》第三十条规定："人民法院应当采取措施，方便消费者提起诉讼。对符合《中华人民共和国民事诉讼法》起诉条件的消费者权益争议，必须受理，及时审理。"只有加强司法工作，才能使已经制定的法律、法规得到切实的执行，否则消费者的合法权益难以得到切实的保护。

（二）消费者权益的社会保护

消费者权益的社会保护主要是指社会监督。所谓社会监督，一般是指社会组织和公民通过各种渠道和方式对经营者和政府执法部门损害消费者合法权益的行为的监督。主要有两个方面。

1. 社会舆论监督

社会舆论监督是指通过报刊、广播和电视等新闻媒体，依照国家的有关规定，对产品质量或服务进行报道，表扬质量上乘产品的生产者或经营者，披露质量低劣产品的生产者或经营者，以维护消费者的合法权益。

2. 消费者协会的监督

消费者协会和其他消费者组织是依法成立的对商品和服务进行社会监督的保护消费者合法权益的社会团体。

消费者协会履行下列职能。

(1) 向消费者提供消费信息和咨询服务。

(2) 参与有关行政部门对商品和服务的监督、检查。

(3) 就有关消费者合法权益的问题，向有关行政部门反映、查询、提出建议。

(4) 受理消费者的投诉，并对投诉事项进行调查、调解。

(5) 投诉事项涉及商品和服务质量问题的，可以提请鉴定部门鉴定，鉴定部门应当告知鉴定结论。

(6) 就损害消费者合法权益的行为，支持受损害的消费者提起诉讼。

(7) 对损害消费者合法权益的行为，通过大众传播媒介予以揭露、批评。

（三）消费者权益的自我保护

自我保护是指消费者依法维护自身合法权益的活动。一个人的衣食住行，无时无刻都离不开消费，其合法权益随时都会被侵害。作为消费者，要切实保护自己的合法权益，必须做到两点：一是要深入地学习和了解消费者有哪些权利；二是在合法权益受到侵害后要正确、及时地保全证据，并向消费者协会或相关国家机关进行申诉。

四、争议的解决和法律责任的确定

（一）争议的解决途径

消费者和经营者发生消费者权益争议的，可以通过下列途径解决。

(1) 与经营者协商和解。

(2) 请求消费者协会调解。

(3) 向有关行政部门申诉。

(4) 根据与经营者达成的仲裁协议提请仲裁机构仲裁。

(5) 向人民法院提起诉讼。

（二）损害赔偿责任主体的确定

（1）消费者在购买、使用商品时，其合法权益受到损害的，可以向销售者要求赔偿。销售者赔偿后，属于生产者的责任或者属于向销售者提供商品的其他销售者的责任的，销售者有权向生产者或者其他销售者追偿。

（2）消费者或者其他受害人因商品缺陷造成人身、财产损害的，可以向销售者要求赔偿，也可以向生产者要求赔偿。属于生产者责任的，销售者赔偿后，有权向生产者追偿。属于销售者责任的，生产者赔偿后，有权向销售者追偿。

（3）消费者在接受服务时，其合法权益受到损害的，可以向服务者要求赔偿。

（4）消费者在购买、使用商品或者接受服务时，其合法权益受到损害，因原企业分立、合并的，可以向变更后承受其权利义务的企业要求赔偿。

（5）使用他人营业执照的违法经营者提供商品或者服务，损害消费者合法权益的，消费者可以向其要求赔偿，也可以向营业执照的持有人要求赔偿。

（6）消费者在展销会、租赁柜台购买商品或者接受服务，其合法权益受到损害的，可以向销售者或者服务者要求赔偿。展销会结束或者柜台租赁期满后，也可以向展销会的举办者、柜台的出租者要求赔偿。展销会的举办者、柜台的出租者赔偿后，有权向销售者或者服务者追偿。

（7）消费者因经营者利用虚假广告提供商品或者服务，其合法权益受到损害的，可以向经营者要求赔偿。广告的经营者发布虚假广告的，消费者可以请求行政主管部门予以惩处。广告的经营者不能提供经营者的真实名称、地址的，应当承担赔偿责任。

（三）法律责任的确定

1. 民事法律责任的确定

经营者提供商品或者服务有下列情形之一的，除本法另有规定外，应当依照《中华人民共和国产品质量法》和其他有关法律、法规的规定，承担民事责任。

（1）商品存在缺陷的。

（2）不具备商品应当具备的使用性能而出售时未作说明的。

（3）不符合在商品或者其包装上注明采用的商品标准的。

（4）不符合商品说明、实物样品等方式表明的质量状况的。

（5）生产国家明令淘汰的商品或者销售失效、变质的商品的。

（6）销售的商品数量不足的。

（7）服务的内容和费用违反约定的。

（8）对消费者提出的修理、重作、更换、退货、补足商品数量、退还货款和服务费用或者赔偿损失的要求，故意拖延或者无理拒绝的。

法律、法规规定的其他损害消费者权益的情形的责任。具体包括以下几点。

(1) 经营者提供商品或者服务,造成消费者或者其他受害人人身伤害的,应当支付医疗费、治疗期间的护理费、因误工减少的收入等费用,造成残疾的,还应当支付残疾者生活自助用具费、生活补助费、残疾赔偿金以及由其抚养的人所必需的生活费等费用。

(2) 经营者提供商品或者服务,造成消费者或者其他受害人死亡的,应当支付丧葬费、死亡赔偿金以及由死者生前抚养的人所必需的生活费等费用。

(3) 经营者违反本法第二十五条规定,侵害消费者的人格尊严或者侵犯消费者人身自由的,应当停止侵害、恢复名誉、消除影响、赔礼道歉,并赔偿损失。

(4) 经营者提供商品或者服务,造成消费者财产损害的,应当按照消费者的要求,以修理、重作、更换、退货、补足商品数量、退还货款和服务费用或者赔偿损失等方式承担民事责任。消费者与经营者另有约定的,按照约定履行。

(5) 对国家规定或者经营者与消费者约定包修、包换、包退的商品,经营者应当负责修理、更换或者退货。在保修期内两次修理仍不能正常使用的,经营者应当负责更换或者退货。对包修、包换、包退的大件商品,消费者要求经营者修理、更换、退货的,经营者应当承担运输等合理费用。

(6) 经营者以邮购方式提供商品的,应当按照约定提供。未按照约定提供的,应当按照消费者的要求履行约定或者退回货款;并应当承担消费者必须支付的合理费用。

201

(7) 经营者以预收款方式提供商品或者服务的,应当按照约定提供。未按照约定提供的,应当按照消费者的要求履行约定或者退回预付款;并应当承担预付款的利息、消费者必须支付的合理费用。

(8) 依法经有关行政部门认定为不合格的商品,消费者要求退货的,经营者应当负责退货。

(9) 经营者提供商品或者服务有欺诈行为的,应当按照消费者的要求增加赔偿其受到的损失,增加赔偿的金额为消费者购买商品的价款或者接受服务的费用的1倍。

2. 行政责任的确定

经营者有下列情形之一,《中华人民共和国产品质量法》和其他有关法律、法规对处罚机关和处罚方式有规定的,依照法律、法规的规定执行;法律、法规未作规定的,由工商行政管理部门责令改正,可以根据情节单处或者并处警告、没收违法所得、处以违法所得1倍以上5倍以下的罚款,没有违法所得的,处以1万元以下的罚款;情节严重的,责令停业整顿、吊销营业执照。

(1) 生产、销售的商品不符合保障人身、财产安全要求的。

(2) 在商品中掺杂、掺假,以假充真,以次充好,或者以不合格商品冒充合格商品的。

(3) 生产国家明令淘汰的商品或者销售失效、变质的商品的。

(4) 伪造商品的产地,伪造或者冒用他人的厂名、厂址,伪造或者冒用认证标志、名优标志等质量标志的。

（5）销售的商品应当检验、检疫而未检验、检疫或者伪造检验、检疫结果的。

（6）对商品或者服务作引人误解的虚假宣传的。

（7）对消费者提出的修理、重作、更换、退货、补足商品数量、退还货款和服务费用或者赔偿损失的要求，故意拖延或者无理拒绝的。

（8）侵害消费者人格尊严或者侵犯消费者人身自由的。

（9）法律、法规规定的对损害消费者权益应当予以处罚的其他情形。

经营者对行政处罚决定不服的，可以自收到处罚决定之日起 15 日内向上一级机关申请复议，对复议决定不服的，可以自收到复议决定书之日起 15 日内向人民法院提起诉讼；也可以直接向人民法院提起诉讼。

3. 刑事责任的确定

依据我国《消费者权益保护法》的有关规定，追究刑事责任的情况主要包括以下几种。

（1）经营者提供的商品或者服务，造成消费者或者其他受害人人身伤害，构成犯罪的依法追究刑事责任。经营者提供的商品或者服务，造成消费者或者其他受害人伤亡，构成犯罪的，依法追究刑事责任。

（2）以暴力、威胁等方法阻碍有关行政部门工作人员依法执行职务的，依法追究刑事责任；拒绝、阻碍有关行政部门工作人员依法执行职务，未使用暴力、威胁方法的，由公安机关依照《中华人民共和国治安管理处罚条例》的规定处罚。

（3）国家机关工作人员玩忽职守或者包庇经营者侵害消费者合法权益的行为的，由其所在单位或者上级机关给予行政处分；情节严重，构成犯罪的，依法追究刑事责任。

本 章 小 结

为了保证公平合理的竞争制度和更好地促进经济的繁荣和市场的发展，我国出台了一系列的规范市场竞争行为的法律，包括反不正当竞争法、产品质量法、消费者权益保护法等。

反不正当竞争法，是由国家制定的，为保护国家和人民的利益、保护社会主义竞争秩序、制裁生产经营活动中不正当竞争行为的法律规范的总称。它主要规定了经营者不得从事的各种不正当竞争行为，包括欺骗性交易行为，限定专购的不正当竞争行为，以权经商和地区封锁行为，商业贿赂行为，虚假的广告宣传行为，侵犯商业秘密的不正当竞争行为，以排挤竞争对手为目的的低价销售的行为，搭售商品或附加其他不合理条件的销售行为，违反规定的有奖销售行为，损害竞争对手的商业信誉、商品声誉的行为和通谋投标的行为。此外，本章还明确了反不正当竞争法的基本原则和不正当竞争行为的法律责任。

产品质量法是调整因产品质量所发生的经济关系的法律规范的总称。产品质量应当符合相应的质量要求。生产者必须建立严格、全面的质量管理制度,从产品的设计、试制、生产到售后服务都要实行质量管理,明确规定各个环节的质量责任。销售者对其销售的产品应当采取措施,保证质量。违法生产和销售产品的行为应当承担相应的责任。

消费者权益保护法是调整在保护消费者权益过程中发生的经济关系的法律规范的总称。该法适用于生活消费,农民购买农用生产资料时参照适用本法,主要规定了消费者的各项权利和经营者的义务。对消费者的合法权益进行全面的保护是一个系统工程,需要通过国家、社会团体和消费者个人的共同努力。

基本概念

反不正当竞争　　经营者　　商业贿赂　　产品质量管理体制　　企业质量体系认证制度　　产品质量认证制度　　消费者　　社会监督

思考与训练

1. 不正当竞争行为的表现形式有哪些?

2. 试述违反《反不正当竞争法》的法律责任。

3. 简述产品质量管理的法律制度。

4. 产品出现质量缺陷,哪些情况下生产者可以不承担赔偿责任?

5. 消费者权益保护法的基本原则是什么?

6. 发生消费者权益争议的时候,可以采取什么方法解决?

7. 案例分析题

(1) 王某于 1999 年 2 月到某市百货大楼购物,在卖手表的柜台看了几块新款手表。经挑选,觉得并不满意,即将手表交还给营业员。当王某转身欲离去时,营业员声称手表少了一块,遂将王某请到经理办公室。经理提出搜查王某的外衣及皮包,遭到王某的拒绝。后王某考虑到不让搜查无法脱身,只好同意。经搜查,并无发现手表,经理便让王某离去。事后。王某觉得精神受到极大伤害,向法院起诉。根据以上资料,回答下列问题。

① 百货大楼侵犯了王某的哪些权利?

② 此案应如何处理?

(2) 2001 年 5 月 16 日,在北方某城市,即将参加高考的中学生张某和家人在一火锅城就餐时,餐桌上的卡式燃气罐意外爆炸,造成张某脸部和双手深度烧伤,虽经治疗,但面部仍然受到损害,并影响到不能如期参加高考,给张某身心均造成严重伤害。后张某的父亲向该市人民法院提起诉讼,要求饭店和燃气罐生产厂家共同赔偿张某所造成的损失。该市的新闻媒体也十分关注案件的进展情况,对此进行了系列报道。根据以上资料,回答下列问题。

　　① 本案生产厂家和提供服务的饭店侵害了张某的哪些消费权利?

　　② 张某能得到哪些损害赔偿?

第九章　会计与审计法律制度

引导案例

审计机关对某股份有限公司 2000 年财务情况进行审计时，发现该公司有以下行为。

（1）公司作为一般纳税人，在未发生存货购入业务的情况下，从其他企业买入空白增值税发票，并在发票上注明购入商品，买价 2 000 万元，增值税额 340 万元。财务部门以该发票为依据，编制购入商品的记账凭证；纳税申报时作为增值税进项税额抵扣税款。

（2）会计人员有充分证据证明以上行为属公司总经理强令会计人员所为。

（3）公司销售商品开出发票时，"发票联"内容真实，但本单位"记账联"和"存根联"的金额比真实金额小。会计以"记账联"编制记账凭证，登记账簿，导致少记销售收入 900 万元，少记增值税 153 万元。

试问，以上三种行为分别属于什么行为？应如何处理？

第一节　会计法律制度

一、会计法概述

（一）会计的含义

会计是对国家机关、社会团体、公司、企业、事业单位和其他组织的经济活动进行计量、记录、分析和核查，作出预测、实行监督、参与决策，以实现最佳经济效益的一种管理活动。会计的对象是单位的经济业务事项，其基本职能是进行会计核算和会计监督。会计是适应人类生产实践和经济管理的客观需要而产生的。人们在生产活动中，必然关心自己要投入多少物资、时间才能满足生产的需要，投入跟产出的比例是多少，经济效益会如何，这就需要将生产过程中的活动内容记载下来，以便分析、预测和决策，由此，会计活动便产生了。

我国的会计起源于西周,发展于唐宋元,完善于明清。中华人民共和国成立后,国家先后制定了多种统一会计制度,强化对会计工作的组织和指导。改革开放后,随着社会生产的发展、科学技术的进步和国际交流的增强,会计在理论研究和实务方面迅速发展,我国的会计工作逐渐走向科学化、法治化和国际化。

(二) 会计法的含义

会计法是调整会计关系的法律规范的总称。会计关系是指会计机构、会计人员在办理会计事务、进行会计核算、实行会计监督过程中,以及国家在管理会计工作过程中产生的经济关系,既包括单位内部关系,又涉及国家与单位的关系。作为会计法调整对象的特定的经济关系,其特征是以货币量度作为统一尺度,以记账、算账、报账为核算方法,以设计账户、填审凭证、登记账簿、复式记账、成本核算、财产清查、编制报表等法定程序,全面、系统、连续地记录和反映经济活动,并以此为基础进行有效的控制和监督。

会计法有广义和狭义的理解。狭义的会计法是指 1985 年 1 月 21 日第六届全国人民代表大会常务委员会第九次会议通过的《中华人民共和国会计法》(以下简称《会计法》),属于我国基本法律以外的法律,是会计法律制度中层次最高的法律规范,是制定其他会计行政法规和会计规章的依据。该法于 1993 年 12 月 29 日第八届全国人民代表大会常务委员会第五次会议修正,1999 年 10 月 31 日第九届全国人民代表大会常务委员会第十二次会议再次作了修正。我国的会计法共 7 章 52 条,包括总则、会计核算、公司和企业会计核算的特别规定、会计监督、会计机构和会计人员、法律责任和附则。广义的会计法还包括国家有关机关颁布的会计法规、规章等,如中华人民共和国财政部颁布的《企业财务通则》、《企业会计准则》等。

(三) 会计法的任务

《会计法》第一条规定:"为了规范会计行为,保证会计资料真实、完整,加强经济管理和财务管理,提高经济效益,维护社会主义市场经济秩序,制定本法。"该条规定明确了会计法的任务。

1. 规范会计行为

会计行为是指会计人员在办理会计事务中所作出的与会计核算、会计监督有关的行为。会计行为的规范性是会计工作的客观需要。我国会计工作存在着的一些问题,如数字不实、管理混乱、违反财经纪律等都与会计行为不规范有关。规范会计行为就是将会计工作纳入法制轨道,使会计人员在会计工作中能依法办事,保证国家财政制度和各项财经纪律都能得到贯彻执行。

2. 保证会计资料真实、完整

会计资料真实、完整是对会计工作的基本要求。会计资料的弄虚作假、残缺不全、随意涂改挖补,都会导致会计核算数字的不真实,不能准确反映单位的财务状况,为防止这种情况出现,《会计法》规定各单位必须依法设计会计账簿,并促使其真实完整,单位负责人对本单位的会计工作和会计资料的真实性、完整性负责,任何单位或者个人都不得以任何方式授意、指使、强令会计机构、会计人员伪造、变造会计凭证、会计账簿和其他会计资料,提供虚假财务会计报告,不得对依法履行职责、抵抗违反会计法行为的会计人员实行打击报复,为会计人员依法行使职权提供了法律保障。

3.加强经济管理和财务管理,提高经济效益,维护社会主义市场经济秩序

会计是运用计量、记录、分析和核查等手段达到管理单位的经济活动的目的。在会计工作中严格执行国家财政制度和财务制度,使社会主义市场经济秩序得以维护,同时,通过对会计资料的分析来判断和评价单位经营活动的结果,不断总结和改进经营策略使单位的经营管理水平不断提高,从而提高单位的经济效益。

(四)会计法的适用范围

会计法的适用范围即会计法的效力范围。《会计法》第二条规定:"国家机关、社会团体、公司、企业、事业单位和其他组织(以下统称单位)必须依照本法办理会计事务。"第五十一条规定:"个体工商户会计管理的具体办法,由国务院财政部门根据本法的原则另行规定。"可见,会计法的适用范围是国家机关,主要包括财政部门、税务部门、审计部门、业务主管部门等社会团体;公司(包括有限责任公司、股份有限公司)、企业(包括内资企业、中外合资经营企业、中外合作经营企业、外资企业等)、事业单位及其他组织。《会计法》在1999年修订时将个体工商户排除在适用范围之外,是因为修订后的《会计法》的要求更严格,要求个体工商户做到是不现实的。

207

(五) 会计工作的领导制度和会计制度

《会计法》第七条规定:"国务院财政部门主管全国的会计工作。县级以上地方各级人民政府财政部门管理本行政区内的会计工作。"可见,我国实行的是统一领导、分级管理的会计管理体制,既维护国家统一的财政制度,又赋予地方各级单位财政管理权。

会计制度是会计人员在办理会计事务时应当遵循的原则和规范的总称,包括对会计工作、会计核算、会计监督、会计人员等方面的规定。根据《会计法》第八条的规定:①国家实行统一的会计制度。国家统一的会计制度是由国务院财政部门根据《会计法》制定并颁布的。②国务院有关部门可以依照《会计法》和国家统一的会计制度制定对会计核算和会计监督有特殊要求的行业实施国家统一的会计制度的具体办法或补充规定,报国务院财政部门审核批准。③中国人民解放军后勤部可以依照《会计法》和国家统一的会计制度制定军队实施国家统一会计制度的具体办法,报国务院财政部门备案。

二、会计核算

（一）会计核算的含义

会计核算是会计工作的基本任务之一,是指以货币为主要计量单位,通过一定的程序和方法,对国家机关、社会团体、公司、企业、事业单位和其他组织实际发生的经济业务事项进行审核和计算。其目的是了解和控制经营过程、反映经营成果、加强对经济活动的监管。根据《会计法》的规定,各单位必须根据实际发生的经济业务事项进行会计核算,填制会计凭证,登记会计账簿,编制财务会计报告。任何单位都不得以虚假的经济业务事项或资料进行会计核算。

（二）会计核算的内容

根据《会计法》第十条规定,下列经济业务事项,应当办理会计手续,进行会计核算:①款项和有价证券的收付;②财务的收发、增减和使用;③债权债务的发生和结算;④资本、基金的增减;⑤收入、支出、费用、成本的计算;⑥财务成果的计算和处理;⑦需要办理会计手续、进行会计核算的其他事项。

（三）会计核算期间和计量单位

根据《会计法》的规定,会计核算期间采用历年制,与国民经济计划年度、财务年度相统一,自公历 1 月 1 日起至 12 月 31 日止。

会计核算以人民币为记账本位币。业务收入以人民币以外的货币为主的单位,可以选定其中一种货币作为记账本位币,但是编报的财务会计报告应当折算为人民币。

（四）对会计核算的要求

在会计核算过程中,《会计法》对会计凭证的整理、填制、传递以及会计账簿的登记、财务会计报告的编制都有明确的要求。

1. 基本要求

会计凭证、会计账簿、财务会计报告和其他会计资料都必须符合国家统一的会计制度的规定,任何单位和个人都不得伪造、变造会计凭证、会计账簿和其他会计资料,不得提供虚假的财务会计报告。

2. 会计凭证

会计凭证包括原始凭证和记账凭证。原始凭证是用于记载经济业务的发生和完成的情况,并作为记账原始依据的会计凭证。办理会计核算的经济业务事项必须填制或取得原始凭证并及时交给会计机构。会计机构、会计人员必须按照国家统一的会计制度的规定,对原始凭证进行审核,对不真实、不合法的原始凭证有权不予接受,并向单位负责人报告;对记载不准确、不完整的原始凭证予以退回,并要求按照国家统一的会计制度的规定更正;原始凭证记载的各项内容均不得涂改;原始凭证有错误的,应当由出具单位重开或更正,更正处应当加盖单位印章。原始凭证金额有错误的,应当由出具单位重开,不得在原始凭证上更正。

记账凭证是根据原始凭证或原始凭证汇总表编制,用来确立会计分录、作为记账直接依据的会计凭证,它应当根据经过审核的原始凭证及有关资料编制。

3. 会计账簿

会计账簿是会计信息的载体,由一定格式和互相联系的账页组成,用来连续地、分类地记载和反映经济业务的账册。会计账簿是重要的经济档案,全面系统地记录着一个单位的经济活动情况。会计账簿一般要长期保存,以备日后查考。

会计账簿包括总账、明细账、日记账和其他辅助性账簿。会计账簿的登记必须以经过审核的会计凭证为依据,并符合有关法律、行政法规和国家统一的会计制度的规定,应当按照连续编号的页码顺序登记。会计账簿记录发生错误或隔页缺号、跳行的,应当按照国家统一的会计制度规定的方法更正,并由会计人员和会计机构负责人(会计主管人员)在更正处盖章。使用电子计算机进行会计核算的,其会计账簿的登记、更正应当符合国家统一的会计制度的规定。

209

4. 财产清查

财产清查是指通过对各项财产物资和库存现金的盘点,以及对银行存款和债权债务的核对,来查明各项财产物资和债权债务的实有数和账面数是否一致。通过财产清查,保证账实相符,使会计资料真实可靠,改进保管工作,保护财产安全,掌握财产潜力,加速资金周转。各单位应当将会计账簿记录与实物、款项及有关资料相互核对。保证会计账簿与实物相符、会计账簿记录与会计凭证相符、会计账簿之间相应的记录相符、会计账簿记录与会计报表的内容相符。

5. 编制财务会计报告

财务会计报告由会计报表、会计报表附注和财务情况说明书组成。财务会计报告应当根据经过审核的会计账簿记录和有关资料编制,并符合会计法和国家统一的会计制度关于财务会计报告的编制要求、提供对象和提供期限的规定;其他法律、行政法规另有规定的,从其规定。向不同的会计资料使用者提供的财务会计报告,其编制依据应当一致。有关法律、行政法规规定会计报表、会计报表附注和财务情况说明书须经注册会计师审计的,注册会计师及其所在地的会计师事务所出具的审计报告应当随同财务会计报告一并提供。

财务会计报告应当由单位负责人和主管会计工作的会计机构负责人(会计主管人员)签名并盖章;设有总会计师的单位,还须由总会计师签名并盖章。单位负责人应当保证财务会计报告真实、完整。

6. 保管会计档案

会计档案包括会计凭证、会计账簿、财务会计报告等。会计档案根据其特点,可分为永久和定期保管两类。定期保管分为 3 年、5 年、10 年、15 年、25 年 5 种。

7. 公司、企业会计核算的特别规定

公司、企业进行会计核算,除应当遵守《会计法》关于会计核算的一般规定外,还应当遵守《会计法》关于公司、企业进行核算的特别规定,公司、企业必须根据实际发生的经济业务事项,按照国家统一会计制度的规定确认、计量和记录资产、负债、所有者权益、收入、费用、成本和利润。

禁止公司、企业进行会计核算时有下列行为:①随意改变资产、负债、所有者权益的确认标准或者计量方法,虚列、多列、不列或者少列资产、负债、所有者权益;②虚列或者隐瞒收入,推迟或者提前确认收入;③随意改变费用、成本的确认标准或者计量方法,虚列、多列、不列或者少列费用、成本;④随意调整利润的计算、分配方法,编造虚假利润或者隐瞒利润;⑤违反国家统一会计制度规定的其他行为。

三、会计监督

会计监督是指法律赋予国家有关机构和人员通过记录、计算、分析、核查等方式对各单位的经济业务活动进行控制。会计监督分为内部监督和外部监督。

(一)内部监督

内部监督是指各单位的会计机构、会计人员对本单位的会计工作状况实行监督。《会计法》第二十七条要求各单位建立、健全内部会计监督制度。

1. 内部会计监督制度应当符合以下 4 个具体要求

(1)记账人员与经济业务事项和会计事项的审批人员、经办人员、财物保管人员的职责权限应当明确,并相互分离、相互制约。为了使内部控制程序行之有效,资产保管与会计核算相分离,经营责任与会计责任相分离,授权与执行、保管、审查、记录相分离。

(2)重大对外投资、资产处置、资金调度和其他重要经济业务事项的决策和执行的相互监督、相互制约程序应当明确。为了防止资源的浪费或流失,必须建立科学、合理的决策程序,其中,最重要的是合理确定审批权限。

(3)财产清查的范围、期限和组织程序应当明确。财产清查直接关系到会计记录的准确性,成本计算、损益确定、财务状况计量都离不开财产清查。只有严格财产清查制度,对会计记录所记载的资产与实存资产的差异及时处理,做到账实相符,才能真实地反映本单位的经济业务状况。

(4)对会计资料定期进行内部审计的办法和程序应当明确。

2. 确立单位负责人与会计机构、会计人员的制约关系

现实工作中,许多虚假会计信息是在单位负责人的授意下提供的,《会计法》加大了对单位负责人编造虚假会计信息的惩罚力度,明确规定了单位负责人的内部会计监督义务。《会计法》第二十八条规定:"单位负责人应当保证会计机构、会计人员依法履行职责,不得授意、指使、强令会计机构、会计人员违法办理会计事项。会计机构、会计人员对违反《会计法》和国家统一的会计制度规定的会计事项,有权拒绝办理或者按照职权予以纠正。"这一条规定既说明了单位负责人的义务,也明确了会计机构、会计人员的职权,从法律的角度确立了单位负责人与会计机构、会计人员的相互制约关系。

3. 加强账实核对工作,提高会计信息的准确性

《会计法》第二十九条规定:"会计机构、会计人员发现会计账簿记录与实物、款项及有关资料不相符的,按照国家统一的会计制度的规定有权自行处理的,应当及时处理;无权处理的,应当立即向单位负责人报告,请求查明原因,作出处理。"

(二)外部监督

外部监督是指国家有关部门和社会审计机构依法对各单位的会计工作进行监督。

(1)财政部门对各单位的会计工作的监督。《会计法》第三十二条的规定包括这几个方面:①是否依法设置会计账簿;②会计凭证、会计账簿、财务会计报告和其他会计资料是否真实、完整;③会计核算是否符合本法和国家统一的会计制度的规定;④从事会计工作的人员是否具备从业资格。

211

(2)财政、审计、税务、人民银行、证券监管、保险监管等部门依法对各单位会计工作进行监督核查。各单位必须接受核查,并如实提供会计凭证、会计账簿、财务会计报告和其他会计资料以及有关情况,不得拒绝、隐匿和谎报。

四、会计机构和会计人员

(一)会计机构和会计人员的设置

根据《会计法》的规定,各单位应当根据会计业务的需要,设置会计机构,或者在有关机构中设置会计人员并指定会计主管人员;不具备设置条件的,应当委托经批准设立从事会计代理记账业务的中介机构代理记账。国有和国有资产占控股地位或者主导地位的大、中型企业必须设置总会计师。

(二)会计人员的从业资格

会计工作具有很强的专业性和技术性,会计工作质量的好坏关系到单位经济活动的诸多方面,因此,从事会计工作的人员,必须取得会计资格从业证书,担任单位会计机构负责人(会计主管人员)的,除取得会计资格从业证书外,还应当具备会计师以上专业技术职务资格或从事会计工作3年以上的经历。会计人员从业资格管理办法由国务院财政部门规定。

（三）会计人员交接手续

会计工作人员的流动是社会正常现象,但人员的流动不能影响单位会计工作的连续性。会计人员调动工作或者离职,必须与接管人员办清交接手续。一般会计人员办理交接手续,由会计机构负责人监督交接;会计机构负责人办理交接手续,由单位负责人监督交接,必要时,主管单位可以派人会同监督交接。

五、法律责任

我国《会计法》在第六章规定了违反《会计法》规定的法律责任,主要包括以下几个方面。

第一,对于单位直接负责的主管人员和其他直接责任人员、国家工作人员、会计人员违反《会计法》的规定,有下列行为之一的,由县级以上人民政府财政部门责令限期改正,可以对单位并处3 000元以上50 000元以下的罚款;对其直接负责的主管人员和其他直接责任人员,可以处2 000元以上20 000元以下的罚款;属于国家工作人员的,还应当由其所在单位或者有关单位依法给予行政处分:①不依法设置会计账簿的;②私设会计账簿的;③未按照规定填制、取得原始凭证或者填制、取得的原始凭证不符合规定的;④以未经审核的会计凭证为依据登记会计账簿或者登记会计账簿不符合规定的;⑤随意变更会计处理方法的;⑥向不同的会计资料使用者提供的财务会计报告编制依据不一致的;⑦未按照规定使用会计记录文字或者记账本位币的;⑧未按照规定保管会计资料,致使会计资料毁损、灭失的;⑨未按照规定建立并实施单位内部会计监督制度或者拒绝依法实施的监督或者不如实提供有关会计资料及有关情况的;⑩任用会计人员不符合会计法规定的。

有违反上述行为之一,构成犯罪的,依法追究刑事责任。

会计人员有以上所列行为之一,情节严重的,由县级以上人民政府财政部门吊销会计从业资格证书。

第二,对于伪造、变造会计凭证、会计账簿,编制虚假财务会计报告的行为的规定。伪造、变造会计凭证、会计账簿,编制虚假财务会计报告的行为尚不构成犯罪的,由县级以上人民政府财政部门予以通报,可以对单位并处5 000元以上100 000元以下的罚款;对其直接负责的主管人员和其他直接责任人员,可以处3 000元以上50 000元以下的罚款;属于国家工作人员的,还应当由其所在单位或者有关单位依法给予撤职直至开除的行政处分;对其中的会计人员,应由县级以上人民政府财政部门吊销会计从业资格证书。若该行

212

为构成犯罪的,依法追究行为人的刑事责任。

第三,对于隐匿或者故意销毁依法应当保存的会计凭证、会计账簿、财务会计报告的行为的规定。隐匿或者故意销毁依法应当保存的会计凭证、会计账簿、财务会计报告的行为,尚不构成犯罪的,由县级以上人民政府财政部门予以通报,可以对单位并处 5 000 元以上 100 000 元以下的罚款;对其直接负责的主管人员和其他直接责任人员,可以处 3 000 元以上 50 000 元以下的罚款;属于国家工作人员的,还应当由其所在单位或者有关单位依法给予撤职直至开除的行政处分;对其中的会计人员,应由县级以上人民政府财政部门吊销会计从业资格证书。若该行为构成犯罪的,依法追究行为人的刑事责任。

第四,对于授意、指使、强令会计机构、会计人员及其他人员伪造、变造会计凭证、会计账簿,编制虚假财务会计报告或者隐匿、故意销毁依法应当保存的会计凭证、会计账簿、财务会计报告的行为的规定。授意、指使、强令会计机构、会计人员及其他人员伪造、变造会计凭证、会计账簿,编制虚假财务会计报告或者隐匿、故意销毁依法应当保存的会计凭证、会计账簿、财务会计报告的行为,尚不构成犯罪的,可以处 5 000 元以上 50 000 元以下的罚款;属于国家工作人员的,还应当由其所在单位或者有关单位依法给予降级、撤职、开除的行政处分。若构成犯罪的,依法追究行为人的刑事责任。

第五,对于单位负责人对会计人员实行打击报复行为的规定。单位负责人对依法履行职责、抵制违反《会计法》规定行为的会计人员以降级、撤职、调离工作岗位、解聘或者开除等方式实行打击报复,构成犯罪的,依法追究刑事责任;尚不构成犯罪的,由其所在单位或者有关单位依法给予行政处分。对受打击报复的会计人员,应当恢复其名誉和原有职务、级别。

213

第六,对于财政部门及有关行政部门的工作人员违法的规定。财政部门及有关行政部门的工作人员在实施监督管理中滥用职权、玩忽职守、徇私舞弊或者泄露国家秘密、商业秘密,构成犯罪的,依法追究刑事责任;尚不构成犯罪的,依法给予行政处分。

第七,对于有关工作人员违反检举保密工作要求的规定。违反检举保密工作要求,将检举人姓名和检举材料转给被检举单位和被检举人个人的,由所在单位或者有关单位依法给予行政处分。

第二节 审计法律制度

一、审计法概述

(一)审计的含义

审计是指由专门的机构和人员,以国家法律、法规为依据,对国家政府机关、企事业组织的财政、财务收支及有关经济活动的真实性、合法性、效益性进行审查,评价经济责任,以维护财经法纪、改善经营管理、提高经济效益、促进宏观调控的独立性的经济监督活动。

审计具有下列特征。

（1）审计的主体为专职机构和人员，包括国家审计机关、内部审计机构和民间审计组织。审计是由会计人员以外的上述第三者依法站在公正的立场上进行的审查、评价。

（2）审计是经济监督的一种形式，通过对会计活动所提供的一切会计资料的审查来进行，对各单位的经济活动进行间接监督。

（3）审计的目的是为了严肃财经法纪，提高经济效益，加强宏观控制和管理。

审计有三项职能：经济监督、经济评价、经济鉴证。经济监督指监察和督促被审计单位的全部经济活动在规定的范围之内，在正常的轨道上运行，审计是经济卫士；经济评价指在审核检查的基础上，对被审计单位的经济活动是否合法、合规、合理、有效，经济决策、计划、方案是否先进可行，有关规章制度是否健全、完备、有效等所作的评价和提出的改进建议，审计是经济医师；经济鉴证亦称审计公证。指通过审查检查，确定被审计单位反映和说明经济情况的会计资料及有关资料是否符合实际，某一经济事项和经济活动的某一方面是否合法、合规，并作出书面证明，审计是经济裁判。

中国的审计对象是：国家各级政府及其各部门、国家金融机构、各类企事业组织的财政、财务收支的真实性、合法性和效益性。

214

（二）审计法的含义

审计法是指调整审计关系的法律规范的总称。

所谓审计关系是指审计机关和审计人员运用正确的方法，在对被审计单位的预算和财政收支、财务收支状况及其记录，进行审核、评价等活动过程中所发生的一种经济监督关系。

1985年8月，国务院审定发布了《关于审计工作的暂行规定》，这是新中国成立以来的第一部审计法规，为初建阶段的审计工作提供了必要的法律依据。国务院于1987年6月发布了《国务院关于违反财政法规处罚的暂行规定》，1988年11月又发布了《中华人民共和国审计条例》。为配合和保证审计条例的贯彻执行，审计署陆续制定颁布了许多配套的行政规章，如《中华人民共和国审计条例实施细则》、《审计署关于内部审计工作的规定》、《审计署关于社会审计的规定》等。为适应社会主义市场经济和法制建设的要求，发展和完善新形势下的我国审计监督制度，1994年8月，第八届全国人大常委会第九次会议审议通过了《中华人民共和国审计法》（以下简称《审计法》），1997年10月，国务院又颁布了《中华人民共和国审计法实施条例》（以下简称《审计法实施条例》）。《审计法》和《审计法实施条例》的颁布实施，标志着中国审计立法程序的基本完成，初步构建了社会主义市场经济条件下中国审计法律体系的基本框架，为审计机关和审计人员依法履行审计监督职责，提供了可靠的法律保障。

二、审计机关审计

我国实行审计监督制度。审计监督制度是指审计机关和审计人员依照法律规定的职权和程序对被审计单位进行审计监督的一种制度。审计监督制度经过《审计法》调整就成为审计监督法律制度。审计机关审计制度包括下列内容。

（一）审计机关和审计人员

中国根据 1982 年《中华人民共和国宪法》的规定，自 1983 年 9 月以后，从中央到地方设置了各级审计机关，并于 1984 年在部门、单位内部成立了内部审计机构，实行内部审计监督。

审计机关设在政府，是国家行政机构的组成部分，是代表国家执行审计监督权的国家行政机关，它具有宪法赋予的独立性和权威性，实行统一领导、分级负责的原则。

国务院设审计署，是国家最高审计机关，同时也是国务院的组成部门。审计署在国务院总理的领导下，主管全国的审计工作，对国务院负责并报告工作。

地方审计机关包括省、自治区、直辖市、设区的市、自治州、县、自治县、不设区的市、市辖区的人民政府的审计机关。截至 2000 年年底，全国共有省、自治区、直辖市审计厅（局）31 个，地市级审计局 434 个，县区级审计局 3 075 个。地方审计机关共有工作人员 76 386 人。地方各级审计机关实行双重领导体制，在本级行政首长和上一级审计机关的领导下，负责本行政区域内的审计工作，对本级人民政府和上一级审计机关负责并报告工作，审计业务以上级审计机关领导为主。审计机关也可以根据工作需要，在其审计管辖的范围内派出审计特派员。审计特派员根据审计机关的职权，依法进行审计工作。

此外，香港、澳门特别行政区政府分别根据其《基本法》，设立了特别行政区审计署。

审计人员应当具备与其从事的审计工作相适应的专业知识和业务能力。审计人员的职权是依法行使审计机关的任务和职责，并受法律保护。任何组织和个人不得拒绝、阻碍审计人员依法执行职务，不得打击报复审计人员。审计人员的法定义务是依法审计、忠于职守、坚持原则、客观公正、实事求是、廉洁奉公，对其在执行职务中知悉的国家秘密和被审计单位的商业秘密，负有保密的义务。审计人员办理审计事项时，与被审计单位或者审计事项有利害关系的人员，应当回避。

审计机关负责人依照法定程序任免。审计署的审计长由总理提名，全国人民代表大会决定，国家主席任命。罢免权属全国人民代表大会。人民代表大会闭会期间，任免权属全国人大常委会。省、自治区、直辖市的审计长，由同级人民代表大会及其常委会批准任免。地方各级审计局主要负责人的任免应事先征得上级机关的同意。

审计机关负责人没有违法失职或者其他不符合任职条件情况的，不得随意撤换。《审计法》的这项规定，从组织上保证了审计机关可以独立行使审计监督权，可以防止行政机关及其负责人用选拔或更换审计机关负责人的办法干预审计工作,也可以防止对敢于坚持原则、依法从事审计工作的审计机关负责人进行报复。

（二）审计机关审计监督的对象

根据《审计法》第二条规定,审计机关对国务院各部门和地方人民政府各部门的财政收支,国有的金融机构和企业事业组织的财务收支,以及其他依照《审计法》规定应当进行审计的财政收支、财务收支的真实性、合法性和效益性进行经济监督。

（三）审计机关的职责

根据《审计法》和《审计法实施条例》的规定,审计机关的职责如下。

（1）审计署和地方审计机关直接进行下列审计。

① 本级财政预算执行情况和其他财政收支。

② 下级人民政府预算的执行情况和决算以及预算外资金的管理和使用情况。

③ 与本级人民政府财政部门直接发生预算缴款、拨款关系的国家机关、军队、政党、社会团体、国有企业和事业单位的财务收支。

④ 国有金融机构的资产、负债、损益。国有金融机构包括:国家政策性银行、国有商业银行、国有非银行金融机构、国有资产占控股地位或者主导地位的银行或者非银行金融机构。

⑤ 国有资产占控股地位或者主导地位的企业。这些企业包括:国有资本占企业资本总额的 50%(含本数)以上的企业;国有资本占企业资本总额的比例不足 50%,但是国有资产投资者实质上拥有控制权的企业。

⑥ 国家建设项目(包括基本建设项目和技术改造项目)预算的执行情况和决算,以及与国家建设项目直接有关的建设、设计、施工、采购等单位的财务收支。

⑦ 政府部门管理的和社会团体受政府委托管理的社会保障基金、社会捐赠资金、环境保护资金及其他有关基金、资金的财务收支。这里的社会保障基金包括养老、医疗、工伤、失业、生育等社会保险基金,救济、救灾、扶贫等社会救济基金,以及发展社会福利事业的社会福利基金。

⑧ 国际组织和外国政府援助、贷款项目的财务收支。

⑨ 法律、行政法规规定应当由审计机关进行的其他审计事项。

（2）中央银行的财务收支只能由审计署进行审计,地方审计机关不能审计。

（3）各级审计机关分别在本级政府行政首长的领导下,对本级预算执行情况进行审计后,向本级人民政府和上一级审计机关提出审计结果报告。

（4）受本级人民政府的委托,向本级人大常委会提出本级预算执行和其他财政收支的审计工作报告。

（5）审计机关对与国家财政收支有关的特定事项，可以向有关地方、部门、单位进行专项审计调查，并向本级人民政府和上一级审计机关报告审计调查结果。

（6）审计机关受干部管理部门的委托，对党政领导干部和国有企业领导干部进行任期经济责任审计，审计结果作为干部升降、任免等的依据之一。

（7）指导、监督内部审计。

（8）监督社会审计（审计事务所、会计师事务所）的审计业务质量。

（四）审计机关的权限

按照《审计法》的规定，审计机关有审计监督权，具体来说，审计机关有下列权限。

（1）审计机关有权要求被审计单位按照规定报送预算或者财务收支计划、预算执行情况、决算、财务报告、社会审计机构出具的审计报告，以及其他与财政收支或者财务收支有关的资料，被审计单位不得拒绝、拖延、谎报。

（2）审计机关进行审计时，有权检查被审计单位的会计凭证、会计账簿、会计报表以及其他与财政收支或财务收支有关的资料和资产，被审计单位不得拒绝。

（3）审计机关进行审计时，有权就审计事项的有关问题向有关单位和个人进行调查，并取得有关证明材料，有关单位和个人应当支持、协助审计机关工作，如实向审计机关反映情况，提供有关证明材料。

217

（4）审计机关进行审计时，被审计单位不得转移、隐匿、篡改、毁弃会计凭证、会计账簿、会计报表以及其他与财政收支或者财务收支有关的资料，不得转移、隐匿所持有的违反国家规定取得的资产。

审计机关对被审计单位正在进行的违反国家规定的财政收支、财务收支行为，有权予以制止；制止无效的，经县级以上审计机关负责人批准，通知财政部门和有关主管部门暂停拨付与违反国家规定的财政收支、财务收支行为直接有关的款项，已经拨付的，暂停使用。采取该项措施不得影响被审计单位合法的业务活动和生产经营活动。

（5）审计机关认为被审计单位所执行的上级主管部门有关财政收支、财务收支的规定与法律、行政法规相抵触的，应当建议有关主管部门纠正；有关主管部门不予纠正的，审计机关应当提请有关机关依法处理。

关于审计结果，审计机关可以向政府有关部门通报或者向社会公布。但应依法保守国家秘密和被审计单位的商业秘密，并遵守国务院有关规定。

（五）审计程序

审计工作是否依法进行还在于是否有一套完整的审计工作程序。审计工作必须按法定程序进行，才能保证审计监督的合法性、有效性，才能在不损害被审计单位合法权益的前提下，充分发挥审计工作的审计监督作用。因此，审计程序也是审计监督制度的重要环节。

审计工作程序按下列顺序进行。

1. 组成审计组，向被审计单位送达审计通知书

审计机关根据审计项目计划确定的审计事项组成审计组，并应当在实施审计 3 日前，向被审计单位送达审计通知书。被审计单位应当配合审计机关的工作，并提供必要的工作条件。

2. 进行审计，取得证明材料

审计人员通过审查会计凭证、会计账簿、会计报表，查阅与审计事项有关的文件、资料，检查现金、实物、有价证券，向有关单位和个人调查等方式进行审计，并取得证明材料。审计人员在进行调查时，应出示审计人员的工作证件和审计通知书副本。

3. 提出审计报告

审计组对审计事项实施审计后，应当向审计机关提出审计报告，审计报告报送审计机关前，应当征求被审计单位的意见。被审计单位应当自接到审计报告之日起 10 日内，将其书面意见送交审计组或者审计机关。

4. 作出审计评价，出具审计意见书

审计机关审定审计报告，对审计事项作出评价，出具审计意见书，对违反国家规定的财政收支、财务收支行为，需要依法给予处理、处罚的，在法定职权范围内作出审计决定或者向有关主管机关提出处理、处罚意见。

审计机关应当自收到审计报告之日起 30 日内，将审计意见书和审计决定送达被审计单位和有关单位。审计决定自送达之日起生效。

三、内部审计和社会审计

（一）内部审计

根据《审计法》第二十九条规定："国务院各部门和地方人民政府各部门、国有的金融机构和企业事业组织，应当按照国家有关规定建立、健全内部审计制度。各部门、国有的金融机构和企业事业组织的内部审计，应当接受审计机关的业务指导和监督。"

1. 内部审计的概念

内部审计是指由部门或单位内部相对独立的审计机构和审计人员对本部门或本单位的财政收支、财务收支、经营管理活动及其经济效益进行审核和评价，查明其真实性、正确性、合法性和有效性，提出意见和建议的一种专职经济监督活动。

2. 内部审计机构

我国的内部审计机构，是根据审计法规和其他财经法规的规定设置的，主要包括部门内部审计机构和单位内部审计机构。但是，不论是部门内部审计机构还是单位内部审计机构,都有其专职业务,其性质和会计检查并不相同,因此必须单独设立,并由本部门或本单位主要领导人直接领导。

3. 内部审计机构的职责权限

内部审计机构和审计人员的职权有:检查凭证、账表决算、资金和财产,查阅有关的文件和资料;参加有关会议;对审计中的有关事项进行调查并索取证明资料;对正在进行的严重违反财经法纪,严重损失浪费行为作出临时的制止决定;对阻挠、破坏审计工作以及拒绝提供有关资料的,经单位领导人批准,可以采取必要的临时措施,并提出追究有关人员责任的建议,提出改进管理、提高效率的建议,以及纠正、处理违反财经法纪行为的建议;对审计工作的重大事项,向对其进行指导的上级内部审计机构和审计机关反映。

(二)社会审计

社会审计是指社会审计组织依法独立承办审计查证和咨询服务的审计监督活动。社会审计是受国家审计机关或部门、单位的委托所进行的审计工作。

1. 社会审计组织和人员

社会审计组织是指根据国家法律或法规规定,经政府有关部门审核,注册登记的会计师事务所和审计事务所。社会审计人员主要由注册会计师组成。在中国,注册会计师考试合格者只取得成为注册会计师的资格,只有加入会计师事务所,从事审计业务工作两年以上的,并具备相应的业务能力,才能准予注册成为执业注册会计师。

2. 社会审计组织的业务范围和职权

社会审计组织的业务范围是根据审计法规和其他经济法规而确定的。具体包括:审计业务、会计咨询业务、股份制试点企业有关业务。

社会审计组织的职权包括:社会审计组织接受国家机关委托办理业务,根据业务需要,有权查阅有关财务会计资料和文件,查看业务现场和设施,向有关单位和个人进行调查与核实。

其他委托人委托社会审计机构办理业务,需要查阅资料、文件和进行调查的,按照依法签订的业务约定书的约定办理。

四、法律责任

《审计法》对被审计单位负有直接责任的主管人员、直接责任人员以及其他有关人员根据不同情况给予下列处分。

(1)被审计单位违反《审计法》规定,拒绝或拖延提供与审计事项有关的资料,或者拒绝、阻挠检查的,由审计机关责令改正,可以通报批评、给予警告;拒不改正的,依法追究责任。

(2)审计机关发现被审计单位违反《审计法》规定,转移、隐匿、篡改、毁弃会计凭证、会计账簿、会计报表以及其他与财政收支或财务收支有关资料的,有权予以制止。审计机关认为对负有直接责任的主管人员和直接责任人员依法应给予行政处分的,应当提出给予行政处分的建议,被审计单位或者其上级机关、监察机关应依法及时作出决定;构成犯罪的,依法追究刑事责任。

(3) 被审计单位违反《审计法》规定,转移、隐匿违法取得的资产的,审计机关、人民政府或者有关主管部门在法定职权范围内有权予以制止,或者申请法院采取保全措施。审计机关认为对负有直接责任的主管人员和其他直接责任人员依法应当给予行政处分的,应当提出给予行政处分的建议,被审计单位或者其上级机关、监察机关应当依法及时作出决定;构成犯罪的,依法追究刑事责任。

(4) 审计机关对本级各部门(含直属单位)和下级政府违反预算的行为或者其他违反国家规定的财政收支行为,审计机关、人民政府或者有关主管部门在法定的职权范围内,依照法律、法规的规定作出处理。

(5) 审计机关对被审计单位违反国家规定的财务收支行为,审计机关、人民政府或者有关主管部门在法定的职权范围内,依照法律、法规的规定,责令限期缴纳应予上缴的收入,限期退还违法所得,限期退还被侵占的国有资产,以及采取其他纠正措施,并可依法给予处罚。

(6) 对被审计单位违反国家规定的财政收支、财务收支行为负有直接责任的主管人员和其他直接责任人员,审计机关认为依法应当给予行政处分的,应当提出给予行政处分的建议,被审计单位或者其上级机关、监察机关应当依法作出决定。

(7) 被审计单位的财政收支、财务收支违反法律、法规的规定,构成犯罪的,依法追究刑事责任。

(8) 凡是报复陷害审计人员,构成犯罪的,依法追究刑事责任;不构成犯罪的,给予行政处分。

《审计法》还对审计人员的违法行为应承担的法律责任作了规定:审计人员滥用职权、徇私舞弊、玩忽职守,构成犯罪的,依法追究刑事责任;不构成犯罪的,给予行政处分。

本 章 小 结

会计与审计是经济管理的重要组成部分。所以我们要适时地建立与之相适应的法律制度,使其在国民经济发展过程中发挥着基础性的作用,以保证国民经济的健康运行。

会计是对国家机关、社会团体、公司、企业、事业单位和其他组织的经济活动进行计量、记录、分析和核查,作出预测、实行监督、参与决策,以实现最佳经济效益的一种管理活动。会计的对象是单位的经济业务事项,其基本职能是进行会计核算和会计监督。会计核算是会计工作的基本任务之一。会计监督是指法律赋予国家有关机构和人员通过记录、计算、分析、核查等方式对各单位的经济业务活动进行控制。我国《会计法》在第六章规定了违反《会计法》规定的法律责任。

审计是指由专门的机构和人员，以国家法律、法规为依据，对国家政府机关、企事业组织的财政、财务收支及有关经济活动的真实性、合法性、效益性进行审查，评价经济责任，以维护财经法纪、改善经营管理、提高经济效益、促进宏观调控的独立性的经济监督活动。我国实行审计监督制度。审计机关有审计监督权，审计工作必须按法定程序进行。审计分为内部审计和社会审计。《审计法》对被审计单位负有直接责任的主管人员、直接责任人员以及其他有关人员和审计人员的违法行为应承担的法律责任作了规定。

基 本 概 念

会计　　会计核算　　会计监督　　审计　　审计关系　　内部审计　　社会审计

思考题与训练

1. 什么是会计？对哪些内容进行会计核算？

2. 简述会计的内部监督。

3. 什么是审计？对哪些内容进行审计？

4. 案例分析题

(1) 据报道，2005 年 1～11 月全国共审计 9.1 万个单位，查出各类违法违规问题金额 2 900 多亿元。审计署对中石化、国家电网公司、中国移动、中国电信、中国联通等 11 户中央管理的重要骨干企业进行审计，发现三大突出问题：一是企业损益不实，有的多计利润 48 亿元，有的少计利润 150 亿元；二是一些企业因决策失误造成损失和潜在损失 90 亿元；三是一些企业因管理不善、利益驱动造成国家资产流失 39 亿元。

问题：结合上述资料，请你分析这些企业的领导和直接责任人对造成的违法违规的金额是否都应承担责任？审计部门对被审计单位可以采取哪些措施？

(2) 浙江省某学院院长郭某，于 2003 年 6 月将政府财政部门拨给该校的一部分财政资金，通过学院财务处副处长任某用于该市经济技术开发区投资。财务处处长刘某因坚持反对意见，被郭某利用职权调离工作岗位。

问题：郭某对其行为应承担什么样的法律责任？

(3) 2007 年 4 月，某市财政局派出检查组对市属某国有机械厂的会计工作进行检查。检查中了解到以下情况。

① 2006 年 10 月，新厂长要某上任后，在未报经主管单位同意的情况下决定将原会计

科科长冯某调到计划科任科长,提拔会计刘某任科长,并将厂长李某战友的女儿陈某调入该厂的会计科任出纳,兼管会计档案保管工作。陈某没有会计证。

② 2006 年 11 月,会计张某申请调离该厂,厂人事部门在其没有办清会计工作交接手续的情况下,即为其办理了调动手续。

③ 2006 年 12 月 10 日,该厂从现金收入中直接支取 5 万元用于职工福利,会计科科长刘某称当时曾口头向厂长反映这样做不妥,但厂长要求其办理。

④ 2007 年 1 月 6 日,该厂档案科会同会计科编制会计档案销毁清册。经厂长签字后,按规定程序进行了监销。经查实,销毁的会计档案中有一些是保管期满但未结清的债权债务的原始凭证。

⑤ 该厂 2006 年 10 月以前的现金日记账和银行存款日记账是用加珠笔书写的,未按页次顺序连续登记,有跳行、隔页现象。

要求:请指出上述情况中哪些行为不符合国家规定,并说明理由。

第十章 劳动法律制度

引导案例

王某于 2006 年 10 月 9 日与某电脑公司签订劳动合同,被聘为技术员,聘期两年,双方当事人在劳动合同中约定了竞业禁止:合同解除或终止后,王某在三年内不得在本地区从事与该公司相同性质的工作,如违约,王某需一次性赔偿电脑公司经济损失 10 万元。

因电脑公司缺欠王某 2007 年 9 月、10 月两个月的工资,2007 年 11 月 15 日,王某向区劳动争议仲裁委员会申请仲裁,要求解除劳动合同;补发两个月的工资,给付经济补偿金;确认劳动合同中竞业禁止条款无效。

问题:

你认为该案应该如何判决?

第一节 劳动法概述

一、劳动法的概念和调整对象

(一)劳动法的概念

劳动法是调整劳动关系以及与劳动关系密切联系的其他社会关系的法律规范的总和。劳动法是以劳动者权益保护为宗旨,融实体法与程序法为一体的独立法律。我国的劳动法的内容包括:促进就业法、劳动合同法、集体合同法、工作时间和休息休假法、工资法、劳动安全卫生法、女职工和未成年工特殊保护法、职业培训法、劳动纪律法、社会保险和福利法、工会和职工民主管理法、劳动争议处理法、劳动监督检查法。

(二)劳动法的调整对象

劳动法的调整对象包括两个方面的关系。一是劳动关系,即实现集体劳动过程中劳动者与用人单位之间所发生的关系,这是劳动法调整的最基本、最重要的关系。二是与劳动者关系密切相关的其他关系,主要包括:①因处理劳动争议而发生的关系;②因执行社会保险而发生的关系；③因有关部门监督检查劳动法律、法规的执行而发生的关系；④因工会组织的活动而发生的关系；⑤因劳动行政部门管理劳动工作而发生的关系等。

二、我国劳动法的适应范围

《中华人民共和国劳动法》（以下简称《劳动法》）第二条明确规定："在中华人民共和国境内的企业、个体经济组织（以下统称用人单位）、民办非企业单位和与之形成劳动关系的劳动者，适用本法。国家机关、事业单位、社会团体和与之建立劳动合同关系的劳动者，依照本法执行。"根据这一规定及有关劳动行政法规和劳动规章的规定，《中华人民共和国劳动法》对人的适用范围如下。

（一）与中国境内的企业、个体经济组织、民办非企业单位形成劳动关系的劳动者

这里的"企业"包括国有企业、集体所有制企业、中外合资企业、中外合作企业、外商独资企业、股份制企业、混合性企业、港澳台企业、私营企业、联营企业、乡镇企业等。个体经济组织是指雇工在 7 人以下的个体工商户。在中国境内的企业、个体经济组织与劳动者之间，只要形成劳动关系，即劳动者事实上已成为企业、个体经济组织的成员，并为其提供有偿劳动，不论他们之间是否订立劳动合同都适用《中华人民共和国劳动法》。

（二）国家机关、事业单位、社会团体实行劳动合同制度的以及按规定实行劳动合同制度的工勤人员

其他通过劳动合同与国家机关、事业单位、社会团体建立劳动关系的劳动者，适用《中华人民共和国劳动法》。"工勤人员"即是我国传统人事体制中"工人"编制的人员。实行劳动合同制度的以及按照规定应当实行劳动合同制度的国家机关、事业组织、社会团体与其工勤人员之间，无论是否存在劳动合同关系均适用《中华人民共和国劳动法》。建立劳动合同关系的非工勤人员与国家机关、事业组织、社会团体之间，也适用《中华人民共和国劳动法》。未建立劳动合同关系的工勤人员与国家机关、事业组织、社会团体之间的关系，不适用《中华人民共和国劳动法》。

（三）实行企业化管理的事业单位的人员

实行企业化管理的事业组织是指国家不再拨经费，实行独立核算、自负盈亏的事业单位。但是公务员和比照公务员制度的事业组织，例如教师和社会团体的工作人员、农村劳动者、现役军人和家庭保姆、享有外交特权与豁免权的外国人，不适用《劳动法》。

劳动者在试用期内、退休后都享受我国《劳动法》调整。

第二节　劳动合同

一、劳动合同的概念和特征

　　劳动合同,是劳动者与用人单位之间确立劳动关系、明确双方权利和义务的书面协议。用人单位应当如实告知劳动者工作内容、工作条件、工作地点、工作危害、安全生产状况、劳动报酬以及劳动者希望了解的其他与订立和履行劳动合同直接相关的情况;用人单位有权了解劳动者与订立和履行劳动合同直接相关的年龄、身体状况、工作经历、知识技能以及就业现状等情况。劳动合同除具有一般合同的特征外,有其独有的特征。

(一)劳动合同主体具有特定性

　　即劳动合同的主体一方是劳动者,另一方是用人单位。

(二)劳动合同是劳动者与用人单位确立劳动关系的法律形式,其内容明确规定了劳动权利和劳动义务

　　我国《劳动法》第十六条规定:"建立劳动关系应当订立劳动合同。"这表明劳动合同是确立劳动关系的普遍性法律形式。

(三)劳动合同具有较强的法定性

　　即劳动合同内容等主要以劳动法律、法规为依据,且均有强制性规定,法律虽允许双方当事人协商签订劳动合同,但协商的内容不得违反或排斥强制性规范,否则无效。

(四)劳动合同的客体具有单一性

　　劳动合同的客体是劳动行为,双方权利、义务的指向对象是劳动行为。

二、劳动合同的订立

　　劳动合同的订立是劳动者与用人单位之间确立劳动关系,明确双方权利、义务的法律行为。

(一)劳动合同订立的原则

　　《劳动法》第十七条规定:"订立和变更劳动合同,应当遵守平等自愿、协商一致的原则;不得违反法律、行政法规的规定。"根据这一规定,订立劳动合同必须遵守下列原则。

1. 合法原则

即劳动合同当事人必须依法订立,不得违反法律、行政法规的规定。合法原则具体要求如下。

(1)劳动合同的主体合法

即劳动合同的当事人必须具备合法资格,劳动者应满16周岁,身体健康,是具有劳动权利能力和劳动行为能力的公民,可以是中国人、外国人、无国籍人。用人单位应是依法成立或核准登记的企业、个体经济组织、国家机关、事业组织、社会团体,具有用人的权利能力和行为能力。

(2)劳动合同的内容合法

劳动合同的内容是对合同双方当事人的劳动权利义务的具体规定,其内容必须符合国家法律、行政法规的规定,包括国家的劳动法律、法规,也包括国家的其他法律、行政法规。

劳动合同的内容具体表现为劳动合同的条款。一般分为必备条款和可备条款。

1)必备条款。必备条款是法律规定劳动合同必须具备的条款。《劳动法》第十九条规定,劳动合同应当具备以下条款。

第一,劳动合同期限。劳动合同的期限是指劳动合同有效的期间。劳动合同的期限分为有固定期限、无固定期限和以完成一定工作为期限。已存在劳动关系,但是用人单位与劳动者未以书面形式订立劳动合同的,除劳动者有其他意思表示外,视为用人单位与劳动者已订立无固定期限劳动合同,并应当及时补办订立书面劳动合同的手续。用人单位和劳动者对是否存在劳动关系有不同理解的,除有相反证明的以外,以有利于劳动者的理解为准。

第二,工作内容。是用人单位对劳动者提供劳动的具体要求,如工作岗位,劳动的数量、质量、工作任务等。

第三,劳动保护和劳动条件。是用人单位应当为劳动者提供的劳动保护措施和符合国家规定标准的工作环境。

第四,劳动报酬。包括劳动者应享有的工资、奖金、津贴等待遇,不得低于国家规定标准。

第五,劳动纪律。是劳动者需遵守的用人单位内部劳动规则,一般由用人单位依法制定劳动规章制度。

第六,违反劳动合同的责任。即当事人由于过错造成劳动合同不能履行或不适当履行而应承担的法律责任。

第七,劳动合同终止的条件。即法律规定或双方当事人协商约定的合同终止条件。

2)可备条款。可备条款是除法定必备条款外劳动合同可以具备的条款。根据我国《劳动法》规定,可备条款包括:

226

第一,试用期条款。劳动合同的试用期是劳动者和用人单位为相互了解、选择而约定的考察期,试用期包括在劳动合同期限内。我国有关劳动法法规规定:劳动合同的期限在3个月以上的,可以约定试用期。试用期包括在劳动合同期限内。非技术性工作岗位的试用期不得超过1个月,技术性工作岗位的试用期不得超过2个月,高级专业技术工作岗位的试用期不得超过6个月。同一用人单位与同一劳动者只能约定一次试用期。

第二,保守商业秘密和专有技术秘密条款。一般可以在终止劳动关系的一年以内劳动者继续承担保守商业秘密的义务,劳动者不得到生产与本单位同类产品或者经营同类业务的有竞争关系的同类产品或者业务的其他单位任职。

第三,禁止同业竞争条款。掌握用人单位商业秘密的劳动者在终止或解除劳动合同后一定期限内(不超过两年),不能到与用人单位生产同类产品或经营同类有竞争关系的其他单位任职,也不得自己生产、经营同类产品。用人单位应给予劳动者一定的经济补偿,其数额不得少于劳动者在该用人单位的年工资收入。劳动者违反竞业限制约定的,应向用人单位支付违约金,其数额不得超过用人单位向劳动者支付的竞业限制经济补偿的3倍。

其他可备条款还有第二职业条款,违约金和赔偿金条款,补充保险、福利条款等。

除以上必备条款和可备条款外,我国《劳动法》还规定了禁止规定的条款,即用人单位在与劳动者订立劳动合同时,不得以任何形式向劳动者收取定金、保证金(物)或抵押金(物),不得扣押劳动者的居民身份证或者其他证件。对违反规定的,由公安部门和劳动保障行政部门责令用人单位立即退还给劳动者本人。

(3) 劳动合同订立的程序和形式合法

劳动合同订立的程序必须符合法律规定,未经双方协商一致、强迫订立的劳动合同无效。《劳动法》第十九条规定:"劳动合同应当以书面形式订立。"劳动合同文本由用人单位提供。劳动文本应当载明下列事项:用人单位的名称、住所和法定代表人;劳动者的姓名、居民身份证号码;劳动合同期限或者终止条件;工作内容和工作地点;工作时间和休息休假;劳动报酬;法律和法规规定应当纳入劳动合同的其他事项。劳动合同约定的劳动条件和劳动报酬等标准,不得低于集体合同的规定。以劳动力派遣形式用工的用人单位(以下简称劳动力派遣单位)注册资金不得少于50万元,并应当在省、自治区、直辖市人民政府劳动保障主管部门指定的银行账户中以每一名被派遣的劳动者不少于5 000元为标准存入备用金。劳动力派遣单位与劳动者订立的以劳动力派遣形式用工的劳动合同,除应当载明本法第十一条规定的事项外,还应当载明被派遣的劳动者的接受单位以及派遣期限、工作岗位等情况。

2. 平等自愿、协商一致的原则

平等是指在订立劳动合同过程中,双方当事人的法律地位平等,不存在管理与服从的关系;自愿是指劳动合同的订立及其合同内容的达成,完全出于当事人自己的意志,是真实意思的表示,任何一方不得把自己的意志强加给对方,也不允许第三方非法干预;协商一致是指经过双方当事人充分协商,达成一致意见,签订劳动合同。

(二)劳动合同的效力

(1)劳动合同的生效,一般情况下,劳动合同依法成立,即双方当事人意思表达一致,签订劳动合同之日,并在合同文本上签字或者盖章成立,即产生法律效力;双方当事人约定须签证或公证的劳动合同,其生效时间是签证或公证之日。劳动合同应当由用人单位和劳动者各执一份。未以书面形式订立劳动合同的,劳动关系自劳动者为用人单位提供劳动之日起成立。用人单位和劳动者对劳动合同的内容理解不一致的,应当按照通常理解予以解释,有两种以上的解释应当采纳最有利于劳动者的解释。

(2)劳动合同的无效是指由于当事人违反法律、行政法规,致使签订的劳动合同不具有法律效力。劳动合同的无效有下列情形:①订立劳动合同的主体不合法。即合同双方的当事人不具备法律规定的主体资格;②订立劳动合同的形式和程序不合法。劳动合同要求采用书面形式,要求平等协商;③违反法律、行政法规的劳动合同;④采用欺诈、威胁等手段订立的合同;⑤用人单位和劳动者恶意串通,损害国家利益、社会公共利益或者他人合法权益的;⑥用人单位免除自己的责任、排除劳动者的权利的。

无效的劳动合同,从订立时起,就没有法律效力。确立劳动合同部分无效的,如果不影响其余部分的效力,其余部分仍然有效。

处理无效劳动合同的方式有:①返还财产,当事人因无效合同而获得的财产,应当返还给因此受损失的对方当事人;②赔偿损失,对于订立劳动合同有过错的一方当事人应赔偿对方因此而受到的损失,双方都有过错的应当各自承担相应的责任;③追缴财产,双方当事人恶意串通,损害国家和第三人利益的,追缴双方已经取得或约定取得的财产,收归国家或第三人所有;④其他方式,如劳动部门等行政、司法机关对过错方给予行政处分,对构成犯罪者追究刑事责任等。劳动合同被确认无效或者被撤销,劳动者已付出劳动的,除劳动者本人也有过错的情况下,用人单位应向劳动者支付劳动报酬。

三、劳动合同的履行

劳动合同的履行是指劳动合同的双方当事人按照合同规定,履行各自应承担义务的行为。劳动合同依法订立即具有法律约束力,当然必须履行合同规定的义务。任何第三方不得非法干预劳动合同的履行。履行劳动合同应遵循如下原则。

(一)亲自履行原则

是指双方当事人必须自己亲自履行合同规定的义务,不得由他人代替履行或委托他人履行。

228

（二）全面履行原则

是指双方当事人必须履行合同规定的全面内容,承担全部义务。这是判断劳动合同是否履行、是否违约的法律标准。

（三）协作履行原则

是指双方当事人相互合作,保证劳动合同得以履行。

四、劳动合同的变更

（一）变更劳动合同的原则和条件

劳动合同的变更是指当事人双方对尚未履行的劳动合同,依照法律规定的条件和程序,对劳动合同进行修改或增删的法律行为。劳动合同变更应遵循平等自愿、协商一致的原则,不得违反法律、行政法规的规定。任何一方不得擅自变更,否则要承担相应的法律责任。

（二）劳动合同变更的程序

劳动合同的变更一般是协议变更,必须依照法律程序变更。分为三个步骤。

（1）及时提出变更合同的建议。即当事人一方向对方提出变更合同的建议,说明变更合同的理由、内容、条件以及请求对方答复的期限等项内容。

（2）按期作出答复。当事人一方得知另一方提出变更合同的建议,应在对方规定的时间内作出答复,可以依法表示同意、不完全同意和不同意。

（3）签订书面协议。双方就变更的内容及条件进行协商,达成一致意见,应签订书面协议。

我国劳动法规定,提出变更合同的一方,给对方造成经济损失的,应当承担赔偿责任。

五、劳动合同的解除

（一）解除劳动合同的条件和程序

劳动合同的解除是指劳动合同当事人在劳动合同期限届满之前终止劳动合同关系的法律行为。劳动合同的解除可分为协商解除、用人单位单方解除、劳动者单方解除及自行解除等。

1. 双方协商解除劳动合同

《劳动法》第三十六条规定:"经劳动合同当事人协商一致,劳动合同可以解除。"双方解除劳动合同的条件:一是双方自愿;二是平等协商;三是不得损害另一方利益;四是双方达成解除劳动合同的书面协议。

2. 用人单位单方解除劳动合同

即具备法律规定的条件时,用人单位享有单方解除权,无须双方协商达成一致意见。用人单位单方解除合同有三种情况。

(1) 即时解除,即用人单位无须以任何形式提前告知劳动者,可随时通知劳动者解除合同。一般适用于劳动者不符合录用条件;严重失职、违反用人单位规章制度,按照用人单位的规章制度应当解除劳动合同的;严重失职,营私舞弊,给用人单位的利益造成重大损害的;劳动者同时与其他用人单位建立劳动关系,对完成工作任务造成严重影响,经用人单位提出,拒不改正的;被依法追究刑事责任的,用人单位可以解除劳动合同。

(2) 需预告的解除,即用人单位应当提前 30 日以书面形式通知劳动者本人或者额外支付劳动者 1 个月工资后,可以解除无固定期限劳动合同。如劳动者患病或者非因工负伤,在规定的医疗期满后不能从事原工作,且未能就变更劳动合同与用人单位协商一致的;劳动者被证明不能胜任工作,经过培训或者调整工作岗位,仍不能胜任工作的;劳动合同订立时所依据的客观情况发生重大变化,致使劳动合同无法履行,经用人单位与劳动者协商,未能就变更劳动合同内容或者中止劳动合同达成协议的。

(3) 经济性裁员。《劳动法》第二十七条规定:"用人单位濒临破产进行法定整顿期间或者生产经营状况发生严重困难,确需裁员的,应当提前 30 日向工会或者全体员工说明情况,听取工会或者职工的意见,经向劳动部门报告后,可以裁减人员。劳动合同订立时所依据的客观情况发生重大变化,致使劳动合同无法履行,需要裁减人员 50 人以上的,用人单位应当向本单位工会或者全体职工说明情况,并与工会或者职工代表大会协商一致。裁减人员时,应当优先留用在本单位工作时间较长、与本单位订立较长期限的有固定期限劳动合同以及订立无固定期限劳动合同的劳动者。用人单位依照本条例裁减人员,在 6 个月内录用人员的,应当优先录用被裁减人员。"

为保护劳动者的合法权益,防止用人单位滥用单方解除权,劳动法从两方面限制用人单位的单方解除权,一方面规定了工会的权利:用人单位解除劳动合同,工会有权处理;劳动者申请仲裁或者提起诉讼的,工会应当依法给予支持和帮助。另一方面规定禁止解除劳动合同的条件,规定劳动者有下列情形之一的,用人单位不得依据《劳动法》第二十六条、第二十七条的规定解除劳动合同:①患职业病或者因工伤并被确认丧失或者部分丧失劳动能力的;②女职工在孕期、产期、哺乳期内的;③正在担任平等协商代表的;④法律、行政法规规定的其他情形。

3. 劳动者单方解除劳动合同

即具备法律规定的条件时,劳动者享有单方解除权,无须双方协商达成一致意见。劳动者单方解除劳动合同有两种情况。

(1) 预告解除。劳动者应当提前 30 日以书面形式通知用人单位方可解除劳动合同。

劳动者无须说明任何法律事由,只需提前书面告知用人单位即可解除劳动合同,超过30日,劳动者可向用人单位提出办理解除劳动合同的手续,用人单位须给予办理。

（2）无须预告的解除。即劳动者不需提前书面告知用人单位,只要具备法律规定的正当理由,劳动者可随时通知用人单位解除劳动合同,还应对用人单位的违约行为和侵权行为造成的损失要求用人单位给予赔偿,并有权提请有关机关追究用人单位的行政责任、刑事责任。下列情形之一者劳动者可以随时解除劳动合同:在试用期内的;用人单位未按照劳动合同约定提供劳动条件,未提供合格的安全生产条件的;用人单位未按时支付劳动报酬的;用人单位未依法为劳动者缴纳社会保险的;用人单位的规章制度违反法律、行政法规的规定,损害劳动者权益的;法律、行政法规规定的其他情形。用人单位以暴力、威胁或者非法限制人身自由的手段强迫劳动者劳动的,或者用人单位违章指挥、强令冒险作业危及劳动者人身安全的,劳动者可以立即解除劳动合同,无须通知用人单位。

4. 劳动合同自行解除

劳动合同自行解除是指因法律规定的特殊情况发生而导致劳动合同自行提前终止法律效力。它只适用于法律规定的特殊情况,并且无须履行解除劳动合同的手续。根据有关劳动法规规定。劳动者被开除、除名或因违纪被辞退,劳动合同自行解除。

（二）解除劳动合同的经济赔偿

是指因解除劳动合同用人单位给予劳动者的一次性经济补偿。

六、劳动合同的终止

劳动合同的终止是指符合法律规定或当事人约定的情形时,劳动合同的效力即行终止。我国《劳动法》规定:劳动合同期满或者当事人约定的劳动合同终止条件出现,劳动合同终止。

有下列情形之一的劳动合同终止。

（1）劳动合同期限届满,或者劳动合同约定的终止条件出现。

（2）劳动者已开始依法享有基本养老保险待遇的。

（3）劳动者死亡,或者被人民法院宣告死亡或者宣告失踪的。

（4）用人单位歇业、解散的。

（5）用人单位被依法宣告破产、被吊销营业执照或者被责令关闭的。

（6）法律、行政法规规定的其他情形。另外被人民法院宣告死亡、宣告失踪的劳动者重新出现,劳动合同期限未满的,应当继续履行;因情况变化确实无法履行的,劳动合同解除。

七、违反劳动合同的赔偿责任

违反劳动合同的赔偿责任是指当事人由于自己的过错造成劳动合同不履行或不适当履行,所应承担的相应的经济责任。

（一）用人单位应承担的赔偿责任

（1）用人单位故意拖延不订立劳动合同,即招用后故意不按规定订立劳动合同以及劳动合同到期后故意不续订劳动合同的。

（2）由于用人单位故意订立无效或部分无效劳动合同的。

（3）用人单位违反规定或劳动合同的约定侵害女职工或未成年工合法权益的。

（4）用人单位违反规定或劳动合同的约定解除劳动合同的。

（二）劳动者应承担的赔偿责任

劳动者违反规定或劳动合同的约定解除劳动合同,对用人单位造成损失的,劳动者应赔偿用人单位的损失。

劳动者违反合同中约定的保密事项,对原用人单位造成损失的,除该劳动者承担直接赔偿责任外,新用人单位也应当承担连带赔偿责任。其连带赔偿的份额应不低于对原用人单位造成经济损失总额的70%。

第三节　集体合同

一、集体合同的概念和特征

集体合同,是集体协商双方代表根据法律、法规的规定就劳动报酬、工作时间、休息休假、劳动安全卫生、保险福利等事项在平等一致的基础上签订的书面协议。

在我国,集体合同有如下特征。

（1）集体合同的主体一方是劳动者的集体组织——企事业工会或职工代表,另一方是企业或事业组织。

（2）集体合同以集体劳动关系中全体劳动者的最低劳动条件、劳动标准和全体职工的主要义务为主要内容,目的是协调用人单位的内部劳动关系。

（3）集体合同是要式合同,我国劳动法规定集体合同必须报送劳动保障行政部门登记、审查、备案,方能发生法律效力。

（4）集体合同的效力高于劳动合同的效力,其效力及于企业或事业组织及其工会和全体员工。劳动合同规定的劳动者的个人劳动条件和劳动标准不得低于集体合同的规定,否则无效。

二、集体合同的内容和期限

集体内容应包括以下内容：①劳动报酬；②工作时间；③休息休假；④保险福利；⑤劳动安全与卫生；⑥合同期限；⑦变更、解除、终止集体合同的协商程序；⑧双方履行集体合同的权利和义务；⑨履行集体合同发生时协商处理的约定；⑩违反集体合同的责任；⑪双方认为应当协商约定的其他内容。

集体合同适用于企业和实行企业化管理的事业单位及其全体职工，集体合同必须采用书面形式订立。集体合同的期限为1～3年。

三、集体合同的订立、履行、变更、解除和终止

（一）集体合同的订立

集体合同的订立是指工会或职工代表与企业或事业单位之间，为规定用人单位和全体职工的权利和义务而依法就集体合同条款经过协商一致，确立集体关系的法律行为。集体合同订立应遵循以下原则：①合法原则；②平等合作、协商一致的原则。在集体合同订立时，双方当事人的法律地位平等，应平等合作地进行集体协商。经双方协商达成一致意见，方可订立集体合同。

集体合同按如下程序订立。

（1）确定集体协商双方代表。

（2）拟订集体合同草案，进行集体协商。

（3）审议通过，双方签字。

（4）报送登记、审查、备案。

（5）公布。

（二）集体合同的履行

集体合同的履行是指集体合同双方按照集体合同的规定履行自己应当承担的义务。集体合同的履行应遵循全面履行、协作履行、相互监督履行的原则。

（三）集体合同的变更和解除

集体合同的变更是指集体合同双方对依法成立、尚未履行的或尚未完全履行的集体合同条款所作的修改或增删。集体合同的解除是指提前终止集体合同的法律效力。

（四）集体合同的终止

集体合同的终止是指因某种法律事实的发生导致集体合同法律关系消灭。集体合

届满或双方约定的终止条件出现时,集体合同即行终止。

第四节　劳动基准法

　　劳动基准法主要包括工资法、工时休假法、职业安全卫生法、女工和未成年工特殊保障法以及劳动保障监察法。

一、工作时间

（一）工作时间的概念

　　工作时间又称劳动时间,是劳动者在本职工作岗位进行劳动所花费的时间。工作时间并不要求一定是劳动者在工作单位花费的时间,只要是在本职工作岗位上劳动,就算是不在工作单位也属工作时间。

（二）工作时间的法律范围

　　工作时间不仅包括实际工作时间,还应包括与本职工作有关的相关活动时间。具体包括以下几点。

　　（1）劳动者实际完成工作和生产的时间。

　　（2）劳动者从事生产或工作必要的准备和结束工作所消耗的时间以及等待工作任务的时间。

　　（3）参加与工作有直接联系并有法定义务性质的职业培训和教育时间。

　　（4）连续性有害于健康工作的间歇时间。

　　（5）女职工哺乳的往返途中时间、孕期检查时间以及未成年人工作中适当的工作休息时间。

　　（6）法律规定的其他属于计算作为工作时间的事项。

（三）工作时间的种类

　　工作时间的种类是对劳动者工作时间进行安排的制度和形式。我国主要有标准工时和非标准工时两种工时形式。非标准工时形式又包括缩短工时制、延长工时制、不定时工时制、综合计算工时制、非全日制工时制和计件工时制等。

1. 标准工时形式

　　标准工时形式（又称标准工时制）是指在正常情况下依照法律规定进行工作的时间制度。标准工时制包括标准工作日和标准工作周。我国现行法律规定的标准工作时间为每个工作日 8 小时,每周 5 个工作日。

2. 缩短工时制

缩短工时制是指劳动者从事少于标准工作时间的工时制度。我国目前实行的缩短工时制的 4 种情况：①特定的岗位；②夜班，夜班工作时间实行缩短 1 小时；③哺乳期女工；④未成年工和怀孕女工。

3. 延长工时制

延长工时制是指在法定的特殊条件下实行的超过标准工作时间长度的工时形式。《劳动法》第四十一条规定，用人单位由于生产经营需要，经与工会和劳动者协商后可以延长工作时间，一般每日不得超过 1 小时；因特殊原因需要延长工作时间的，在保障劳动者身体健康的条件下延长工作时间每日不得超过 3 小时，但是每月不得超过 36 小时。

4. 不定时工时制

不定时工时制是对于职责范围不能受固定时数限制的劳动者实行的工作时间形式。经批准实行不定时工作制的职工，不受《劳动法》第四十一条规定的日延长工作时间标准和月延长工作时间标准的限制。实行不定时工时制度的劳动者，不执行加班加点工时增加工资的制度。

5. 综合计算工时制

综合计算工时制是指分别以周、月、季、年等为周期，综合计算工作时间，但其平均日工作时间和平均周工作时间应与法定标准工作时间基本相同的工时形式。在综合计算周期内，某一具体日（或周）的实际工作时间可以超过 8 小时（或 40 小时），但综合计算周期内的总实际工作时间不应超过总法定标准工作时间，超过部分应视为延长工作时间。超过标准时间部分应按《劳动法》第四十四条第一款的规定支付 150% 的工资；其中法定休假日安排劳动者工作的，应按《劳动法》第四十四条第三款的规定支付 300% 的工资。据此，对于综合计算工时制的职工延时工作不应出现支付 200% 工资的情况。而且，延长工作时间的小时数平均每月不得超过 36 小时。

6. 非全日制工时制

非全日制工时制是以小时作为计酬标准。我国规定劳动者在同一用人单位一般平均每日工作时间不超过 4 小时，每周工作时间累计不超过 24 小时。

7. 计件工时制

计件工时制不是以时间作为计算工作量的标准，而是以劳动者实际的生产件数作为衡量劳动者工作量的标准。但在确定劳动者劳动定额和计件报酬标准时要实现与标准工时制度间的换算，标准不能过高或过低。

二、休息休假

（一）休息休假时间的概念

休息休假时间，是指劳动者在国家规定的法定工作时间以外，不从事生产或工作而自行支配的时间。

（二）休息休假时间的种类

1. 工作日内间歇时间

工作日内间歇时间是指在工作日内给予劳动者休息和用膳的时间。一般为1～2小时，最少不得少于半小时。

2. 工作日之间的休息时间

工作日之间的休息时间，是指2个邻近工作日之间的休息时间，一般不少于16小时。

3. 公休假日

公休假日又称周休息日；是指劳动者在1周内享有不少于24小时的连续休息时间。我国《劳动法》规定，应保证劳动者每天工作不超过8小时、每周工作不超过40小时，每周至少休息1天。国家机关、事业单位实行统一的工作时间，星期六和星期日为周休息日。

4. 法定节假日

法定节假日是指根据各国、各民族的风俗习惯或纪念要求，由国家法律统一规定的用以进行庆祝及度假的休息时间。2007年12月14日国务院通过的《全国年节及纪念日放假办法》规定，全民节假日为：①新年，放假1天（1月1日）；②春节，放假3天（农历除夕、正月初一、初二）；③清明节，放假1天（清明节当日）；④劳动节，放假1天（5月1日），⑤端午节，放假1天（农历端午当日）；⑥中秋节，放假1天（农历中秋当日）；⑦国庆节，放假3天（10月1日、2日、3日）。全民法定节假日由10天增加为11天。部分公民的法定节假日为：①妇女节（限于妇女），3月8日放假半天；②青年节（限于14周岁以上的青年），5月4日放假半天；③儿童节（限于14周岁以下的少年儿童），6月1日放假一天；④中国人民解放军建军纪念日（限于现役军人），8月1日放假半天。上述假日适逢公休假日不补假。

5. 年休假

年休假制度是指员工每年享有的带薪连续休假的制度。2008年1月1日施行的《职工带薪年休假条例》（以下简称《条例》）规定，机关、团体、企业、事业单位，民办非企业单位、有雇工的个体工商户等单位的职工连续工作1年以上的，享受带薪年休假。

该《条例》第三条规定"职工累计工作已满1年不满10年的，年休假5天；已满10年不满20年的，年休假10天；已满20年的，年休假15天。国家法定休假日、公休假日不计入年休假的假期。"其中，累计是指职工参加工作起工作时间的累计相加，可在同一单位或不同单位，中间可以间断或不间断。

职工在年休假期间享受与正常工作期间相同的工资收入。单位确因工作需要不能安排职工休年休假的，经职工本人同意，可以不安排职工休年休假。对职工应休未休的年休假天数，单位应当按照该职工日工资收入的300%支付年休假工资报酬。

年休假在1个年度内可以集中安排，也可以分段安排，一般不跨年度安排。单位因生产、工作特点确有必要跨年度安排职工年休假的,可以跨 1 个年度安排。

6. 探亲假

探亲假是指与父母或配偶分居两地的职工所享有的,在一定时期内与父母或配偶团聚的假期。

7. 婚丧假

国有企业职工本人结婚时,企业应该根据具体情况,酌情给予 1～3 天的婚假,以及根据实际需要,另外给予职工路程假。我国法定的婚假一般是 3 天。各地普遍规定的晚婚奖励假,时间有长有短,最短的是 1 周,最长的是 1 个月。职工的直系亲属(父母、配偶和子女)死亡时,可以根据具体情况,由本单位行政领导批准,酌情给予 1～3 天的丧假。

8. 产假

《劳动法》第六十二条规定:"女职工生育享受不少于 90 天的产假。"

三、工资

工资是用人单位依国家规定或集体合同、劳动合同约定,以法定方式直接支付给劳动者的劳动报酬。通常包括计时工资、计件工资、奖金、津贴等。

有下列情形之一的,用人单位应当按照下列标准支付高于劳动者正常工作时间的工资报酬:①安排劳动者延长工作时间,应当支付不低于工资的 150％的工资报酬;②休息日安排劳动者工作又不能安排补休的,支付不低于工资的 200％的工资报酬;③法定休假日安排劳动者工作的,支付不低于工资的 300％的工作报酬。

237

国家实行最低工资保障制度。最低工资的具体标准由省、自治区、直辖市人民政府制定,报国务院备案。用人单位支付劳动者的工资不得低于当地最低工资标准,确定和调整最低工资标准应参考的因素有:①劳动者本人及平均赡养人口的最低生活费用;②社会平均工资水平;③劳动生产率;④就业状况;⑤地区间的经济差异。

工资应以货币形式按月支付给劳动者本人,不得克扣或无故拖欠。劳动者在法定休假日、婚丧假期间以及依法参加社会活动期间,用人单位应依法支付工资。

第五节　工资法律制度

一、工资的概念和特征

工资是指用人单位依据国家有关规定和集体合同、劳动合同的约定的标准,根据劳动者提供劳动的数量与质量,以货币形式支付给劳动者的劳动报酬。

工资具有如下特征。

(1) 工资是基于劳动关系而对劳动者付出劳动的物质补偿。

(2) 工资标准必须是事先规定的,事先规定的形式可以是工资法规、工资政策、集体合同、劳动合同。

（3）工资须以法定货币形式定期支付给劳动者本人。

（4）工资的支付是以劳动者提供的数量和质量为依据的。

二、工资形式

工资形式是指计量劳动和支付劳动报酬的方式。我国的工资形式主要有：①计时工资；②计件工资；③奖金；④津贴；⑤补贴；⑥特殊情况下的工资。

三、工资的分配原则

（1）工资总量宏观调控原则。

（2）用人单位自主分配、劳动者参与工资分配过程原则。

（3）按劳分配为主体、多种分配方式并存原则。

（4）同工同酬原则。

（5）工资水平随经济发展逐步提高原则。

四、基本工资制度

238

基本工资制度是指用人单位依法确定的工资总额、工资标准、工资水平、工资形式和工资增长办法等的总称。

我国企业的基本工资制度主要有：等级工资制、结构工资制、岗位工资制、岗位技能工资制以及经营者年薪制等。

我国国家机关基本工资制度有：职员的职务级别工资制、技术工人岗位技术等级（职务）工资制和普通工人的岗位工资制。

我国事业单位基本工资制度比较复杂，有条件的事业单位可实行企业的基本工资制度。事业单位的工资等级标准一般由国家统一规定，按事业单位人员的工作业绩、任职年限、工作年限和学历等因素综合考虑其工资标准和构成；事业单位在国家统一规定的基础上可以结合本单位情况，确定具体的工资发放办法等。

五、最低工资

最低工资是指劳动者在法定工作时间内提供了正常劳动的前提下，其所在用人单位应该支付的最低劳动报酬。

最低工资的支付以劳动者在法定工作时间内提供了正常劳动为条件。

《劳动法》明确规定："用人单位支付劳动者的工资不得低于当地最低工资标准。"最低工资应以法定货币支付。

第六节 劳动安全卫生与女职工、未成年工特殊劳动保护

一、劳动安全卫生的概念

安全卫生,是指国家为了改善劳动条件,保护劳动者在劳动过程中的安全与健康而制定的各种法律规范的总称。它包括劳动安全、劳动卫生两类法律规范。劳动安全是为防止和消除劳动过程中的伤亡事故而制定的各种法律规范,劳动卫生是为保护劳动者在劳动过程中的健康,预防和消除职业病、职业中毒和其他职业危害而制定的各种法律规范。

二、劳动安全卫生工作的方针和制度

劳动安全卫生工作方针是:安全第一,预防为主。安全第一是指在劳动过程中,始终把劳动者的安全放在第一位;预防为主是指采取有效措施消除事故隐患和防止职业病的发生。安全是目的,预防是手段,二者密不可分。

劳动安全卫生制度,是指为保障劳动者在劳动过程中的安全健康,国家、用人单位指定的劳动安全卫生管理制度。包括:①安全生产责任制度;②安全技术措施计划制度;③劳动安全卫生教育制度;④劳动卫生检察制度;⑤劳动安全卫生监督制度;⑥伤亡事故和职业病统计报告处理制度。

239

三、女职工特殊劳动保护

女职工特殊劳动保护是指根据女职工生理特点和抚育子女的需要,对其在劳动过程中的安全健康所采取的有别于男子的特殊保护。主要包括禁止或限制女职工从事某些作业的规定、女职工的"四期"保护等。

(一)禁忌女职工从事下列繁重体力劳动的作业

(1)矿山井下作业。

(2)森林业伐木、归楞及流放作业,

(3)《体力劳动强度分级》标准中第四级体力劳动强度的作业。

(4)建筑业脚手架的组装和拆除作业。

(5)连续负重(指每小时负重次数在6次以上)每次负重超过20千克,间断负重每次负重超过25千克的作业。

(6)已婚待孕女职工禁忌从事铅、汞、苯、镉等作业场所属于《有毒作业分级》标准中第三级、第四级的作业。

（二）女职工"四期"保护

（1）月经期保护。不得安排女职工在月经期从事高处、高温、低温、冷水作业和国家规定的第三级体力劳动强度的劳动。

（2）怀孕期保护。不得安排女职工在怀孕期间从事国家规定的第三级体力劳动强度和孕期禁忌从事的劳动，对怀孕7个月以上的女职工，不得安排其延长工作时间和夜班劳动。

（3）生育期保护。女职工生育享受不少于90天的产假。

（4）哺乳期保护。不得安排女职工在哺乳未满1周岁的婴儿期间从事国家规定的第三级体力劳动强度的劳动，和哺乳期禁忌从事的其他劳动，不得安排其延长工作时间和夜间劳动。

四、未成年工特殊劳动保护

未成年工是指年满16周岁未满18周岁的劳动者。对未成年工特殊劳动保护的措施主要有以下几点。

（1）上岗前培训。未成年工上岗，用人单位应对其进行有关的职业安全卫生教育、培训。

（2）禁止安排未成年工从事有害健康的工作。用人单位不得安排未成年工从事矿山井下、有毒有害、国家规定的第四级体力劳动强度和其他禁忌从事的劳动。

（3）提供适合未成年人身体发育的生产工具等。

（4）定期进行健康检查。用人单位应按规定在下列时间对未成年工定期进行健康检查：①安排工作岗位前；②工作满一年；③年满18周岁，距前一次体检已超过半年。

第七节　劳动争议和劳动监督检查

一、劳动争议的概念和分类

劳动争议又称劳动纠纷，是指劳动关系双方当事人因执行劳动法律、法规或履行劳动合同、集体合同发生的纠纷。

劳动争议的发生在劳动者与用人单位之间，即：在中国境内的企业、个体经济组织、和与之形成劳动关系的劳动者之间；在我国境内签订的、履行劳动合同的当事人之间，如中国境外的企业或劳动者与我国境内企业的公民之间；国家机关、事业组织、社会团体、与本单位工人以及与之建立劳动合同关系的劳动者之间；个体工商户与帮工、学徒之间，以及军队、武警部队的事业组织及其无军籍的职工之间。

劳动争议按照不同的标准，可划分为以下几种。

（1）按照劳动争议当事人人数多少的不同，可分为个人劳动争议和集体劳动争议。

（2）按照劳动争议的内容，可分为：因履行劳动合同发生的争议；因履行集体合同发生的争议；因企业开除、除名、辞退违纪职工和职工辞职、自动离职发生的争议；因执行国家有关工作时间和休息休假、工资、保险、福利、培训、劳动保护的规定发生的争议等。

（3）按照当事人国籍的不同，可分为国内劳动争议与涉外劳动争议。国内劳动争议是指我国的用人单位与具有我国国籍的劳动者之间发生的劳动争议；涉外劳动争议是指具有涉外因素的劳动争议，包括我国在国（境）外设立的机构与我国派往该机构工作的人员之间发生的劳动争议、外商的投资企业的用人单位与劳动者之间发生的劳动争议等。

二、劳动争议的处理机构

（一）劳动争议的调解机构

劳动争议调解委员会（以下简称调解委员会）是依法成立调解本单位发生的劳动争议的群众性组织。

《劳动法》第八十条规定："在用人单位内，可以设立劳动争议调解委员会。劳动争议调解委员会由职工代表、用人单位代表和工会代表组织组成。"职工代表由职工代表大会（或职工大会）推举产生，用人单位代表由法定代表人指定，工会代表由工会委员会指定。调解委员会的组成人员的具体人数由职工代表大会提出，并由单位法定代表人协商确定，用人单位代表人数不得超过调解委员会的 1/3。调解委员会主任由用人单位工会代表担任。调解委员会的办事机构设在工会委员会，没有建立工会组织的用人单位，调解委员会的设立及其组成由职工代表和用人单位代表协商决定。

调解委员会在当地工会和劳动争议仲裁委员会的指导下工作。其责任主要如下。

（1）负责调解本单位内发生的争议。其调解范围为：劳动者辞职、自动离职发生的争议；因履行合同发生的争议；因工作时间和休息休假、工资、劳动安全卫生、女职工和未成年工特殊保护、职业培训、社会保险和福利发生的争议；法律、法规规定应予调解的其他劳动争议。本单位发生的劳动争议均一般可由调解委员会进行调解，但调解委员会一般不调解开除、除名、辞退违纪职工而发生的劳动争议。

（2）检查、督促争议双方当事人履行调解协议。

（3）开展劳动法制宣传，预防和减少劳动争议发生。

（二）劳动争议仲裁机构

劳动争议仲裁委员会是国家授权、依法设立的对劳动争议案件进行仲裁的专门机构。我国在县、市、市辖区设立劳动仲裁委员会，负责仲裁本行政区域内发生的劳动争议。

劳动争议仲裁委员会由下列人员组成：劳动保障行政部门人员代表、工会代表和企业代表。上列三方代表人数相等，仲裁委员会的总数应为单数，仲裁委员会主任由同级劳动行政机关负责人担任；其办事机构设在劳动保障行政机关的劳动争议处理机构内。

劳动争议仲裁委员会仲裁劳动争议，实行仲裁庭仲裁制度。仲裁庭仲裁实行少数服从多数原则。

仲裁委员会受理本行政区域下列劳动争议案件：当事人直接向仲裁委员会申请仲裁的因开除、除名、辞退违纪职工和职工辞职、自动离职发生的劳动争议；因履行劳动合同和集体合同，因工作时间和休息休假，因工资、劳动安全卫生、女职工和未成年工特殊保护、职业培训、社会保险和福利发生的劳动争议；因认定无效合同和特定条件下订立劳动合同发生的争议；关于是否续订劳动合同发生的争议；因职工流动、停薪留职、从事第二职业发生的争议；因用人单位裁减人员发生的争议；因经济补偿和赔偿发生的争议；因用人单位录用职工非法收费而发生的争议；法律、法规规定受理的其他劳动争议案件。此外，还受理经调解委员会调解不成的劳动争议案件。

劳动争议仲裁委员会依法进行仲裁，依法决定劳动争议案件的受理、仲裁庭的组成、仲裁员的回避；依法对案件进行调查和研究、进行调解和作出裁决。

（三）人民法院

审理劳动争议案件的是各级人民法院的民事审判庭。其受理范围为对劳动争议仲裁委员会的裁决不服、在法定期限内起诉到人民法院的劳动争议案件，人民法院不直接受理劳动争议案件。

三、劳动争议处理程序

《劳动法》第七十七条规定："用人单位与劳动者发生劳动争议，当事人可以依法申请调解、仲裁、提起诉讼，也可以协商解决。"根据这一规定，我国处理劳动争议的程序为：协商、调解、仲裁、诉讼 4 个阶段。

（一）协商

劳动争议发生后，当事人应当协商解决，协商一致后，双方可达成和解协议，但和解协议无必须履行的法律效力，而是由双方当事人自觉履行。协商不是处理劳动争议的必经程序，当事人不愿意协商或协商不成，可以向本单位劳动争议调解委员会申请调解或向劳动争议仲裁机构申请仲裁。

（二）调解

劳动争议发生后，当事人双方愿意调解的，可以书面或口头形式向调解委员会申请调解。调解委员会接到调解申请后，可依据自愿、合法原则进行调解。调解委员会调解劳动争议，应当自申请人申请调解之日起 30 日内结束；到期未结束的，视为调解不成，当事人可以向当地劳动争议仲裁委员会申请仲裁。经调解达成协议的，制作调解书，双方当事人自觉履行。

调解不是劳动争议解决的必经程序。调解协议也无必须履行的法律效力。当事人不愿调解或者调解不成,可直接向劳动争议仲裁委员会申请仲裁。

(三)仲裁

劳动争议发生后,当事人任何一方都可以直接向劳动争议仲裁委员会申请仲裁。提出仲裁要求的一方应当自劳动争议发生之日起 60 日内向劳动争议仲裁委员会提出书面申请。劳动争议仲裁委员会接到仲裁申请后,应当在 7 日内作出是否处理的决定。受理后,应当在收到仲裁申请的 60 日内作出仲裁裁决。当事人对劳动争议仲裁委员会作出的仲裁裁决不服的,可在收到仲裁裁决书的 15 日内向人民法院提起诉讼。逾期不起诉的,仲裁裁决发生法律效力。

(四)诉讼

当事人对仲裁裁决不服的,可自收到仲裁裁决书之日起 15 日内向人民法院提起诉讼。

四、监督检查

县级以上地方人民政府劳动保障主管部门和乡、镇人民政府依法对下列实施劳动合同制度的情况进行监督检查:①用人单位制订规章制度的情况;②用人单位与劳动者订立和履行劳动合同的情况;③用人单位与工会组织或者职工代表平等协商,订立和履行集体合同的情况;④用人单位遵守劳动力派遣有关规定的情况;⑤用人单位遵守工作时间和休息休假规定的情况;⑥用人单位执行劳动合同约定的劳动报酬和执行最低工资标准的情况;⑦用人单位参加各项社会保险和缴纳社会保险费的情况;⑧法律、法规规定的其他劳动保障监察事项。

县级以上地方人民政府劳动保障主管部门和乡、镇人民政府实施监督检查时,有权查阅与订立和履行劳动合同、集体合同有关的材料,有权对劳动场所进行实地检查,用人单位和劳动者都应当如实提供有关情况和材料。

县级以上地方人民政府建设、卫生、安全生产监督管理等有关主管部门在各自职责范围内,对用人单位执行劳动合同、集体劳动合同制度,遵守劳动保障法律、法规的情况进行监督检查。劳动保障主管部门和其他有关主管部门的人员进行监督检查应当出示证件,做到依法执法、文明执法。工会组织应当依法维护劳动者的合法权益,对用人单位执行劳动合同、集体合同制度,遵守劳动保障法律、法规的情况进行监督。任何组织或者个人对于违反本法的行为都有权举报,县级以上人民政府劳动保障主管部门应当及时核实、处理,并对举报有功人员给予奖励。

本 章 小 结

　　劳动法是调整劳动关系以及与劳动关系密切联系的其他社会关系的法律规范的总和。劳动法是以劳动者权益保护为宗旨,融实体法与程序法为一体的独立法律部门。劳动法的基本制度包括劳动合同制度,集体合同制度,劳动基准法制度,工资法律制度,劳动安全卫生与女职工、未成年工特殊劳动保护制度,劳动争议和劳动监督检查制度。这些法律制度构成了劳动法的基本内容。

　　劳动合同,是劳动者与用人单位之间确立劳动关系、明确双方权利和义务的书面协议。它除具有一般合同的特征外,有其独有的特征。劳动法对劳动合同的订立、履行、变更、解除、终止以及违反劳动合同的赔偿责任作了具体的规定。

　　集体合同,是集体协商双方代表根据法律、法规的规定就劳动报酬、工作时间、休息休假、劳动安全卫生、保险福利等事项在平等一致的基础上签订的书面协议。

　　工资是指用人单位依据国家有关规定和集体合同、劳动合同的约定的标准,根据劳动者提供劳动的数量与质量,以货币形式支付给劳动者的劳动报酬。

　　安全卫生,是指国家为了改善劳动条件,保护劳动者在劳动过程中的安全与健康而制定的各种法律规范的总称。它包括劳动安全、劳动卫生两类法律规范。

　　劳动争议又称劳动纠纷,是指劳动关系双方当事人因执行劳动法律、法规或履行劳动合同、集体合同发生的纠纷。劳动法规定用人单位与劳动者发生劳动争议,当事人可以依法申请调解、仲裁、提起诉讼,也可以协商解决。

基 本 概 念

　　劳动法　　劳动合同　　集体合同　　劳动时间　　加班制度　　休假制度　　工资　　劳动争议

思 考 与 训 练

　　1. 劳动合同的种类和形式有哪些?
　　2. 集体合同的概念和特征是什么?
　　3. 简述有关加班的法律规定。
　　4. 简述劳动争议的处理程序。
　　5. 案例分析题
　　刘某是某服装有限公司的会计,双方订立了无固定期限的合同,在该劳动合同中,双方除就合同解除的条件作了比较详细的约定外,还就合同终止的条件作了约定。其中约定的一项终止条件就是,如果因国家政策规定或者因刘某个人原因导致刘某的会计从业资格丧失的,双方合同即行终止,劳动合同关系终结。

刘某作为一名资历较深的会计,拥有比较多的社会关系,其亦利用业余时间从事兼职会计工作,以增加收入,对此该公司并不反对。但是,在从事兼职业务时,刘某因违反国家关于会计从业人员的管理规定而被吊销会计从业资格,该服装有限公司随即依双方劳动合同的约定,通知刘某终止了双方的劳动合同。刘某不同意终止合同,向当地的劳动争议仲裁委员会申请仲裁,请求裁令该公司继续履行双方的劳动合同。

问题:劳动争议仲裁委员会能否支持刘某的请求?为什么?

第十一章　广告法律制度

引导案例

> 　　现在药的广告铺天盖地,在电视广告中,几乎都是明星在作代言人。但是药的问题似乎也不少,且不说质量问题,药效就不断有人质疑。根据广告法,广告主、广告经营者和发布者有担保广告真实性的义务并要承担相应的责任,为什么没有对广告中的明星也作此要求呢? 大家是从这个明星知道这个药品的,很多人因为相信这个明星而相信这个药的药效,明星以其名义作了担保,同时明星们也因为这些广告有了巨额的酬金。所以请大家思考,代言虚假药品广告的明星们是否应承担相应的责任?

第一节　广告与广告法概述

一、广告与广告活动主体

(一)广告的由来与发展

　　"广告"一词源于拉丁文"Adverture",意为"注意"。后来,该词逐步演变为英语中的"Advertise",广告界将之简称为"Ad",意思是使人们注意某事或者通知别人某事。

　　在我国,广告有相当长的历史,《周易》《尚书》就曾有过广告的记载,而后历代均有广泛的政治性广告,如官方的文告或公告。在商业繁荣的唐朝,《唐律》明确要求商家在市场上出售商品必须悬牌经营,悬挂招牌起着广告的作用,在唐朝还存在着多种广告形式,口头叫卖、招牌广告、商品展销会等。大约到19世纪末,受外来文化的影响,商业广告开始出现在我国。新中国成立后,因众所周知的原因,广告几乎销声匿迹,广告的复兴,当在改革开放以后。1979年1月28日,上海电视台在我国电视界率先播出一则商业性的"参杞补酒"的广告,打破了我国电视从不播商业广告这条不成文的"禁令"。1986年由贵阳电视台摄制播出的《节约用水》的公益广告,这表示广告随社会时代的变革,自身也进行着革命性变革。20世纪80年代中后期,随着市场观念的萌发和经济的发展,各种形式的商业广告逐步得到了迅速发展。国家工商总局、国家发改委在2008年的关于促进广告业发展的指导意见中指出,改革开放以来,我国广告业得到了快速发展,显示出强劲的发展活力。截至 2007 年年底,全国共有广告经营单位 17.3 万户,从业人员 111.3 万人,经营总额达到 1 741 亿元,已成为具有一定规模、推动民族品牌创建和创意经济发展的重要产业,进入了国际广告市场前列。目前,我国广告业已经初步形成具有一定规模、服务门类和媒介种类比较齐全、能够为社会提供系列化信息服务的产业。它在促进企业加强经营管理和企业之间竞争、指导消费和刺激需求等方面,已经和正在为社会创造明显的经济效益和社会效益。

　　广告在世界各国的产生和发展都有着共同的规律,它们都是随着商品的产生而产生,随着科技进步的发展而发展的。现存最早的广告是在埃及尼罗河畔的古城底比斯发现的,一张写在羊皮纸上的、内容是悬赏一个金币、缉拿一个名叫谢姆的逃奴的广告,是公元前 3000 多年前的遗物。在古希腊、古罗马时期,一些沿海城市的商业也比较发达,广告已有叫卖、陈列、音响、文图、诗歌和商店招牌等多种,在内容上有推销商品的经济广告、文艺演出、寻人启事等,还有用于竞选的政治广告。1450 年,德国人谷登堡使用活字印刷术,从此,西方步入印刷广告时代。从 1850 年到 1911 年,世界上有影响的报纸相继创刊,这些报纸有英国的《泰晤士报》和《每日邮报》、美国的《纽约时报》、日本的《读卖新闻》和《朝日新闻》,以及法国的《镜报》等。在当时,所有报纸的主要收入来源都是广告,工厂企业也利用这个媒介来推销产品。19 世纪末和 20 世纪初,是世界经济空前活跃的时期。在 19 世纪末,西方已有人开始进行广告理论研究,美国人路易斯在 1898 年提出了 AIDA 法则,认为一个广告要引人注目并取得预期效果,在广告程序中必须达到引起注意(Attention)、产生兴趣(Interest)、培养欲望(Desire)和促成行为(Action)这样一个目的。在此后,其他人对 AIDA 法则加以补充,加上了可信(Conviction)、记忆(Memory)和满意(Satisfaction)这样几项原则内容。因此,在 20 世纪末,广告已成为一门独立学科。广告在这一发展阶段的另一重要进步,就是广告公司的兴起。1841 年诟茂在费城创立了世界上最早的广告公司,它们通过向客户收取服务费的方式,在报纸上承包版位,卖给客户。1869 年,在美国费城出现了第一家具有现代意义的广告公司——爱益父子公司。他们通过代理报纸的广告业务,为报纸承揽客户,并从报纸收取佣金。这个办法,后来推广到杂志。此后,不同规模的广告公司相继出现。广播、电视、电影、录像、卫星通信、电子计算机等电信设备的发明创造,使广告进入了现代化的电子技术时代,在这场信息革命中,广告活动遍布全球。据中国联合商报的一项报道,2008 年全球广告市场总体规模达到 4 648.4 亿美元,较上年增长 6.24%。在全球经济增长放缓的形势下,广告市场的增长势头仍然较为强劲。

（二）广告的定义

1. 国外学者对广告的定义

大体上有以下几种。

一是强调公开宣传的定义。美国《广告时代周刊》1932 年征求的广告定义是：广告是"个人、商品、劳务、运动以印刷、书写、口述或图书为表现方法，由广告者出费用作公开宣传，以促成销售、使用、投票或赞成为目的"。这个定义在广告内容的陈述上较为具体，在广告的形式上则指出它的表现方式和"公开宣传"的特点，其要达到的目的也有清楚的表白。

二是强调销售产品的定义。美国小百科全书对广告的定义是："广告是一种销售形式，它是推动人们去购买商品、劳务或接受某种观点。广告这个词来源于法语，意思是通知或报告。登广告者为广告出钱是为了告诉人们有关产品、某项服务或某个计划的好处。"这个定义强调的是"一种销售形式"，但它同时也指出"广告"的本义是指"通知"或"报告"。

三是强调付费的定义。美国广告主协会则认为："广告是付费的大众传播，其最终目的为传递情报，变化人们对广告商品之态度，诱发行动而使广告主得到利益。"这里强调的是"付费"，其作用是"传递情报"，改变人们的态度，诱发行动，最终要"使广告主得到利益"。

四是综合性的定义。英国 1976 年修订的《简明不列颠百科全书》(第 15 版)对广告作出的概括是："广告是传播信息的一种方式，其目的在于推销产品、劳务，影响舆论，博得政治支持，推进一种事业或引起刊登广告者所希望的其他反应。广告信息通过各种宣传工具，其中包括报纸、杂志、电视、无线电广播、张贴广告及直接邮送等，传递给它所想要吸引的观众或听众。广告不同于其他传递信息形式，它必须由登广告者付给传播信息的媒介以一定的报酬。"这一定义既强调宣传，又强调销售，也强调通过媒体，还强调付费。

从国外的各种定义方式可以看出，在诸种广告定义中，都包含这样 5 种要素：宣传方式与商业联系紧密、自己付费、具有任意性(广告和受委托广告都是非职权行为，并以自愿为原则)、追求受委托广告人的心理变化(即仅仅是引起人们的关注，并培养人们的行为倾向)。

2. 国内学者对广告的定义

在我国，对广告有以下几种定义方式。

一是广义定义方式。编纂于 1915～1935 年间的《辞海》(1935 年中华书局出版)，对"广告"的释义是："以某事公告于众也。其方法或仅用汉字，或兼用图画；传播时，或张贴通衢，或登载报章杂志，或印成传单小册子分散于行人；商业上尤重视之，用以招徕顾客，推销货物。"这一解释可视为我国 20 世纪前半叶人们对广告的普遍认识和理解。它说的"以某事公告于众"，正揭示了"广告"的本源意义，说出了广告的根本特征。正因为在生活中是作如是解，所以，政治家、商人、老百姓等各色人均可以使用。只要你是"有某事要公告于众"。

此外，中国科学院语言研究所编纂的《现代汉语词典》也认为广告是一种宣传形式，至

248

于宣传什么,并无特别的限制。

二是狭义定义方式。这种定义把通过媒介、付费、宣传产品或服务作为广告的基本内涵,从而将广告限制在商业目的的范围内。目前,这种定义方法十分流行,尤其在广告法的研究领域,为绝大多数的学者所推崇。我国台湾地区,情形也是如此,如台湾学者颜伯勤在其《广告学》一书中将广告定义为:"广告是广泛告知所择定的消费大众,有关商品或服务的优点特色,激起大众的欣赏注意,诱导大众进行购买采用。"

三是广义、狭义分别定义方式。即把广告区分为广义与狭义两种,指出广义上的广告不以营利性为限,非营利性的广告,如竞选广告、政治宣传广告,还有中央电视台的"广而告之"(属于道德教育)均属于广告的范畴;至于狭义上的广告仅指商业性广告,是有计划地通过媒体向所选定的消费对象宣传有关商品或劳务的优点和特色,唤起消费者注意,说服消费者购买使用的宣传方式。

四是从艺术层面定义广告。这是一种很有创意的定义方法,它不管广告的具体信息内容,认为广告是一种传播信息的说服艺术或是一种说服性的武器。

本文赞同李昌麒教授的观点,广告即广而告之,它是指企事业单位、机关、团体或公民为了特定的目的,自行承担费用并通过一定的媒介或形式向社会公众传播某种信息的一种宣传方式。

我国广告法规定,广告是指商品经营者或者服务提供者承担费用,通过一定的媒介和形式,直接或者间接地介绍自己所推销的商品或者所提供的服务的商业广告。

(三)广告的活动主体

广告作为一种重要的市场活动,其活动的主体包括:广告主、广告经营者和广告发布者。广告主,是指为推销商品或者提供服务,自行或者委托他人设计、制作、发布广告的法人、其他经济组织或者个人。广告经营者,是指受委托提供广告设计、制作、代理服务的法人、其他经济组织或者个人。广告发布者,是指为广告主或者广告主委托的广告经营者发布广告的法人或者其他经济组织。

一方面,广告活动的繁荣推动和促进了社会经济的运行;另一方面,在广告活动中广告主体的违法行为和违法广告不仅损害了广告业的声誉,也破坏了社会主义市场经济秩序,损害了国家和社会公共利益。为此,我国广告法对广告活动主体的义务作了明确规定。

1. 依法签订广告合同

广告主、广告经营者、广告发布者之间在广告活动中应当依法订立书面合同,明确各方的权利、义务。

2. 不得从事不正当竞争

广告主、广告经营者、广告发布者不得在广告活动中进行任何形式的不正当竞争。不正当竞争是指从事商品经营或营利性服务的法人、其他经济组织和个人违反法律规定，损害其他经营者的合法权益，扰乱社会经济秩序的行为。《广告法》规定，广告活动主体不得在广告活动中进行任何形式的、《反不正当竞争法》规定的不正当竞争行为，即广告活动主体不得以任何不正当竞争手段从事广告活动，也不得在其设计、制作、发布的广告中包含任何不正当竞争的内容。

3. 遵守国家工商登记管理法规

《广告法》分别就广告主、广告经营者和广告发布者遵守工商登记管理法规的义务作了规定。具体内容包括：①广告主自行或委托他人设计、制作、发布广告，所推销的商品或者所提供的服务应当符合广告主的经营范围；②广告主委托设计、制作、发布广告，应当委托具有合法经营资格的广告经营者、广告发布者；③从事广告经营的，应当具备必要的专业技术人员、制作设备，并依法办理公司或者广告经营登记，方可从事广告活动；④广播电台、电视台、报刊出版单位的广告业务，应当由其专门从事广告业务的机构办理，并依法办理兼营广告的登记。

4. 确保广告及其相关活动真实、合法、有效

具体要求是：①广告主自行或委托他人设计、制作、发布广告，应当具有或者提供真实、合法、有效的证明文件。这些证明文件主要包括营业执照以及其他生产、经营资格的证明文件；质量检验机构对广告中有关商品质量内容出具的证明文件以及确认广告内容真实性的其他证明文件。此外，发布广告需要经有关行政部门审查的，还应当提供有关批准文件。②广告经营者、广告发布者应依据法律、行政法规查验有关证明文件，核实广告内容。对内容不实或者证明文件不齐全的广告、广告经营者不得提供设计、制作、代理服务；广告发布者不得发布。③广告发布者向广告主、广告经营者提供的媒介覆盖率、收视率、发行量等资料应当真实。这些资料是广告主、广告经营者全面了解广告传播范围的依据，也是确定广告费用的重要参考，故广告发布者提供的这些资料应当真实。

5. 不得在广告中擅自使用他人的名义、形象

按照《广告法》第二十五条的规定，广告主、广告经营者在广告中使用他人名义、形象的，应当事先取得他人的书面同意；使用无民事行为能力人、限制民事行为能力人的名义、形象的，应当事先取得其监护人的书面同意。

6. 建立、健全内部管理制度

广告经营者、广告发布者应当按照国家有关规定，建立、健全广告业务的承接登记、审核、档案管理制度。

7. 广告收费合理、公开

为了促使广告经营者、广告发布者履行本项义务，《广告法》除规定广告收费标准和收费办法应当向物价和工商行政管理部门备案外，还要向社会公开。

8. **不得设计、制作、发布国家禁止的广告**

即不得就法律、行政法规禁止生产、销售的产品或者提供的服务,以及禁止发布广告的商品或者服务设计、制作、发布广告。

二、广告法与广告法调整的对象

（一）广告法

广告法是广告法规管理和广告活动的基本法律根据。尤其在广告行政执法中,必须依法行政,根据法定的职权,按照法定的程序,实施广告监督管理活动。对于广告法,广义一般认为,广告法是调整广告关系的法律规范的总称。狭义仅指1994年10月27日第八届全国人民代表大会常务委员会第十次会议通过的《中华人民共和国广告法》(以下简称《广告法》),它也是中国广告法领域中的基本法律。在《广告法》颁布后,1987年10月26日国务院颁布的《广告管理条例》仍在实施,原国家工商行政管理总局还颁布了众多的部门规章和行政解释;此外《民法通则》、《合同法》也都是广告法的重要渊源;在《产品质量法》、《反不正当竞争法》、《消费者权益保护法》、《药品管理法》、《食品卫生法》、《中华人民共和国烟草专卖法》等法律文件中也有广告法律规范,这些法律法规共同构成了我国广告法的法律体系。

251

（二）广告法调整的对象

我国广告法所调整的对象是广告关系,即广告监督管理机关、广告审查机关、广告主、广告经营者和广告发布者等主体相互之间,在广告监督管理、广告审查和广告活动过程中所发生的社会关系。主要包括:广告监督管理机关在依法监督、管理、检查广告的各种活动中所发生的广告管理关系;广告审查机关在依法审查各种广告中发生的广告审查关系;广告主、广告经营者、广告发布者在委托设计、制作、代理、发布广告活动中发生的民事关系;广告监督管理机关、司法机关主持进行的处罚广告违法行为和解决广告纠纷中发生的关系。值得注意的是,我国《广告法》仅仅调整商业广告,公益广告、政府广告及分类广告等其他类型的广告应当由《民法通则》、《合同法》等法律来调整。

第二节 广告活动的基本法律制度

一、广告市场准入制度

广告市场的准入制度,即广告经营审批制度。根据《广告法》,从事广告经营活动,应当具有必要的专业技术人员和制作设备,并依法办理公司或者广告经营登记。由于广告经营在我国的定位是属于知识密集型、资金密集型和人才密集型的"三密集"的特殊产业，为扶植广告业的发展、壮大，保证广告业的经营秩序，要从事广告经营，必须具备相应的资质条件，并事先向广告监督管理部门提出申请，经其审批核准后，才能从事广告经营活动。

二、广告内容审查制度

广告内容审查，是指对广告内容是否符合法律的规定进行的审查。广告内容审查的主体有法律、行政法规规定的国家有关行政主管部门、广告经营者和广告发布者。广告内容审查的客体是广告内容的真实性、合法性。广告内容审查是国家制定的广告发布标准得以顺利实施的基本条件，它可以有效地避免、控制、减少或者制止虚假、违禁广告的产生，是广告业有序发展的重要保障。广告内容审查制度是围绕广告审查的内容和环节而形成的一系列规定，是广告管理制度的重要组成部分。

广告内容审查制度的基本形式包括以下三个方面。

（一）广告审查机关的事前审查

按照《广告法》第三十四条的规定，利用广播、电影、电视、报纸、期刊以及其他媒介发布药品、医疗器械、农药、兽药等商品的广告和法律、行政法规规定应当进行审查的其他广告，必须在发布前依照有关法律、行政法规的规定，由有关行政主管部门对广告内容进行审查；未经审查，不得发布。

1. 广告审查机关

广告审查机关，是指与以上规定中列举的待发布的特种广告的商品或者服务有关的行政主管部门的简称。这些部门熟悉该类商品或者服务的专业技术，负责管理商品的生产、销售环节，因此，由这些部门对商品或者服务的广告进行发布前审查，有利于控制广告发布的标准。

2. 特殊商品的广告审查程序

1）申请

广告审查申请由广告主向广告审查机关提出。广告主在提出申请时，应当同时向广告审查机关提交有关证明文件，主要包括：①广告主合法经营资格的证明文件。具体又包括营业资格证明文件，即营业执照，以及申请发布广告的特殊商品的生产、经营资格证明文件，即生产许可证或经营许可证。②与申请审查的特殊商品广告内容有关的证明文件。具体又包括证明该商品合法性的文件，如药品生产的批准文件；证明该商品品质的文件，如食品的产品检验合格证明；关于该商品使用方法的说明；法律、行政法规规定的其他证明文件。

2）审查

广告审查机关依照法律、行政法规对广告的内容进行审查。广告审查机关应结合广告主提交的有关证明文件，对申请发布的特殊商品广告的真实性、合法性等进行全面审查。

3）决定

广告审查机关在对广告内容进行审查后，应当依照法律、行政法规作出审查决定，批准或不予批准发布该特殊商品广告。为了维护审查决定的严肃性、确保广告审查制度的贯彻落实，《广告法》第三十六条规定，任何单位和个人不得伪造、变造或者转让广告审查决定文件。

3. 几种特殊商品的广告审查规定

1）药品广告的审查规定

我国现行药品广告审查的专门规定主要包括在《药品管理法》和《药品广告管理办法》中。按照规定，药品广告审查程序的具体要求是：一是申请药品广告审查应提交有关证件和材料。包括药品生产企业许可证或药品经营企业许可证（副本）；营业执照（副本）；该药品的生产批准文件、质量符合标准的证明、说明书、包装；商标注册证；卫生行政部门认为必要的其他有关材料。经营进口药品的企业申请审查进口药品广告时，应提交下列证件和材料。生产该药品的国家（地区）批准的证明文件；该药品的《进口药品注册证》；该药品的商标注册证、说明书、包装（应附中文译本）。此外，委托办理审批手续的，还应提交国外企业的授权委托书。二是药品广告审查申请应向有关卫生行政部门提出。国产药品广告审查由广告主填写"药品广告审批表"一式五份，连同有关材料送所在地（市、州、盟）卫生行政部门进行初审。初审同意后，报省、自治区、直辖市卫生行政部门审批。进口药品广告审查向其所在地的省、自治区、直辖市卫生行政部门办理审批手续；国外药品生产、经营企业及其委托人在我国境内申请发布药品广告，应向其广告代理单位所在地的省、自治区、直辖市卫生行政部门办理审批手续（港、澳地区药品生产、经营企业也参照这一规定办理）。三是卫生行政部门主要对宣传药品的主要成分、功效（功能）、适应征（主治）、用法、用量、禁忌征（注意事项）和不良反应等内容进行审查。卫生行政部门应在收到全部材料后 15 日内，作出是否批准的决定；涉外药品广告的审批时间，可以延长至 30 日。四是经审查内容合格批准发布广告的，由省级人民政府卫生行政部门签发药品广告审批表。药品广告审批表从批准之日起，有效期为 2 年。到期后仍需继续进行广告宣传的，应重新申请。药品生产企业许可证或药品经营企业许可证的有效时间不足 2 年的，药品广告审批表的有效期限以该许可证的有效时间为准。

2）医疗器械广告的审查规定

根据现行《医疗器械广告管理办法》的规定，广告主发布医疗器械广告，必须向国家医药管理局或省自治区、直辖市医药管理局或同级医药管理行政部门申请医疗器械广告证明。其中进口医疗器械广告证明由国家医药管理局出具，其他医疗器械广告证明由广告主所在地的省、自治区、直辖市医药管理局或同级医药管理行政部门出具。

国内广告主申请办理医疗器械广告证明,应当提供的文件、证件有:营业执照(副本);生产或经营准许证,已实施生产许可证的产品,应同时提供生产许可证;产品鉴定证书;产品说明书;法律、法规规定应当提交的其他证明。国外广告主申请办理医疗器械广告证明,应当提交所属国(地区)政府医疗器械管理部门颁发的生产许可的证明文件和产品说明书。

医疗器械广告证明的有效期,以医疗器械生产或经营准许证的有效时间为准。医疗器械生产或经营准许证有效期满后,医疗器械广告证明自动失效。

3) 食品广告的审查规定

按照现行《食品广告管理办法》的规定,广告主发布食品广告,必须持有地(市)级以上食品卫生监督机构出具的食品广告证明。必须经省级以上卫生行政部门批准的食品的广告证明,由广告主所在地省级食品卫生监督机构出具;其他食品的广告证明由广告主所在地的地(市)级食品卫生监督机构出具。

广告主申请食品广告审查,应提交下列证明文件:营业执照;卫生许可证;食品卫生监督机构或者卫生行政部门认可的检验单位出具的产品检验合格证明。必须经省级以上卫生行政部门批准的食品,还应附有批准证明。经营进口食品的广告主申请发布进口食品广告时,应提交下列证明和材料:所属国家(地区)批准生产的证明文件;国境口岸卫生监督机构签发的卫生证书;说明书、包装。

4) 农药、兽药、农作物种子广告的审查规定

《关于加强农药广告宣传管理的通知》要求,在全国性报刊、广播、电视上刊播农药广告,广告主应到农业部农药检定所办理农药广告审批表;利用其他媒介刊播、设置农药广告,广告主应到省、自治区、直辖市农业厅(局)的药检或植保部门办理农药广告审批表;外国企业在我国申请刊播农药广告,应到农业部农药检定所办理审批手续。广告主、广告经营者和广告发布者要按农药广告审批表上批准的内容设计、制作、发布广告,不得擅自更改,更不得设计、制作、发布未经批准的农药广告。

《兽药管理条例》规定,发布兽药广告,必须经省、自治区、直辖市农业行政主管部门审查批准。兽药广告的内容必须以农业部或省、自治区、直辖市农业行政主管部门批准的说明书为准。外国企业在我国申请办理兽药广告,必须持有农业部核发的"进口兽药登记许可证",并提供兽药说明书。

《种子管理条例农作物种子实施细则》(以下简称《种子管理条例》)规定,未经审定或审定未通过的品种不得经营、生产、推广和作广告。此外,按照《种子管理条例》的规定,种子的生产者应当取得《种子生产许可证》,种子的经营者应当取得《种子经营许可证》,种子还须在取得检验证书、检疫证书后方可经营、推广。因此,发布种子广告必须提供有关证明文件,申请审查。

除了《广告法》中所规定的上述4种商品必须由广告审查机关进行发布前审查外,其

他法律、法规和规章规定应当进行发布前审查或者出具证明文件的，必须由广告审查机关或者出证机关进行事前审查。目前，需事先审查的商品和服务广告除上述《广告法》规定的4种外，还有社会力量办学的广告和营利性演出的广告，也必须分别由教育行政部门和文化行政部门进行事前审查。需事先出据的商品和服务广告包括医疗广告、烟草广告、自费出国留学中介广告、因私出入境广告、专利广告、卫星接收设施广告，这些广告在发布前必须经有关行政部门审查同意，出具有关证明文件后方可发布。

（二）广告经营者、广告发布者的事前审查

《广告法》规定，广告经营者、广告发布者根据法律、行政法规查验有关证明文件，核实广告内容。对内容不实或者证明文件不全的广告，广告经营者不得提供设计、制作、代理服务，广告发布者不得发布。广告经营者和广告发布者是广告活动中两个主要的行为主体，在广告内容的审查方面负有主要的责任和义务。广告经营者、广告发布者对广告内容进行事前审查的范围较广，凡其承办或者发布的广告，无论是特殊商品和服务广告，还是一般商品和服务广告，都要进行事前审查。根据《广告法》第二十八条规定，广告经营者、广告发布者应按照国家有关规定，建立、健全广告业务的审核管理制度。

255

（三）广告监督管理机关的事后监督

在广告正式发布后，为了确保广告发布质量，维护良好的社会经济秩序，保护消费者的合法权益，广告监督管理机关要对广告内容进行监测和检查。

广告监测是及时发现、制止和查处虚假、违法广告的前提，也是对广告发布活动进行日常监督管理的重要内容。根据国家工商行政管理总局的要求，各省的工商行政管理局广告监督管理部门原则上应将本辖区内地市级日报和部分主要报刊列入监测范围，省级报纸由国家工商行政管理总局实施集中监测。

三、广告证明制度

广告证明制度，是指对广告主自行或者委托他人设计、制作、发布的广告需具有或者提供哪些真实、合法、有效的证明文件作出规定，从而保证广告内容真实、合法的制度。广告证明的种类繁多，从要求广告内容言之有据的角度来讲，凡广告涉及的内容，均应提供相应的证明。实际上，法律仅对广告主在广告中表达、承诺或者保证的，对消费者等广告受众有实质性意义的有关内容必须出具的证明作出了规定。主要可以概括为三个方面，即广告主经营资格的证明，广告宣传商品或者服务所使用的数据、他人名义、专利等通常事项的表述的证明，以及特定商品或者服务的有关证明。

四、广告代理制度

广告代理是广告经营活动中的一种民事法律行为,是指广告代理人在广告被代理人授权的范围内,以广告被代理人的名义从事的直接对被代理人产生权利、义务的广告业务活动。广告代理制度是指在广告活动中,广告主、广告公司、广告媒介之间明确分工,广告主委托广告公司制订和实施广告宣传计划,广告媒介通过广告公司寻求广告客户的一种运行机制。广告公司通过为广告主和广告媒介提供双向服务的方式,在广告经营活动中发挥主导作用。广告代理制度是广告业在市场经济条件下,经过长期的发展和激烈的竞争逐步形成的制度,是建立在广告业充分发展基础上的一种科学的运行机制。广告代理制度的核心是广告公司,但同时又必须得到广告主和广告媒介的承认和信赖。

广告主、广告公司、广告媒介是广告市场中最基本的组成要素,在广告代理制度下,三者之间存在以下分工。

(一)广告主

随着科学技术的不断发展和社会生产力的不断提高,社会商品与服务与日俱增,花色品种层出不穷,企业之间的竞争越来越激烈。在激烈的市场竞争中,企业要生存和发展,就必须使自己的商品或者服务占领市场,而要实现这一目标,单靠企业自己的力量显然是有限的,它必须依靠和委托一家有能力的广告代理公司,为其提供专门的广告策划和市场营销服务。广告主求助于广告公司,目的是向广告公司寻求广告策略,为其开拓市场并提高市场占有率。

(二)广告公司

在广告代理制度下,广告公司的主要职能是为客户提供以策划为主导,以市场调查为基础、以创意为中心、以媒介选择为实施手段的全方位、全过程的立体化服务。这就要求广告公司以科学的方法,组成专门小组,开展市场调查,提高广告策划与设计水平,使广告的表现更有创意,广告的媒体投放更加精确和科学,广告的宣传效果更为显著。在整个广告流程中,以公关、展览、促销等手段与广告营销活动密切配合,还要收集市场的反馈信息,分析广告实施的效果,并在此基础上及时调整广告计划和实施方案。从另一方面说,广告公司同时在为广告媒介承揽广告业务。有实力的广告公司还可以从媒介购买时间或者版面,向广告主推荐适合于他们目标对象的广告媒介,并组织实施。广告公司就是通过为广告主和媒介提供双向服务,发挥自己的独特作用。

(三)广告媒介

对于广告发布主渠道的大众媒介来说,传播广告信息并非其主要功能,大众传播媒介

256

主要精力应放在提高节目或者栏目的质量,提高收视(听)率或者发行量上。因此,在广告代理制下,媒介只能是发布广告,并应主动向广告公司提供必要的媒介动态、节目计划和刊播机会。

五、广告发布审批、备案制度

广告发布标准的监管包括广告发布标准的制定、修改、解释和实施,这是广告监督管理的基本内容。广告发布标准是广告主、广告经营者和广告发布者都必须遵守的准则。广告发布的标准分为一般标准和特殊标准。一般标准普遍适用于任何内容的广告,而特殊标准是针对一些特别商品和服务的广告,如医疗、药品、化妆品、房地产等;一般标准主要在《广告法》中体现,特殊标准大多在国家工商行政管理总局制定的行政规章和规范性文件中加以规定。在某些特殊形式和内容的广告发布前后,应向工商行政管理等部门办理审批手续。具体地说,店堂广告应在发布后一定时间内向工商行政管理部门办理备案手续;户外广告、牌匾广告、车体广告、固定形式印刷品广告要经过工商行政管理等部门进行广告经营许可审批后方可发布;烟草广告,以印刷品形式发布的药品、保健食品、医疗器械、医疗、农药、兽药、房地产、化妆品 8 类特殊商品广告,因私出入境中介广告,自费出国留学中介广告等应办理广告发布审批手续。

257

第三节 法 律 责 任

一、广告违法行为的种类

广告违法行为按其行为性质,可分为行政违法、民事违法和刑事犯罪三种。行政违法是指广告违法行为违反了国家对广告活动的管理规定。行政违法在广告违法行为中占很大比例。民事违法是指广告活动中债的不履行和侵权行为。广告活动中债的不履行主要是指广告合同的当事人不履行或者不完全、不适当履行广告合同约定的义务;广告活动中的侵权行为是指广告活动或者广告内容侵害了他人人身权、财产权的行为。前者主要包括侵害他人的生命、健康、姓名、肖像、名誉等人身权利,后者主要包括侵害他人专利、商标、著作权等财产权利(这里的人身权和财产权的划分是相对的,两者间的界限并非绝对。如知名人物的肖像权也可以认为是一种财产权;而专利、商标、著作权中也包含着人身权的内容)。广告活动中的刑事犯罪行为是指广告违法行为已触犯《中华人民共和国刑法》(以下简称《刑法》),应受刑法制裁的行为。

广告违法行为按其违法的表现和特点,可分为实体违法行为和程序违法行为两个方面。广告实体违法行为是指广告行为违反了广告法律的实体性规定。程序违法行为是指广告行为违反了广告法律的程序性规定,例如,违反广告审查、出证和登记等程序上的规定。

广告违法行为按违法程度和社会危害性的不同,可以分为轻微违法行为、一般违法行为和严重违法行为三类。这一划分对有关司法、行政机关追究广告违法行为的责任具有直接意义。广告违法行为的表现形式多种多样,概括起来主要包括:发布虚假广告,欺骗和误导消费者;广告内容违反广告法律、行政法规禁止的情形;广告内容不清楚,使用资料不真实、不准确;广告中侵犯他人专利和注册商标;广告中有贬低他人生产经营的商品或者提供服务的内容;以新闻报道形式刊播广告;发布法律、行政法规规定应当在广告发布前经有关行政主管部门审查批准而未经审查批准的广告;利用广播、电视、电影、报纸、期刊发布烟草广告,以及在各类等候室、影剧院、会议厅堂、体育比赛场馆等公共场所设置烟草广告;广告主提供虚假证明;伪造、变造或者转让广告审查决定文件;在广告活动中,进行不正当竞争;未经工商行政管理机关批准或者登记,擅自经营广告业务;超越经营范围经营广告业务;非法设置户外广告;广告主发布超越其经营范围的广告;广告审查机关对违法的广告内容作出审查批准决定;广告监督管理机关和广告审查机关的工作人员玩忽职守、滥用职权、徇私舞弊。

二、广告违法行为的行政处罚

《广告法》第三十七条至第四十六条对各类广告违法行为的行政处罚作了明确规定。同时,各广告管理行政法规、规章中也参照《广告法》,对有关广告违法行为的法律责任作了具体规定。

（一）虚假广告

虚假广告是广告违法行为中危害性最大,也最为常见的一种违法行为,因此也是广告监督管理机关查处的重点。对虚假广告的行政处罚主要根据《广告法》第三十七条的规定,即由广告监督管理机关责令广告主停止发布,并以等额的广告费用在相应范围内公开更正、消除影响,并处广告费用1倍以上5倍以下的罚款;对负有责任的广告经营者、广告发布者没收广告费用,并处广告费用1倍以上5倍以下的罚款;情节严重的,依法停止其广告业务。

（二）违禁广告

违禁广告特指广告主、广告经营者、广告发布者发布的广告内容含有《广告法》第七条第二款规定的禁止性内容的广告,即在广告中出现以下9种情形:①使用中华人民共和国国旗、国徽、国歌;②使用国家机关或者国家机关工作人员的名义;③使用国家级、最高级、最佳等用语;④妨碍社会安定和危害人身、财产安全,损害社会公共利益;⑤妨碍社会公共秩序和违背社会良好风尚;⑥含有淫秽、迷信、恐怖、暴力、丑恶的内容;⑦含有民族、种族、宗教、性别歧视的内容;⑧妨碍环境和自然资源保护;⑨法律、行政法规规定禁止的其他情形。

凡广告中有上述违禁内容，应根据《广告法》第三十九条给予相应的行政处罚。即由广告监督管理机关责令负有责任的广告主、广告经营者、广告发布者停止发布、公开更正，没收广告费用，并处广告费用1倍以上5倍以下的罚款；情节严重的，依法停止其广告业务。

（三）无照经营、超越经营范围或者国家许可范围

无照经营，指未经工商行政管理机关核发营业证照，擅自承办广告业务的行为。根据中国广告管理法规规定：广告公司、广告兼营单位、经营广告业务的个体工商户和广告制作单位，都必须按照有关规定，在工商行政管理机关申请登记、领取营业执照和广告经营许可证。未经登记或者申请登记未获批准，不得承办广告业务。

超越经营范围，指广告经营者或者广告客户超越工商行政管理机关核准的营业证照所明确规定的营业范围而经营广告业务的行为。根据《广告法》第二十二条规定，广告主自行或者委托他人设计、制作、发布广告，所推销的商品或者所提供的服务应当符合广告主的经营范围。企业的经营范围是其业务活动的具体内容，是企业从事经营活动合法性的基本根据，是判断企业经营行为是否有效的法律根据。

企业发布涉及生产或者经营业务活动内容的广告，不得超出其核准登记的经营范围；机关、社会团体、学校等事业法人发布的涉及职权及业务权限内容的广告，不得超越国家赋予其的职权或者业务权限；公民个人申请发布广告所涉及的事项，必须在其应有的权利能力和行为能力范围之内。除此之外，还不得超越国家法律、法规和政策所准许的其他范围，否则就构成广告违法行为。

对于无证照经营广告业务的，按照《无照经营查处取缔办法》有关规定予以处罚。对于超越经营范围经营广告业务的，按照企业登记管理法规有关规定予以处罚。

（四）广告经营中的不正当竞争行为

《广告法》第二十一条及《广告管理条例》第四条都规定了在广告经营中禁止垄断和不正当竞争行为。广告经营中的垄断和不正当竞争行为，是指在广告活动中损害其他广告活动主体的合法权益，扰乱广告市场秩序的行为。对于广告活动中违反国家禁止垄断和不正当竞争规定的广告活动当事人，工商行政管理机关根据《广告管理条例施行细则》第十八条的规定，视其情节予以通报批评、没收非法所得、处5 000元以下罚款或者责令停业整顿的处罚。

（五）以新闻报道形式发布广告

对以新闻报道形式发布广告的广告违法行为，根据《广告法》第四十条第二款规定，由

259

广告监督管理机关责令广告发布者改正,处以 1 000 元以上 10 000 元以下的罚款。

(六)广告语言文字违法

《广告语言文字管理暂行规定》第四条规定:"广告使用的语言文字应当符合社会主义精神文明建设的要求,不得含有不良文化内容。"违反本条规定的,由广告监督管理机关责令停止发布广告,对负有责任的广告主、广告经营者、广告发布者视其情节予以通报批评,处以违法所得额 3 倍以下的罚款,但最高不超过 30 000 元,没有违法所得的,处以 10 000 元以下的罚款。违反《广告语言文字管理暂行规定》其他条款的,由广告监督管理机关责令限期改正,逾期未能改正的,对负有责任的广告主、广告经营者、广告发布者处以 10 000 元以下的罚款。

(七)广告证明违法

广告管理法规对广告证明的提交、查验作了一系列的规定,广告经营者代理或者发布广告时,应遵守这些规定。广告证明的规定包括三个方面:一是广告主申请发布广告,必须出具有关的证明;二是广告经营者在发布广告之前,必须查验有关的证明,即履行验证手续,未经查验,不得发布;三是主管部门必须如实出具广告证明文件。

260

(八)临时性广告经营违法

临时性广告经营,是指某项活动的主办单位,面向社会筹集资金,并在活动中为出资者提供广告服务的经营行为。根据《临时性广告经营管理办法》的规定,下列活动涉及临时性广告经营的,主办单位应当向工商行政管理机关申请,经批准后,方可进行:体育比赛、体育表演活动;文艺演出、文艺表演活动;影视片制作活动;展览会、博览会、交易会等活动;评比、评选、推荐活动;纪念庆典活动;广告管理法规规定应当经过批准的其他活动。经批准从事临时性广告经营的广告经营者和临时性广告经营机构,应当遵守广告管理法规,并接受工商行政管理机关的监督管理。违反上述规定的,由工商行政管理机关依据《广告管理条例施行细则》第二十一条的规定,对广告经营者予以通报批评、没收非法所得、处 1 万元以下罚款;对广告客户视其情节予以通报批评、处 1 万元以下罚款。

临时性广告经营时间超过 1 年的,应当按有关规定,接受工商行政管理机关进行的广告经营专项检查,对检查不合格的,不得继续经营临时性广告业务。

(九)特定内容广告违法

1. 涉及商品的性能、产地、质量、资料、专利产品、专利方法等内容的广告

广告中经常会涉及对商品的性能、产地、用途、质量、价格、生产者、有效期限、允诺或

者对服务的内容、形式、质量、价格允诺有表示的,应当清楚明白;表明推销商品、提供服务附带赠送礼品的,应当标明赠送的品种和数量;使用数据、统计资料、调查结果、文摘、引用语,应当真实、准确,并标明出处;涉及专利或者专利方法的,应标明专利号和专利种类,未获专利权不得谎称取得专利权,专利申请不得做广告。违反上述规定的,按照《广告法》第四十条的规定,由广告监督管理机关责令负有责任的广告主、广告经营者、广告发布者停止发布、公开更正、没收广告费用,可以并处广告费用 1 倍以上 5 倍以下的罚款。

2. 涉及贬低其他生产经营者的商品或者服务的广告

在广告中不得对其他生产经营者的商品或者服务进行直接或者间接的诋毁、怀疑,使其荣誉、信誉等受到损害。违反此规定,由广告监督管理机关责令负有责任的广告主、广告经营者、广告发布者停止发布、公开更正、没收广告费用,可以并处广告费用 1 倍以上 5 倍以下的罚款。

3. 药品、医疗器械、农药、食品、化妆品广告

药品、医疗器械、农药、食品、化妆品是与消费者息息相关的重要商品,广告法对这类商品广告作了明确、具体的规定,既有限制性条款,又有禁止性条款。违反这些规定,依照《广告法》第四十一条规定,由广告监督管理机关责令负有责任的广告主、广告经营者、广告发布者改正或者停止发布,没收广告费用,可以并处广告费用 1 倍以上 5 倍以下的罚款;情节严重的,依法停止其广告业务。

4. 酒类广告

根据《酒类广告管理办法》的规定,违反本办法第四条第二款规定的,即任何单位和个人在设计、制作、发布酒类广告中伪造、变造有关证明文件的,依照《广告法》第三十七条的规定,由广告监督管理机关责令广告主停止发布,并以等额广告费用在相应范围内公开更正,消除影响,视其情节处广告费 1 倍以上 5 倍以下的罚款;对负有责任的广告经营者、广告发布者没收广告费用,并处广告费用 1 倍以上 5 倍以下的罚款;情节严重的,依法停止其广告业务。

违反本办法第五条规定,广告经营者、广告发布者经营或者发布内容不实或者证明文件不全的酒类广告,依照《广告管理条例施行细则》第二十七条的规定处罚,即视其情节予以通报批评、没收非法所得、处 5 000 元以下的罚款;由此造成虚假广告的,必须负责发布更正广告,给用户和消费者造成损害的,负连带赔偿责任。

违反本办法第六条规定,酒类广告不符合卫生许可事项,依照《广告法》第四十一条规定,由广告监督管理机关责令有责任的广告主、广告经营者、广告发布者停止发布,没收广告费用,并处广告费用 1 倍以上 5 倍以下的罚款;酒类广告使用医疗用语或者易与药品相混淆用语的(经批准有医疗作用的酒类商品除外),依照《广告法》第四十三条规定,由广告监督管理机关责令有责任的广告主、广告经营者、广告发布者改正或者停止发布,

没收广告费用,可以并处广告费用1倍以上5倍以下的罚款;情节严重的,依法停止其广告业务。

违反本办法第七条、第八条、第九条规定,酒类广告中出现有关禁止出现的内容的;在各类临时性广告活动中将酒类作为奖品或者礼品出现的;大众传播媒介发布酒类广告违反时段、条次限制的,依照《广告法》第三十九条规定,由广告监督管理机关责令负有责任的广告主、广告经营者、广告发布者停止发布、公开更正,没收广告费用,并处广告费用1倍以上5倍以下的罚款;情节严重的,依法停止其广告业务。构成犯罪的,依法追究刑事责任。

5. 烟草广告

《广告法》对烟草广告作了较为严格的限制性规定,违反《广告法》第十八条规定,利用广播、电影、电视、报纸、期刊发布烟草广告,或者在公共场所设置烟草广告的,或者变相发布烟草广告的,按照《广告法》第四十二条的规定,由广告监督管理机关责令有责任的广告主、广告经营者、广告发布者停止发布,没收广告费用,并处广告费用1倍以上5倍以下的罚款。

对于违反《烟草广告管理暂行办法》第五条、第六条和第十条规定,在国家禁止范围以外的媒体或者场所发布烟草广告,未履行相应审批程序、烟草广告中出现5种不得出现的情形之一的、烟草广告未标注忠告语或者标注不符合要求的,按照《烟草广告管理暂行办法》第十二条规定,由广告监督管理机关责令广告主、广告经营者、广告发布者停止发布,没收广告费用,并处以10 000元以下的罚款。

6. 医疗广告

医疗广告内容必须真实、健康、科学、准确,不得以任何形式欺骗或者误导大众,对于发布虚假医疗广告,欺骗和误导患者的,依照《广告法》第三十七条的规定,由广告监督管理机关责令广告主停止发布、并以等额广告费用在相应范围内公开更正消除影响,并处广告费用1倍以上5倍以下的罚款;对负有责任的广告经营者、广告发布者没收广告费用,并处广告费用1倍以上5倍以下的罚款;情节严重的,依法停止其广告业务。构成犯罪的,依法追究刑事责任。

对伪造、变造、提供虚假医疗广告证明文件的,依照《广告法》第四十四条规定,由广告监督管理机关处10 000元以上100 000元以下的罚款。

对以新闻报道形式发布广告的,根据《广告法》第四十条规定,由广告监督管理机关责令改正,处1 000元以上10 000元以下的罚款。

对于利用医疗广告宣传药品,推销医疗器械,未经药品监督管理部门审查批准的,依照《广告法》第四十三条的规定,由广告监督管理机关责令停止发布,没收广告费用,并处广告费用1倍以上5倍以下罚款。

对广告中含有禁止性规定内容以及超出《医疗广告证明》范围发布广告的,应认定为未取得证明文件发布医疗广告的行为,依照《医疗广告管理办法》第十五条规定,视其情节,予以通报批评,处 5 000 元以下罚款,并吊销《医疗广告证明》,责令停止发布广告。

广告主或者广告经营者的医疗广告有贬低他人内容的,视其情节予以通报批评、没收非法所得、处 5 000 元以下罚款或者责令停业整顿。

广告内容有淫秽、迷信、荒诞语言文字、画面或者违反了其他有关法律、法规的,对广告经营者予以通报批评、没收非法所得,处 10 000 元以下罚款。

广告经营者承办或者代理医疗广告,未查验《医疗广告证明》,未按核实内容设计、制作、代理、发布医疗广告的,视其情节予以通报批评、没收非法所得,处 3 000 元以下罚款,由此造成虚假广告的,必须负责发布更正广告。

7. 房地产广告

凡未按《广告法》和国家有关规定履行法律义务,造成房地产违法广告发布的广告主、广告经营者、广告发布者,应当依照《广告法》的规定承担法律责任;《广告法》中没有具体规定的,依照《房地产广告发布暂行规定》第二十一条,由广告监督管理机关责令停止发布,并可对违法行为人处以 30 000 元以下的罚款。

三、广告违法行为的民事责任

广告违法行为的民事责任,是指广告主、广告经营者、广告发布者因进行广告违法活动,欺骗或者误导消费者,使购买商品或者接受服务的消费者的合法权益受到损害,或者有其他侵权行为时,应承担的民事法律责任。

广告违法行为人对自己的违法行为应依法承担民事责任,除《民法通则》和《消费者权益保护法》等法律、法规的规定外,《广告法》也作了专门的规定。《广告法》第三十八条规定,"违反本法规定,发布虚假广告,欺骗和误导消费者,使购买商品或者接受服务的消费者的合法权益受到损害的,由广告主依法承担民事责任;广告经营者、广告发布者明知或者应知广告虚假仍设计、制作、发布的,应当依法承担连带责任。广告经营者、广告发布者不能提供广告主的真实名称、地址的,应当承担全部民事责任。社会团体或者其他组织,在虚假广告中向消费者推荐商品或者服务,使消费者的合法权益受到损害的,应当依法承担连带责任。"《广告法》第四十七条规定,广告主、广告经营者、广告发布者违反本法规定,有下列侵权行为之一的,依法承担民事责任:①在广告中损害未成年人或者残疾人的身心健康的;②假冒他人专利的;③贬低其他生产经营者的商品或者服务的;④广告中未经同意使用他人名义、形象的;⑤其他侵犯他人合法民事权益的。

广告违法行为的民事责任形式,即广告违法行为应承担民事责任的方式,也就是对广告违法行为所采取的民事制裁措施。根据《民法通则》的规定,民事责任的形式主要有以下几种:停止侵害、排除妨碍、消除危险;返还财产;恢复原状;修理、重作、更换和支付违约金；赔偿损失；消除影响、恢复名誉和赔礼道歉。以上各种违法行为的民事责任形式，在实际中既可以单独适用其中一种，也可以同时适用多种形式。如广告中损害未成年人或者残疾人身心健康的，权利人可以请求广告违法行为人同时适用赔偿损失、消除影响、恢复名誉、赔礼道歉等责任形式。

四、广告违法行为的刑事责任

广告违法行为的刑事责任，是指广告客户或者广告经营者所实施的行为不但违反了广告管理法规，而且构成了犯罪，依照《刑法》的规定所应当承担的法律责任。《广告法》对广告活动中的犯罪行为及处罚作了原则性规定。具体体现在以下三个条文中，《广告法》第三十七条规定："违反本法规定，利用广告对商品或者服务作虚假宣传的，由广告监督管理机关责令广告主停止发布，并以等额的广告费用在相应范围内公开更正……构成犯罪的，依法追究刑事责任。"《广告法》第三十九条规定："发布广告违反本法第七条第二款规定的，构成犯罪的，依法追究刑事责任。"《广告法》第四十六条规定："广告监督管理机关和广告审查机关的工作人员玩忽职守、滥用职权、徇私舞弊的，给予行政处分。构成犯罪的，依法追究刑事责任。"由此看来，任何广告违法行为构成犯罪，只能根据我国《刑法》的有关规定，并根据《刑法》规定的刑种和处罚幅度进行定罪量刑。

264

本 章 小 结

广告是使人们注意某事或者通知别人某事，即"广而告之"。广告法规定的广告，是指商品经营者或者服务提供者承担费用，通过一定的媒介和形式，直接或者间接地介绍自己所推销的商品或者所提供的服务的商业广告。

我国《广告法》调整商业广告，公益广告、政府广告及分类广告等其他类型的广告应当由《民法通则》、《合同法》等法律来调整。但是，以公益广告的方式进行商业宣传的也应当由《广告法》来调整。

根据《广告法》，从事广告经营活动，应当具有必要的专业技术人员和制作设备，并依法办理公司或者广告经营登记。为扶植我国广告业的发展、壮大，保证广告业的经营秩序，从事广告经营，必须具备相应的资质条件，并事先向广告监督管理部门提出申请，经其审批核准后，才能从事广告经营活动。

广告内容审查的主体有法律、行政法规规定的国家有关行政主管部门、广告经营者和广告发布者，其基本形式包括广告审查机关的事前审查，广告经营者、广告发布者的事前审查，广告监督管理机关的事后监督。广告内容审查的客体是广告内容的真实性、合法性。广告内容审查制度是围绕广告审查的内容和环节而形成的一系列规定，是广告管理制度的重要组成部分。

广告代理制度是指在广告活动中,广告主、广告公司、广告媒介之间明确分工,广告主委托广告公司制订和实施广告宣传计划,广告媒介通过广告公司寻求广告客户的一种运行机制。

广告发布标准是广告主、广告经营者和广告发布者都必须遵守的准则,分一般标准和特殊标准。如违法,根据其行为性质,可分为行政违法、民事违法和刑事犯罪三种。其中虚假广告是广告违法行为中危害性最大,也最为常见的一种违法行为,因此也是广告监督管理机关查处的重点。

基 本 概 念

广告　　广告法　　广告主　　广告经营者　　广告发布者　　广告证明制度
广告代理制度

思考与训练

1. 什么是广告? 什么是广告法? 广告法调整的对象包括哪些?

2. 广告活动的基本法律制度包括哪些内容?

3. 广告违法行为具体包括哪些类型?

4. 广告违法行为应当承担的行政责任有哪些?

5. 根据《广告法》,如果发布虚假广告欺骗或误导消费者,使消费者的合法权益受到损害,那么在什么情况下广告经营者或广告发布者应当承担连带责任? 在什么情况下则要承担全部民事责任?

6. 案例分析

(1) 某报某日刊登了一则"L66特效生发宝蜚声海内外"的广告,称国家商标局注册的"神州牌L66特效生发宝"是一种能使毛发再生的最新特效类药化妆品,符合轻工业部标准规定,对斑秃、普秃、全秃、壮年脱发、脂溢性脱发症均有特效,快者使用7天能萌长新发,有效率在全国同类产品中达到97%的最高疗效,得到国内消费者的好评,尤其是在今年的广交会上和首都北京得到了外商的高度赞誉,确实是生发之宝、神州之宝、人类之宝,填补了中国多年来秃发不治之症的空白。已行销美国、加拿大、日本等10多个国家。为满足国内需求,我部现办理国内邮购业务等。许多消费者信以为真,纷纷邮购。但使用该种特效类药化妆品后效果并不明显,于是怀疑广告的真实性,投诉到市工商局。

请问:工商局应该如何加以认定? 说明理由。

（2）2001 年上海"静安丽舍"开发商在对其开发的"静安丽舍——恒辉阁"小区进行预售广告宣传中承诺该小区楼房间距有 50 米、小区绿化率为 50%，上海一些市民先后进行购买，并签订了商品房预售合同。岂料两年后开发商又改变建筑方案，楼房的间距仅为 30 米。为此，购楼户业主于 2003 年 3 月下旬以商品房预售合同纠纷提起诉讼，要求开发商支付擅自改变小区规划的违约金共约 40 万元。

请问：法院对此广告宣传如何认定，对商品房预售合同纠纷如何处理？说明理由。

第十二章 代理法律制度

引导案例

李某受单位委派到某国考察,王某听说后,委托李某代买该国产的一种名贵药材,李某考察归来后将其代买的价值1500元的药送到王某家中,但王某的儿子告诉李某,其父已于不久前去世,这药本来就是给他治病用的,现在他已去世,这药也就不要了,请李某自己处理。李某非常生气,认为王某不管是否活着,这药王家都应该收下。

问题:

(1)李某行为的法律后果到底由谁来承担?

(2)药是否应由王家出钱买下?为什么?

第一节 代理的概念和特征

一、代理的概念

代理是指代理人依据代理权,以被代理人的名义与第三人实施民事行为,直接对被代理人发生法律效力。代理有广义和狭义之分。狭义的代理指直接代理,又称显名代理,即以被代理人的名义进行的民事行为,后果直接归属于被代理人。广义的代理包括直接代理和间接代理。间接代理是指代理人以自己的名义进行民事行为,而使其后果间接地归属于被代理人,如行纪行为。我们所说的代理,只是《民法通则》规定的狭义的代理。

二、代理的特征

(1)代理人在代理权限之内实施代理行为。

(2)代理人以被代理人的名义实施代理行为。

(3)代理行为是具有法律意义的行为。

(4)代理行为直接对被代理人发生效力。

三、代理的适用范围与意义

《民法通则》第六十三条第一款规定："公民、法人可以通过代理人实施民事法律行为。"同时该条第三款规定："依照法律规定或者按照双方当事人约定,应当由本人实施的民事行为,不得代理。"通常认为代理包括:①代理各种民事行为。最普遍的代理行为,如代签合同、代理履行债务等;②代理实施某些财政、行政行为。如代理专利申请、代理商标注册、代理缴税、代理法人登记等;③代理民事诉讼行为。

尽管代理的使用范围很广,但还是受法律和当事人约定的限制。具体包括:①具有人身性质的民事行为不得代理。比如立遗嘱、解除婚姻关系(但离婚诉讼可以代理)、作者履行约稿合同、剧团履行演出合同等行为;②被代理人无权进行的行为不得代理;③双方当事人约定应由本人亲自实施的民事行为不适用代理。

第二节　代理的分类

一、委托代理、法定代理与指定代理

268

《民法通则》第六十四条第一款规定:"代理包括委托代理、法定代理和指定代理。"这是最基本的划分。

(一)委托代理

委托代理是指代理人根据被代理人的委托而进行的代理。委托代理人所享有的代理权是被代理人授予的,所以委托代理又称授权代理。授权行为是一种单方民事行为,仅凭被代理人一方授权的意思表示,代理人就取得代理权,故委托代理又称意定代理。

根据《民法通则》第六十五条规定,授予代理权的形式可以用书面形式,也可以用口头形式。法律规定用书面形式的,应当用书面形式。依照《民法通则》第六十五条第三款规定,授权不明的,被代理人应当向第三人承担民事责任,代理人负连带责任。

(二)法定代理

法定代理是根据法律直接规定而发生的代理关系。法定代理主要是为无民事行为能力和限制民事行为能力人设立代理人的方式。《民法通则》第十四条规定:"无民事行为能力人、限制民事行为能力人的监护人是他的法定监护人。"

(三)指定代理

指定代理是代理人根据人民法院或指定机关的指定而进行的代理。在指定代理中,代理人所享有的代理权是由人民法院或者指定机关指定的,与被代理人的意志无关。《民法通则》第十六条和第十七条规定,有权指定代理人的,一是人民法院;二是未成年人的父母所在单位或者精神病人的所在单位;三是未成年人或者精神病人住所地的居民委员会或者村民委员会。

二、一般代理和特别代理

以代理范围为标准,可以分为一般代理和特别代理。特别代理是指代理权被限定在一定范围内或者一定事项的某些方面的代理,又称为部分代理、特定代理或者限定代理。一般代理是特别代理的对称,指代理权范围及于代理事项的全部代理,故又称概括代理、全权代理。在实践中,如未指明为特别代理时则是概括代理。

三、单独代理与共同代理

以代理权属于一人还是多人,代理可以划分为单独代理与共同代理。单独代理称独立代理,代理权属于一人的代理。共同代理是代理权属于两人以上的代理。

四、本代理和复代理

以代理权是由被代理人授予,还是由代理人转托为标准,可以把代理划分为本代理和复代理。本代理是基于被代理人选任代理人或者依法律规定而产生的代理,又称原代理。复代理是代理人为被代理人的利益将其所享有的代理权转托他人而产生的代理,故称复代理、转代理。

五、直接代理和间接代理

直接代理指代理人在代理权限范围内,以被代理人的名义为民事行为,直接对被代理人发生法律效力的代理。间接代理是指代理人以自己的名义为民事行为,其效果转移给被代理人的代理。

六、积极代理和消极代理

以代理人是否处于主动地位为准,代理可分为积极代理和消极代理。积极代理是指代理人为意思表示的代理,又称为主动代理;消极代理是指代理人受领意思表示的代理,又称为被动代理。

第三节 代 理 权

一、代理权的概念和性质

代理权是代理制度的核心。是代理人基于被代理人的意思表示或者法律的直接规定或者有关机关的指定,能够以被代理人的名义为意思表示或者受领意思表示,其法律效果直接归于被代理人的资格。

二、代理权的发生

依《民法通则》及相关法律规定,代理权的发生原因包括以下几种。

（一）基于法律规定而发生

这是法定代理产生的原因。《民法通则》第十六条规定,未成年人的父母因具有监护人身份而成为未成人的代理人,其监护人身份是以法律规定产生法定代理权的根据。

（二）基于人民法院或者其他机关的指定而发生

这是指定代理权产生的原因。《民法通则》第二十一条规定,人民法院为失踪人所指定的财产代管人,在不损害失踪人利益的范围内享有指定代理权,如清偿失踪人的债务。

（三）基于被代理人的授权行为而发生

这是委托代理产生的原因。授权行为是指被代理人对代理人授予代理权的行为。包括委托合同关系、合伙合同关系、劳动合同关系及企业内部组织关系等。

三、授权行为

（一）授权行为是以发生代理权为目的的单方行为

代理权因被代理人单方意思表示而发生,即不必相对人的承诺,也不必因此使代理人负担义务。

（二）授权行为与基础关系的关系

授权行为往往与某种基础关系相结合,如委托合同关系、合伙合同关系、劳动合同关系等。

（三）授权行为的相对人

授权行为是委托人的单方民事行为，授权的意思表示可向委托人或者第三人为之，受托人或者第三人为授权行为的相对人。

（四）授权行为的形式和内容

授权行为是单方的民事行为，其形式可以为口头形式和书面形式。特别需要书面的必须采用书面形式。

四、代理不明及责任

授权不明，即授权的意思表示不明确，可以分为以下几种情况：①从意思表示中难以判断其是否授权；②从意思表示中难以判断其授权的具体事项、范围和权限；③从意思表示中难以判断其授权的起止期。依《民法通则》第六十五条第三款只规定了书面授权不明的问题，而对口头授权不明未作规定。在书面授权不明的情况下，依《民法通则》规定，被代理人向第三人承担民事责任，代理人负连带责任。

五、代理权的行使

（一）代理权行使的概念

代理权的行使是代理人在代理权限范围内，以被代理人的名义独立、依法有效地实施民事行为，以达到被代理人所希望或者客观上符合被代理人利益的法律效果。

（二）代理权行使的原则

根据《民法通则》和有关司法解释的规定，代理人在行使代理权的过程中应遵循以下原则。

(1) 代理人应在代理权限范围内行使代理权，不得无权代理。
(2) 代理人应亲自行使代理权，不得任意转托他人代理。
(3) 代理人应积极行使代理权，尽勤勉和谨慎的义务。

六、滥用代理权的禁止

（一）滥用代理权的概念

滥用代理权是指代理人行使代理权时，违背代理权的设定宗旨和代理行为的基本准则，有损被代理人利益的行为。滥用代理权的行为是违背诚实信用原则的行为，各国法律一般予以禁止。

构成滥用代理权应具备以下三个要件：①代理人有代理权。②代理人行使代理权的行为违背了诚实信用原则，违背了代理权的设定宗旨和基本原则。③代理人的代理行为有损被代理人的利益。

（二）滥用代理权的主要类型

1. 自己代理

自己代理是代理人以被代理人的名义与自己进行民事行为。

2. 双方代理

双方代理也称同时代理，指一人同时担任双方的代理人为民事行为。

3. 代理人和第三人恶意串通，进行损害被代理人利益的行为

根据《民法通则》第五十八条的规定，代理人和第三人恶意串通，损害被代理人利益的行为是无效的民事行为，其代理行为的后果被代理人不予承受。所谓恶意串通，指代理人和第三人之间存在同谋；所谓损害第三人的利益，指实际造成了被代理人财产利益的损失。是否造成了被代理人的损失，应依照客观标准确定。《民法通则》第六十六条第三款规定："代理人和第三人恶意串通，损害被代理人的利益的，由代理人和第三人负连带责任。"

272

七、代理权消灭

代理权的消灭，又称代理权的终止，指代理人与被代理人之间的代理关系消灭，代理人不再具有以被代理人的名义进行民事活动的资格。《民法通则》第六十九条、第七十条规定了代理权消灭的原因。

（一）委托代理权消灭的原因

（1）代理期间届满或者代理事务完成。

（2）被代理人取消委托或者代理人辞去委托。

（3）代理人死亡。

（4）被代理人死亡。

（5）代理人丧失民事行为能力。

（6）作为被代理人或者代理人的法人终止。

（二）法定代理权、指定代理权消灭的原因

（1）被代理人取得或者恢复民事行为能力。

（2）被代理人死亡或者代理人死亡或者代理人丧失民事行为能力。

（3）指定代理的人民法院或者指定机关取消指定。

（4）其他原因。例如，监护人不履行职责或者侵害被监护人的合法权益，人民法院可根据有关机关或者有关人员的申请，取消监护人资格，代理权也随着消灭。

第四节　无权代理和表见代理

一、无权代理

（一）无权代理的概念

无权代理是行为人既没有代理权，也没有令相对人相信其有代理权的事实或者理由，而以被代理人的名义所为的代理。这里的无权代理指狭义的无权代理，广义的无权代理包括表见代理。

（二）无权代理的特征

无权代理的特征：①行为人所实施的民事行为，符合代理行为的表面特征，即以被代理人的名义独立对相对人为意思表示，并将其行为的法律结果直接归属于他人；②行为人实施代理行为不具有代理权；③无权代理行为并非绝对不能产生代理的法律效果。

（三）无权代理的类型

无权代理的类型有：①行为人自始至终没有代理权；②行为人超越代理权；③代理权终止后的代理。

（四）无权代理的效力

无权代理，被代理人不予追认的，对于被代理人不发生法律效力，而是由行为人承担责任。

1. 被代理人的追认权

无权代理经被代理人追认，变为有权代理。追认可以明示也可以默示。

2. 相对人的催告权与撤销权

相对人行使催告权应当在被代理人追认之前。《合同法》规定，相对人可以催告被代理人在一个月内追认。相对人应当给被代理人在一个月之内的合理的追认期限，期限不应过短。在追认期内被代理人未作出表示的，视为拒绝追认。

善意相对人即不知道或者不应当知道代理人无权代理的人有撤销权。恶意的相对人没有撤销权。

二、表见代理

（一）表见代理的概念和性质

表见代理，指行为人没有代理权，但是相对人有理由相信其有代理权，法律规定被代理人应负授权责任的无权代理。

（二）表见代理的构成要件

（1）行为人无代理权。
（2）有使相对人相信行为具有代理权的事实和理由。
（3）相对人为善意。
（4）行为人与相对人之间的民事行为具备民事行为的有效要件。

（三）表见代理的类型

1. 表见授权的表见代理

表见授权是由自己的行为表示授予代理权，实际上并未授予代理权。表见授权可能是口头的，实践中多为书面方式。包括：①代理证书；②单位印章；③单位介绍信；④空白合同；⑤其他证明材料。

2. 容忍的表见代理

无权代理人与相对人实施无权代理行为，被代理人知道而不表示反对，或者为履行合同进行准备的，应认定表见代理成立。

3. 特殊关系中的表见代理

因特殊关系的存在，使他人相信无权代理人享有代理权，构成表见代理。

（四）表见代理的效力

表见代理对被代理人产生有权代理的效力，即在相对人与被代理人之间产生民事关系，被代理人应受表见代理人与相对人之间实施的民事行为的约束，享有该行为设定的权利和履行该行为约定的义务。被代理人不得以无权代理为抗辩，不得以行为人具有故意或者过失为理由拒绝承受表见代理的后果，也不得以自己没有过失作为抗辩。

表见代理成立后，被代理人因承受表见代理的后果而遭到损害的，有权向表见代理人主张损害赔偿。

本 章 小 结

代理是指代理人依据代理权,以被代理人的名义与第三人实施民事行为,直接对被代理人发生法律效力。本章从代理的概念、特征和使用范围和意义入手,重点介绍代理的分类及产生的法律效果。同时对代理权的概念、性质,代理权的发生,授权行为和权利行使进行了具体阐述,对代理权消灭的概述中,重点介绍了代理权消灭的原因。

在日常代理业务中,无权代理和表见代理作为两种特定情况,同样是代理的两项重要内容。尤其是不同类型的表见代理的效力问题,体现了表见代理的多样性。

基 本 概 念

代理　　代理权　　代理权行使　　代理权消灭　　无权代理　　表见代理

思 考 与 训 练

1. 代理的特征是什么?
2. 代理的分类是什么?
3. 代理权的行使和代理权的消灭?
4. 无权代理和表见代理?
5. 案例分析

(1) 甲公司委托其职员张某购买一台电脑。张某到百货公司购买时,正好该公司进行有奖销售,规定购买商品满 500 元可得到奖券一张。张某代购电脑,得到 10 张奖券,他自己把这几张奖券收了起来,后来百货公司抽奖,这几张奖券中的一张中了头奖,可得到现金 2 000 元。该奖金应该归谁所有?

(2) 刘红委托甲信托公司代为出售一批服装,但甲为了私利,就和丙合谋,以低价将该服装卖给丙,并从丙处得到回扣 10 000 元。刘红的损失应当由谁来承担?

(3) 刘某委托其好友陈某到镇江代为其出卖一车苹果,谁知车到镇江后,陈某患急性阑尾炎入院治疗。陈某与刘某联系未果,为防止苹果腐烂,遂转托其在镇江的好友李某代卖该苹果。由于李某经验欠缺,便以较低的价格出卖,后刘某以卖价过低为由反对陈某转托李某代卖苹果。关于陈某转托之事,当如何处理?

第十三章　物权法律制度

引导案例

> 　　某甲有山羊一只,因看管不善走失,某乙发现后将山羊牵至公安机关招领,招领期满后,公安部门依法对该山羊进行拍卖,某丙购得。后该山羊被小偷偷去,某丁从小偷处购得山羊后不久又遗失,被人发现送交至公安机关,公安机关招领失物时,某甲、某丙、某丁均到公安部门认领该山羊,发生争议,诉请法院。
>
> **问题:**
> 　　谁有权取得该山羊,为什么?

第一节　物权的基本概念

一、《物权法》的出台

　　《中华人民共和国物权法》(以下简称《物权法》)是一部重要的民事基本法律,几经修改,终于在 2007 年 3 月 16 日第十届全国人民代表大会第五次会议上通过了《物权法》,并于 2007 年 10 月 1 日起施行。本法经历了太多的曲折,是对改革开放以来所取得的胜利成果,特别是经济体制改革胜利成果的法律确认。《物权法》是确认财产和保护财产的基本法律,作为一部调整公私财产关系的重要法律,《物权法》上涉国本、下系民生,将成为理清我国财产权归属的一个里程碑。

二、物权及特征

　　物权,是指权利人依法对特定的物享有直接支配和排他的权利,包括所有权、用益物权和担保物权。

　　物权和债权是民法中两类基本的财产权。物权和债权两者关系如下,物权是债权的前提和基础,又是债权的归宿点。只有保护财产所有权,才能使人们形成对财产的安全感,并对财产的价值和收益以及行使财产权所获得的利益形成合理的期望。从而鼓励人们积极创造财产、享有财产。没有对财产的安全感和利益的期待,人们就没有投资信心、置产愿望和创业的动力,社会财富就很难有效增长。

物权具有以下特征。

(1)物权的客体是有体物,知识产权的客体是无形财产。物权以特定的物为权利客体,这里的物主要是有体物,但在一定条件下也包括无形物,例如土地使用权抵押权、知识产权质押权。

(2)物权是支配权。物权是权利人直接支配特定物的权利,物权人可以依自己的意思对标的物行使权利,而无须借助于他人的意思表示。

(3)物权是绝对权、对世权。在物权法律关系中,除权利人之外,其他一切不特定的人均是义务主体,不得妨害权利人行使权利。

(4)物权是排他性权利。同一物上不能有内容不相容的物权并存,权利人有权排除他人对权利的干涉、妨害、侵害。

(5)物权法定原则。与合同自愿原则不同,物权的种类和内容由法律直接规定,权利人对物的支配必须在法律规定的范围之内。

三、物权的分类

民法理论上,物权可以按不同的标准进行分类。

(一)所有权和他物权

如果以物权的权利主体是否为财产的所有人为标准对物权进行分类,可以分为所有权和他物权。所有权又称自物权,是财产所有人对自己所有的财产依法进行全面支配的物权。他物权是非财产所有人根据法律的规定或所有人的意志对他人所有的财产享有的进行有限支配的物权。

(二)用益物权和担保物权

根据设立目的的不同,对他物权再分类,可以分为用益物权和担保物权。用益物权是以物的使用权益为目的设立的他物权,例如土地承包权等。担保物权是以保证债务的履行和债权的实现为目的而设立的他物权,如抵押权、质权、留置权。

(三)动产物权和不动产物权

动产物权和不动产物权是根据物权的客体是动产或不动产对物权所作的分类。动产物权是以能够移动的财产为客体的物权。不动产物权是以土地、房屋等不动产为客体的物权。

四、物权的效力

物权的效力,是法律赋予物权的作用力与保障力,也是物权依法成立后发生的法律效果。物权的效力主要是指物权的优先效力和物上请求权。

物权的优先效力,主要是指同一物上同时存在物权和债权时,物权的效力优先于债权。例如,出现"一物二卖"情形时,甲承诺将自己的电视机出卖给乙,乙就取得了要求甲交付电视机的债权。随后甲却将电视机卖给了丙,并交付给丙,丙取得的这台电视机的所有权优先于乙的债权。此时乙只能要求甲承担债务不履行的责任,而不能要求获得这台电视机的所有权。但是物权优先于债权也有极少数例外,承租人的租赁权优先于后设定的物权,即租赁期内如果发生房屋转移,原租赁合同对承租人和新房主继续有效。

物上请求权,是物权人在其权利的实现上遇到某种妨害时,请求排除侵害或防止侵害,以恢复其物权的圆满状态的权利。物上请求权是保障物权人对于物的支配权所必需的,是物权所特有的效力。

五、物权的基本准则

(一)平等保护原则

平等保护不同主体的财产权利是物权法的基本原则。《物权法》第四条规定:"国家、集体、私人的物权和其他权利人的物权受法律保护,任何单位和个人不得侵犯。"

(二)物权法定原则

物权法定原则,是指物权的种类和内容只能由法律规定,而不得由民事权利主体随意设定。物权法定为社会各个领域的交易行为提供了统一的法律基础。

(三)物权绝对原则

物权绝对原则从两个方面理解。
(1)物权人依自己的意思行使物权具有绝对性。
(2)物权排他的绝对性。

(四)物权公示原则

物权公示是物权变动的基本原则。指物权各种变动必须以一种可以公开的、能够表现这种物权变动的方式予以展示并进而排除他人干涉的权利。

(五)物权抽象原则

物权抽象原则,也是物权变动与其原因行为相分离原则。这是关于物权变动的结果与其行为之间的效果关系的规定。

第二节 所 有 权

一、所有权的概念

所有权是指所有人依法对自己的财产享有占有、使用、收益、处分的权利。所有权关系是一种民事关系,是由法律确认的人们之间因为占有物质资料而发生的权利、义务关系,是对所有权的一种保护。

二、所有权的法律特征

（一）所有权是一种绝对权

所有权的绝对权体现在它不要任何的行为就可以实现。从取得它的那一刻起,就意味着权利的绝对性。只要他人不加以干涉,所有权人自己就可以实现权利。但是从立法政策上说所有权还是受限制的,不是绝对的。当国家、公共利益需要的时候,对不动产和动产征用或者征收时,所有权就有了限制。

（二）所有权具有排他性

所有权属于物权,具有排他性。所有权人有排除任何人对其实现权利的干涉,并且同一物上只能存在一个所有权,而不能并存两个或两个以上的所有权。

（三）所有权是最完全的物权

所有权是所有人对于所有物进行一般的、全面的支配,内容最全面、最充分的物权不仅包含对于物的占有、使用、收益,还包括了对于物的最终处分权。作为最完全物权的所有权,是他物权的源泉。

（四）所有权具有弹力性

所有人在其所有物上为他人设定地役权、抵押权等权利时,虽然占有、使用、收益甚至处分权都能与所有人发生全部或者部分的分离,但是只要没有发生所有权消灭的法律事实(如转让、所有物灭失),所有人仍然保持着对于其财产的支配权,所有权并不消灭。当所有物上设定的其他权利消灭,所有权的负担除去的时候,所有权仍然恢复其圆满的状态,即分离除去的权能仍然复归于所有权人,这称为所有权的弹力性。

（五）所有权具有永久性

所有权的存在不能预定其存续期间。

三、所有权的内容

所有权的内容,是所有权人在法律规定的范围内,对于其所有物可以行使的权能。权能是权利人在实现权利时所实施的行为。《民法通则》第七十一条规定:"财产所有权是指所有人依法对自己的财产享有占有、使用、收益、处分的权利。"《物权法》第三十九条规定:"所有权人对自己的不动产或者动产,依法享有占有、使用、收益、处分的权利。"由此可见,所有权的权能包括占有、使用、收益和处分。

（一）占有

占有是指所有权人对于财产实际上的占领、控制。例如,所有权人对自己的房屋、车辆、生活用品的占有等。

（二）使用

使用是依照物的性能和用途,并不毁损其物或变更其性质而加以利用。使用是为了实现物的使用价值,满足人们的需要。例如,使用机器进行生产、居住房屋,乘坐汽车等。

（三）收益

收益就是收取所有物的利益,包括孳息和利润。孳息包括自然孳息和法定孳息。利润是把物投入社会生产,在流通过程中所得的权益。

（四）处分

处分包括事实处分和法律处分。这是所有权内容的核心,是所有权的最基本的权能。事实上的处分就是在生产和生活中使物质形态发生变更和消灭。例如,粮食被吃掉了,房屋拆除了。法律上的处分是依照所有人的意志,通过某种民事行为对物进行处分。例如,将火车上旅客的鞭炮没收。

第三节　国家所有权、集体所有权、私人所有权与其他所有权

一、所有权分类

根据不同的标准,可以将所有权分为不同的类型。根据我国《物权法》的规定,主要有两种不同的分类。

（一）国家所有权、集体所有权和私人所有权

国家在社会主义初级阶段,坚持公有制为主体、多种所有制经济共同发展的基本经济制度。我国存在三种制度,即全民所有制、集体所有制和私人所有制,在法律上相应地就在《物权法》上规定了国家所有权、集体所有权和私人所有权。

（二）自然人所有权、法人所有权和共有

国家实行社会主义市场经济,保障一切市场主体的平等法律地位和发展的权利。市场主体在民法上体现为民事主体。根据《民法通则》与《合同法》规定,民事主体包括自然人、法人和其他组织。其中,其他组织主要是合伙企业。

二、国家所有权

（一）国家所有权的概念和特征

在我国现阶段,社会主义全民所有制采取国家所有制形式,一切国家财产属于以国家为代表的全体人民所有。因此《物权法》第四十五条规定:"法律规定属于国家所有的财产,属于国家所有,即全民所有。"由此可见,国家所有权是全民所有制在法律上的表现,它是中华人民共和国享有的对国家财产的占有、使用、收益、处分的权利。

（二）国家所有权的主体和国家所有权的行使

国家是国家所有权的主体。《物权法》规定,国家财产由国务院代表国家行使所有权,法律另有规定的除外。在由国务院代表国家行使所有权的同时,依照法律规定,可以由地方人民政府行使主管部门的设置及其职责,由省、自治区、直辖市人民政府根据国务院有关规定确定。国家举办的事业单位对其直接支配的不动产和动产,享有占有、使用以及按照法律和国务院有关规定的处分的权利。国家出资的企业,由国务院、地方人民政府依照法律、行政法规规定分别代表国家履行出资人职责,享有出资人权益。

（三）国家所有权的客体

国家所有权的客体具有广泛性,我国《物权法》明文规定属于国家所有的财产有两类。

1. 法律规定属于国家专有的财产

《物权法》第四十一条规定:"法律规定专属于国家所有的不动产和动产,任何单位和个人都不能取得所有权。"即根据宪法和法律的规定,有些财产只能作为国家所有权的客体,即国家专有,而不能成为集体组织所有。

2. 法律规定属于国家所有的财产

这些财产包括:法律规定属于国家所有的农村和城市郊区的土地;森林、山岭、草原、

荒地、滩涂等自然资源属于国家所有,但法律规定属于集体所有的除外;法律规定属于国家所有的野生动植物资源;法律规定属于国家所有的文物;法律规定属于国家所有的铁路、公路、电力设施、电信设施和油气管道等基础设施。

另外,农村集体经济组织全部成员转为城镇居民后,原属于集体所有的土地以及因国家组织移民、自然灾害等原因,农民城建制地集体迁移后,原集体所有的土地,属于国家所有。

除此之外,国家为了公共利益的需要,依照法律规定的权限和程序可以征收集体所有的土地和单位、个人的房屋及其他不动产。并规定,征收集体所有的土地,应当依法足额支付土地补偿费、安置补助费、地上附着物和青苗的补偿费等费用,安排被征地农民的社会保障费用,保障被征地农民的生活,维护被征地农民的合法权益。征收单位、个人的房屋及其他不动产,应当依法给予拆迁补偿,维护被征收人的合法权益。征收个人住宅的,还应当保障被征收人的居住条件。任何单位和个人不得贪污、挪用、私分、截留、拖欠征收补偿费用等。

(四)国家所有权的保护

《物权法》规定,国家所有的财产受到法律保护,禁止任何单位和个人侵占、哄抢、私分、截留、破坏。

282

三、集体所有权

(一)集体所有权的概念

集体所有权是劳动群众集体组织所有权,是集体组织对其不动产和动产享有占有、使用、收益、处分的权利。

(二)集体所有权的主体和集体所有权的行使

集体所有的不动产和动产属于本集体成员集体所有。集体组织的成员个人对集体所有的不动产和动产都享有所有权。《物权法》第五十九条规定:"农民集体所有的不动产和动产,依照法律、行政法规的规定由本集体享有占有、使用、收益、处分的权利。"

《物权法》对农民集体所有权的行使作了具体规定:对于农民集体所有的土地和森林、山岭、草原、荒地、滩涂等,依照下列规定行使所有权:①属于村农民集体所有的,由村集体经济组织或者村民委员会代表集体行使所有权;②分别属于村内两个以上农民集体所有的,由村内各集体经济组织或村民小组代表集体行使所有权。③属于乡镇农民集体所有的,由乡镇集体经济组织代表集体行使所有权。

《物权法》第一百二十四条第一款规定,农村集体经济组织实行家庭承包经营为基础,统分结合的双层经营体制。双层经营包含两个层次：一是家庭分散经营层次；二是集体统一经营层次。由于家庭承包经营为基础，土地承包经营问题就成为成员利益的重大事项，应当依照法定程序经本集体成员决定。这些事项包括：①土地承包方案以及将土地发包给本集体以外的单位或者个人承包；②个别土地承包经营权人之间承包地的调整；③土地补偿费等费用的使用、分配办法；④集体出资的企业的所有权变动等事项；⑤法律规定的其他事项。

集体所有的财产受法律保护，禁止任何单位和个人侵占、哄抢、私分、破坏。

（三）集体所有权的客体

集体所有的不动产和动产为集体所有权的客体，包括：①法律规定属于集体所有的土地和森林、山岭、草原、荒地、滩涂；②集体所有的建筑物、生产设施、农田水利设施；③集体所有的教育、科学、文化、卫生、体育等设施；④集体所有的其他不动产和动产。除了国家专有的、法律禁止归集体所有的以外的物，都可以成为集体所有权的客体。

（四）集体所有权的保护

针对集体财产的可能被侵害的方式，《物权法》规定，集体所有的财产受法律保护，禁止任何单位和个人侵占、哄抢、私分、破坏。

283

四、私人所有权

私人所有权是私人对其不动产和动产享有占有、使用、收益、处分的权利。《物权法》规定，私人财产包括私人的合法储蓄、投资及其收益受法律保护，禁止任何单位和个人侵占、哄抢、破坏。

五、法人所有权

（一）企业法人所有权

《物权法》第六十八条第一款规定："企业法人对其不动产和动产依照法律、行政法规以及章程享有占有、使用、收益和处分的权利。"根据民法原理，企业的出资人将其财产投入企业后，出资人对其出资丧失了财产权，企业取得了法人财产权。《物权法》第四十五条规定："国有企业的财产归国家所有。"

（二）其他法人所有权

除了企业法人之外，还有机关法人、事业单位法人、社团法人等。其中机关法人、国家举办的事业单位法人的不动产和动产属于国家所有，只能在对外关系上适用所有权的有关规定。《物权法》第六十八条第二款规定："企业法人以外的法人，对其不动产和动产的权利，适用有关法律、行政法规以及章程的规定。"

《物权法》第六十九条规定："社会团体依法所有的不动产和动产，受法律保护。"社会团体主要包括人民群众团体（如工会、妇联、共青团）、社会公益团体（如希望工程基金会）、专业团体（如律师协会）、学术团体（如各种研究会）、宗教团体（如佛教协会）等。社会团体可以是法人，也可以是非法人。社会团体的财产主要来源于其成员的出资及缴纳的会费、国家拨付的资产和补助、接受捐赠的财产以及积累的财产等。

第四节　业主的建筑物区分所有权

一、建筑物区分所有权的概念

建筑物区分所有权是我国物权法专章规定的不动产所有权的一种形态。所谓建筑物区分所有权，指的是权利人即业主对一栋建筑物中自己专有部分的单独所有权、对共有部分的共有权以及因共有关系而产生的管理权的结合。

建筑物区分所有权将建筑物的特定部分作为所有权的标的，严格地讲，物权客体须为独立物，而特定部分作为所有权的标的，显然与"一物一权"主义原则不符合。基于物权客体的独立性原则，区分所有的专有部分，需具备一定条件，才可以作为建筑物区分所有权中专有权的客体。这些条件有以下几点。

（1）须具有构造上的独立性，即被区分的部分在建筑物的构造上，可以加以区分并与建筑物的其他部分隔离。至于是否具有足够的独立性，应依一般的社会观念确定。

（2）须具有使用上的独立性，即被区分的各部分，可以为居住、工作或其他目的而使用。其主要的界定标准，应为该区分的部分有无独立的出入门户。如果该区分的部分必须利用相邻的门户方能出入的，即不具有使用上的独立性。

二、建筑物区分所有权的内容

一般认为，建筑物区分所有权的内容包括区分所有建筑物专有部分的单独所有权、共有部分的共有权，以及因区分所有权人的共同关系所生的管理权。

（一）专有部分的单独所有权

专有部分是一栋建筑物内区分出的独立的住宅或者经营性用房等单元。该单元必须具备构造上的独立性与使用上的独立性。业主对其专有部分享有单独所有权，即对该部分享有占有、使用、收益和处分的排他性的支配权，性质上与一般的所有权并无不同。但此项专有部分与建筑物上其他专有部分有密切的关系，彼此休戚相关，具有共有利益。因

284

此,业主对其建筑物的安全,不得损害其他业主的合法权益。

业主不得违反法律、法规以及管理规约,将住宅改变为经营性用房。业主将住宅改变为经营性用房的,除遵守法律、法规以及管理规约外,应当经有利害关系的业主同意。

（二）共有部分的共有权

共有部分是区分所有的建筑物及其附属物的共同部分,即专有部分以外的建筑物的其他部分。对于共有部分范围,需要注意的是:①共有部分既有由全体业主共同使用的部分,也有仅为部分业主共有的部分;②建筑区划内的道路,属于业主共有,但属于城镇公共道路的除外;③建筑区划内的绿地,属于业主共有,但属于城镇公共绿地或者明示属于个人的除外;④建筑区划内的其他公共场所、公用设施和物业服务用房,属于业主共有;⑤建筑区划内,规划用于停放汽车的车位、车库应当首先满足业主的需要。建筑区划内,规划用于停放汽车的车位、车库的归属,由当事人通过出售、附赠或者出租等方式约定。占有业主共有的道路或者其他场地用于停放汽车的车位,属于业主共有。

另外,《物权法》规定,业主对建筑物专有部分以外的共有部分,享有权利并承担义务,但不得放弃权利不履行义务。共有部分为相关业主所共有,均不得分割,也不得单独转让。业主转让建筑物内的住宅、经营性用房,其对建筑物共有部分享有的共有和共同管理的权利一并转让。

285

（三）业主的管理权

基于区分所有建筑物的构造,业主在建筑物的权利归属以及使用上形成了不可分离的共同关系,并基于此共同关系而享有管理权。该管理权的内容:第一,业主有权设立业主大会并选举业主委员会,业主有权决定区分建筑物的相关事项。第二,业主可以自行管理建筑物及其附属设施,也可以委托物业服务企业或者其他管理人管理。

第五节　所有权取得的特别规定

一、所有权转让的规定

无处分权人将不动产或者动产转让给受让人的,所有权人有权追回;除法律另有规定外,符合下列情形的,受让人取得该不动产或者动产的所有权。

（1）受让人受让该不动产或者动产时是善意的。

（2）以合理的价格转让。

（3）转让的不动产或者动产依照法律规定应当登记的已经登记,不需要登记的已经交付给受让人。

受让人依照前款规定取得不动产或者动产的所有权的,原所有权人有权向无处分权人请求赔偿损失。

二、所有权取得的方法

动产所有权以动产为其标的物。所谓动产是指性质上不需破坏、变更而能够移动其位置的财产。动产具有移动性,就动产所有权取得的特殊情况而言,有以下几种特别取得方法。

(一)善意取得

善意取得也称即时取得,是指无处分权人转让标的物给善意第三人时,善意第三人一般可取得标的物的所有权,所有权人不得请求善意第三人返还原物。根据《物权法》的规定,善意取得人完全可以对任何占有其物的人请求返还原物。

(二)拾得遗失物

遗失物,是所有人遗忘在某处,不为任何人占有的物。遗失物只能是动产,不动产不存在遗失的问题。《物权法》第一百零九条规定:拾得遗失物,应当返还权利人。拾得人应当及时通知权利人领取,或者送交公安等有关部门。《物权法》第一百一十条规定:有关部门收到遗失物,知道权利人的,应当及时通知其领取;不知道的,应当及时发布招领公告。《物权法》第一百一十三条规定:遗失物自发布招领公告之日起六个月内无人认领的,归国家所有。

《民法通则》对漂流物、失散的饲养动物与遗失物在同一条中作出规定,这是视遗失物、漂流物及失散的饲养动物有同一法律地位。所谓漂流物,是指所有人不明,漂流于江、河、湖、海、溪、沟上的物品。而饲养的动物,多是指人们饲养的家禽、家畜,如鸡、鸭、牛、马、羊等。这类动物如果走失,所有人丧失对于物的占有,就是遗失物。至于驯养的野生动物逃逸,所有人还在继续有效地进行追索,例如驯养的鹰飞走,所有人正在用其他的驯鹰追捕,其他人就不得随意侵犯,拾得遗失物,应当返还给失主。

(三)发现埋藏物

埋藏物,指包藏于他物之中,不容易从外部发现的物。埋藏物以动产为限,不动产从其体积、固定性等方面讲,一般不会发生埋藏问题。埋藏物一般都是埋藏于土地(称为包藏物)之中,但也不全是如此,例如埋藏于房屋墙角中的物,也是埋藏物。埋藏物是有主物,不是无主物,只是所有人不明。

我国《民法通则》第七十九条和《物权法》第一百一十四条规定:隐藏物与埋藏物有同一法律地位。所谓隐藏物,是指放置于隐蔽的场所,不易被发现的物。所有人不明的埋藏

286

物与隐藏物的归属,根据该条的规定,归国家所有。但是如果埋藏该物或者隐藏该物的人或者其继承人能够证明其合法的所有权或者继承权时,应当将发现的埋藏物或者隐藏物交还给埋藏或者隐藏该物的人或者其继承人,以保护其合法财产权利。只有确实查证发现的埋藏物或隐藏物的所有人不明时,才归国家所有。

我国《物权法》规定,拾得漂流物、发现埋藏物或者隐藏物的,参照拾得遗失物的有关规定。《文物保护法》等法律另有规定的,依照其规定。

(四)因主物转让,从物的所有权归属与孳息的所有权归属

《物权法》规定,主物转让的,从物随主物转让,但当事人另有约定的除外。天然孳息,由所有人取得;既有所有权人又有用益物权人的,由用益物权人取得。当事人另有约定的,按照约定。法定孳息,当事人有约定的,按照约定取得;没有约定或者约定不明确的,按照交易习惯取得。

三、添附

(一)添附概念

所谓添附(accessio),是指不同所有人的物结合在一起而形成不可分离的物或具有新物性质的物,如果要恢复原状在事实上不可能或者在经济上不合理,在此情况下,确认该新财产的归属问题。

添附是一般的附合、混合的统称,广义的添附还包括加工在内。基于添附的事实而产生的所有权归属问题,有这样几种解决途径,即:恢复原状,各归其主;维持现状,使原物的各所有人形成共有关系;维持现状,使因添附而形成的物归某一人所有。从现代各国立法来看,一般都是根据添附的事实,重新确定所有权的归属,而斟酌具体情况,以形成共有关系的补充。

(二)添附方式

1. 附合

附合是两个以上不同所有人的物结合在一起而不能分离,若分离会毁损该物或者花费较大,如用他人的建筑材料建造房屋。附合有两种情况:①动产和动产的附合。②动产和不动产的附合。

2. 混合

混合是两个以上不同所有人的动产互相混杂合并,不能识别。

3. 加工

加工,指在他人之物上附加自己的有价值的劳动,使之成为具有更高价值的新物。

第六节　相邻关系

一、相邻关系的概念

相邻关系主要体现在相邻不动产权属上,即相互毗邻的不动产所有人或使用人之间在行使所有权或使用权时,因相互给予便利或者接受限制所发生的权利、义务关系。

不动产的相邻关系,在本质上是一方所有人或者使用人的财产权利的延伸,同时又是对他方所有人或者使用人的财产权利的限制,反之亦然。不动产相邻关系具有以下特征:第一,相邻关系发生在两个以上的不动产相邻所有人或者使用人之间。第二,相邻关系的客体一般不是不动产或者动产本身,而是由于行使所有权或者使用权引起的和邻人有关的经济利益或者其他利益,如噪音影响邻居的休息,对于不动产或者动产本身的归属并不发生争议。第三,相邻关系的发生常与不动产的自然条件有关,即两个以上所有人或者使用人的财产应当是相邻的。例如,甲、乙两村处于同一河流的上下游,两村虽然不直接相邻,但亦可能因水、河流、截水或者排水的关系,而有相邻关系适用的余地。

二、处理相邻关系的原则和依据

根据《物权法》第八十四条规定:"不动产的相邻权利人应该按照有利生产、方便生活、团结互助、公平合理的原则,正确处理相邻关系。"

《物权法》第八十五条规定:"法律、法规对处理相邻关系有规定的,依照其规定;法律、法规没有规定的,可以依照当地习惯。"由于不同地区相邻各方面的具体情况不同,差别较大,法律、法规不可能统一详细地规定,因此,法律、法规没有规定的,可以依照当地习惯。

三、相邻关系的种类

相邻关系的范围非常广泛,情况也很复杂,以下根据《物权法》的规定和实践,阐述6类相邻关系。

（一）相邻土地通行关系

不动产权利人对相邻权利人因通行等必须利用其土地的,应提供必要便利。相邻一方的建筑或者土地,处于邻人的土地包围中,非经过邻人土地不能到达公用通道,或者虽有其他通道但需要较高的费用或者十分不便利的,可以通过邻人的土地以到达公用通道。但是行人在选择道路时,应当选择最必要、损失最少的路线,如只需要小道即可,就不得开辟大道;能够在荒地上开辟道路的,就不在耕地上开辟。通行人应当尽量避免对相邻的不动产权利人造成损害,造成伤害的,应当予以赔偿。

历史上形成的通道,土地的所有人或者使用人无权任意阻塞或者改道,以免妨碍邻人通行。如果确实需要改道,应取得邻人的同意。

（二）相邻管线安设关系

相邻人因建造、修缮建筑物以及铺设电线、电缆、水管、暖气和燃气管线等必须利用相邻土地、建筑物的,该土地、建筑物的权利人应当提供必要的便利。但是相邻人应当选择损害最小的地点及方法安设,相邻人还应对所占土地及施工造成的损失给予补偿,并于事后清理现场。

（三）相邻防险、排污关系

相邻一方在挖掘土地、建造建筑物、铺设管线以及安装设备等时,不得危及相邻不动产的安全。不得使邻地基受到危害,不得使邻地的建筑物受到危害;相邻一方的建筑物有倾倒的危险,威胁人的生命、财产安全时,相邻一方应当采取措施,如加固、拆除;相邻一方堆放易燃、易爆、剧毒、放射、恶臭物品时,应当与相邻建筑物保持一定的距离,或者采取预防措施和安全装置。相邻他方在对方未尽此义务的情况下,有权要求排除妨害,赔偿损失。相邻人,尤其是化工企业、事业单位,在生产、研究过程中,不得违反国家规定弃置固体废物,排放大气污染物、水污染物、噪声、光、电磁波辐射等有害物质。相邻他方对超标排放,有权要求相邻人排除妨害,即按照国家规定的排放标准排放、治理,而且对造成的损害还有权要求赔偿。

289

（四）相邻用水、流水、截水、排水关系

相邻人应当尊重水的自然流向,在需要改变流向并影响相邻一方用水时,应征得他方同意,并对由此造成的损失给予适当补偿。为了灌溉土地,需要提高上游的水位、建筑堤坝,必须附着于对岸时,对岸的土地所有人应当允许;如果对岸的土地所有人或使用人也使用水坝及其他设施时,应按受益者的大小,分担费用。

自然流水经过,地的所有人或者使用人都可以使用流水,但应当共同协商、合理分配使用。如果水来自高地段的自然流水,常为低地段的所有人或者使用人使用,即使高地段所有人或者使用人也需要此水,也不得全部堵截,断绝低地段的用水,以免给低地段的所有人或者使用人造成损失。低地段的所有人或者使用人应当许可高地段的自然流水流经其地,不得擅自筑坝堵截,影响高地段的排水。相邻一方在为房屋设置管、槽或者其他装置时,不得使房屋雨水直接注泄于邻人建筑物上或者土地上。

（五）相邻光照、通风、音响、震动关系

相邻人在建造建筑物时,应当与邻人的建筑物有一定的距离,不得违反国家规定的有

关工程建设标准,以免影响邻人建筑物的通风、采光和日照。

相邻各方应注意环境清洁、舒适,讲究精神文明,不得以高音、噪音、喧嚣、震动等妨碍邻人的工作、生活和休息。否则,邻人有权请求停止侵害。

(六)相邻竹木归属关系

相邻地界上的竹木、分界墙、分界沟等,如果所有权无法确定时,推定为相邻双方共有财产,其权利、义务适用按份共有的原则。

对于相邻他方土地的竹木根枝超越地界,并影响自己对土地的使用,如妨碍自己土地的庄稼采光,相邻人有权请求相邻他方除去越界的竹木根枝。如果他方经过请求不予除去,相邻人可以自行除去。当然,越界竹木根枝如对相邻人的财产使用并无影响,则相邻人无权请求除去。

本 章 小 结

《物权法》是确认财产和保护财产的基本法律,作为一部调整公私财产关系的重要法律。几经修改,终于得以基本完善。作为一部调整公私财产关系的重要法律,《物权法》上涉国本、下系民生,将成为理清我国财产权归属的一个里程碑。物权法从物权的特征和分类入手,重点介绍了财产所有权的内容,也就是平时所说的财产所有权的4项全能:占有权、使用权、收益权、处分权。国家所有权、集体所有权和其他所有权都有所涉及,重点在所有权的取得。建筑物区分所有权是我国物权法专章规定的不动产所有权的一种形态。所谓建筑物区分所有权,指的是权利人即业主对一栋建筑物中自己专有部分的单独所有权、对共有部分的共有权以及因共有关系而产生的管理权的结合。

基 本 概 念

物权　　物权的效力　　国家所有权　　集体所有权　　私人所有权　　法人所的权　　添附

思 考 与 训 练

1. 物权有哪些种类?
2. 所有权有哪些内容?
3. 所有权的特别取得方式是什么?

4. 案例分析

（1）甲、乙、丙、丁分别购买了某住宅楼（共 4 层）的 1～4 层住宅，并各自办理了房产证。下列说法正确吗？为什么？①甲、乙、丙、丁有权分享该住宅楼的外墙广告收入。②第一层住户对第三层、第四层间的楼板不享有民事权利。③若甲出卖其住宅，乙、丙、丁享有优先购买权。④如第四层住户欲在楼顶建一花圃，须要得到甲、乙、丙同意。

（2）甲将收藏的一件明代古董出售给乙，乙当场付清现金，约定甲 5 天后交货。丙听说后，表示愿意出双倍的价钱购买。甲当即决定卖给丙，约定第三天交货，并收取定金 2 000 元。乙听说后，让甲 10 岁的儿子将古董从家中取出给他。关于古董的所有权当如何归属？

第十四章　经济仲裁与经济诉讼法律制度

引导案例

原告孙某诉称,2004 年 2 月 7 日,被告童某因建房需要,从原告手中借款 12 200 元,当时原、被告口头约定,第二年还款,后经原告多次索要借款,被告童某均以各种理由不归还借款,现起诉要求归还借款 12 200 元。

被告童某辩称,该笔借款发生时间是 2004 年,已超过诉讼时效,不应受到法律保护,故应驳回原告的诉讼请求。

审理查明,2004 年 2 月,被告童某因建房需要,从原告孙某处借款 12 200 元,当时原、被告口头约定,第二年还款。2004 年 2 月 7 日,被告童某向原告孙某出具一张欠条,注明"欠孙某壹万贰仟贰佰元整"。借款后,被告一直没有归还,原告孙某于 2009 年 11 月 10 日向法院起诉,要求被告给付借款 12 200 元。

问题:

(1)法院能否支持孙某的诉讼请求?

(2)如果法院不支持孙某的诉讼请求,其依据是什么?

第一节　仲　裁　法

一、仲裁法概述

(一)仲裁的概念和特征

仲裁又称"公断",是双方权利纠纷的当事人依照事先约定或事后达成的书面仲裁协议,共同选定仲裁机构并由其对争议依法作出具有约束力裁决的一种活动。仲裁被广泛地用于解决国内民事纠纷、经济纠纷和国际经济纠纷。

仲裁与司法审判相比较,具有以下三个特征。

(1) 仲裁以双方当事人的自愿约定为基础,即双方当事人在争议发生前或争议发生后达成书面的仲裁协议,一致同意将争议提交仲裁机构解决。没有仲裁协议,仲裁程序不可能发生。

（2）仲裁机构是民间性的组织，不是国家的行政机关或司法机关，它对经济纠纷案件没有强制管辖权。

（3）仲裁裁决具有终局性，仲裁裁决一经作出，对双方当事人都有拘束力，任何一方当事人不得就同一标的或事由再向法院起诉或者向仲裁机构再申请仲裁，如果一方当事人不主动履行裁决，另一方当事人有权要求法院予以强制执行。

仲裁法是国家制定或认可的，规范仲裁法律关系主体的行为和调整仲裁法律关系的法律规范的总称。1994年8月31日，第八届全国人民代表大会常务委员会第九次会议通过了《中华人民共和国仲裁法》（以下简称《仲裁法》）。

（二）仲裁的原则

1. 自愿原则

自愿原则是仲裁制度的基本原则，是仲裁制度存在和发展的基础。仲裁的自愿原则主要体现在：①当事人是否将他们之间发生的纠纷提交仲裁，由双方当事人自愿协商决定；②当事人将哪些争议事项提交仲裁，由双方当事人自行约定；③当事人将他们之间的纠纷提交哪个仲裁委员会仲裁，由双方当事人自愿协商决定；④仲裁庭如何组成，由谁组成，由当事人自主选定；⑤双方当事人还可以自主约定仲裁的审理方式、开庭方式等有关的程序事项。

293

2. 依据事实、符合法律规定、公平合理解决纠纷原则

这一原则是对"以事实为根据，以法律为准绳"原则的肯定和发展。仲裁要坚持以事实为根据、以法律为准绳的原则。同时，在法律没有规定或者规定不完备的情况下，仲裁庭可以按照公平合理的一般原则来解决纠纷。

3. 独立仲裁原则

仲裁机关是不依附于任何机关而独立存在的，其仲裁权来自于当事人双方的自愿选择。仲裁机构对经济纠纷案件独立仲裁，不受行政机关、社会团体和个人的干涉。当然，仲裁机构在仲裁时，还必须遵守国家有关法律的规定，不能独立于国家的法律之外。

4. 一裁终局原则

仲裁机构对当事人提交的案件所作的裁决具有终局的法律效力。仲裁机构的裁决对双方当事人均有拘束力，双方必须自动履行，而不得要求该仲裁机构或者其他仲裁机构再次裁决或向人民法院起诉，也不得向其他机关提出变更仲裁裁决的请求。

（三）仲裁法的适用范围

根据《仲裁法》的规定，平等主体的公民、法人和其他组织之间发生的合同纠纷和其他财产纠纷，可以仲裁。与人身有关的婚姻、收养、监护、抚养、继承纠纷是不能进行仲裁的。仲裁事项必须是平等主体之间发生的且当事人有权处分的财产权益纠纷，由强制性法律

规范调整的法律关系的争议不能进行仲裁。因此,行政争议不能仲裁。另外,由于劳动争议和农业集体经济组织内部的农业承包合同不同于一般的经济纠纷,它们在仲裁原则、程序等方面有自己的特点,因此《仲裁法》不适用于解决这两类纠纷。

二、仲裁委员会

仲裁委员会是有权对当事人提交的经济纠纷进行审理和裁决的机构。仲裁委员会与行政机关没有隶属关系,仲裁委员会之间也没有隶属关系,仲裁委员会不同于审判机关。从性质上分析,仲裁委员会是具有民间组织性质的准司法组织。仲裁委员会的裁决权取决于当事人在仲裁协议中的授权。

按照我国仲裁法规定,仲裁委员会可以在直辖市、省、自治区人民政府所在地的市设立,也可以根据需要在其他设区的市设立,不按行政区划层层设立。

仲裁委员会由主任 1 人、副主任 2~4 人和委员 7~11 人组成。仲裁机构的主任、副主任和委员由法律、经济贸易专家和有实际工作经验的人员担任,其中法律、经济贸易专家不得少于 2/3。

仲裁委员会是中国仲裁协会的成员,仲裁协会是仲裁委员会的自律性组织,可以根据章程规定对仲裁委员会及其组成人员进行监督。

三、仲裁协议

仲裁协议是当事人双方自愿将他们之间可能发生或已经发生的争议提请仲裁机构予以裁决的意思表示。仲裁协议包括合同中订立的仲裁条款和以其他书面方式达成的协议。仲裁协议是仲裁委员会受理案件的前提条件。

根据我国《仲裁法》的规定,仲裁协议应当包括下列内容。

1. 请求仲裁的意思表示

这种意思表示既可以体现在合同的仲裁条款中,也可以体现在争议发生后订立的仲裁协议书中。请求仲裁的意思表示必须是真实的,是双方当事人自愿,如果一方当事人采取胁迫手段迫使对方当事人订立仲裁协议的,仲裁协议无效。

2. 仲裁事项

仲裁事项是双方当事人在仲裁协议中规定提交仲裁解决的经济纠纷的具体范围。仲裁事项可以是有关经济法律关系的一切争议,也可以是部分事项的争议。如果仲裁协议中对仲裁事项没有约定或约定不明确的,当事人可以补充协议,达不成协议的,仲裁协议无效。

3. 选定的仲裁机构

被选定的仲裁机构只能有一个,并要在仲裁协议中写明该仲裁机构的名称。如果仲裁协议对仲裁机构没有约定或者约定不明确的,当事人可以补充协议。达不成补充协议的,仲裁协议无效。

以上三项内容必须完备,缺少其中的任何一项,都会导致仲裁协议的不完整,影响到仲裁协议的效力。

仲裁协议独立存在,合同的变更、解除、终止或无效,不影响仲裁协议的效力。当事人对仲裁协议的效力有疑义的,可以请求仲裁机构或人民法院作出裁定。一方请求仲裁委员会作出决定,另一方请求人民法院作出裁定的,由人民法院裁定。当事人对仲裁协议的效力有异议的,应当在仲裁庭首次开庭前提出。

四、仲裁程序

(一)申请和受理

1. 申请

申请仲裁是指平等主体的公民、法人和其他组织之间因合同或其他财产权益发生纠纷,根据双方自愿达成的仲裁协议,以自己的名义将纠纷提交仲裁委员会请求其进行裁决的活动。

当事人申请仲裁,必须具备以下条件:①有仲裁协议;②有具体的仲裁请求和事实、理由;③属于仲裁委员会的受理范围。

当事人申请仲裁,必须采用书面方式,应当向仲裁委员会递交仲裁协议、仲裁申请书及副本。仲裁申请书是指仲裁申请人根据仲裁协议将已经发生的争议提请仲裁机构进行审理和裁决,以保护其合法权益的法律文书。仲裁申请书应当载明下列内容:当事人的姓名、性别、年龄、职业、工作单位、住所、电话和法定代表人或者主要负责人的姓名、职务;仲裁请求和事实根据、理由;证据和证据来源、证人姓名和住所;所申请的仲裁委员会的名称;申请仲裁的年、月、日;申请人的签名、盖章。当事人提交仲裁申请书应当按照对方当事人的人数和组成仲裁庭的仲裁员人数,备具副本。

2. 受理

仲裁机构收到当事人的仲裁申请书及仲裁协议后,应当进行审查。经审查,认为符合受理条件的,应当在 5 日内决定受理,并通知当事人;认为不符合条件的,应当在 5 日内书面通知当事人不予受理,并说明理由。

仲裁机构受理申请后,应当在仲裁规则规定的期限内将仲裁规则和仲裁员名册送达申请人,并将仲裁申请书副本和仲裁规则、仲裁员名册送达被申请人。被申请人收到仲裁申请书副本后,应当在仲裁规则规定的期限内向仲裁机构提交答辩书及副本。仲裁机构收到答辩书后,应当在仲裁规则规定的期限内将答辩书副本送达申请人。被申请人未提交答辩书的,不影响仲裁程序的进行。

申请人可以放弃或者变更仲裁请求,被申请人可以承认或者反驳仲裁请求。

(二)仲裁庭的组成

仲裁庭可以由1名仲裁员或3名仲裁员组成。由3名仲裁员组成的,设首席仲裁员。当事人约定由3名仲裁员组成仲裁庭的,应当各自选定或各自委托仲裁委员会主任指定1名仲裁员。第三名仲裁员由当事人共同选定或共同委托仲裁委员会主任指定,并应由其担任首席仲裁员。当事人约定由1名仲裁员成立仲裁庭的,应由当事人共同选定或共同委托仲裁委员会主任指定。

仲裁庭组成后,仲裁委员会应当将仲裁庭的组成情况书面通知当事人。仲裁员有法定应回避的情形时必须回避,当事人也有权提出回避申请。

依据我国仲裁法的规定,仲裁员有以下情形的,必须回避,当事人也有权申请仲裁员回避:①是本案的当事人或者当事人、代理人的近亲属;②与本案有利害关系;③与本案当事人、代理人有其他关系,可能影响公正仲裁的;④私自会见当事人、代理人,或者接受当事人、代理人请客送礼的。

(三)开庭和裁决

1. 开庭

仲裁审理的方式可以分为开庭审理和书面审理两种。其中开庭审理是仲裁审理的主要方式。

开庭审理是指在仲裁庭的主持下,在双方当事人和其他仲裁参与人的参加下,按照法定程序,对案件进行审理并作出裁决的方式。如果当事人协议不开庭的,仲裁庭可以根据仲裁申请书、答辩书以及其他材料进行书面审理并作出裁决。书面审理是开庭的必要补充。

2. 仲裁审理程序

仲裁审理不公开进行,当事人协议公开的,可以公开进行,但涉及国家秘密的除外。仲裁庭通常按照下列顺序进行开庭审理。

宣布开庭:由首席仲裁员或者独任仲裁员宣布开庭。随后,首席仲裁员或者独任仲裁员核对当事人,宣布案由,宣布仲裁庭组成人员和记录人员名单,告知当事人有关的仲裁权利、义务,询问当事人是否提出回避申请。

当事人陈述与质证:首先是申请人陈述主张的事实、证据,然后由被申请人陈述和举证。如果被申请人有反请求的,应当一并陈述和举证。

当事人举证:证据包括证人作证,宣读未到庭的证人证言;出示书证、物证和视听资料;宣读勘验笔录、现场笔录;宣读鉴定结论。所有与案件有关的证据应当在开庭时出示,并经双方当事人质证。

辩论：当事人在仲裁过程中有权进行辩论。辩论终结时，首席仲裁员或者独任仲裁员应当征询当事人的最后意见。

在仲裁程序中，仲裁申请人和被申请人都应当按时出庭，未经仲裁庭许可不得中途退庭。对申请人经书面通知，无正当理由不到庭或者未经仲裁庭许可中途退庭的，视为撤回仲裁申请；对被申请人经书面通知，无正当理由不到庭或者未经仲裁庭许可中途退庭的，则视为缺席裁决。

（四）仲裁裁决

即仲裁庭对当事人提交争议的事项进行审理后作出的结论性意见。仲裁庭对案件的裁决按多数仲裁员的意见作出，少数仲裁员的不同意见可以记入笔录。仲裁庭不能形成多数意见时，裁决应当按照首席仲裁员的意见作出。

裁决书应当写明仲裁请求、争议事实、裁决理由、裁决结果、仲裁费用和裁决日期。当事人协议不愿写明争议事实和裁决理由的可以不写。裁决书由仲裁员签名。对裁决持不同意见的仲裁员可以签名，也可以不签名。裁决书经仲裁员签名后，应加盖仲裁委员会印章。

裁决书自作出之日起发生法律效力，对双方当事人均有拘束力。任何一方当事人均不得就同一纠纷再申请仲裁或者向人民法院起诉。对仲裁裁决负有义务的当事人应当在裁决书确定的期限内履行裁决。裁决书未确定履行期限的，当事人应当立即履行。

（五）仲裁监督

根据《仲裁法》规定，仲裁实行一裁终局的制度。仲裁委员会不能实行仲裁的自我监督，而由人民法院作为仲裁的监督机构实行司法监督。人民法院对仲裁的监督主要有以下三个方面。

1. 裁定撤销仲裁裁决

当事人提出证据证明裁决有下列情形之一的，可以向仲裁委员会所在地的中级人民法院申请撤销裁决：①没有仲裁协议的；②裁决的事项不属于仲裁协议的范围或者仲裁委员会无权仲裁的；③仲裁庭的组成或者仲裁的程序违反法定程序的；④裁决所根据的证据是伪造的；⑤对方当事人隐瞒了足以影响公正裁决的证据的；⑥仲裁员在仲裁该案时有索贿受贿、徇私舞弊、枉法裁决行为的。人民法院经组成合议庭审查核实裁决有上述规定情形之一的，应当裁定撤销。人民法院认定裁决违背社会公共利益的，应当裁定撤销。当事人申请撤销裁决的，应当自收到裁决书之日起 6 个月内提出。人民法院受理撤销裁决的申请后，应当自收到撤销裁决申请之日起 2 个月内作出撤销裁决或者驳回申请的裁定。

2.通知仲裁庭重新仲裁

人民法院受理撤销裁决的申请后,认为案件可以由仲裁庭重新仲裁的,应书面通知仲裁庭在一定期限重新仲裁,并裁定中止撤销程序。该通知书具有否定裁决的效力,并成为仲裁庭重新仲裁的依据。

3.裁决不予执行

人民法院接到当事人的执行申请后,应当及时按照仲裁裁决予以执行。但是,如果被申请执行人提出证据证明仲裁裁决有法定不应执行的情形的,可以请求人民法院不予执行该仲裁裁决;人民法院组成合议庭审查核实后,裁决不予执行。

五、仲裁裁决的执行

由于仲裁机构是民间性质的机构,对裁决没有强制执行权,因此,在一方当事人不履行裁决所确定的义务的情况下,另一方当事人可以依照民事诉讼法的有关规定向被申请人住所地或者财产所在地的基层人民法院申请执行,接受申请的人民法院应当执行。

第二节 经济诉讼

一、经济诉讼概述

诉讼也称为审判,是指人民法院在案件当事人和其他诉讼参与人的参加下为解决案件,依法定诉讼程序所进行的全部审判活动。不同的法律关系应采取不同的诉讼形式,目前我国诉讼的形式有刑事诉讼、行政诉讼和民事诉讼。按照一般学者的解释,经济诉讼是指与经济内容有关的诉讼案件。

诉讼是解决经济纠纷的重要手段,大多数情况下是解决经济纠纷的最终办法。经济纠纷所涉及的诉讼主要包括行政诉讼和民事诉讼,但绝大部分属于民事诉讼,因此,本节主要就民事诉讼予以介绍。

二、经济诉讼的原则

经济诉讼的原则是指在经济诉讼的整个过程中,起指导作用的准则。它是人民法院进行审判活动和经济诉讼参与人进行诉讼活动所必须遵守的行为准则。

(1)诉讼权利平等原则。在经济诉讼中,双方当事人的诉讼权利、诉讼地位是完全平等的。人民法院有责任保障双方当事人充分、平等地行使诉讼权利,不偏袒任何一方当事人。

(2)调解原则。调解是人民法院解决经济诉讼的一种方式,经法院调解达成协议的调解书经双方当事人签收后具有与生效判决同等的法律效力。

人民法院在审理经济纠纷案件时,应当根据自愿和合法的原则进行调解,调解不成的,应当及时判决。

(3)辩论原则。在经济诉讼中,双方当事人有权就案件的事实和争议的问题,各自陈述自己的主张和根据,互相进行辩驳和论证,以维护自己的合法权益。

(4)处分原则。当事人有权在法律规定的范围内处分自己的经济权利和诉讼权利。

(5)检察监督原则。人民检察院是国家的法律监督机关,对经济审判活动进行监督,是法律赋予它的一项重要职权,也是它行使法律监督权的一项重要内容。

三、经济诉讼的主体

(1)审判机构。我国的经济纠纷案件,由各级人民法院的经济或民事审判庭负责审理。我国人民法院的组织机构分为4级,即国家的最高人民法院,省、自治区、直辖市设立的高级人民法院,地(市)一级的中级人民法院,县区一级的基层人民法院。

(2)经济诉讼参与人。经济诉讼的参与人包括当事人、第三人和诉讼代理人。

当事人是指以自己的名义进行诉讼,并受人民法院判决约束的利害关系人。当事人包括原告、被告、共同诉讼人和第三人。

299

原告是指为了保护自己的民事或经济权益,以自己的名义向人民法院提起诉讼,从而引起诉讼程序发生的当事人。被告是指经原告起诉而由人民法院通知应诉的当事人。共同诉讼的当事人主体为2人以上的,称为共同诉讼人。

第三人是指在经济诉讼案件中,对他人之间的诉讼标的主张独立的权利,或虽不主张独立的权利,但案件的审理结果与自己有法律上的利害关系,从而参加到诉讼过程当中的人。

诉讼代理人是指以一方当事人的名义,在法律规定、法院指定或当事人授权范围内代理当事人进行诉讼活动的人。具体可以分为法定代理人、指定代理人和委托代理人等。

四、案件的管辖

管辖是指上下级人民法院之间,同级法院之间受理第一审民事案件的分工和权限。分为地域管辖、级别管辖、裁定管辖等。

(一)地域管辖

地域管辖是指确定同级人民法院之间在各自管辖的地域内审理第一审经济案件的分工和权限。它又分为一般地域管辖和特殊地域管辖。

一般地域管辖是以被告住所地为依据确定案件的管辖法院,即实行"原告就被告"原则。对公民提起的民事诉讼,由被告住所地人民法院管辖,被告住所地与经常居住地不一致的,由经常居住地人民法院管辖。对法人或其他组织提起的民事诉讼,由被告住所地人民法院管辖。同一诉讼的几个被告住所地、经常居住地在两个以上人民法院辖区的,各个人民法院都有管辖权。但对被劳改教养的人提起的诉讼及对被监禁的人提起的诉讼,由原告住所地人民法院管辖,原告住所地与经常居住地不一致的,由原告经常居住地人民法院管辖。

特殊地域管辖是以诉讼标的所在地,或引起法律关系发生、变更、消灭的法律事实所在地为依据确定的管辖。适用特殊管辖的主要有以下几种情况:①因合同纠纷引起的诉讼,由被告住所地或合同履行地人民法院管辖;②因保险合同纠纷提起的诉讼,由被告住所地或保险标的物所在地人民法院管辖;③因票据纠纷提起的诉讼,由票据支付地或被告住所地人民法院管辖;④因铁路、公路、水上和航空事故请求损害赔偿提起的诉讼,由事故发生地或车辆、船舶最先到达地、航空器最先降落地或被告住所地人民法院管辖等。

(二)级别管辖

级别管辖是根据案件的性质、影响范围来划分上下级人民法院受理第一审经济案件的分工和权限。

我国人民法院分为 4 级,即基层人民法院、中级人民法院、高级人民法院和最高人民法院,此外还有专门法院,即军事法院、海事法院和铁路运输法院,以上法院的分级设置,构成了我国法院的管理体系。

基层人民法院原则上管辖第一审案件,中级人民法院管辖在本辖区有重大影响的案件,高级人民法院管辖在辖区有重大影响的第一审案件,最高人民法院管辖在全国有重大影响的案件以及认为应当由它审理的案件。

(三)裁定管辖

裁定管辖是指法院以裁定的方式确定诉讼的管辖。裁定管辖包括移送管辖、指定管辖和管辖权转移。

移送管辖是指法院在受理民事案件后,发现自己对案件并无管辖权,依法将案件移送到有管辖权的法院管理。移送管辖必须同时具备以下三个条件:①法院已受理了案件;②移送的法院对案件没有管辖权;③受移送的法院对案件有管辖权。

指定管辖是指上级法院以裁定方式指定其下级法院对某一案件行使管辖权。依据《民事诉讼法》规定,指定管辖适用于以下三种情形:①受移送的法院认为自己对移送来的案件无管辖权。②有管辖权的法院由于特殊原因不能行使管辖权。特殊原因从理论上说可能包括两种情况:一是法院的全体法官均需回避;二是有管辖权的法院所在地发生了严重的自然灾害。③通过协商未能解决管辖争议。发生管辖权争议后,应尽可能通过协商解决,协商不成的,应报他们的共同上级法院指定管辖。

　　管辖权转移是指依据上级法院的决定或同意，将案件的管辖权从原来有管辖权的法院转移至无管辖权的法院，使无管辖权的法院因此而取得管辖权。管辖权转移在上下级法院之间进行，通常在直接的上下级法院间进行，是对级别管辖的变通和个别调整。

五、经济诉讼程序

　　经济诉讼程序也称为审判程序，是人民法院在审理经济纠纷案件过程中必须遵守的规则和制度。诉讼程序包括普通程序和简易程序。普通程序是人民法院审理案件时普遍适用的程序，包括第一审程序、第二审程序和审判监督程序等。

（一）第一审程序

1. 起诉与受理

　　起诉，是指原告就经济纠纷向人民法院提起诉讼，请求人民法院依照法定程序进行审判的行为。

　　原告向人民法院提起诉讼，必须符合以下条件：①原告必须是与案件有直接利害关系的公民、法人或其他组织；②有明确的被告；③有具体的诉讼请求和事实理由；④属于人民法院受理经济诉讼的范围和受诉人民法院管辖。

　　原告起诉应当向人民法院递交起诉状，并按被告人数提出与其相同的副本。起诉状应当记明下列事项：当事人的姓名、性别、年龄、民族、职业、工作单位和住所；法人和其他组织的名称、住所和法定代表人或者主要负责人的姓名、职务；诉讼请求和所根据的事实和理由；证据和证据来源；证人的姓名和住所。

　　人民法院收到起诉状后，应当进行审查。认为符合起诉条件的，应当在 7 日内立案，并通知当事人；认为不符合条件的，应当在 7 日内裁定不予受理，并说明理由。原告对不予受理、驳回起诉的裁定不服的，可以上诉。

2. 审理前的准备

　　人民法院受理案件后，应在 5 日内将起诉状副本发送给被告。限其在收到起诉状副本之日起 15 日内提出答辩状，法院收到答辩状之日起 5 日内将答辩状副本发送给原告。被告不提出答辩状的，不影响人民法院审理。

3. 开庭审理

　　开庭审理是人民法院在当事人和其他诉讼参与人的参加下，依照法定的形式和程序，查清案件事实，分清责任是非，对案件作出处理决定的诉讼活动。审理案件应当公开进行，但涉及国家秘密、个人隐私或法律另有规定的除外。涉及商业秘密的案件，当事人申请不公开审理的，可以不公开审理。人民法院对公开审理或者不公开审理的案件，一律公开宣告判决。

　　开庭审理的程序包括开庭预备、法庭调查、法庭辩论和法官评议宣判等活动。

基层人民法院和它派出的法庭审理事实清楚、权利、义务关系明确、争议不大的经济纠纷案件时，可以按照简易程序审理。对适用简易程序的案件，原告可以口头起诉，当事人双方可以同时到基层人民法院或者其派出的法庭请求解决争议，受诉人民法院或法庭可以当即审理，并可用简便方式随时传唤当事人、证人。

4. 判决和裁定

人民法院审理民事案件。应在弄清事实、分清是非的基础上，根据当事人自愿的原则进行调解，调解达成协议的应当制作调解书，经当事人签字后生效。调解不成或当事人反悔的，人民法院应当及时判决。

裁定是指人民法院在审理案件的过程中，对所发生的程序上需要解决的事项或其他问题所作出的判定。裁定主要用于解决诉讼程序上的问题。

判决书、裁定书由审判人员、书记员署名，加盖人民法院印章。口头裁定的，记入审判笔录。

（二）第二审程序

我国的审判制度实行两审终审制，当事人不服地方人民法院第一审判决或裁定的，有权向上一级人民法院提起上诉。第二审程序即是第二审人民法院对当事人不服第一审人民法院判决、裁定的上诉案件所适用的程序。

1. 第二审程序的提起与受理

当事人依法提起上诉是第二审程序发生的前提。上诉的提起，必须具备下列条件：①必须是依法允许上诉的判决或裁定；②必须有符合条件的上诉人和被上诉人，即第一审程序中的原告、被告、共同诉讼人、诉讼代表人、有独立请求权的第三人和人民法院判决承担实体义务的无独立请求权的第三人；③必须在法定的期限内提出上诉；④必须提交上诉状。

上诉状的内容包括：当事人的姓名、法人的名称及其法定代表人的姓名或者其他组织的名称及其主要负责人的姓名；原审人民法院的名称、案由和案件的编号；上诉的请求和理由。上诉的请求是上诉人提出上诉所要达到的目的，应当明确表明要求法院全部或部分变更原审裁判的态度。上诉的理由是上诉人提出的认为一审裁判认定事实或适用法律不当或者错误所根据的事实和理由。

当事人提起上诉，原则上应通过原审人民法院提交上诉状，并按照对方当事人的人数提出副本。当事人不愿意通过原审人民法院提出上诉的，也可以将上诉状直接送交上一级人民法院。

2. 上诉案件的审理

就基本程序而言。第二审程序与第一审程序大致相同，也要经过审理前的准备（包括由审判员组成合议庭、审查案卷、调查和询问当事人）和开庭审理（包括开庭准备、法庭调查、法庭辩论、法庭调解、案件评议和宣告判决)等诉讼阶段。

人民法院依据第二审程序对上诉案件的审理,一般多采用开庭审理形式,少数情况下采用书面审理。书面审理主要适用于事实清楚、适用法律正确和事实清楚、只是定性错误或者适用法律错误的案件。

3. 上诉案件的裁判

第二审人民法院对上诉案件,经过审理,应根据不同情况,分别作出以下裁判。

(1)维持原判。第二审人民法院经过对上诉案件的审理,认为原判事实清楚,证据确实充分,适用法律正确的,应按照《民事诉讼法》的规定,判决驳回上诉,维持原判。

(2)依法改判。第二审人民法院经过对上诉案件的审理,遇到下列三种情形的,应当依法直接改判:第一,原判决适用法律错误,即原判认定事实清楚,只是适用法律有错误;第二,原判决认定事实有错误,即对案件事实作了错误的认定;第三,原判认定事实不清,证据不足。

(三)审判监督程序

审判监督程序也称再审程序,是指人民法院对已经发生效力的判决、裁定,发现确有错误,依法对案件进行再审的程序。

根据民事诉讼法的规定,审判监督程序的提起,只能是特定的机关和人员,即有权提起再审的主体。包括各级人民法院院长、上级人民法院、最高人民法院依法定的方式提起再审;或者是有审判监督权的人民检察院提起抗诉;或者是当事人依照法定的条件申请再审。

人民法院审理再审案件适用的程序取决于生效裁判的情况。如果生效裁判是由第一审法院作出的,按照第一审程序审理;如果生效裁判是由第二审法院作出的,按照第二审程序审理。同时,依照再审程序审理案件的法院,不仅包括原审法院,而且包括原审法院的上级法院和最高人民法院。

六、执行程序

执行程序是人民法院的执行机构和执行人员,依照法定程序,运用国家强制力,实现具有给付内容的生效的法律文书所确定的内容的诉讼行为。执行的目的在于确保人民法院的判决、裁定、调解协议和其他法律文书的实现,有效保护国家利益和当事人合法权益的实现,维护国家法律的尊严和威信。

对已经发生法律效力的判决、裁定和调解书,当事人应当在法律规定的期限内自动履行。如果一方当事人拒不履行法律文书确定的义务时,经另一方当事人申请,人民法院应依法强制其履行义务。

执行程序的发生是由一方当事人提出申请开始的。当事人申请执行应当具备的条件是:①必须是法律文书中享有权利的一方当事人,即在民事判决中胜诉的一方当事人;

②必须提交申请执行书和据以执行的法律文书,包括人民法院的民事判决书、裁定书、调解书及仲裁机关的裁决书等;③必须在法定期限内提出申请(双方或一方当事人是个人的,申请执行期限为1年,双方是法人或其他组织的,申请执行的期限为6个月);④向有执行管辖权的人民法院提出申请。

此外,执行程序也可因移交执行而开始,即由法院的审判人员将生效的判决书、裁定书或调解书直接移交执行人员执行。

在民事诉讼中,人民法院执行措施主要有以下几项:查询、冻结、划拨被执行人的存款;扣留、提取被执行人的收入;查封、扣押、冻结、拍卖、变卖被执行人的财产;搜查被执行人隐匿的财产;强制被执行人交付法律文书指定的财物和票证;强制被执行人迁出房屋或退出土地;强制被执行人完成法律文书指定的行为;强制被执行人支付迟延履行金或迟延履行期间的债务利息。

对于人民法院发出的协助执行的通知书,有关单位必须办理。

本 章 小 结

仲裁又称"公断",是双方权利纠纷的当事人依照事先约定或事后达成的书面仲裁协议,共同选定仲裁机构并由其对争议依法作出具有约束力裁决的一种活动。仲裁被广泛地用于解决国内民事纠纷、经济纠纷和国际经济纠纷。根据《仲裁法》的规定,平等主体的公民、法人和其他组织之间发生的合同纠纷和其他财产纠纷,可以仲裁。与人身有关的婚姻、收养、监护、抚养、继承纠纷是不能进行仲裁的。仲裁事项必须是平等主体之间发生的且当事人有权处分的财产权益纠纷,由强制性法律规范调整的法律关系的争议不能进行仲裁。因此,行政争议不能仲裁。另外,由于劳动争议和农业集体经济组织内部的农业承包合同不同于一般的经济纠纷,它们在仲裁原则、程序等方面有自己的特点,因此《仲裁法》不适用于解决这两类纠纷。

仲裁协议是当事人双方自愿将他们之间可能发生或已经发生的争议提请仲裁机构予以裁决的意思表示。仲裁协议包括合同中订立的仲裁条款和以其他书面方式达成的协议。仲裁协议是仲裁委员会受理案件的前提条件。

诉讼也称为审判,是指人民法院在案件当事人和其他诉讼参与人的参加下为解决案件,依法定诉讼程序所进行的全部审判活动。不同的法律关系应采取不同的诉讼形式,目前我国诉讼的形式有刑事诉讼、行政诉讼和民事诉讼。按照一般学者的解释,经济诉讼是指与经济内容有关的诉讼案件。

经济诉讼程序也称为审判程序,是人民法院在审理经济纠纷案件过程中必须遵守的规则和制度。诉讼程序包括普通程序和简易程序。普通程序是人民法院审理案件时普遍适用的程序,包括第一审程序、第二审程序和审判监督程序等。

基 本 概 念

仲裁　　仲裁法　　仲裁委员会　　仲裁协议　　诉讼　　管辖　　经济诉讼

思考与训练

1. 简述仲裁的概念和程序。
2. 了解我国人民法院地域管辖权的基本规定。
3. 了解对法院判决执行程序的基本要求。
4. 案例分析

（1）2006 年 5 月，三门峡市思瑞公司与银川市水果批发公司在三门峡市订立了一份购销合同。合同规定：思瑞公司于 2006 年 7 月底前供给水果批发公司苹果 2 000 件，每件 30 斤，每斤单价为 1 元钱，共计货款 6 万元。同年 7 月，思瑞公司将苹果运至水果批发公司所在地银川市火车站，并将苹果卸在该火车站货场里，被告以苹果不符合合同规定的质量为由，拒绝提货和支付货款。因天气炎热，在货场里的苹果开始腐烂。思瑞公司在来不及起诉的情况下，申请法院对苹果采取措施。法院在接到申请 5 日后，裁定变卖这批苹果。根据以上资料，回答下列问题。

① 思瑞公司是否有权申请法院处理苹果？
② 法院在接受申请时，应要求思瑞公司履行什么义务？
③ 法院在 5 日后作出裁定，是否正确？为什么？
④ 如果思瑞公司要起诉，可以向哪个法院提起诉讼？
⑤ 思瑞公司必须在什么期间内提起诉讼，否则法院解除财产保全？

（2）A 公司与 B 公司于 2005 年 5 月 19 日签订了一份买卖合同，合同约定，因履行合同发生的争议，由双方协商解决，无法协商的，由 B 公司所在地的仲裁机构进行仲裁。同年 9 月，双方发生争议，A 公司担心 B 公司所在地的仲裁机构实行地方保护主义，在仲裁的过程中偏袒 B 公司。于是没有申请仲裁，而是直接向合同履行地人民法院起诉，法院受理后，向 B 公司送达了起诉状副本，B 公司则向人民法院递交了答辩状。法院审理后，判定 B 公司败诉。B 公司不服，立即上诉，理由是双方事先有仲裁协议，法院判决无效。根据以上资料，回答下列问题。

① 双方达成的仲裁协议是否合法？为什么？
② A 公司向人民法院起诉是否正确？为什么？
③ 人民法院审理本案是否正确？为什么？
④ 被告 B 公司的上诉理由是否正确？为什么？

参 考 文 献

[1] 雷裕春主编.经济法.北京：北京理工大学出版社,2010.

[2] 武鸣,刘源主编.经济法.北京：北京理工大学出版社,2010.

[3] 潘力,申松涛主编.新编经济法.北京：清华大学出版社,2008.

[4] 刘永宝,骆福林主编.实用经济法教程.北京：首都经济贸易大学出版社,2006.

[5] 财政部注册会计师考试委员会办公室编.经济法.北京：中国财政经济出版社,2006.

[6] 注册会计师全国统一考试学习指南编写组编.经济法.北京：中国财政经济出版社,2006.

[7] 李昌麒主编.经济法学.北京：中国政法大学出版社,2007.

[8] 漆多俊主编.经济法学.北京：高等教育出版社,2007.

[9] 种明钊主编.竞争法.北京：法律出版社,2002.

[10] 王保树主编.经济法原理.北京：社会科学文献出版社,2006.